致 1980

朱伊文 著

山西出版传媒集团 北岳文艺出版社
·太原·

图书在版编目（CIP）数据

致 1980 / 朱伊文著. —太原：北岳文艺出版社，2023.6

ISBN 978-7-5378-6757-3

Ⅰ.①致… Ⅱ.①朱… Ⅲ.①长篇小说—中国—当代 Ⅳ.① I247.5

中国国家版本馆 CIP 数据核字（2023）第 140956 号

致 1980

朱伊文 / 著

//

出品人 郭文礼	出版发行：山西出版传媒集团·北岳文艺出版社 地址：山西省太原市并州南路 57 号　邮编：030012
责任编辑 张　丽	电话：0351-5628696（发行部）　0351-5628688（总编室） 传真：0351-5628680
书籍设计 张永文	经销商：新华书店 印刷装订：山西万佳印业有限公司
印装监制 郭　勇	开本：787mm×1092mm　1/16 字数：332 千字 印张：25.75 版次：2023 年 6 月 第 1 版 印次：2023 年 8 月 山西第 1 次印刷 书号：ISBN 978-7-5378-6757-3 定价：58.00 元

本书版权为本社独家所有，未经本社同意不得转载、摘编或复制

序

张 平

  长不大的"80后""90后",终究还是长大了。

  自20世纪80年代以来,独生子女就一直是一个很有争议性的话题,尤其是伴随着生育政策的改变,"计划生育"终会是一个历史名词,"80后""90后"独生子女将是空前绝后的一代,也是独有情感体验的一代人,更是政策影响最大的一代人。这些一路伴随着过多关注目光成长的独生子女们,如今最年长的也已经到了不惑之年。他们中的大部分,人生前三四十年没有遭受过父母所经过的物质匮乏之苦、颠沛流离之苦、失学失教之苦,而是经历了我国经济和社会的飞速发展过程,较之之前的几代人,他们更勇敢、更聪明、更纯粹、更自由,也更自我,他们的困惑和故事,和从前的我们,之后的孩子们,都不一样。

  本书作者的意图,就是希望从这几十年来教育和新闻的发展历程入手,截取一个横切面,借助一段故事,来讲述我们未曾了解到的、这一代人的困惑,最终给他们自己目前选择的生活一个总结、一个答案。无论是选题选择还是写作角度,都颇有可取之处。且作者身为女性,对当今社会女性命运的不公、人生的困局、撕裂的情感,无疑更为敏感,更有体会,故而作者对本书主角范雯雯、范娜娜两个女孩子,刻画更为用力、更加深刻。这两个女孩子像她身边大部分同学、朋友一样,从小不受拘束饱受宠爱地长大,从未意识到性别带给自己的优劣势,却在成年的那一刻开始被强调女性身份,遭遇困境乃至处处碰壁，这样的遭遇和她们从小受到的教育太不相同，以至于两人在之后的生活和工作中不断困惑于社会一直以来对"标准女性"的要求，挣扎着突破传统、父母、舆论等等强加给自己身份的局限，最终在蒙蒙眬眬的意识里，伴随着斗争、病痛，乃至鲜血和牺牲，找到了自己真正想要的人生，做出了对社会应有的贡献，也带给周围女性更多的思考和改变。但这个过程为何如此艰难，是作者的疑问，也是我们整个社会都需要面对的问题；作者在书中描写的男性形象，更多困惑于如何迈过"书本"与"现实"之间的鸿沟，补上从小欠缺的"社会和家庭关系"这一课，而只有当他们真正学会了这一课、跨越了鸿沟，成为一个合格的具有社会属性的人时，才可以说是真正成长了起来。这是作者自己的感悟，也是她给出目前生活的答案，相信读者读完之后，还会有更多的答案和结论，得之于每个人的心中。

此书故事主要发生地被作者设定为自己的家乡——山西运城，作者在书中带着游子离家的拳拳心意书写自己的故土，写风土人情，写历史故事，写浩渺盐湖，还有作者笔下那一片片首尾相连看不到边的苹果林，每每读来，都有身临其境之感。看得出她对河东大地的自豪、热爱，看得出她对乡村教育的殷殷期盼，看得出她对这片土地成为人们安居乐业美好家园的梦想，这是作者心中的桑梓之情，也是本书中努力表达的、这一代独生子女的家国情怀。

作者还很年轻，但笔力苍劲老道，撰文行云流水，实属难能可贵。祝愿她，以及更多的"80后""90后"年轻作者们，能快速地成长起来，成为中国文学的磐磐英才和后劲力量。

希望有更多的读者能看到这部书。

是为序。

（张平，著名作家、时任中国文学艺术界联合会副主席、中国民主同盟中央委员会专职副主席等职）

2020 年 5 月

目录

引子	 001
第一章	 001
第二章	 031
第三章	 062
第四章	 093
第五章	 114
第六章	 134
第七章	 153
第八章	 170
第九章	 192
第十章	 213

第十一章	…… 234
第十二章	…… 246
第十三章	…… 262
第十四章	…… 271
第十五章	…… 290
第十六章	…… 305
第十七章	…… 320
第十八章	…… 335
第十九章	…… 351
第二十章	…… 369
第二十一章	…… 384
尾声	…… 398

引子

2017年7月,正是夏天最热的时候,盐湖市午后的空气像着了火,知了在树上"嘶啦嘶啦"地尖叫着,远方天空时不时传来一声声闷雷,预告着就要来到的大雨。夏山区郊外的一座小山却有着难得的清凉,溪水流淌,清风阵阵,走在山路上的江风边享受着美景,边哼着歌随意摘着路边摇曳的小花,花朵在他手里渐渐聚成了漂亮的一把。

有车的轰鸣声远远传来,在寂静的山谷间听来刺耳,江风回头张望,一辆京牌"路虎"飞速朝他驶过来,到跟前"嘎吱"一声稳稳停住,车窗摇下,车里一个戴墨镜的男人伸出头来:"请问,山区小学怎么走?"江风指指前方,疑惑地问:"就在那里,你要找谁?""墨镜男"打量着江风,帅气的脸上露出一抹笑意:"来接我媳妇回去结婚。"江风心道肯定是来找学校新来的老师的,便也笑起来:"哥们儿祝贺啊,正好我也要去呢,你跟我走吧。""墨镜男"晃晃脑袋:"谢谢,那上车吧,一起去。"江风刚上车，便闻见一阵浓郁的香气，他回头看着铺满了后座的香水百合，笑道："哥们儿真是大手笔啊！""墨镜男"踩了一脚油门，车子疾驰而出："可不，我媳妇有个性，当年为了做教育什么东西都能放弃。现在我不拿出最大的诚意，怕她不跟我走啊！"江风摇了摇手里的野花："我喜欢的姑娘，也和这些花一样有个性，有劲头，有闯劲！"

同一时刻的山区小学，风尘仆仆的郝刚正在校门口徘徊，他的脚下已扔了厚厚一堆烟蒂。听见下课铃响，郝刚从口袋中掏出装着戒指的小盒子，对着阳光打开。盒子里的钻戒在阳光下闪着耀眼的光芒。光芒给了郝刚勇气，他终于下定决心向校门口走去。

三十多个孩子潮水一般涌出，校长范雯雯带着他们在升旗台前站定，伴随着国歌，五星红旗冉冉升起。郝刚走到队伍最后，等到升旗仪式结束，孩子们欢笑着跑开，犹豫了再三他才终于鼓起勇气，走到范雯雯身后喊："雯雯！"

范雯雯转过头去，看到是他，惊讶地瞪大了眼睛。郝刚没给范雯雯开口的机会，立刻单膝跪地，将钻戒高高举起："雯雯，请你再嫁给我一次吧！"范雯雯猝不及防，愣在了当场。越野车就在此时此刻轰鸣着从大门冲进来到范雯雯身边停下，车里的两人正好看到了这一幕。江风迅速跳下来，一把推开郝刚："郝刚，你还有脸来？"郝刚不甘示弱："为什么我不能来？"江风的手指恨不得戳进郝刚的眼睛："你已经伤害了雯雯一次，还想再伤害她吗？我陪着雯雯在这偏僻的山区待着，你能吗？"郝刚一梗脖子："我已经辞职了，就是为了雯雯回来的。"

两人争吵时都没有注意到，车门缓缓打开，陈来抱着大捧百合，摘下墨镜，在阳光里叼着根烟斜倚着车，一脸坏笑地盯着范雯雯。范雯雯看到他，比看到郝刚还要惊讶："陈来？"郝刚和江风同时回头，两张嘴惊讶得张成"鸭蛋":"陈来?"江风喃喃道:"你媳妇是……她?"陈来根本没理他们,径直走向范雯雯,一把将她搂进怀里:"雯雯,我一切都安排好了,你跟我走吧!"

范雯雯从陈来怀中挣脱开,天空憋了很久的大雨就在这个时候倾盆而下,可这三个人丝毫没有要走的意思,只将范雯雯围在中间,等着她的回答,几人瞬间就被淋得透湿。在教室窗户上趴着看热闹的孩子们纷纷跑出来拉住范雯雯,七嘴八舌喊着:"你们不许带范校长走!""范校长赶紧进屋!""你们别围着范老师!"

范雯雯看着他们,眼前迅速闪过自己这些年在北京、盐湖两座城里奔波的一幕幕,她没来由地想起了一句歌词,是20世纪90年代歌手沈庆的《青春》:"青春的花开花谢让我疲惫却不后悔,四季的雨飞雪飞让我心醉却不堪憔悴……"是的,他们,连同背后的孩子们,和范雯雯的职业梦想一起,贯穿了她整个青春。一转眼,离范雯雯读大学已经快二十年了,可一切,都还像是在昨天……

第一章

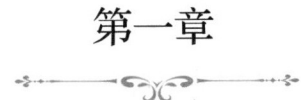

盐湖市是山西南部一个小城市,以一汪得天独厚的盐池而得名,这里一年四季风景如画。春季池水会被摇曳的水草染成一半绯红一半碧绿,夏天炎热的风常常吹开满簇晶莹的盐花,秋天的池水似乎是深蓝的,有种沉静的韵味,像美人动人的眼波,冬天白茫茫一片如同仙境。更神奇的是,和著名的死海一样,人浮在盐池水上完全沉不下去。先民发现了这片风水宝地之后便栖居于此,靠着它的水草丰美,土地肥沃,以及一年收获两季、连冬天也藏在大雪下的绿油油的小麦,最终形成了这个美丽的城市,养育了无数钟灵毓秀的人们。这方土地因为池盐名声大振,诞生了无数的故事:黄帝和蚩尤曾在这儿大打出手。舜帝拨着五弦琴唱出"南风之薰兮,可以解吾民之愠兮,南风之时兮,可以阜吾民之财兮"的歌谣。大禹也曾在这里建立了自己的都城……多少年风风雨雨过去,伴随着这些故事传承的美酒和美食,这里的人们始终活得岁月静好,时光绵长……

然而太平日子过久了，便会有"小妖魔"来闹一闹。1999年5月，正是盐湖市最美的季节，这一天阳光晴好，盐湖市高级中学里，合欢花开得正烂漫，一树一树的粉色花朵绽放，微风吹过，不时有几朵轻轻飘落。快高考了，这所学校的学生范雯雯一刻都不敢松懈，走在路上都戴着耳机背英语。所以，直到她一脚跨进校门，才知道这一天出了大事。

平时安静的校园内一派混乱，一些孩子扎着绷带，一些孩子举着小旗子，书本杂物扔得到处都是，范雯雯一把摘下耳机，才听到大家嘴里都在大喊"打倒美帝国主义！"范雯雯顿时目瞪口呆。堂妹范娜娜从宿舍区跑过来，难得没像平时扎着整整齐齐的小辫，披散着头发拉着姐姐就往队伍里冲："姐，快走，还愣着干什么？"

范雯雯一把拉住她；"娜娜，出什么事了？"

范娜娜比她还惊讶："姐你没看电视啊，美国今天早晨炸了咱们南斯拉夫大使馆，大家都要出去游行呢！"

范雯雯愣住一下，马上反应过来，拉住范娜娜："先别去，跟我回班里，看看老师怎么说。"

范娜娜想反抗又不敢，只得嘟着嘴，不情不愿地跟着范雯雯往教室跑去。两人身后，孩子们都已经举着标语出发。几名老师拦不住，急得满头大汗。

盐湖市中学高三（1）班内，班长江风像只老鹰一样张开双臂双脚堵在门口，数名学生正指手画脚和他辩论，想要绕开他出门游行去。一个学生的手都快戳到江风眼睛里："这么大事，为啥不让我们游行？"另一个学生急得直跳："大家都走了，我们不去同学们笑话啊！"不管他们怎么折腾，江风就是挡在门边，冷静地一遍遍强调："马上高考了，我是班长，不能让你们出问题。"

楼下的喊声越来越响亮,一个同学急性子发作起来,气愤地大喊:"国家兴亡,匹夫有责!国家重要还是高考重要?"众人群情激奋,开始擂桌子敲椅子,冲上来想要推开江风出门,范雯雯、范娜娜正好气喘吁吁地站到了江风身后,那个急性子同学眼睛一亮,大喊:"范雯雯来了!班长是软骨头,团支书是小侠女,让她带我们去。"众人听了这话跟着起哄,冲上来推开江风,拥着范雯雯就向外走。

江风急了,想要推开人群,没用。范雯雯回身使劲推了最近的"急性子"一把,大声喝问:"我们盐湖市连美国大使馆都没有,你们游行给谁看?"众人闻言一愣,顿时面面相觑,嘈杂的声音瞬间静了下来。范雯雯赶紧趁热打铁:"这样吧,现在外面都是人,咱们连门也出不去,不如先看看电视,了解一下大使馆的事儿进展到什么程度了,毕竟咱们现在什么都不知道。"

众同学被成功转移注意力,回教室乖乖坐下。江风拿出钥匙,打开电视机柜子,屏幕里记者在前方报道的画面立即吸引了所有人。江风吁了口气,擦了擦被汗水浸湿的前额,满是倾慕地望向正专注看电视的范雯雯,连范娜娜递来的手帕也没有看到。范娜娜无奈,只得捅捅江风,江风方才察觉,感激地冲范娜娜一笑,接过手帕擦脸。他没有发现,范娜娜的眼睛一直没有离开他,她的脸也慢慢红了个通透。班主任田老师就在这时急匆匆推门而进,见大家整整齐齐坐在教室里看电视,长长地出了一口气,她快步走上讲台,对大家道:"同学们,南斯拉夫的事,我知道大家心里很难过,可是,你们还是学生,手无寸铁,现在出去游行除了耽误自己的学习不能解决任何问题,相信我们国家会有一个妥善的解决办法,你们要做的是化悲痛为力量,好好学习,让这种事情再也不发生!"众同学听了老师的话纷纷红了眼,拼命鼓起掌来。

江风和范雯雯被田老师叫了出来往办公室走去,外面游行示威的学生们也被老师赶了回来。大喇叭一遍遍广播着："全体教师请注意，全体教师请注意，请大家立即组织学生回教室上课，立即组织学生回教室上课……"校园里虽然还是纸屑乱飞，到底人少了许多，恢复了秩序。

田老师在办公室坐定，问范雯雯和江风："听说同学们半夜就开始打电话召集游行了？"范雯雯道："我五点就出来背英语，没接到电话，到了学校才知道。"江风在一旁点点头，回答："我接到电话就赶来学校，想要阻止大家，万一磕了碰了，耽误了高考就麻烦了。"田老师心想，耽误了高考都是小事，你们这些孩子出了问题才是大事。不过他没说出口，还是赞许地夸奖面前的两人："这件事你们做得对，事情已经发生了，除了耽误自己学习，大家游行能解决什么问题？相信政府自会有办法的。"刚才一直保持冷静的江风，这时候忽然恨恨来了句："是的，君子报仇，十年不晚。我们绝对不会一直这样被欺负的！"范雯雯欣赏地看了看江风，对老师说："您总说落后就要挨打，为了祖国，我们一定会好好学习，总有一天，我们'80后'要改变世界！"

江风和范雯雯对视，踌躇满志地一笑。田老师看着两张年轻充满朝气的脸庞，不易察觉地叹了口气，喃喃道："老师有时候希望你们长大，又不希望你们长大……"范雯雯感动起来，柔声道："田老师，不管我们长多大，都永远是您的学生。"田老师回过神来，一笑，拍拍江风和范雯雯的肩膀："鸟儿总要离巢，好好努力！一会儿我再安慰安慰同学们，下个月就要报志愿了，你们回去先督促大家好好考虑考虑……"

两人回到教室，已经是两节课后的课间，同学们仍然群情激奋，议论纷纷。范雯雯同桌正拍着桌子大喊："我要是像令狐冲一样就好了，直接用我的独孤九剑，跑到敌人军营里，把他们全干掉！"范雯雯接口："那我也要像翠羽黄衫霍青桐，直接率领队伍杀进敌营！"范雯雯的后排对他俩嗤之以鼻："独孤九剑、翠羽黄衫对着枪炮有啥用！我就学五阿哥射中小燕子，直接把枪手们都撂倒！"周围的同学们顿时乐开了花，年轻人的忧伤来得快走得也快，孩子们把大使馆事件撂开一边，七嘴八舌讨论起从去年就一直风靡的《还珠格格》来。

范娜娜拿着本书跑过来递给范雯雯："姐，你看这些新华社记者，穿着迷彩服，戴着头盔站那儿，多神气！我以后就要找一个这样的男朋友……"范雯雯接过书一看，是唐师曾的《我从战场归来》。看着封面上穿马甲扛照相机的胖子唐师曾，范雯雯笑着问范娜娜："你现在不看琼瑶、席绢了？不想着嫁给尔康了？要打打杀杀了？"范娜娜凑过来，在范雯雯耳边低语："尔康都找了紫薇了，没我啥事啦，我还是找个神气的记者吧。"说完不由自主瞥了一眼江风，江风正好往这边看，对上范娜娜的眼光，微微一笑，范娜娜忙低下了头，脸又红了。范雯雯没察觉，撇撇嘴："那你当去吧，我还是要当我的老师，得天下英才而育之！"话虽这么说，范雯雯还是把书放进了书包。

看着时钟指向九点四十，赵淑玲又出了门。今年四十二岁的她依然美丽又时髦。在商场里承包了个时装柜台，和几个合伙人轮着上班。可这张美丽的脸上现在写满了焦急与忧愁，从白天到晚上，她已经在家门口转悠了无数次了，自打听到几个学校学生闹游行开始，赵淑玲就着急上火，生怕从小就被自家男人当男孩子一样养的女儿出什么问题，给学校打了几次电话确认安全还不放心，直到看到女儿骑自行车的小小身影出现，她才长出了一口气。十八岁的范雯雯可不懂父母心，看到妈妈在门口也没觉得奇怪，只管喊着"妈，我饿死了"，就冲进家门，扔下书包呼啦一下躺到沙发上歇着。

赵淑玲赶紧进厨房端出饭来："好好吃好好吃，上学最辛苦，赶紧补补。"

范雯雯往嘴里塞着馒头，大口吃菜，嘴里含糊不清地问道："妈你也吃点。《焦点访谈》今天说没说南斯拉夫的事？"

赵淑玲咬了口馒头："今天就操心你了，哪顾得上'焦点访谈'。你没去游行吧？没受什么伤吧？"

范雯雯咽下一口馒头，眉飞色舞地讲着："妈，你女儿可厉害了，要不是我像侠女一样拦着啊，大家就冲出去了，连田老师都夸我呢！"说完环顾四周："我爸呢，还没回来？"

赵淑玲摇头："你把自己照顾好就不错了，还侠女呢，没事就好，马上高考了，可不敢凑这个热闹。你爸打了个电话，说是有事，结果忙到现在还不见人影，我就没见过别的什么校长像他这么忙过。你快吃，吃完早点睡。"

范雯雯呼啦呼啦几口扒完，擦擦嘴，到卫生间哗啦哗啦洗脸。赵淑玲端着碗筷去厨房洗。范雯雯从卫生间出来，趁妈妈不注意，拿走了桌边的手电。

时钟指向一点，范雯雯还钻在被窝里，打着手电，聚精会神地看着《我从战场归来》。不久，听到外面传来用钥匙开防盗门的声音，范雯雯一把关了手电，连手电带书全部塞进被窝，自己也"哧溜"一声钻进去，闭上眼睛装睡。范大蹑手蹑脚推开范雯雯的卧室门，看看范雯雯，给她掖了掖被角，退了出去。范雯雯在被窝里竖起耳朵听着动静，直到父母卧室门关上，才吐了吐舌头，又拿出书来专心地看。

时针指向两点，范雯雯合上最后一页书，看着封面上的唐师曾，眼里冒着星星，满足地叹了口气，下床打开门悄悄往厕所走去。没想到刚出门就听到父母的说话声，这么晚了爸爸妈妈在说什么？范雯雯好奇地凑近了主卧。

范大气哼哼地说："我真是气得睡不着，辛辛苦苦半辈子，明明不到年龄，才四十五岁就逼着我内退。"

赵淑玲明显已经困得迷糊了："声音小点别吵醒雯雯，一晚上说了无数次了，睡吧睡吧，明天去教育局找局长说理去。"

范大低沉地叹息："怕不行呢，现在这个校长，是局长一手提上来的，除了我，还有老刘、老向他们，都被劝内退了。"

赵淑玲没有回音，估计是睡着了。范大深深地叹了口气，屋子里静了下去，只留下范雯雯在门外呆立不动。她做梦也没想到，这种事会发生在爸爸身上。自范雯雯记事以来，范大就一直以自己从事教育事业为自豪，连范雯雯都受他影响一门心思要报考师范学院，如今才不到四十五岁就要内退成为闲人，范雯雯能想象得出这件事对爸爸的打击有多大。

半是瞌睡半是心事，直到第二天上课时，范雯雯还时不时走神。一直注意着她的江风本来想在下课时问问，一转眼就看到范娜娜蹦跳着走到姐姐身边，喊了好几声"姐姐"范雯雯才回过神来，没精打采地问："娜娜，怎么了？"范娜娜小心翼翼地拿着张贴纸晃着脑袋对比着："姐，你看，我这新发型怎么样？像不像这上头林青霞的造型？"

范雯雯无心回答，敷衍地"嗯"了一声，对范娜娜叹气："娜娜，我昨晚听我爸说学校要强迫他内退。"

范娜娜很惊讶："大伯才四十五啊，离退休还早呢。"

范雯雯忧愁："可不是，但我听我妈说过，新来的校长嫌我爸办事太认真，不喜欢他，这次就要搞什么一刀切，让我爸内退。"

范娜娜也忧愁起来："咱们有什么办法呢？敢不敢像小燕子一样大闹一场？"

范雯雯摇摇头："你啊，真是爱臭美的言情小说大王。张口闭口小燕子、林青霞，二叔听到又要骂你。算了，大人的事情还是他们自己解决吧，咱们操心也没用。"说完就从书包里掏出《我从战场归来》还给娜娜，嘴里还赞道:"书还给你,真好看。"

范娜娜看着封面的唐师曾,灵机一动:"咱们市里不是有个新闻栏目《第一时间》吗,咱们给那儿打电话,让记者们管管这事怎么样?"

范雯雯将信将疑:"行不行啊?"

范娜娜撺掇她:"试试看,试试看。不行就给《焦点访谈》打电话。"

晚自习后,孩子们三三两两地往外走,范雯雯和范娜娜跑到校园里的公用话亭前站定,人群渐渐稀疏,很静的夜,能听到姐妹俩紧张的心跳。江风推着车子走过,看到她们俩心里一愣,赶忙隐藏在黑暗中。范雯雯犹豫着拨号,对范娜娜道:"那我可打了啊。"范娜娜做了个加油的手势。电话通了,电话那端洪亮声音传过来:"你好,这里是盐湖市《第一时间》栏目,欢迎提供新闻线索。"

范雯雯清清嗓子,紧张地说:"我,我,想反映一下,安县中学有违规办理内退,不到年龄就让退休的现,现象。"

对方:"请说明具体情况可以吗?"

范雯雯:"好像副校长、团委书记、办公室主任都有涉及。"

对方:"好,好,我们明天会仔细调查这件事,可以留下真实姓名吗?"

范雯雯磕磕巴巴地说:"不,不,不用了,谢谢。"然后慌忙挂了电话。

范娜娜拉着她一迭声地问:"说了?说了?怎么样?"

江风在黑暗里默默听着。

范雯雯擦擦满头的汗:"他们答应来看一看。"

范娜娜欢呼,又问姐姐:"那多好啊,你紧张什么?"

范雯雯不好意思:"总觉得记者好神圣啊,他们行侠仗义,像武侠小说里的人物……"

范娜娜笑："那你也当呗，你成绩那么好，什么学校都能考上。"

范雯雯沉默了一阵："我从来没有想过这个问题，我爸总说我疯疯癫癫的，最适合的职业是当娃娃头，得天下英才而育之，我也就习惯了，不过我现在觉得，当记者………好像也挺好。"

范娜娜也惘然："我爸也让我考师范呢，说是稳定。稳定，要那么稳定干什么？难道像三毛那样不好吗？写出了《梦里花落知多少》、周游世界、遇到荷西，还有罗大佑为她写的那首《追梦人》，多好听……"

范雯雯豪气地拍拍她："那你就和二叔谈谈，报中文系，像今年得'新概念作文大赛'一等奖那个韩寒一样，以后靠写作赚钱。"

范娜娜听了这话更茫然："我哪有他那文笔啊，报纸上说他都要出《三重门》了，韩寒可真帅。"

范雯雯看她又开始两眼冒星星，赶紧拍拍她："行了行了，痴情少女，我得回了，你也快回宿舍吧。"

范娜娜答应一声走了，范雯雯骑上车子也走了，江风远远地注视着范雯雯的一举一动，低下头看看表，已经快十点了，感到有点不放心，便也跟了上去。范雯雯在空无一人的街上飞速蹬着自行车，街灯璀璨，一盏一盏向范雯雯扑面而来，范雯雯心里郁闷，干脆解开长发，大声唱起了《追梦人》，少女清脆的歌声像珍珠一般，在路灯下倾泻：

让青春吹动了你的长发让它牵引你的梦

不知不觉这城市的历史已记取了你的笑容

红红心中蓝蓝的天是个生命的开始

春雨不眠隔夜的你曾空独眠的日子……

微风吹起了范雯雯紫花白底的裙子，裙角飞扬，长发飘逸，跟在后面的江风觉得她像极了电视剧《飞狐外传》里的袁紫衣，不由得看呆了，一不小心撞在马路牙子上，连人带车摔了个人仰马翻。范雯雯听到响动，回头隐约看见地上爬起来一个人，正要仔细辨认，赵淑玲喊她的声音从街对面传来，范雯雯答应一声，疑惑地又回头看了一眼，穿过马路。江风痴痴地盯着她的背影，只等到看不见了，才骑着车子回家，一路上满脑子都是范雯雯长发飘逸地唱着歌的倩影，想到这些他的嘴角也不自觉地挂着微笑。

直到进了家门，江风还一直在哼着："让青春吹动了你的长发……"他摸索着正要拉灯绳，灯忽然自己亮了，江风吓了一跳，看到妈妈还在桌子边坐着，忙问："妈，你怎么还不睡？"

江风家住的是20世纪80年代初建的北方民房，是两室一厅简单温馨的格局，屋前带着一个小院子，屋里客厅墙上挂着江风爸爸的遗照。江风妈妈看着穿着白衬衫校服裤子挺拔得像棵小松树一样的儿子，疼爱地说："你不回来妈哪里睡得着，妈还给你留着饭呢，再吃点。"说着揭开客厅一角桌子上的纱笼。江风赶紧坐下拿起筷子。江风妈妈看着儿子狼吞虎咽的样子，感慨道："过两个月你就考上大学走啦，家里就剩妈一个人啦。"

江风大口吃着，满不在乎："你跟着我走呗。"

江风妈妈拿起手边毛衣织着，摇摇头："我哪也不去，就在这陪着你爸，再说，你要我也没什么用，妈一个工人，才不跑大学里给你丢人。"

江风的筷子停了停，试探着问妈妈："要不，妈你再找一个？"

江风妈妈停下手中的毛衣针："你都快娶媳妇了，妈还找什么，不怕人笑话？"

江风被娶媳妇的话题噎住，剧烈咳嗽起来，好半天才缓过劲。江风妈妈边拍他后背边说道："可惜你爸不在了，妈也没什么本事，一个下岗工人,就内退时给的那几万,刚够你上学用,这几年我打点零工好好攒点钱给你娶媳妇,等你有了孩子妈再给你看。"

江风猛灌了一口汤,终于止住了咳嗽:"妈,求求你了,我才十八,你才四十三,什么媳妇孩子,现在谈这个话题你不觉得早?"

江风妈妈不以为然:"有什么不好意思的,我和你爸,还有厂里那些职工啊,在这个年纪都定了亲啦。哎,你们班上,有没有女孩子喜欢你?你们老江家可就你一个独苗,妈得把你安排好……"

江风听了这些话简直哭笑不得,他几口扒拉完了饭,对妈妈道:"我睡了,你也早点睡啊。"

温暖的灯光下,遗像中的江风爸爸似乎也在笑。江风妈妈拿起了毛衣,凝视了半晌,方才喃喃道:"老江,唉,你说这日子咋这么快,要是当初能留下那个孩子不打掉他,你走了,风儿走了,我还有人做个伴……"

没有人回答她,只有风的呜咽声,穿过这小小的屋子。

半个月过去,高考的脚步又近了些,高三(1)班里,江风正抱着一摞《1999年高考志愿填报指南》给大家发,田老师在慷慨陈词:"大家根据自己的意愿,考虑一下自己想学的专业,学校固然重要,学什么也是很要紧的,我们下周开志愿咨询会,大家先考虑清楚。"

他在上面讲着,同学们在下面交头接耳。范雯雯的同桌悄悄问范雯雯:"小侠女,你还打算当老师吗?"

范雯雯瞪他一眼:"老师有什么不好?"

同桌朝讲台上的班主任努努嘴:"十年以后,你就是那样子,娃娃头,哈哈!"

范雯雯看着唠唠叨叨的田老师没剩几根的头发,不由得觉得头皮发麻，又想起爸爸这几天愁眉紧锁的样子，不由得叹口气，无意识地翻看着手里的志愿指南。忽然指南被抢走，范雯雯吓了一跳，后排同学的大脸凑了过来，炫耀着手里的一本书："小侠女，你看什么志愿指南啊，全班都知道你要考师范了。这本书可好看了，你肯定喜欢。"

范雯雯接过来："玛丽·科尔文，'战地玫瑰'？"

后排同学两眼发亮："这女人，真侠女！太帅了！"

范雯雯将信将疑地打开书。

另一边的范娜娜正无精打采地在桌子上趴着，同桌凑上来问："娜娜，你报哪里？"

范娜娜满是郁闷地答道："还能报哪里，我爸早安排好了，家门口的师范。"

江风走过来发书，范娜娜忙端正身子坐起来用手拉拉江风的衣袖："班长，你报哪里？"

江风随口应道："还没想好。"下意识地扫了正低头看书的范雯雯一眼，继续发书。范娜娜有点难过地看着他的背影，心不在焉地在纸上画着：你一会儿看我/一会儿看云。我觉得你看我时很远/你看云时很近……

这天晚上范雯雯回家时，老远就听到范大爽朗的笑声，有什么喜事？范雯雯想着，三步并作两步跑进家，范大和赵淑玲正在客厅里吃饭，两人都兴致勃勃的，桌子上还破天荒放着一瓶酒。范大和赵淑玲比画："你不知道校长那个倒霉样子，《第一时间》的记者一来，他点头哈腰地递烟，嘴里还直说自己没读懂政策。"

范雯雯眼睛一亮，扑到爸爸身上："爸爸，什么《第一时间》？"

范大高兴地拉着范雯雯坐下："爸今天心情好，咱们一块儿吃饭。来来，老婆子，给孩子拿副碗筷，雯雯也喝点。"

赵淑玲嗔怪他:"你自己作怪就行了,一个女孩子要那么疯干什么?"

范大不以为然地摇摇头:"你也是女人,不也挺能干,什么年代了还有这种想法!什么女孩子男孩子,有出息才是好孩子。"

范雯雯着急地摇着爸爸胳膊:"爸,到底怎么回事,赶紧说嘛!"

范大夹起颗花生米,有滋有味地喝了口酒:"雯雯啊,你可不知道,我们那个校长啊,前两天非让爸内退,谁家副校长四十五岁就内退,这不是胡闹吗?我正准备找教育局局长说理去,不知谁就把这事捅到《第一时间》去了,今天记者来调查了,还说要把采访的新闻播放出去,吓得校长再也不敢提这茬了。"

赵淑玲插嘴:"你看你,当了半辈子老师,还没人家记者小娃娃顶用。"

范雯雯先是一直在笑,听到这里,不由得一愣。

范大瞪她一眼:"这记者,还不是学校毕业的,这不都是我们老师教育出来的。"

赵淑玲兴高采烈:"反正这事解决了,你不用每天叨叨就好,这个月快烦死我了。"

范大哈哈一笑:"不烦你烦谁,还有件大事得烦你,雯雯该报志愿啦。你安排一下,明天叫上老二,咱们一家人聚聚,顺便商量雯雯和娜娜报志愿的事。"

赵淑玲答应了一声,起身打电话,范雯雯盯着书包呆坐着,玛丽·科尔文的头像似乎从书包缝隙间透出来,越放越大,平静而充满力量地和她对视。

"范二"这个名字不是白叫的。饭店里范大正和赵淑玲、范雯雯、范娜娜围坐在桌旁说着话,就听到了他的叫骂声在饭店楼下响起来。

范大忙起身看向窗外,范二正和个卖苹果的小贩厮打在一起,王玛瑙在一边使劲拉都拉不开。范大他们几人赶紧跑下楼去,抱胳膊的抱胳膊,抱腿的抱腿,总算把两人分开了。那果农看这边人多,嘴里骂骂咧咧推着车子走了。范二还要追上去,范大忙摁住他往楼上拉,连声问:"这是咋了?"范二指着果农:"他骗人,这苹果明明是'嘎啦',他骗人说是红富士,我说了实话,他他妈的还敢追上来打,你兄弟是个含糊的?"

范大着急地问:"没受伤吧?"

范二吹胡子瞪眼:"没,我就见不得这些骗子,坏的是我们果农的名声!不管多不容易地呵护果农的名誉,让他这些一骗全毁了。"

赵淑玲赶忙安慰他:"也没那么严重,人们基本上都认得苹果品种。"

范二还是气呼呼地:"那也不行。"

赵淑玲顿觉尴尬,王玛瑙赶忙打圆场:"行啦你,冲大嫂也吼上了。"

范娜娜看看目瞪口呆的范雯雯,一副我爸就这么二的表情。

范二猛喝了几口水,平息了一下怒气,对赵淑玲道歉:"大嫂,我不是吼你……"

赵淑玲笑:"兄弟,我还不知道你啊,不说这事了,先吃饭吧。"

范二终于平静下来,范大清清嗓子宣布:"今天叫大家吃饭,一来是聚聚,二来是因为咱范家今年有两件大事,雯雯和娜娜都要考大学啦。照目前情况来看,两个娃儿都应该能考上,咱们今天,主要就是商量一下她们报志愿的事。"

范雯雯对范娜娜咬耳朵:"我爸把咱们都当成他的学生啦。开口就是训话。"

两人捂嘴偷笑。

范大看向范二:"老二,你先说说你的意思。"

范二着急地说:"那还有啥商量的?就师范,师范。"

范大看向范娜娜:"娜娜,你自己的想法是什么?"

范娜娜撇撇嘴:"大伯,我说管用吗?看我爸,不是早就定下来让我报师范了?"

范二急了:"你这孩子,也可以不报吗!可是女娃儿,当个老师多好啊……"

范娜娜学着他的口气念叨:"又轻松、社会地位又高,一年还有两个假期。"

范二满意地点点头:"爸虽然是个农民,大事可清楚得很。你看你姐,从小想当老师,就没有变过。"

范大赞许而期待地看着范雯雯,就像看着一件心爱的作品。

范雯雯看着书包,玛丽·科尔文的眼神好像又穿透过层层纸张和布透过来,紧紧盯着她。范雯雯左手紧紧握住右手,右手紧紧握住左手,犹豫了半天,终于鼓足勇气站起身来:"我,我也不是没变过,这两天,我觉得当个记者也挺好,尤其是战地记者,太刺激了!"

"什么?"几人同时惊叫了一声,赵淑玲更是惊得筷子也掉到地上:"你上战场?妈就你一个女儿,牺牲了找谁要去?不行!"

范大震惊而失望:"雯雯,你不是从小就想和爸一样当老师吗?当老师多好……"

范雯雯也学二叔:"因为又轻松、社会地位又高,一年还有两个假期吗?"

范大郑重地摇摇头:"这只是表面的福利,你在帮助一个个孩子学好知识走上正路,这才是人生的最大价值。"

范雯雯根本听不进去："那有什么用，关键时刻谁理你，还不是得记者来帮你？"

范大的脸一下子涨得通红："你这孩子，那是两码事。"

范雯雯也急了："爸，你当乡村老师到现在，搞教育这么多年，都没人承认你的价值，还要让你提前内退，我原来一直觉得老师神圣，可是看看你，当这老师还有什么意思？"

范大怒了，一拍桌子大喝一声："我的事是校长不好，你不能因为这个否认老师价值！"

范雯雯忍不住犟嘴："难道记者就没有价值吗？你总说我长大了，为啥这决定前途的事上就得听你的话？"

众人没有料到会出现这种情况，不禁面面相觑。范雯雯还想说话，范娜娜拉拉她，范二赶紧打圆场："哥，不是说好听孩子们意见吗？先听听，先听听。"

范大缓一口气，生硬地说："你们大了，有自己想法了，专业可以由你们，但是学校，我和你二叔的意见是一致的，就考我们本省的，离家近，好招呼。"

"什么？"范雯雯和范娜娜"哗"一下子全站起来。

范二瞪一眼范娜娜，范娜娜只好又坐下。

范雯雯满脸气愤："都考不出省，多没出息！怎么也要考到北京上海，好好奋斗才对。"

范大："你们两个女孩子，要奋斗到哪里？安安稳稳才是正经。"

范雯雯气结，半晌憋出一句："爸，你不是总说女孩子和男孩子一样吗？好，好女儿也志在四方。"

赵淑玲："雯雯，女孩和男孩在智力上是一样的，但是女孩在体力上到底柔弱些，还是需要人保护，你看每年有多少女孩出问题的，你要是考去了北京上海这些地方，妈妈的心以后就挂在嗓子眼了。"

范二努力说服雯雯："雯雯，考到本省，毕业后回咱们盐湖市，不只少奋斗，还有你认识的人都在这里，以后也好办事。"

范雯雯看大家态度越来越统一，急了，口不择言起来："我爸当了一辈子校长也没办成过什么事。"

赵淑玲呵斥："越来越不像话了。"

范二也怒了："怎么说话呢？雯雯？幼稚。"

范雯雯拉着范娜娜站起来："二叔，你老说我们幼稚，可我们都十七了。二叔，你知道娜娜不喜欢当老师吗，你知道她的梦想是什么吗，为什么要摧毁我们的梦想？"

范二被说得愣住了，愣了半天才道："娜娜？梦想……娜娜懂什么啊！"

范娜娜垂着头不吭气，范雯雯忍不住哭了："二叔，平时你们都说男女平等男女平等，我和娜娜只要有出息就和男孩一样厉害，为什么关键时候就要稳定？我才不要稳定，老年人才需要稳定。"

范娜娜赶紧安慰她，范二不知道该说什么，范大铁青着脸喝水，娜娜妈赶紧打圆场："先不说了，吃饭，吃饭。"

众人闷头吃饭，聚会不欢而散。

夜已经深了，卧室里的范大还在床上郁闷地"翻烙饼"，赵淑玲洗漱完进门，范大劈头就冲她来了一句："儿大了不由娘，连爹也不由了。"

赵淑玲不以为然："那还不得怪你，从小把女儿当男孩子养，成天让看什么武侠小说，她能乖乖听你话吗？再说，女儿都十七了，有她自己的想法也很正常，出去闯闯，见见世面，完了也能回来啊。"

范大一瞪眼："那你的意思，咱们真的让她去当什么战地记者？"

赵淑玲撇撇嘴："你啊，不知道是高看你家孩子还是低看你家孩子，她还这么小呢懂什么？战地记者哪那么好当，北京上海哪有那么好混，毕业能分配到《第一时间》就不错了。"

范大想想，心情放松下来："倒也是，那就让她报吧。她毕业时我的关系都还没退，以后大不了我让朋友们安排好，让雯雯回盐湖当个教新闻的老师。"

赵淑玲："又是老师，哎，一直也没想过问你，为啥想让雯雯当老师，因为你喜欢？"

范大摇摇头："我带了多少学生，看人不敢说十拿九稳也差不多，你家闺女，实际上是真喜欢教师这个职业的。只是她还年轻，心不定，连她自己都不知道究竟喜欢什么职业，我怕她到时候后悔……"

赵淑玲忽然"嘘"了一声，听了听外面的声音，悄声对范大道："我咋听见雯雯唉声叹气的，我去劝劝女儿，你先睡吧啊。"

被窝里的范雯雯正瞪大眼睛看着天花板长吁短叹，一会儿想象自己穿着制服训孩子们的场景，一会儿想象自己穿着牛仔裤在枪林弹雨中狂奔的场景，却怎么都睡不着。听到妈妈开门进来叫自己的名字，忙闭上眼睛装睡，赵淑玲挤上床钻进范雯雯被子里，像小时候一样抱着她，叹道："我女儿长大了，学会不理妈妈了。"

范雯雯忙往妈妈怀里拱了拱："妈，你说什么呢，我睡着了啦。"

赵淑玲笑了："跟妈妈还装，雯雯啊，你别怨你爸，你爸也是为你好。你从一丁点儿长到这么大，从来没有离开过家，是我们手心里的宝贝，你爸实在是不放心你啊。"

范雯雯鼻子有些发酸："可你们不是总说我不能做温室里的花朵吗，我长大了，就想出去看看嘛。"

赵淑玲说:"好啦,我已经和你爸说好了,大学毕竟是你自己的事,还得以你的爱好为主,只要你想清楚了,就选你喜欢的专业吧。"

范雯雯高兴地搂住妈妈"啵啵啵"亲了好几口:"还是我妈最好了,我就考新闻专业去,当一名超牛的战地记者,以后毕业还要留到北京上海,带你们去享福。"

赵淑玲也搂住女儿:"妈妈当年因为家里穷,要早点出来工作养活你舅舅姨姨,就没有考大学。后来又和你爸结婚生了你,每天就忙着养家了……你们这一代女孩子,条件这么好,妈妈不希望你像我一样,早早过上为了家庭牺牲的日子,女人这一生,为自己活的日子,不多。"

范雯雯感动地说:"妈,你放心,我实现的是咱们俩的梦想。"

赵淑玲欣慰地笑了:"睡吧,妈妈相信,我的女儿,一定能把自己想做的事情做好。"

范雯雯放下心,呼吸很快均匀起来。赵淑玲却怎么都睡不着,身为一个走南闯北的商人,她太知道这个社会对女性的恶意和不公,身为一个职业女性,她又真的享受过自食其力带来的尊重。所以她心里无比矛盾,一方面,她当然是希望女儿有出息的;可另一方面,她又打心眼里希望女儿不要太累,做个贤妻良母,终生被人好好呵护。身边这样的女人多了,日子似乎也不错。就这么想来想去,赵淑玲竟然不知道该怎么教育就要长大成人的女儿,只能深深叹了口气,望着天花板发呆。

夜虽然深了,范娜娜家的农家小院里还依然热闹着。蟋蟀青蛙的叫声此起彼伏,青砖的院墙上爬满碧绿的丝瓜,院一侧种着茄子豆角西红柿,都挂了果儿,青红相间煞是好看。院门口趴着一只大黄狗,耷拉着耳朵警惕地望着周围。

范二和王玛瑙在院子里乘凉,王玛瑙摇着蒲扇:"雯雯平时挺乖,今天这是咋啦？"

范二闷闷地喝了口水："那丫头是嘴上不吭气，心里有主意，可把我哥气坏了。"

王玛瑙"扑哧"一笑："那劲儿还挺像你。"

范二瞪起眼睛："还好咱娜娜听话，没给咱整这么一出。"

王玛瑙犹豫道："人家都考到北京上海了，咱娜娜就考个省城？要不让娜娜也往外考考？"

范二不耐烦："你懂什么，听我的没错。"

王玛瑙不再吭气，十几年前她生了范娜娜之后，得了一场大病再不能生育，从人人都说"二"的男人梗着脑袋和想要孙子逼着自己离婚的婆婆大吵一架之后，她就习惯了凡事都听这个"二货"男人的，不吭气。她知道，她的男人，面上"二"，实际上主意正着呐。

卧室里的范娜娜瞪着眼睛听窗外父母的谈话，无意识地翻看着都毛了边的《红楼梦》，叹了口气。

终于到了报志愿这一天，田老师在讲台上慷慨地讲着话："同学们都认真地填好自己的志愿，这可能是你们今后发展的主要方向……"

范雯雯在北方大学新闻系和北方师范大学之间翻过来翻过去，下不了决心。

大家都在埋头写着或者悄悄商量，只有范娜娜看着江风的背影，咬着笔杆发愣。她想看看江风报的哪儿，可心里又很清楚，以江风的成绩，绝对不会报本省的大学，即便知道了也没有任何意义。很快，江风就站起身来开始收志愿表了，范雯雯看着马上就要走到身边的江风，又看了看抽屉里的传记，终于下定决心，刷刷几笔填上北方大学新闻系，把志愿表扔到一边，不敢再看一眼。江风收起范雯雯的志愿表，仔细地看了一遍，又继续收别人的。范娜娜叹口气，一笔一画填上西山师范大学，坐在座位上发愣。

教室里的人都走完了，江风才坐下来，看着范雯雯的志愿表，他提笔填下北方理工大学，遂微微笑起来。

无精打采的范娜娜和范雯雯正背着书包往校门外走，范雯雯不停地安慰着范娜娜："当了老师也可以周游世界啊，别没精神了，今天好好去我家吃饺子啊，高兴点儿。"

正说着话，两人就迎面碰上了骑着自行车的江风，范娜娜脸红了，貌似不经意地问："班长，你报的哪里？"

江风的目光有点害羞地扫过范雯雯："北方理工。"

范雯雯一下子跳起来，惊喜地说："真的？我们报的一个城市！"

江风被她的惊喜感染，也开心地笑起来："你的专业一定能实现匡扶正义的梦想。"

范雯雯没有发现话里的问题，调皮地问江风："那你报的什么专业？"

江风笑说："我报的生物工程，我想用最前沿的技术来改变人类基因，减少生病的痛苦。"

范雯雯伸出手："你也一定能实现梦想，以后我们要一起上学回家哦。"

江风受宠若惊，伸出手和范雯雯握了握，和范雯雯并排走在了一起，滔滔不绝地聊起天来。

夕阳西下，点点金光洒在范雯雯的长发和江风的笑脸上，校园里合欢花馥郁的香气似乎一下子浓烈起来，那么漂亮的粉色毛茸茸的花朵，此刻也不过是这两个璧人儿的背景。

范娜娜的脸色沉下来，看着前方江风明明近在咫尺却一辈子也不可能和自己在一起的身影，眼眶不由得湿了。喃喃地用只有自己才听得见的声音道："姐，我真羡慕你。"

这一幕就像烙印一样烙在了范娜娜心上，心不在焉吃完饺子的范娜娜拒绝了赵淑玲把她送回学校的好意，自己一个人沿着街道慢慢往学校走去。华灯初上，照着盐湖的大街，范娜娜茫然地走着，想起江风灿烂的笑，满心难过。不知不觉间，她就走到了盐湖边。眼下正是盐湖最美的季节，湖水被水草染成一半翠绿，一半绯红，浪涛拍岸，卷上来又荡下去，发出刷刷的响声。范娜娜在湖边纹丝不动地坐了很久，才用只有自己能听到的声音喃喃道："我的梦想，是当一个小小的作家，嫁给我爱的人，陪着爸爸妈妈……"风吹起她的长发，她的眼泪，终于还是在头发的遮掩中，慢慢流了下来。

一轮明月，照耀着抹眼泪的范娜娜，而此刻正带着满足微笑酣睡的范雯雯，没有悲伤，也没有欢乐，像是见惯了这一切。

高考很快就来了，也很快就结束了，每年似乎都有高考考生没带准考证的新闻，每次也都有考生因过度紧张晕倒的事件，但对于大部分学生来说，高考考试结束的这一天还是意味着完全而彻底的解放。盐湖中学里，到处都是尖叫声、欢呼声。同学们把书扔起来，撕成小条，从楼上旋转着扔下去，相互拥抱打闹着做着鬼脸，拍着毕业的最后一张照片。伴随着快门的咔嚓声，孩子们青春洋溢的笑脸就此定格在他们的高中时代，要好多年好多年后，他们才会明白，这段他们此时无比期盼结束的苦日子，实际上是人生最美好而单纯的时光。

返校的这一天，热闹欢腾的校园林荫道上，办完了手续的范雯雯和范娜娜正肩并肩走着，商量着假期去哪儿玩，江风也推着车子从后面追上来，有点不好意思地挠着头："这个，这个，假期没事，咱们出来玩吧。"

范娜娜脸一下子就红了，范雯雯逗他："你是叫我，还是娜娜？"

江风尴尬地说："当然，当然是大家一起去。"

范娜娜鼓起勇气："那就今天吧，反正今天也没事，好好放松一下。"

江风来了精神："先吃饭吧，我们去吃烧烤怎么样？"

范雯雯突然有些犹豫，想说什么，看到范娜娜两眼冒星光，只好附和道："好啊，咱们少吃点去唱歌。"

要说盐湖市有什么事物和它的盐湖水一样吸引人，那一定是盐湖的夜市。盐湖市是个盆地，吸收光热，夏天常常有四十度的高温，冬天最冷的时候也不过零下七八度，这样温暖的气候让人们习惯了漫长的夜生活，隔上那么两三条街，就有一条总是热热闹闹吵吵嚷嚷充满烟火气的夜市。盐湖市下辖十三个区，每个区都有自己的特色名吃，什么羊肉泡、饼子夹肉、牛肉饺子、砂锅、酸汤扯面、涮牛肚、孜然炒面……各式各样汇集到这夜市上，就成了老饕餮们的根据地。就着月光喝着冰啤酒在各种食物滋啦滋啦的响声中微醉，那真是每个毛孔都能伸开胳膊腿儿跳舞，妥妥的舒服。

范雯雯可从来没来过夜市，等到江风去要羊肉串、啤酒，她才战战兢兢地问范娜娜："真的要吃羊肉串吗？"

范娜娜奇怪地看着她："是啊，怎么了？"

范雯雯的表情无比痛苦："我妈说羊肉串都是老鼠肉做的哎，我没吃过，老……老鼠肉好吃吗？"

范娜娜忍不住哈哈大笑："可怜的姐姐，大娘是怕你在外面吃坏了肚子骗你的，好好吃吧，可香了。"

江风端着羊肉串和啤酒回来，拿了两根递给姐妹俩。范雯雯看着肉乎乎的那一串，简直不知道该从哪里下嘴，对面的范娜娜边吃边冲她眨眼睛。范雯雯左看右看大家都吃得起劲，终于鼓起勇气咬了一口，皱着眉头嚼起来，看得范娜娜在一旁哈哈直笑。一根还没吃完，范雯雯的眉头就展开了，冲范娜娜点点头，两眼放光地又拿起了一根。很快，范雯雯跟前就堆起了一把竹签。江风看得呆了，又跑出去拿回来几根，顺便端回来一碗孜然炒面，范雯雯小心翼翼地尝了口，赞道"真好吃真好吃"，便埋头风卷残云般吃光了。范娜娜注意形象，始终小口小口地吃着面，江风看她俩这样，直觉得有趣，也顾不上吃东西，就看着姐妹俩傻笑。

夜市上空传来一阵悠扬的歌声，吃饱了的范雯雯腾出耳朵听到，马上兴奋起来，东张西望找到源头后指着人群汹涌的露天卡拉OK说："看，那里可以唱歌哎。快吃快吃，吃完咱们唱歌去。"

江风忙一口喝光了啤酒，站起身来："我吃饱了，走吧。"

范雯雯拉着江风就往外走，范娜娜一愣，只好放下手里吃了一半的羊肉串跟上去。

1999年，量贩式歌厅还没有出现，广场舞也没成了气候，爱唱歌的中国老百姓们，习惯了饭后花上几块钱在街上扯着嗓子高歌几曲，碰上个歌喉婉转的，便一条街的人一起鼓掌，碰到个难听的，大家也只能咬牙忍着。

这家卡拉OK前人群围了几层，里面的人一曲唱完，人们都哗啦啦鼓掌。三人挤进去，周围的人看着来的这三个青春逼人的娃娃，全都翘首以盼。江风找老板拿点歌单，范娜娜好奇地东张西望，看到人们的眼神，不由得一愣，范雯雯看她的模样，拍拍她："别紧张，和我家那套音响一样，就按咱们平时那样唱就好啦。"

范娜娜的神情一下子黯淡下来："可我只唱过两次啊。"

范雯雯没听到范娜娜的低语，只顾振臂高呼："《追梦人》，《追梦人》！"

江风答应着，回头一笑。范娜娜坐在一边，痴痴地望着他，手无意识地抓紧了衣角。

江风点歌回来，范雯雯拿过话筒就开始唱，她们声音似珍珠滑落，周围叫好声响成一片。江风没想到范雯雯唱得这么好，惊喜地看着她。范雯雯丝毫没有察觉，投入地唱着："让青春吹动了你的长发，让它牵引你的梦……"

江风看着范雯雯，满脸都是笑。范娜娜看在眼里，只觉得心里酸酸的。

和江风告别之后，范雯雯还在意犹未尽哼着歌。范娜娜鼓足勇气回头望，看到江风依然在灯光下目送着她们，终于忍不住，问范雯雯："姐，江风是不是喜欢你？"

范雯雯闻言一愣，"扑哧"一声笑了："傻妹妹，我是团支书，他是班长，当然比较熟悉些，你怎么问我这个，你不会喜欢他吧？"

到底还是小女孩子，黑暗中的范娜娜羞红了脸，打了姐姐一下，范雯雯尖叫着跑开，姐妹俩就这样追赶着回了家，在被窝里嘀嘀咕咕到天亮。

可以查分这一天，范娜娜正心神不宁地坐在葡萄架下读书，范二忽然搬着个箱子冲进院子，嘴里大喊着："闺女，闺女。"

范娜娜吓了一跳，连安静地趴在一边的大黄狗也跳了起来，警惕地望着范二。王玛瑙也从厨房跑了出来，还围着围裙，沾着一手的面。看见范二好好的，王玛瑙松了口气，不满地道："你个沉不住气的范二，这是咋了？"

范二笑眯眯地指指箱子:"闺女的高考成绩一会儿就能打电话查了,我买了一箱子鞭炮,闺女要是上线了啊,咱就使劲放。"

范娜娜顿觉哭笑不得:"爸,那我要是没上线呢?"

范二一昂头一挥手:"不存在不存在,我范二的闺女,咋能是孬包。"

王玛瑙瞪范二一眼:"二脾气,也不知啥时候能改。"一甩手进了厨房。

范二不理她们,把长长的鞭炮铺好,进了屋。

范娜娜清晰地听到自己心脏咚咚地跳起来,她看看表,深深吸了口气,拉着黄狗一起进了屋。范二在拨打查分电话,嘴里念念有词:"我闺女要是考上了啊,我就全村一家送一箱苹果。不,两箱!让他们笑话我没儿子,我倒要让他们看看,我一个闺女也比他们生八个傻儿子强多了。"

范娜娜紧张地坐在爸爸身后,手无意识地拽住黄狗的毛。这条叫大黄的狗在范娜娜八岁时来到家里,从此和她一起长大,是范娜娜孤单童年里永远的玩伴,平时和范娜娜一个被窝里睡觉,可谓受尽了宠爱的,哪里受过今天这种罪,顿时疼得龇牙咧嘴。

范二拨电话:"准考证号……"

范娜娜拽得更紧,黄狗叫起来。

范二不耐烦:"大黄,别叫。"

黄狗叫得更大声,王玛瑙听见,拿着锅铲又从厨房跑出来,在范二身边站着。范二看人多,随手就开了免提,范娜娜头发麻,腿发抖,在一片乱哄哄的嗡嗡声中隐隐约约听到了自己的成绩:范娜娜总分523已达线。

范娜娜热汗冷汗出了一身,终于一下子放松下来,大黄不被拽着毛了,也不狂吠了。范二喜滋滋回头,嘴巴都快咧到后脑勺了:"看,闺女。爸就知道你能考上,爸给你放炮去。"

范娜娜忽然不确定起来，担心自己听错："爸，妈，你们都听见了？没问题吧，真的考上了？"

王玛瑙乐得合不拢嘴，拿锅铲拍着范二："人家都是考上清华北大才放，你闺女考个师范，放什么放？"

范二一梗脖子："哼，管他什么北大清华，不一样是找工作吃饭？这十里八村有几个大学生？谁有咱闺女有出息？让那些笑话了多少年咱没儿子的人好好听听。"

王玛瑙拍范二的手一滞，眼眶微微一红，忙掩饰过去。

范娜娜擦擦满头满手的汗，嗔道："爸，不用放了吧？"

范二一把拽住她出门，递给她一支烟："点炮！"

范娜娜颤抖着手点着了炮仗。

炮仗声里，范二高喊："我闺女考上大学啦！"

炮声噼里啪啦炸裂着，邻居们纷纷围拢过来，拍着手，一脸羡慕地恭喜着范二家出了个大学生。范二得意地昂着头，看着这些点头哈腰的人，手里接着四面八方递过来的烟，范娜娜羞红了脸，不好意思地笑着，接受着各方的祝福。没人注意的时候，王玛瑙背过身去，偷偷擦了擦眼睛，这么多年被嘲笑没儿子的屈辱和不甘心，似乎都在这一刻得到了释放。

范雯雯家的气氛，正和这里相反。一早起来范大就打发范雯雯给自己学生送东西去了，等到满头大汗的范雯雯大喊着"快！爸，能查分！"从外面回来的时候，就看到范大和赵淑玲黑着脸坐在沙发上。

范雯雯看到二人的表情，惊恐地瞪大眼，小心翼翼地问："爸，妈，你们怎么了？"

范大和赵淑玲起身进屋，范大叹口气："雯雯啊，不是我说你……你这……我们都查过了，你自己听吧。"

范雯雯看着爸妈的表情，心里满是不好的预感，欲哭无泪却不敢开口问，只得定定神，颤抖着手，硬着头皮拨通了电话，然后又慌忙捂住了耳朵。

女声播报像是从外太空传来，缥缈而不真实：范雯雯，总分564分。

躲在屋子另一侧的范大和赵淑玲终于忍不住笑出声来。

范雯雯不敢相信，颤抖着手按了重听，这次没捂耳朵，而是闭上了眼睛。

她终于清清楚楚地听到总分564分和爸妈的笑声。

范雯雯又惊又喜，直接冲到卧室，在爸妈身上撒娇着拍打他们："你们真坏，你们真坏！吓死我了！吓死我了！"

范大哈哈大笑，赵淑玲搂住女儿："我们是想锻炼一下你的承受力，女儿啊，考得不错啊，应该能走了。"

范雯雯此时才反应过来，又蹦又跳："我考上了，我考上了，我能去当'战地玫瑰'了！"

范大和赵淑玲对视一眼，无奈苦笑。

范雯雯早就冲出去和范娜娜打电话了："太好了，咱们都考上了，这下可以好好玩了，过两天我回去找你，拜拜。"

范娜娜挂了电话，冲父母大声说道："爸妈，雯雯也考上啦。"

饶是范大这些年送走了一届又一届学生，早已见惯了孩子们开心的模样，不会轻易喜形于色，这会儿听到自家姑娘和侄女都考上大学了也高兴得整张脸都舒展开来："好啊，明天一起吃饭，庆祝一下。"

这一年突然开始兴起吃涮羊肉，盐湖市有家连锁的大胖涮锅城，虽然消费不算低，口味倒还不错，范大去吃过几次，这一次也就直接把家宴定在了那儿。饭桌上一家人开开心心吃得满头大汗，范雯雯夹着羊肉边往嘴里送边夸海口："我一上大学就开始挣钱，毕业买辆'凯迪拉克'，用牛拉回来。"

大家闻言笑得前仰后合。

范雯雯不服气:"哼,不信到时候看。"

范大问范娜娜:"我们娜娜最听话,不像雯雯这么疯疯癫癫,娜娜,你上了大学准备干什么?"

范雯雯口快:"娜娜可以有大把时间写文章了!"

范娜娜拉拉范雯雯,示意她不要说。范雯雯只好住口。

范二笑:"小姐妹俩还有悄悄话呢!娜娜文章写得好,正好到时候指导学生们写作文。"

范娜娜耸耸肩对着范雯雯做了个无奈的表情。

范二对范雯雯:"知道你不爱听,但二叔还是要和你说,女孩子,安稳幸福最重要!挣什么钱?你爸妈就你一个宝贝,钱足够你花了。"

范雯雯嘴里塞得鼓鼓囊囊,漫不经心地应着,在锅里捞吃的。范大骄傲又担心地看着自家姑娘,叹口气,对范二道:"你说,要是咱爸咱妈能活着看见这俩孙女都考上大学了,该多高兴啊……"

范二没吭气,举起酒杯和哥哥干杯,两人都没发现,看不到的地方,妯娌两个偷偷交换了个心照不宣的眼神,心说那重男轻女的老一辈还不知道想啥呢。

吃饱喝足回到家的范雯雯正要上床看书,范大忽然喊她:"雯雯,来,来,看看。"范雯雯走进父母卧室,看到爸爸正摆弄着影碟机,给她放进一张碟片。范雯雯惊喜地说:"爸,你要让我看录像?以前不是从来不让我看吗?"

范大点开播放键:"你看看,这片子里有个女孩,可傻了,被人骗了还帮人家数钱。"

范雯雯糊里糊涂地坐下来看，范大不时点评："不要相信别人莫名其妙的好心，街上掉的钱不要捡。""一个女孩，安全第一，万一有人抢钱就给他，都给他。"

范雯雯渐渐回过神来，原来爸爸是给自己进行安全教育呢。范雯雯从来没有见过范大这样唠叨，不由得扭头去看指手画脚的爸爸，这会儿的范大，全然没有平时的沉稳和严肃，手握拳头气急败坏，看起来恨不得冲进屏幕去揍那个欺负女主的人。范雯雯忽然意识到一个之前从来都没有想过的问题：去了大学，没有爸爸帮自己屏蔽掉一切不安全的因素，没有妈妈给自己洗衣服做饭，自己能习惯吗？

多年以后，范雯雯突然想起了这一幕，满眼泪水的她意识到从小受尽宠爱觉得一切理所应当，却从没想过的问题实际上应该还有一个：膝下养育了十七年的娇儿去了千里之外的大学，爸爸妈妈能习惯吗？如果自己出了什么事，只有一个孩子的爸爸妈妈能受得了吗？

这些问题，连同那些歌曲、那些诗句，十七岁的范雯雯是不懂的，等到她真正懂得的时候，已经是历尽了沧桑。

第二章

电话铃一响起来,范雯雯就扑了过去。这段日子的电话全是找她的,一接起来,江风紧张的声音就从对面传来:"雯雯,我刚从外地回来,你考得怎么样?"

范雯雯高兴地说:"562,你呢?"

江风在电话那端长出一口气:"560,比你稍差一点。不过应该没问题。"

范雯雯夸张地叫:"太棒了!咱们可以在另一个城市当同学啦。"

江风被她的欢乐感染,试探地问:"咱们出来走走?"

范雯雯犹豫起来:"就咱两个吗?娜娜不在哎。"

电话那端的江风有点气恼:"非要娜娜在吗?你自己就不能,不能和我出来聊聊对未来的想法什么的?"

范雯雯哈哈一笑:"出来就出来,一会儿盐湖见啊。"

白天的盐湖是喧闹沸腾的，夜晚的盐湖却有着别样的美丽，月光下它静静地流淌着，湖面反射着月亮的光芒，波光粼粼，像小时候母亲温柔的目光，不管到哪里，不管多少岁，都能抚慰受伤的心灵。

江风和范雯雯肩并肩走着聊着，范雯雯不由得被眼前景色吸引，脚步慢下来，指着湖面喃喃道："看，我们的家乡真美。"

江风笑着看范雯雯："所以我们要在另一个城市好好努力，争取变成它的骄傲。"

范雯雯踌躇满志："改变世界，从这一刻起，就要靠我们'80后'了！"

江风挺起胸膛："别人总说咱们这代人是小公主小皇帝，可我们这些公主和皇帝天生就扛着大责任。"

两人相视一笑，为这默契有了小小的开心。夜风悄悄吹过，范雯雯伸开双臂，闭上眼睛拥抱着风，想要感受这片刻的清凉。江风看着范雯雯映着光芒的俏丽脸庞，紧张地咽了口唾沫，握紧潮湿的手掌，鼓足勇气想要表白："雯雯……"

范雯雯听到江风的呼唤，睁开眼，好奇地看着江风，等待着下文。看着她小鹿一样漆黑的眼睛，江风突然不知道该如何开口。就在这美丽又犹疑的一瞬间，天上有耀眼的光芒闪过，两人一愣，都不由自主抬起头来。无数个烟花一样绚烂的流星从天边划过，像是要告诉世人比流星还要绚烂、比烟花还要寂寞，才是爱情的真相，然而此刻它笼罩下的人儿是不懂的，范雯雯被这奇景震撼，拉着江风："快看，流星雨！"江风还未来得及反应，范雯雯一把拉住江风的手，勾住小指头："快许愿，拉钩上吊，我们永远是好朋友！"

范雯雯又一次闭上眼，念念有词。江风一脸愕然，抬头看看这不知打哪来的破坏气氛的流星，还有对面正在笑着许愿的范雯雯，心里的那轮明月，就这样被海平面吞噬着，一点一点慢慢地沉了下去。

对于这个十七岁心性骄傲的少年来说，在心爱的女孩子面前开口表白，是比决定命运的高考还要神圣的事情。经过这一夜，江风疑心范雯雯故意拒绝他，不知道该怎么再找机会，更不知道该如何不伤自尊地表达自己的爱慕，只好将这点心思压了下去，开始做上大学前的种种准备工作。他寻思着，反正要和范雯雯在一个城市待四年，怎么也是有机会的。然而，这些有大把青春可以挥霍的少年，并不懂得，很多时候，天涯紧接着咫尺，错过往往是一生。

范雯雯其实并不知道江风的心思，也压根不懂什么是爱情，懵懂的她是真的把江风当朋友，高高兴兴许愿的。从小被爸爸灌输女孩子要有本事、被妈妈灌输自己不漂亮就要多努力的观念，范雯雯除了好好学习证明自己之外，天然地觉得江风这样的帅哥是不可能爱上自己的，最多只能做朋友。所以这个夜晚的事情很快被范雯雯抛到脑后，假期里的她每天忙着吃喝玩乐各种同学聚会，开心得不得了，只是玩得再晚，范雯雯十点前也要回家。因为妈妈有规定，要不然，妈妈就站在小区门口，一直等着她。范雯雯虽然觉得妈妈小题大做神经兮兮，可终究还是不忍心，天天听话做乖乖女。

范娜娜可没有姐姐这么幸运，不知道是不是为了打消她的作家梦，范二常常把沉浸在书里的她拖到苹果地里，教给她各种苹果种植的方法，什么坡地比平地的好吃，要灌溉阳水，不要灌溉阴水之类，听得范娜娜头疼不已。虽然还不太明白容貌对于一个女生的意义，范娜娜也隐隐约约意识到自己是漂亮的、招人喜欢的。所以，怕把自己皮肤晒黑的她常常躲在树荫下，看着唾沫横飞趿拉着拖鞋到处跑的爸爸，穿着大紫花裤子大绿花上衣红裤衩从大短裤里翻出边挥着锅铲骂大黄和自己的妈妈，悄悄地，将思维切换至幻想的世界中，寻找着自己想要的美好。有时候，她也会想起江风，想起自己苦涩又甜蜜的暗恋，可她也只是痴痴地想一会儿，就强迫自己回到现实世界里，小小的女孩子，心里明白，从此，自己和江风，将会是两道平行线，再也不会有交集了。

这姐妹俩不知道，父母这些行为都是在有意无意告诉从小娇生惯养十指不沾阳春水的她们，生活其实非常艰难，人生处处都有险恶。年长二十余岁的他们比她们更懂得放松也更想切换自己，但他们是父母，怎样能让孩子明白世事艰难又不受伤害地长大，是他们看到那初生的毛茸茸粉红色婴儿的一刻，就开始用终极一生来实践的命题。

开学的时候终于就要来了，赵淑玲和范大送女儿去学校，出发那天早晨，到火车站了，赵淑玲还在检查着东西，唯恐给女儿漏掉了什么，范雯雯则像只兴奋的小麻雀，叽叽喳喳叫着，和妈妈拥抱了一下就跳上了火车，头也没回地奔向新生活，把不舍和难过都留给了身后的妈妈。

北方大学是北京一所百年老校，校园里密布参天大树，树叶子哗啦啦地摇曳着，像在欢迎每一个朝气蓬勃的孩子，阳光从缝隙间洒下来，光影里流淌着一个个著名校友的故事，绿油油的爬山虎在一座座大楼间延伸舒展编织着梦想，花园小径旁的各色花朵绽开笑脸，一切都是那么美好。

范雯雯和范大背着行李跨进校门。范大放下行李擦汗，抱怨着："真不知道这大城市有什么好的，人那么多，街那么长，乱死了。"范雯雯一眼就看到了欢迎99级新闻系新生入学的标语，冲过去闪着大眼睛："我报到。"

对方微笑着打开签到本："欢迎新同学。"

范雯雯闭上眼睛，深吸了口气又睁开。少女的头发是纯黑的，阳光在上面洒上点点金光，她的微笑，和心情一样雀跃。范大目不转睛地看着范雯雯，满脸都是掩饰不住的骄傲。

崭新的生活，就这样拉开了帷幕。

即将到西山师范大学报到的范娜娜一家，风格完全不同。范娜娜含着眼泪和从小到大都陪着自己的小伙伴大黄告别，登上了范二专门找来的车。到了学校，范二很是欢喜，东瞧瞧西瞧瞧，还拿着个相机不停地拍照，说要回去洗了放大挂在墙上。王玛瑙也扯着大嗓门大笑着配合着老公，只有主角范娜娜看到破败不堪的宿舍就懊恼起来，觉得实在没有想象中大学的样子，然后就一路垂着头，机械地配合着父母，找到教室食堂澡堂甚至厕所，完全没有父母那样欢乐的心情。

好在都是年少青春的女孩子，开学后范雯雯、范娜娜很快就和舍友们打成了一片，学习着新鲜的课程学做着新鲜的人。

1999年，大学里公用电话还没有普及，有人来看望同学只能通过舍管的大喇叭通知。大家每天课后的保留项目就是猜今天会有谁来，周末这一天，舍友们正在商量一起去逛街，大喇叭忽然响起来："范雯雯，有人找。"

舍友们呼啦啦扑上来问正在看书的范雯雯："雯雯，谁来找你？""雯雯，是不是暗恋你的人来啦？"范雯雯很奇怪，谁会来呢？她冲舍友们做了个鬼脸，赶忙往外走。

淡蓝色的天空下，蚕丝一样薄而透的云朵慵懒地飘着，金灿灿的五星草在风中摇曳，朝每一个经过它的美丽人儿点着头。听到范雯雯的脚步声，江风转过身来，冲她一笑。

那样俊朗的一个少年，像早晨阳光里青青的小树。

饶是范雯雯一直只觉得他是个好同学，此刻也脸红起来，愣了半晌才结结巴巴地问:"江风,你怎么来了?"

江风也有点脸红:"今天我们宿舍有人要来你们学校,我就一起来玩了,顺便打……打听到了你在哪里。"

范雯雯回过神来,恢复了以往的调皮:"走走,我带你看看我们学校,可漂亮了!"

江风惊喜地笑起来:"好啊。"

范雯雯的宿舍窗口,传来一片怪叫。舍友们趴在窗户上,乱七八糟做着鬼脸。

范雯雯好气又好笑地跟他们解释:"我们班长啦,来看我。"

众女生继续尖叫:"好帅!搞定他,好好玩!"

范雯雯无奈地摇头拉着江风快走,江风回过头来,友善地冲女生们笑笑。

结果又是一片尖叫。

每个人的人生里都有一段最美好的时光,然而当时往往是不自知的,总是在过后,才带着些遗憾,带着些感慨,带着些泪水来审视,痛恨自己竟然不懂珍惜。李商隐写"此情可待成追忆,只是当时已惘然",正是这种情绪,实际上又何尝只有爱情是如此。可最让人伤怀的是,即便我们事先知道了,事实上也无计可施,因为不管是美好还是痛苦,快乐还是伤心,我们无论如何想尽方法去挽留,最终还是会如水东流,永不再来。

范雯雯上大学前半部分的美好时光,就在她在开满了花的树下大声背着英语、越洗越干净的衣服、每天一课的《新闻学概论》、班主任老师越来越稀少的头发、时不时和江风手拉手溜个冰、每个暑假寒假十一个小时火车硬座一起回家，还有正当好年华的舍友们嘻嘻哈哈的笑声里静悄悄滑过去了。少女的变化是惊人的，她已经从当年的丑姑娘蜕变成了"小天鹅"，虽然不是特别漂亮却也有着别样的光彩，也不是没有男同学想要对她表达好感，可看到保护神一样的江风，都不由自主地收了心思。总之，全世界都看出来江风爱着范雯雯了，只有范雯雯觉得不可能，一门心思朝着自己战地记者的梦想飞奔。

范娜娜大学三年的美好时光，就在读书一本本、一封封情书、一封封和姐姐的通信、一篇篇写完就塞到抽屉的文章里滑过去了。一年年地，同入校的女生都有了新变化，只有她，除了出落得更漂亮之外，整个人仿佛一坛幽静的池水，波澜不惊。大家都不明白她在等什么，连范娜娜自己也不明白，或者说，她不敢明白，因为只有她自己知道，每年放假时见到江风，心情有多雀跃，有多快乐。

一转眼就到了 2002 年，大三后半学期，范雯雯加入了校报编辑部，想要在这里实践自己的新闻理论，第一次采访，就接到了外派任务，跟着学校的调研团队出差，范雯雯一看目的地是盐湖市下辖的夏山县，高兴得不得了，出发前夜翻来覆去睡不着，第二天便起晚了。

等到她飞奔上车，车上只剩下一个看书的男生旁边还余着个空位。范雯雯刚刚一屁股坐下，车就开动了。范雯雯想把包放到行李架上，挪了半天都挪不进去，吭哧了半天旁边看书的男生都似乎没察觉，有点大小姐脾气的范雯雯就有点火大，干脆直接推推他："哎，能不能帮我个忙？"

男生木然抬起头来，发愣了一阵才站起身来，帮范雯雯放好行李，又坐下来看书。

范雯雯好奇什么书这么有吸引力，能让男生对自己这大活人视而不见，凑过去提醒道："同学，这样对眼睛不好。"

男生笑笑，眼睛仍然没有离开书："噢，没关系，我习惯啦。"

范雯雯挑战无视自己的人的心思暴涨，继续发问："你也是新闻系的吗？以前没有见过你啊。"

男生终于看了她一眼，仿佛才意识到面前是个正当芳华的姑娘，脸有点红："我都读教育系研二了，我叫郝刚。"

范雯雯发现面前这个叫郝刚的男生眉目清秀，长得挺顺眼的，心里的气也就平了几分，"扑哧"一声笑了："郝刚，好名字！我叫范雯雯，新闻系大三学生，你是去做志愿者吗？"

郝刚摇摇头，看她一副要聊天的架势，无奈合上了书："我是去做一个课题。"

范雯雯一下子来了劲："对啊对啊，做课题一定要来我们盐湖市，我们盐湖可好呢，山好，水好，人更好！"

郝刚也乐了："可我做的课题题目是'贫困山区教育研究'呢。"

范雯雯不服气："什么贫困山区，我们盐湖没有！"

郝刚认真起来："你的家庭条件一定不错，可是我们国家要发展的地方还多呢，夏山县的经济一直就不行。"

范雯雯嘟起嘴摇摇头："不可能。"

郝刚拿出一摞资料给她看："你看，事实摆在这里。你看这数据，这排名……"

范雯雯嘴里答应着，心里翻了无数个白眼，等他一合上资料夹，就赶紧接口："有时候也不能只看这数据，我家乡那边，特别漂亮，人也特别好，我们最爱吃夏山县的葡萄……"

范雯雯滔滔不绝地讲着，唯恐郝刚又说自己家乡不好，郝刚几次插嘴插不进去，有些哭笑不得，只得安静地听着。

六个小时后，大巴车刚停稳，范雯雯就迫不及待第一个跳下车，看着车外，她突然愣住了。范雯雯心中的盐湖到处山清水秀，然而这个地方，散落山间的黄土屋、零零星星的几亩地、挂在铁丝上打着补丁的旧衣服……都向所有人彰显着它的贫困。

范雯雯张口结舌："不可能吧，盐湖竟然还有这样的地方？"

郝刚跟在她后面下车，淡淡地说："所以，不管是做学问还是做采访，一定要注重实地考察。"

范雯雯气馁，耷拉着脑袋，随一行人走向山坡上的夏山小学校。

说是小学校，实际上也不过几间土坯房，还歪歪扭扭用柱子撑着，看起来随时能塌掉。校长、教务主任正等在门口，校园里的二三十个孩子在国歌声里升旗。

一行人和校长握手，校长咧嘴笑着，不停地说："谢谢，欢迎。"

范雯雯看着这办学环境，心里很难过，郝刚也紧皱眉头。

校长邀请着大家："这边请，我们先去会议室坐坐。"

所谓的会议室，也不过是个土坯房，房里还点着炉子，满屋子烟熏火燎的，会议桌是几张废旧书桌拼成的，一碰便吱吱呀呀乱响。

范雯雯不相信地看着这一切，瞪圆了眼。

校长招呼大家坐，从一个黑乎乎的陶罐里掏出看不清颜色的茶叶，拎起炉子上的大茶壶，给每个人冲了一杯茶，边递给大家边不好意思地解释："咱们这个村穷，办学条件差了点，镇上倒是说要给修学校呢，可年轻教师们吃不了苦全走啦。现在学校就剩我和教务主任两个老师了。"

范雯雯看着手里满是茶垢的茶杯，难以下口。坐在她身边的郝刚端起来茶一饮而尽，开口道："张校长，我们来这里，就是想要针对咱们学校的实际情况，解决点现实问题。"

范雯雯惊讶地看着他，也咬着牙小心翼翼地抿了一口。

张校长刚要说什么，教务主任匆匆进来。校长歉意地起身："让教务主任给大家说吧，下面是我的历史课，我要上课去了。"

这一天让范雯雯惊讶的事情太多，她已经不知道该如何表达自己的感受了。

一旁的郝刚站起身来："我来替您上吧，您给大家讲讲学校的情况，我一直在给孩子们做家教，有这方面经验。"

校长激动得直搓手："那真不好意思，谢谢，谢谢！"

范雯雯的心中油然升起一股对郝刚的好感，郝刚冲她一笑，走出门去。

校长继续介绍情况："其实其他困难我们都可以克服，可学生辍学这件事我们真是没办法。山里人，没钱，孩子还多，父母打工去了，就让大的照顾小的，尤其是女孩，失学情况很严重。"

范雯雯看着郝刚远去的背影，内心忽然生出无限勇气，她语气坚定地问道："一个孩子一个月要多少钱？我可以资助一个。"

校长听了这话又激动起来，高兴得直搓手："那太谢谢了，就是，就是一个孩子大概一个月要五六十块钱，一年得六七百块。"

一屋子不可置信的嘘声，只有范雯雯冲口而出："就这么点？我还以为要多少钱呢。"

校长涨红了脸："对山里人来说，这就是大钱……"

领队老师冲范雯雯摇摇头，范雯雯吐吐舌头，不再说话。

校长翻箱倒柜，拿出个单子："这是县里认定的贫困家庭表，要是可以资助这些可怜的孩子们，我替他们谢谢你们。"

众人挤上来认领孩子，校长在一旁激动得就只会搓手。

教务主任带着一帮衣衫褴褛的孩子进门，对孩子们道："你们的生活费有着落了，快谢谢叔叔阿姨。"

孩子们纷纷说着谢谢，只有最后面一个小女孩，垂着头不吭气。

范雯雯走到她身边，俯下身子柔声问："小姑娘，你叫什么？"

小姑娘抬起头来，不卑不亢看着她："我叫何玉。"

这个十岁的小女孩，扎着两条小辫子，虽然脸色因为长期营养不良发黄，却有一双倔强乌黑的眼睛，范雯雯一下子就喜欢上了她。

教务主任推着何玉："快谢谢阿姨。"

何玉警惕地盯着范雯雯。

长这么大头一回听别人要称呼自己阿姨的范雯雯稍惊，却不露声色地拉过何玉，悄悄说："姐姐，我是姐姐，别叫阿姨。"

何玉看着她温暖的笑脸，也慢慢放松下来。郝刚正好跨进门来，见此情景，明白过来，冲范雯雯竖起大拇指。范雯雯也调皮地冲郝刚眨眨眼，等郝刚坐在自己身边，低声道："我这还只是发动大家资助了一个孩子，要是我爸见了，一定把他们全管了！"郝刚一笑，接口道："那叔叔一定是一位特别好的教育家。"范雯雯看着他的笑容，只觉得心里亮堂堂的。

范雯雯不知道，一辈子热爱教育事业的范大，实际上正前所未有地发着愁。在赵淑玲喊了无数遍吃饭后，他才终于放下手里翻了不知多少遍的《2001年盐湖教育情况报告》，眉头仍然紧紧锁着。

赵淑玲端着饭出来，冲范大嚷嚷："就不能帮忙端端饭？喊多少声了也没反应。"

范大心不在焉地拿起筷子夹了一口菜，对赵淑玲道："老婆，我跟你商量个事儿。"

赵淑玲头也不抬："除了钱得留着给雯雯花，其他的你说。"

范大心想知夫莫如妻，她就知道自己说的是钱的事，犹豫了一阵还是吞吞吐吐地开口："我想开办个学校。"

"什么？"赵淑玲惊讶极了，生意人的脑袋瓜转得飞快："咱这日子过得好好的，办什么学校，在哪儿办？能挣钱吗？"

范大摇摇头："在村里办，挣钱倒是其次，主要是想顺便解决那些没学上的孩子的问题。"

赵淑玲拿起《2001年盐湖教育情况报告》翻了翻："他们有政府管啊，咱们投钱进去，赔了怎么办？"

范大努力用老婆的思维解释道："你看，我们村虽然是村，但紧挨着新建的市场，市场上都是生意人，现在他们的孩子上学要跑很远，大家都觉得麻烦，跟前的学校建起来了，他们肯定愿意把孩子送过来，而且这些人一年交一万的学费问题不大。我想收大部分学生的学费，顺便把贫困农村孩子的上学问题解决了。钱嘛，我算了算，就在咱们的老宅上盖房子，买办公用品啊，给老师发工资啊什么的，前期投入最多三十万。"

赵淑玲"砰"一声放下碗，惊叫："三十万，你开玩笑吧？咱们手里连十万都没有啊，从哪弄钱去？不行不行，我不同意。都投进去了，咱们就一点积蓄也没了，雯雯要读研找工作，该怎么办？"

范大继续说服她："虽然刚开始紧张点，可学校再怎么样也能挣钱吧。生活费餐费服装费什么的，一人一次性交上两万，招上一百个孩子，那有多少钱，到时候还怕雯雯没钱花？"

赵淑玲听了范大的话有些心动，低头算着账。范大看说动了老婆，便也不再着急，慢慢吃起饭来。

正是苹果丰收的季节，范二家院子外，红的绿的黄的苹果堆如小山，打包好的苹果箱子整齐地放在门口。范大背着手，慢悠悠跨进屋子，大黄"嗖"一下站起身来，看到是范大，又低下身去，专心地啃着一颗果核。

范大在葡萄架下坐定，环顾着四周，范二正在屋子里大声打着电话：

"行！一箱五十，五十箱，都是八厘米以上大果。有货，你说地址。"

范二挂了电话，一挑帘子出来，看见哥哥，愣了一下，忙迎上来："哥，你啥时候来的，也不说提前打个电话。"

范大笑着说："也刚进门。"

范二随手拿着几个苹果，洗了给哥哥端上来："哥，刚从树上摘的没套袋果子，还脆着，你吃。正好你来了，我还准备这几天找你呢。"

粉色的苹果散发着淡淡的香气，范大拣了个小的有虫眼的，掰开，把虫子啃过的一半扔了，一口咬下去另一半，咬出一股鲜嫩的汁："咋啦？你说。"范二笑了："哥，你看，人家现在买苹果都爱买个头大颜色红的，实际上真正的行家都知道，这果，还是没有套袋太阳照射时间长的、个头小一些、颜色浅一些的好吃，看看，连虫都抢着吃。"

范二指着院里的苹果："这几年咱市一直叫喊提高苹果产量，套袋打药下化肥，苹果倒是收成好，我们也挣了点钱，可是我觉得，这苹果根本没有咱们小时候吃过的好吃。对啦，现在有个新名词，叫不打农药不上化肥的苹果是有机苹果，我总感觉，有机苹果下一步应该是发展重点，所以我想把现在的五亩苹果地全换一种种植法，不打农药，再买点地，重新种果，不要其他品种，全部种红富士，你觉得呢哥？"

范大被弟弟的宏伟目标吓了一跳："你为啥这么想？"

范二拿着苹果在手里把玩："我是农民，了解土地，土地最不亏人，只要勤浇水勤抓虫下有机肥，产量肯定能上去。现代人越来越有钱了，有钱就想吃好的，下化肥的苹果口感和营养都远不如有机苹果，而且有机苹果也贵不了多少，所以我觉得有机果子还是很有市场的。咱还能在果树下养鸡、拿烂苹果喂猪，猪粪鸡粪再下到地里，这就是我们培训时讲过的生态养殖啊！最后再开个苹果副产品加工厂什么的，谁说卖苹果不能行，卖好了一定行。"

范大听得悠然神往，手里的苹果也顾不上吃了，连连点头："你说得对，哥也觉得有道理，那就往下干吧。"

得到肯定的范二激动地给哥哥点了支烟："可就是投资比较大钱不凑手，哥你那有钱吗？借我点。"

范大一愣，尴尬地说："兄弟，我今天来，也是为了这事。我想在咱爸留下的院子里盖个学校，可是钱不够，想跟你借点哩。"

范二闻言头摇得像拨浪鼓："哥，你出去多年，不知道这村里的情况，可复杂呢，只怕你一弄起学校，村人就都想来敲一笔。而且办学校多耗人啊，你不缺吃不缺穿每月都有工资，图啥呢？"

范大狠狠抽了口烟："图我心里头过不去，咱家那时候穷，咱爸只能供起一个娃，所以你上完高小就不上了，可惜了你这好苗苗。这么多年我一想起来就难受，这种事情再也不能发生了。所以我想办个学校，起码让村跟前的娃们有学上，上好学。"

范二被哥哥的想法所感动，可嘴上依然慎重："哥，我知道咱爸咋想的，我就不是上学的料，他一人供两个不如我们俩供你一个，咱爸对着呢，不存在啥对得起对不起。但是我觉着你这样办学校可挣不下钱，政府又没有补贴，你可不敢把一辈子的辛苦钱都搭进来了。"

范大感叹："我这想法在心里一直攒了二十年了，我今年都四十八了，马上退二线就有大把的时间了，这事情再不弄就没精力弄了，也是时候了。凭我这当老师多年管了咱村那么多学生，村人总不好意思为难我吧，要干，不如趁早。"

范二看哥哥决心已定，便问："你要多少钱？"

范大摇摇头："你还要用钱呢，算了，我找人想办法给你申请些农业无息贷款，我去找老朋友们借点，咱俩都好好干自己的事吧。"

范二满是崇拜又忧虑地看着哥哥。

范雯雯和郝刚在夏山县一步一个脚印实地考察了几天，范雯雯写出了人生第一篇新闻，虽然连近在咫尺的家都顾不上回一趟，但范雯雯的心里还是充满了成就感。等范雯雯和郝刚两人再一次回到学校时，他们彼此已经非常熟悉了。这一回，木讷的郝刚终于懂得替范雯雯把她的行李送到宿舍门口，并指指体育场后面的楼："我的宿舍就在那里，没事来玩。"

范雯雯调皮地鞠了个躬："好的，谢谢二师兄。"说罢笑着跑进了楼。

郝刚看着她的背影，也笑了起来。

范雯雯刚踏进宿舍，电话就响了，舍友冲她挤挤眼："快，雯雯，肯定是江风的，都找了你无数回了。"范雯雯接起电话，果然是江风，等了这么久终于听到她的声音，江风舒了口气，语气里有点小小的嗔怪："雯雯，去哪儿了，都不说一声。"范雯雯一愣，心里刚有了模模糊糊的感觉，江风就遮掩过去："我去找你，带你去个好地方。"

"好哇好哇。"范雯雯开心起来。

范雯雯眉飞色舞地给江风讲着一路见闻，江风含着笑听着，忽然站住脚："到了，知道你爱吃这个，我找了好久。"范雯雯抬起头来，就看到了门匾写着"盐湖孜然炒面"的小馆子，她先是愣了一下，然后像蝴蝶一样欢快地飞奔过去。

江风满意地笑了。

馆子虽小，味道却很正宗，范雯雯风卷残云般吃完一碗面，油着一张嘴，满意地拍拍肚子，觍着脸问江风："好吃，正宗！能不能再来十个羊肉串？"

江风哈哈笑着要了一份，老板笑着答应："看我们盐湖这小伙子，对女朋友真好。"

范雯雯忙摇头否认："我们是哥们儿，哥们儿。"

江风半认真半开玩笑："要不我们试试发展发展？"

范雯雯只顾着吃，嘴里撕扯着羊肉含混不清地说："哪有朋友谈恋爱的？"

江风脸色顿时暗淡下来，喃喃道："雯雯啊，以后咱们在北京立住脚了，你什么时候想来，我就带你来。"

被偏爱的都有恃无恐，范雯雯边吃边点头，完全没有察觉到江风的情绪。

范家老院里，工人们忙进忙出，赵淑玲在厨房亲自动手给大家做饭，范大和几个人坐在一起，讲着："我想借大家点钱，用来开办学校，等赚钱了再还给大家……"

院外面一阵喧哗声传来，十余个黑衣人拿着镢头冲进来，嘴里吆喝着，直接夺过了工人手里的工具。

范大一愣，忙迎上去问："这是怎么了？"

领头的黑衣人悠闲地抽了口烟，吐了个圈圈："范校长，听说你要办学校，怎么不用咱兄弟帮忙？"

范大明白碰上了来讹钱的，赔着笑："我这在自己村里做点小事，就没想着麻烦大家，你们也是咱村的？"

领头的黑衣人满脸不耐烦："范校长，我们是哪儿的不重要，关键是你不用咱兄弟，咱们就没饭吃啊。"

范大忙敬他一支烟："咱们一边说，一边说。"

正在放暑假的范娜娜和王玛瑙赶来看到这一幕，赶紧跑到赵淑玲身边。赵淑玲"当啷"一声扔了手里的勺子,火了:"在自己村里办学校,手续都全,还有人拦,有没有王法了?"

王玛瑙着急地说:"我去叫几个人,或者把老二叫回来?"

赵淑玲摁住她:"先别,就老二那脾气,来了还不知道要弄成啥,让你哥先想办法吧。"

门外的范大正诚恳地对领头的黑衣人解释:"好兄弟,我这是办学校,不是做生意,为了咱们邻近几个村的娃们好,我手里的钱都投进学校了,就这还远远不够呢,暂时没有余钱给大家花,这样吧,学校建起来了,就让大家的孩子们来念书,我不收学费。"

领头的黑衣人轻蔑地一笑:"上学有什么用?能换成钱吗?我们不上你的学,兄弟们既然来了,范校长总得给口饭吃。"

范大见这些人不可理喻气得浑身发抖。

"弄啥呢弄啥呢?"村长披着军大衣,声如洪钟,迈着方步走了进来。

领头的黑衣人气势一下子颓了:"范村长,您回来了,生意挺好?"

范村长威风凛凛地把领头的黑衣人拎到一边,喝道:"听着,范校长来办学,是和我合作的,以后,谁也不许来捣乱。"

领头的黑衣人点头哈腰赔着笑:"您早说嘛,我们绝不来了。"

范村长瞪着眼睛:"还站在这干什么?给范校长赔个罪,滚吧!"

领头的黑衣人向范大鞠了个躬,带着手下撤了。

范村长回身,笑容可掬地握住范大的手:"范校长,受惊了。"

王玛瑙简直不敢相信眼前发生的这一切,她迎上来冲范大使了个眼色:"大哥,这是咱们村刚刚选上的村长,没出咱五服,也是亲戚,以前一直在外面做生意,才回来。"

范大领会了弟妹的意思,充满感激地握着村长的手:"好孩子,之前去过家里几次,你都不在,谢谢你来解围,要不然还麻烦呢。"

村长一挥手："以后有人来捣乱,你就说学校有我的股份,包你没事。"

范大一愣,随即会意:"村长也对教育感兴趣,那我送你一股吧。"

村长哈哈大笑:"一股就不用啦,没多大意思。"

范大陪着笑,一咬牙:"那就一股半吧,这学校还有其他人,也不是我一人说了算的,这么多都是从我的里头扣的,我们一起合作,让咱附近的孩子们有学上,上好学。"

村长满意地一笑,和范大意味深长地握手。依然在远处徘徊的领头黑衣人回过头来,和村长交换了个眼神。

这场风波总算压下去了,几人到范娜娜家吃饭,赵淑玲忍不住骂:"这事情太窝囊了,在自己村还要受气。"范大不吭气,看着院里新出的苗出神。范娜娜端过饭来,不服气地问:"大伯,明明那村长是个坏人,你为什么不和他划清界限,还要给他股份?"

范大拿起一个馒头吃着:"一了百了,把他拉进来摆平这些小事,咱们受不了他天天骚扰啊。"

范娜娜很纠结:"咱们还不如报警呢。"

范大摸摸她的头:"娜娜,报警只能管得了一时,警察走了,他们还来。你报一两次行,总不能天天报吧。"

范娜娜恼火地说:"不知这些流氓哪来的?"

范大的神情严肃起来:"如果还有孩子们不上学,那他们的未来就可能像这些人一样。大伯为什么要盖学校,就是不能让这种事再发生。"

范娜娜明白了伯父的心思,感动极了:"大伯,以后我放假就回来陪你,给你帮忙。"

范大欣慰地说:"好孩子,你比你那不知道往哪飞的姐姐强啊。"

沉着脸的赵淑玲看着他们,无声地叹了口气。

范雯雯这几天总想起郝刚对孩子们的态度,觉得心里软软的,她给自己找了个借口,要问问郝刚爸爸开学校的事儿,便心安理得地去找他了。

范雯雯敲门进宿舍时,郝刚正一个人专心地在床上看书,床上凌乱不堪。看见范雯雯进来,郝刚吃了一惊,慌忙站起来,顺手拿书盖住了一块污渍。

范雯雯脸也红了:"不认识我了?"

郝刚反应过来,慌忙起身让座:"雯雯你好,请坐,请坐。"

范雯雯环顾四周,"扑哧"一声笑了:"我坐哪儿啊?"

郝刚搬了把看起来还算干净的凳子,又把自己床上的书用力往里推了推,找出一个杯子,拿过一个没有盖还徐徐冒着热气的暖瓶,给雯雯倒水,暖瓶随手放在范雯雯脚边。范雯雯起身接水杯一不留神,就踢翻了暖瓶,暖瓶"砰"一声炸了,吓了她一跳,慌忙跳开,却不小心又踩翻了一个盆,差点摔倒。

郝刚手忙脚乱地拿起一块毛巾替她擦,忙着问:"没烫着你吧?"

范雯雯强忍着脚踝处的痛楚:"没事。"

郝刚笨手笨脚地边擦边解释:"我不怎么会做这些事情,时间都拿来看书写论文了,想赶紧做出点成绩来。"

范雯雯眼里闪着崇拜的光:"也许做学问就应该这样子专心呢。"

话没说完,范雯雯就尖叫一声,原来郝刚不小心碰到了她的裤脚,郝刚忙撩起来裤脚看,发现脚踝处已经红了一片。郝刚忙打开抽屉找出烫伤膏给她涂,埋怨道:"都烫成这样了,你怎么不说啊,不怕留疤?"

范雯雯嘴里"嘶嘶"地吸着凉气:"我怕你自责嘛。"

郝刚一愣,抬头看着范雯雯,正对上范雯雯含着泪还努力笑着的小脸。

正在仔细涂膏药的郝刚，心里突然就动了一下，再看看她莹白的皮肤，手上不由得轻柔了许多。

江风突然发现这阵子不太好找范雯雯了，打电话过去总不在，也不回电话，江风有点忐忑，生怕他的女神被人追走了，可他还在一家企业做兼职、赚零花钱，平时也走不开，只能等着，凑个不太忙的周末，去北方大学找找范雯雯。

烫伤事件之后，郝刚总有借口来找范雯雯。今天带包糖炒栗子啦，明天拿上个红烧猪蹄啦，反正都是对恢复伤口有好处的，看着范雯雯吃了，郝刚也不走，要么留下来和她谈教育谈新闻，要么带她出去看电影泡图书馆。两人每天谈天说地东游西逛，慢慢地，范雯雯心里就有了依赖，开始喜欢和郝刚待在一起的感觉。

出门在外，生病的时候最需要依靠，当舍友们出门上课，留下感冒发烧的范雯雯一个人时，范雯雯前所未有地想念郝刚。她犹豫了半天，还是裹着被子，挣扎着爬下床，摸索到电话机前，打通了郝刚的电话。郝刚接起来答应马上过来，范雯雯空荡荡的心里，突然就安稳了下来。

我们都以为爱上一个人很难，有时候也很简单，也许只是你需要的时候，他正好在。

范雯雯挂了电话，哆哆嗦嗦爬上床躺下。

郝刚急匆匆推门进来："雯雯，你怎么样？要不我们去医务室看看？"

范雯雯摇头，哑着嗓子："不要紧，给我倒点水吧。"

郝刚摸摸她的头，看看表，满是歉意地说："我本来打算带你去看病的，要是你不要紧的话，我先上课，一下课马上回来。"

范雯雯不想说话，疲惫地点点头。

郝刚把床边的杯里续满水，随手拿起暖瓶走了。他心里想的是带上暖壶等他下了课再给范雯雯送水，不承想，发烧的病人是时刻少不了水的。

范雯雯翻了个身起来，迷迷糊糊拿起杯子喝水，却被烫得直吐舌头，好容易喝完了，到处找暖瓶却找不着，范雯雯渴得嗓子直冒烟，终于伤心地哭了。她想爸爸，也想妈妈，在家里，她一生病，妈妈就不上班了，给她做各种好吃的。爸爸回来时一定会给她买橘子罐头，范雯雯一吃准好，现在什么都没有……

范雯雯就这样哭着，抱着空杯子，慢慢睡着了。

"雯雯，雯雯"的呼唤声叫醒了她。

范雯雯睁开眼，看到是郝刚，不想搭理他，转身背对着他。

郝刚涨红了脸，满是歉意地说："雯雯对不起，我习惯了，随手把暖瓶也拿走了……我不会照顾人，我家就我一个孩子，父母一心让我学习，对我的事情大包大揽，所以我没什么照顾人的经验。但是我保证，为了你，我会改，我会好好学习，你教我，好吗？"

范雯雯拉下脸上的毛巾，红着眼圈："我为什么要教你？"

郝刚喃喃了半晌才道："因为……我，我想照顾你，以后都照顾你。"

范雯雯觉得身上更烫了，她几乎不敢相信，还是再确认一下："你这是向我表白吗？"

郝刚红着脸："难道你不喜欢我吗？"

范雯雯"扑哧"一声笑了，使劲抬起滚烫的小拳头打了郝刚一下："臭美！"

郝刚"嘿嘿"傻笑着，握紧了范雯雯的手，范雯雯看向他甜甜地笑了。

北方理工大学的林阴小道上，刚下了班一身疲惫的江风和舍友一起走着，舍友问他："你考托福吗？"

江风摇摇头："不考了，我想毕业了就留到这里，赶紧奋斗挣钱，把我妈接来享福。"正说着，江风的呼机忽然"哔哔哔"响了。

江风看看留言，激动地把书塞给舍友，自己匆匆往公话亭跑去："你先回，我去回个电话。"

舍友在背后打趣他："肯定是那个雯雯吧？都暗恋这么多年了，赶紧表白吧，小心被别人抢走。"话音未落，江风已经跑远了。

大学校园的公话亭外排了好长的队，江风焦急地往前看着，急得直跺脚。

三月的天气，乍暖还寒，忽然就有一朵雪花，缓缓地落在了他的鼻尖。

江风一愣，抬起头来看天。鹅毛大的雪，瞬间就哗哗飘下来。

"下雪啦！"人们喊着，跑过江风身边，跑向温暖的宿舍。

江风跺着脚，继续等着，大雪很快就把世界覆盖了银白的一层，等到他终于进入公话亭，手已经冻僵了，身后也再没有一个人。

江风哈着气吹吹冻僵的手，舒展了一会儿，才终于拨通了范雯雯宿舍的电话。橘黄的灯光照着江风的双眼，他的脸上带着笑，等着电话拨通。

十一点了，范雯雯宿舍已经熄灯睡觉，一片漆黑。电话铃响了半天，也没有人起来接。半梦半醒间的范雯雯忽然想起自己呼叫过江风，只得不情不愿地从被窝里出来接电话："喂，江风啊，我睡了，你怎么才回电话？明天再说吧。"

电话亭里的江风可舍不得："别啊，打通了就聊会儿，你去披件衣服吧，小心感冒。"

范雯雯放下电话披上衣服，打着哈欠把电话线拽到门外，告诉江风道:"我有个好消息要告诉你。"

江风高兴地说:"什么好消息?"

范雯雯想起郝刚,甜蜜地笑起来:"我要请你吃饭,因为——"

江风着急起来:"因为什么,这么高兴?"

范雯雯有点娇羞:"你是我最好的同学,我第一个告诉你,我谈恋爱啦,哈哈。"

电话亭里的江风听到这个消息如遭雷击,话筒差点从手里掉出去,灯光在他眼里成了惨白色,他的身子也剧烈地颤抖起来。

电话那头的范雯雯丝毫没有察觉,依然兴奋地说:"就是我跟你提过的郝刚哎,他昨天向我表白啦,我好喜欢他,高兴吧,替我高兴吧?"

江风机械地点点头:"高兴,高兴。"

范雯雯在电话里又兴高采烈地说了一阵子,却听到江风越来越沉重的呼吸声,不禁终于关心地问道:"你是不是困啦?那完了再说,我也要睡啦。"

江风挂了电话,茫然地把头抵在电话亭上,看着外面的大雪,牙齿咬得咯咯响。他不知道自己是怎么回到宿舍的,只觉得这条平时没几步远的小路,走了好久好久。

刚才一起的舍友还在点着蜡烛看托福教材,见江风回来,打趣他:"聊好啦?有美女陪着就是好啊,哪像我们,还要挑灯夜战考托福。"

江风颤抖着伸出手:"给我一根烟。"

舍友察觉到他的声音不对,掏出一支烟递给他,关心地问:"怎么了?你一向不抽烟啊。"

江风一把夺过烟,点上狠狠吸了一口,却立马咳得弯下腰去。

烛光掩盖了他的情绪,咳声替代了他的心碎。窗外大雪绵绵,无声也无痕。谁都不知道,人生中会有多少次,自以为是给爱自己的人喂下的蜜糖，其实是慢慢挥发的毒药，也不知道又有多少次，他们明知道那是毒药，也因为爱你便当成蜜糖，笑着咽下去。

暑假前，范大的学校基本落成的时候，他就开始忙碌着招生了。可能因为是新学校，人们问得多报得少，早早放了假的范娜娜也每天都过来帮忙。报名的人围着范大，看着在大太阳下辛苦的伯父，范娜娜常常觉得心疼。她想把范雯雯叫回来，然而郝刚正是找工作的时候，范雯雯为了陪他，一次又一次推后着回程的时间。

郝刚的求职并不太顺利，他不愿意主动出击，想等着有比较好的工作单位找上系里时再说，可今年的就业情况不好，来的都是些差单位。郝刚这些天都闷闷不乐的，范雯雯不停地鼓励他安慰他，正好昨晚郝刚父亲告诉他从报纸上看到北方研究所要人，让郝刚送份简历过去，范雯雯就陪着他来面试了。等郝刚进去，饿着肚子的范雯雯在门口等得心急，便去买了个包子先吃着，一个包子还没吃完，就看到郝刚兴高采烈地走出来。

范雯雯急忙迎上去："怎么样，简历投了吗，人家说什么？"

郝刚昂起头踌躇满志地答道："雯雯，你该和我一同进去，看看什么叫伯乐，这儿的主任看了下我的简历，马上就决定让我来办手续了。"

范雯雯听了他的话激动得跳起来："太好了，终于签了！前几天我还后悔，不如让你听父母的，回你们市委办公厅呢。"

郝刚一脸不屑："我才不回去，都读到研究生了还要靠父母，多丢人。"

范雯雯听了他的这个说法略微失望："你就因为这个不回去？"

郝刚搂住她，刮刮她的小鼻头："当然，最重要的原因，还是为了和你在一起。你也考研吧，完了留下来，我们在这个城市好好奋斗。"

阳光洒在郝刚的脸上，范雯雯笑起来，只觉得满眼都是希望的光。

郝刚不知道，同一时刻，在他家三室两厅装潢颇为考究的客厅里，父亲和母亲也正在讨论这件事。在市财政厅工作的母亲舒了口气："总算把郝刚安顿好了，你儿子不但不回来，还要自己找工作，哦，不，让工作找他，最后不是还得靠咱们？"

担任市人大主任的郝父长出了口气："他还以为研究生可了不起呢，不知道这北京一抓一大把。我骗他在报纸上看到招聘启事，他才去的研究所应聘。"

郝母笑了："他这倔劲儿还不像你？"

郝父拿起手机边拨号边说道："我赶紧谢谢老同学。"

电话那端是研究所主任："老同学啊，有什么指示？"

郝父哈哈笑起来："哪里敢指示老同学，这次可全靠你，我那不听话的儿子总算去所里投了简历，安顿下来了。"

主任："再大的儿也要操心啊，这也不全是我的作用，郝刚本身的条件就很符合所里要求，看得出来，他是个勤奋的好孩子，像你！"

郝父感激不尽："以后还得老同学多带带他。对了，我那孩子心气高，啥也要靠自己不靠他爹，咱们别让他知道，我找过你的这事儿。"

主任一愣，由不得叹道："好，我不说，可怜天下父母心啊！"

郝父不好意思："过几天我就去给郝刚安排安排，到时候啊，咱老兄弟可得好好喝两杯。"

郝父挂了电话，舒了一口气，郝母又神秘地凑过来："听说郝刚谈了个女朋友，万一他让你见见那姑娘，你可别见啊，先观察观察再说。现在的女孩子心机可深着呢，指不定想搭上郝刚让你给她安排工作呢。"

郝父虽然心里想着不至于，也觉得还是警惕点好，遂点了点头。

为了学校的事,范大约了几个朋友喝酒,等他满头大汗急匆匆推门进去的时候,大家都已经到齐了。看他进来,朋友们赶紧起身招呼他先喝杯茶,范大客套着坐下,端起茶杯咕嘟咕嘟一口气全喝了,喘了半天气息才匀下来。

挨着他坐的是个中专学校的校长,由不得问:"咋累成这了?"

范大叹口气:"别提了,太辛苦!啥都得自己操心,哪有你们这国家管的中专学校舒服,来来,大家开席。"

众人举起酒杯,纷纷道:"老兄,说正经的,家里的学校的,有什么咱几个能帮上忙的,尽管开口啊。"

范大看着旁边的中专校长,心里一动,放下筷子:"还真有件事,你肯定能帮上忙,我姑娘明年就毕业了,你那儿招人不?雯雯条件够不?"

中专校长拍了下手:"老哥,要不说你能办成事呢,咋就知道我学校要招人?我们现在还给两万块安家费和一套房子呢。"

范大大喜:"那你们有啥招聘条件吗,我雯雯符合吗?"

中专校长和范大碰了下杯:"你把这杯酒喝了,我们再说。"

众人起哄,范大没有犹豫,端起满满一玻璃杯白酒就干了。

大家纷纷叫好,另外一个朋友插嘴:"问题是你家雯雯回来吗,去年我叫我儿子回来上班,小子死活不听,孩子大了,怕由不得咱们了啊。"

范大喝猛了,胸脯隐隐有点疼,拍着胸脯:"我那姑娘,我能管得住。我让她回来,她就一定回来,放心吧,这事妥妥的啦。"

朋友直摇头:"好人折在儿女手!你别吹大话,先问问雯雯的意见再说这事儿不迟。"

众人附和着说着"雯雯说不定谈男朋友了""雯雯说不定觉得大城市好呢""回这小地方当老师有什么意思"……

范大不好驳朋友们的面子,埋头默默吃饭,心里想着回去就和范雯雯说这件事。

为了方便联系女儿，范大年初就给范雯雯买了个手机，范雯雯成了北方大学最早用上手机的一批人，然而范雯雯并没有多喜欢它——和郝刚约会时，常常就被别的事打断了。今天又是这样，两人正在树下甜蜜，家里的电话又来了，范雯雯无奈地接了起来："爸？"

范大醉醺醺地说："雯雯，告诉你个好消息，爸给你找到工作了。"

范雯雯听后皱起眉头："爸你喝酒了，说醉话呢，我才大三，找什么工作？"

范大高兴地说："喝醉了在这大事上也不糊涂，你抽空回来考个试，你张叔让你去他那儿当老师，还给两万的安家费、一套房子。"

范雯雯想也不想便一口拒绝："在盐湖上班？我才不回去呢。"

范大急了："你这娃，知道现在工作多难找吗，爸好不容易给你找好了，你还推辞？"

范雯雯不服气："我还要当战地玫瑰呢爸，回到那小盐湖怎么实现我的梦想？郝刚也找好了工作，户口啊什么的人家都给解决，你看他的发展前景多好啊。我为什么要回去？"

范大火了："你咋不说你还有爸呢，什么狗屁梦想，一个女孩子孤身在外奋斗什么，你以为你有多大本事？被人骗了都不知道，让你回来就回来。"

范雯雯气急了，在电话里喊："我咋就不能奋斗，女孩咋了？"

赵淑玲在此时正好开门进屋，看到范大怒发冲冠捂着胸口的样子，忙抢过电话："没事，没事，我说你爸啊，挂了。"

范大气得口不择言："我给雯雯找好了工作，她居然不回来。还惦记着她那郝刚，知不知道啥叫过日子，还战地，还玫瑰。"

赵淑玲说："行啦行啦，这事慢慢说，吵就管用了？总得给雯雯点时间接受。"

范大恨恨地说："什么'好钢'，我看，就是烂铁。"

挂了电话的范雯雯也气得够呛，她拉着郝刚："我爸明明知道我和你在谈恋爱，居然让我回盐湖上班。走，你明天就和我回家，和我爸说清楚。"

郝刚拉住她："你别着急，也别和叔叔置气了，总得给叔叔点时间接受。"

范雯雯嘟起嘴："你这么好，我爸怎么总针对你？"

郝刚笑着抱住范雯雯："因为我抢走了他的宝贝啊。现在这宝贝还要为了我和他吵架，他怎么会高兴？我这里的工作也定了不用你陪了，你回家去陪陪他吧。"

范雯雯从来没有琢磨过父亲的心理活动，听郝刚这样说，由不得不好意思起来，答应道："好，我不在的时候，你要乖乖地啊。"

郝刚捧着她的嘴唇吻上去："有了你，我哪里还能看上别人？"

月光温柔，洒下一地旖旎。

郝刚搬到研究所提供的二十平方米的宿舍后，连家也没回，就赶忙去自己所属的教育研究所里报到。到底有了女朋友，他想赶紧在事业上做出点名堂来，然后娶妻生子，在这个城市立足。教育所主任姓宋，五十多岁了，谙熟"江湖"规则，加上这是自己同学的儿子，自然对郝刚非常客气，他亲自带着郝刚进门，对正在工作的同事们道："大家都停一停，停一停。"

众人抬起头来。

宋主任指着郝刚对大家说："这是我们所里新来的研究生，名叫郝刚，以后，他就会和我们一起工作了，大家欢迎。"

郝刚微笑着，对大家点点头，正对上一双眼睛盯着他，眼神里似乎写满了故事，郝刚一愣，还没来得及反应，就听到宋主任指着角落里的一台电脑道："你先坐在那里吧，那台电脑和桌子，以后配给你用。"

郝刚忙拿着文件夹，走向电脑桌。他没察觉，身后的同事惊讶地望了他一眼，然后所有目光都聚焦在他身上。

宋主任接着招呼大家："今天晚上，大家聚一聚，一来为欢送茹雪到美国学习半年，二来为欢迎新同事啊。那谁，茹雪，给定个地方啊。"

叫茹雪的女孩答应一声。郝刚看过去，发现这位美丽的姑娘正是刚才盯着他的眼睛那人。这位姑娘此刻正缓缓朝他走来，摇曳生姿地到他身旁伸出手："你好，郝刚。"

所有同事的眼睛又一次聚焦过来，郝刚惊讶而礼貌地轻握一下她的手。

茹雪眨眨大眼睛，有掩饰不住的失望："郝刚，你不认识我了？我是茹雪啊，我们在离城，曾经做过一年同学啊！"

郝刚一愣，忙仔细辨认："对对，你是那个北京来的茹雪，我们当时都觉得你是大城市里的姑娘，根本不敢看你，所以我一下子没认出来呢。"

茹雪笑起来："哦，那你还记不记得，那一年，我们出去春游，我崴伤了脚，还是你把我背回来的呢。"

郝刚还没答话，周围同事纷纷凑过来起哄，其中一个叫肖勇的，更是醋意浓浓："呀，原来是老同学见面啊，怪不得这么亲热。茹雪，当年你们没发生点啥？"

茹雪在他身上拍了一下，娇嗔道："郝刚是班长、学霸，我们女生都要仰视的，你以为是你。"

肖勇脸色微变，讪讪地笑了笑，转过身就拉下了脸。

有了这次的不愉快，在去饭店的路上，另一个同事和肖勇抱怨："这个郝刚，也不知道什么来头，所里最好的电脑我申请了多少次主任也没舍得让我用，他一来就给了。"肖勇并没有添好话："就是，估计又是没啥本事拍马屁拍进来的。"

没有任何职场经验不知道自己一来就得罪了两个人的郝刚，在晚上的酒宴上一如既往地拿起了水杯，和所有端着酒杯的同事相碰，旁边的同事看到，惊讶道："你怎么不喝？"

郝刚老老实实地说："我不会喝啊。"

同事笑道："慢慢就会喝啦，满上吧，满上吧。"说完就拿起酒壶替他倒酒，郝刚却很坚决地推开他的手："我真不会喝，从来滴酒不沾。"

同事顿觉尴尬，目光看向宋主任，宋主任若无其事对郝刚道："真不能喝就别喝了，没关系，心意一样啊，一样，来来，咱们喝。"说罢宋主任带头干了，这明显的呵护让所有人面面相觑，大家端起杯来喝酒，气氛明显不像刚开始那么热烈。

茹雪察觉到其中的微妙，赶忙打圆场："郝刚真不能喝，我记得我们毕业那年，吃毕业饭时他喝了一杯，当时就倒那儿了。"

郝刚惊讶地看向茹雪，茹雪冲他眨眨眼。

肖勇听见茹雪的解释，笑着说："你这是维护老同学呢，还是巴结新领导呢？他不喝，那你替他喝啊。"

茹雪袅袅婷婷地站起身来，走到肖勇身边，一把拧住肖勇的耳朵："好，我干！你陪三杯。"

肖勇疼得"哎哟哎哟"地叫唤起来，却是一脸的欢乐。众人顿时口哨声尖叫声鼓掌声响成一片，纷纷起哄："喝个交杯，感情深一口闷，快喝快喝！"茹雪一把挎过肖勇的胳膊，和他喝了个交杯酒，把肖勇弄得还有点不好意思，众人哈哈大笑，气氛重新热烈起来。郝刚看着他不熟悉的这一切，各种不自然。

这一夜的欢迎宴欢乐收场，酒醉饭饱的众人争着送茹雪，茹雪不干，非让郝刚送她回家，路上拉着郝刚回忆了半天两人的青春时光，总算唤起了郝刚对她的许多记忆。而茹雪也拐弯抹角问出来郝刚住在单位宿舍，她心中笃定，郝刚肯定没有女朋友，再说，即使有女朋友，在茹雪看来，也不是问题。等到回了家夜深人静，茹雪小心翼翼地打开了抽屉，拿出来个小箱子，又从小箱子里拿出来把钥匙，打开另一个紧锁的抽屉。抽屉里，静静地躺一张照片、一枚蝴蝶结、几颗玻璃弹珠儿，还有一方旧手帕。

茹雪拿起旧手帕，眼前闪过当年郝刚替她的脚包上手帕，背起她的场景。这一幕她回忆了太多年，连脚边那棵小花被踩得歪向南边她都清晰无比地记得。要说这无所畏惧的北京姑娘、"大飒蜜"还有羞涩的时候，那就是这个时候了，茹雪凝视着照片中笑得正灿烂的高中生郝刚，缓缓地将脸贴上去，嘴里念叨着："十几年了，老天把你再一次送到我身边，这一次我绝对不会错过，等我半年后回来，等我回来……"

时光总会带走一些人，又把他们当礼物再送回你身边，让你惊喜得你永远不知道，这礼物究竟是盒子里的巧克力糖，还是包裹好的炸弹，这再见究竟是美丽的重逢，还是未完的劫难。

第三章

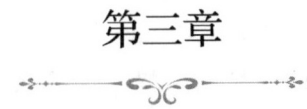

为了留在郝刚身边,范雯雯决定"曲线救国",先考研究生。她回家和父母说了自己的心思,范大虽然心有不满,但深造到底是好事,最后也只得无奈同意。

一转眼就到了深秋,研究所给郝刚发了五万块安家费,他高兴地来找范雯雯,把存折交给她,让她攒着。范雯雯感动极了,月光下抱住郝刚:"我不乱花,等咱们结婚时买房子用。"郝刚深情地搂住她:"你是个好姑娘,我一定会让你过上幸福的生活,以后你不用上班,就在家里陪我。"

范雯雯听得一愣,笑着推开郝刚:"那可不行,我还有我的新闻理想,要当战地玫瑰呢。"郝刚刮刮她的小鼻头:"女孩子那么辛苦干什么?轻轻松松地做我的后盾,把咱们的孩子管好就够了。"

范雯雯还想争辩,但郝刚后面的话让她害羞起来,不由得把头埋进郝刚怀里，月光下，两人幸福的影子拉得很长，很长……

同样的月光下，范二家里，范二、王玛瑙正和范大、赵淑玲一起吃饭。范二喜气洋洋端着酒："哥，我敬你，娜娜这工作我还发愁呢，你一个电话就解决了，真有办法。"

范大笑吟吟地说："娜娜运气好，条件都够了，可惜娜娜不是名校毕业，要不然还有安家费呢。"

王玛瑙也端起酒杯："这么好的中专学校，我们想也不敢想啊，多谢大哥大嫂。"

赵淑玲想起范雯雯，不由得放下杯子："要是雯雯在北京能找到这样好的工作就好了。"

范二不以为然："这学校是雯雯不去娜娜才去的，娜娜可没有雯雯优秀，以后一定找的比娜娜好。"

范大听得气不打一处来："雯雯心比天高，又要考研究生呢，只怕她最后还得回来。"

赵淑玲呵呵笑起来："自从雯雯谈了那个男朋友郝刚，你哥啊，就恨她恨得牙痒痒。"

范大灌了口闷酒："雯雯从小没受过苦，什么都不懂，万一她真留到北京嫁给郝刚，以后和郝刚吵了架，都没个地方去，在盐湖，咱家永远都在……"

几人面面相觑，气氛沉闷起来。

计划永远赶不上变化，到研究生考试最后一门这关键时刻，进教室前，范雯雯还在寻思自己考完得赶紧回家，不回盐湖工作可把老爸得罪坏了，得回去好好哄他，手机忽然响了。范雯雯接起来，就听到一个焦急的声音:"请问你是范雯雯吗?你男朋友郝刚刚才晕倒了,现在在我们医院。"

"什么?"范雯雯瞪大眼睛,书包"哐当"一声掉到地上。

考试铃响,范雯雯合上手机,犹豫了一下,扭头向外跑去。她飘逸的长发衬着大红羽绒服在风中飘扬,像一面旗帜。

等她气喘吁吁地赶到北方医院,看到郝刚闭着眼睛脸色苍白地躺在床上,一下子就慌了,扑过去问:"郝刚,郝刚,你怎么样?"

郝刚缓缓睁开眼,见是范雯雯,艰难地挤出一抹微笑说:"雯雯,没事,别慌。"医生推门进来,问范雯雯:"你是家属?"

范雯雯忙不迭地点头。医生叮嘱她:"病人得的是急性胰腺炎,比较危险,还好这次送来得及时。以后要多注意休息,不要劳累。最近饮食要清淡,好好调理一段。"

范雯雯强忍着眼泪点头,郝刚温柔地摸着她的长发:"没事的雯雯。我晕倒的时候,最想看到的人是你。醒来还能看到你,真好啊。"

范雯雯偏过头,泪水终于模糊了双眼,这一刻她只想和郝刚到天荒地老。自从两人恋爱以来,郝刚就暗示过范雯雯多次,希望她搬过来和他住,范雯雯牢记着老妈婚前不能发生性行为的教育,虽然忍得很辛苦,也一直都没有答应郝刚。这一时刻,她看着弱不禁风的郝刚,本来坚定的心,忽然就动摇了。

她不想和郝刚住研究所,觉得对郝刚的影响不好,就趁着郝刚出院后租房子。范雯雯手里就郝刚那五万块钱,还想省着点花,跑了好几天,终于在离研究所不远的一条小巷内,租到了一套简陋的小房子,说是一套其实那只是一间小卧室,外带一间小厨房。那所谓的卧室里也只有一张看不清颜色的床,一扇门都掉了一半的衣柜和一张桌子。范雯雯一个人在厨房和卧室吭哧吭哧擦了好几天,又买了锅碗瓢盆,给脏得发黄的墙面围上墙围，又粘上几个彩色气球和"爱心"图案，精心布置了好几天后，也觉得挺温馨的。

快放假了学校也没课，她干脆白天就在出租屋里，每天给郝刚熬好黄黄的小米粥送过去，晚上就在病房陪床。范大打电话来，她只说自己去了同学那儿。范雯雯从前在家中，被赵淑玲惯得十指不沾阳春水，连碗也没有洗过，如今这样为爱情牺牲，她觉得自己可伟大了，还买了本菜谱，每天兴致勃勃地研究怎么做饭。

这样的日子过了一周，范大觉得奇怪，问赵淑玲："我都打了好几次电话了，雯雯晚上都不在宿舍，她去哪了？不会和那什么郝刚住一起了吧？"

"不会的。"赵淑玲信心满满，"我和她说过多少次，绝对不能和男生同居，不然吃亏的是自己。"

范大冷冷地哼一声："你那傻乎乎的姑娘，说不准会把自己赔进去，也不知道你是怎么教她的。"

赵淑玲一听这话火了："你怎么净训我？你有办法你管啊？你不是也一样管不了。"

范大也火了，抬高嗓门和自己老婆吵起来："这种事都是妈妈管吧，我是爸爸，怎么管？"

赵淑玲不甘示弱："怎么不能管，你管学生管不了，女儿也管不了，你说你能干得了什么？"

范大彻底怒了，摔门而去。

赵淑玲也怒气冲冲拿起拖鞋摔到门上，骂道："死老头，有本事别回来。"

范娜娜正在宿舍内无精打采地看书，心里想着怎么样才能不用回到家乡去这个同样的问题。她一点也不想去大伯安排好的中专，可又不敢反抗，只能每天看着舍友们忙忙碌碌地参加招聘会。正想得出神，一个看报纸的舍友忽然喊起来："《名家名作》杂志社招人哎，这地方不错，明天我去试试。"

范娜娜听到这个消息顿时来了精神，也挤过去："我看看我看看。"

舍友不满："娜娜你起什么哄，你都找了那么好的中专学校，还不满足啊？"

范娜娜小声反驳着："我只看看还不行？"

说是只看看，第二天，范娜娜还是偷偷去了招聘现场，这条路离她的作家梦最近，她太渴望来看一看了。其间有几个舍友经过，范娜娜忙遮住脸，做贼似的躲到一边，等她们走后，才进了人事部。

招聘主管看到这样一个身材高挑美丽可人的女孩，只觉得眼前一亮，然而看看简历，又有些失望："同学，你没有发表过文章啊，我们要求是要发过文章的啊。"

范娜娜愣住了，支吾着："嗯，这个，我没注意，我只有自己写的几篇文章……"

正说着，主管被简历中夹着的一篇文章吸引，情不自禁读出声来。

范娜娜紧张地握住双手。

主管指着文章，问范娜娜："写得很好嘛，为什么不发表？"

范娜娜红了脸，不知该怎么回答。

主管和旁人窃窃私语一阵，告诉范娜娜："没有信心吗？你写得很好，可以试试投稿，我们可以给你破个例，参加考试。"

范娜娜听了这些话惊喜万分，忙点头答应，出了门就掏出手机给范雯雯打电话。

范雯雯正在往保温杯里舀饭,脖子上夹着手机和范娜娜聊:"娜娜,杂志社要你去面试?好啊,试试看呗,我爸那边,我去和他说。"

范雯雯烫了手,"啊"一声跳起来。

范娜娜电话里着急地问:"姐没事吧?"

范雯雯忙着冲手:"姐不和你说了,郝刚今天出院,我去接他。"

范娜娜试探地问:"姐,你不会和郝刚同居了吧?"

范雯雯装着没听到,挂了电话。

医院里的郝刚看看范雯雯用来送饭的保温杯,眉头皱了一下:"怎么又是稀饭?给我买点别的呗。"

范雯雯为难地说:"别的医生都不让你吃,我也不会。"

郝刚疑惑地问:"这些饭都是你做的?在哪里做的?"

范雯雯红了脸:"出了院你就知道啦。"

办完出院手续天已经黑了,当郝刚闭着眼睛迈进出租屋时,整个人都呆住了。范雯雯不好意思地羞红了脸:"我,不会做饭,医生不让你劳累,以后,我会学,你什么都不用干,我来照顾你。"

郝刚看着面前少女美丽的容颜,再也忍不住,深深地吻了下去,手也顺势滑进了她的衣服。

范雯雯想推开他,可是浑身软得没有一丝力气。郝刚深情地吻着范雯雯,唇印雨点般落在她身上:"雯雯,我爱你,我爱你……"

范雯雯再也无力抗拒,慢慢闭上了眼睛。其实范雯雯想过很多次自己的第一次,应该在有面朝大海那种大大的落地玻璃窗的房间,天空飘着洁白的云朵,外面是柔软的沙滩,夕阳照在相爱的两个人身上,彼此完全地打开自己;或者面对着雪山,想象着这样的两个人从此可以白头到老,又是多么的神圣。虽然她从来没想过自己的第一次会在这样简陋的地方进行,但范雯雯依然觉得很甜蜜。以后,我就是郝刚的人了,她安慰着自己,有情饮水饱,这样全身心地去爱一个人,特别特别美好,只要内容是真的,又何必在意形式呢?

可是年少的只有一腔孤勇的女孩子啊,她们怎么会知道,很多的事情,都是内容决定了形式,形式就意味着内容。

江风正在宿舍里,犹豫着该不该给范雯雯拨出电话。下午他拿到了托福的成绩单,第一反应就是和范雯雯分享,然而刚刚接通,他就挂了,伊人已是别人的女朋友,这时候和她分享自己的快乐会不会不方便?犹豫间,他听到舍友在一旁给妈妈打电话汇报成绩,便也想起了妈妈。

然而电话通了却没人接,江风疑惑起来,大晚上的,妈妈去哪儿了?直到晚上十一点,电话还是打不通,江风急了,也不管时间太晚,拨通了邻居的电话问:"阿姨,不好意思这么晚了,我是江风,找不到我妈妈了。"

邻居睡得迷迷糊糊,随口应道:"你妈去医院啦啊,你不知道?"

江风心一下沉下去:"我妈怎么了,得什么病去医院了?"

邻居反应过来:"啊,你不知道啊,你妈没事,没事。"

江风急坏了:"阿姨,你这样不是让我更担心,我妈到底怎么了?"

邻居沉默半晌,终于还是回答:"你妈一直腿疼,昨天去医院查了,医生说是股骨头坏死,今天住院检查,看用不用换骨头。"

江风听到这些只觉得眼睛都要蹦出眼眶,他颤抖着声音问:"股骨头坏死是什么病,为什么还要换骨头,谁在陪着?"

邻居支支吾吾:"你二姨陪着呢,你要是不忙,还是回来看看……"

江风挂了电话,冲到电脑前,打开网页迅速浏览,映入眼帘的每一个字都那么触目惊心：不及时治疗会导致患者残疾甚至是瘫痪。长时间不治疗就会导致患者不能正常活动，走路。

黑暗中，江风点起一根烟，狠狠抽了一口。

火光闪烁，掠过江风爸爸遗体从矿井下抬出来的瞬间、江风妈妈在风雪中号哭的时刻、江风妈妈送江风上学时的泪眼……江风拿过托福成绩，出神地看着，看着，然后，轻轻地点燃了它。

成绩单很快在火光中燃为灰烬。

郝刚一早就上班去了，刚刚醒过来的范雯雯赖在床上看着天花板发呆，回想昨天的浪漫时光，心里头觉得自己勇敢又荒唐。等她终于拿起手机时，已经中午了。看到江风的未接来电，范雯雯赶忙回了过去，然后就听到江风舍友说江风妈妈得了股骨头坏死、江风放弃托福成绩连夜买火车票赶回盐湖的消息。范雯雯又惊讶又难过，想到江风还在火车上联系不上，赶忙打给范娜娜。

范娜娜正捧着本书看，漫不经心接起来："喂？"

范雯雯紧张地说："娜娜，江风妈妈病了，得了股骨头坏死，他放弃出国准备回盐湖照顾妈妈了，真可惜啊！你这星期回吗？替我去看看。还有，我和我爸说了你想留省城的事，我爸会给二叔做工作的。"

范娜娜呆呆地站着，书掉进了跟前水盆里，任凭范雯雯在电话里一声声地"喂，喂喂"……

盐湖市医院，江风正坐在楼道里，忽然觉得被一片影子罩住，他抬起头来，就看到像云朵飘来、似乎发着光的范娜娜。江风艰难地挤出一丝笑，示意范娜娜坐在身旁。

范娜娜看着这个自己爱了多年的男人如此痛苦，情不自禁伸出手来，想要抱抱江风,又强迫自己理智些,只是轻轻地拍了拍江风的肩膀。

江风看着她,假装坚强:"娜娜,是你姐姐让你来的吧,没事,我妈得的不是要命的病,只是她以后身边不能离人,我决定回来工作了。你呢,有什么想法?"

范娜娜看着江风憔悴的样子,心疼得狠狠抠住自己的手,她暗暗下定决心,慢慢地告诉江风,也像是告诉自己:"我、也、要、回、来、工、作。"

江风听后茫然一笑,低下头去,没有再言语。

范娜娜看着他的黑头发,忍了又忍,把"陪着你"三个字硬生生压了下去。

北风呼啸,刮得范娜娜家小院的红灯笼在风中摇曳,范娜娜呆呆地坐在干枯的葡萄架下,大黄安静地舔着她的手。

范二咋咋呼呼进来:"娜娜,你大伯怎么说你想去报社?爸跟你说,一个女娃,在外危险,容易出事。"

范娜娜打断范二:"爸你别说了,我回来,去中专教书。"

范二满肚子话都被噎了回去,惊讶地看着女儿,摸不着头脑。

命运总是在不重要的时刻山呼海啸,而在那个决定性的拐弯处一脸平静。范雯雯、江风、范娜娜、郝刚几个人的人生轨迹,就在这个冬季的这一平静时刻,重新排列组合,驶向了完全不同的方向。

大四的这个寒假,几个孩子家里都是不平静的。范大和赵淑玲给范雯雯做了几次思想工作,反复劝说她回盐湖来,范雯雯每一次都和父母争执,慢慢地,范大知道拗不过范雯雯,也不再劝说她,面对自小捧在手心里长大的女儿,范大和赵淑玲已经在她的任性面前习惯了退让。范雯雯那时候还小,并不知道人生会面临那么多的艰难,并不知道父母在一天天衰老,希望她回来,并不是自私地想要她的陪伴,最终目的还是希望能在今后的日子里,继续帮衬她;江风天天在家里和医院之间两头跑,忙得脚不着地,考托福、出国、工作、爱情,都不再是他考虑的东西,他的人生目标只剩下一个,就是希望妈妈好好地健康地活下去;范娜娜大胆地决定为了江风回到家乡,却又不知如何能让江风明白自己的感情,看着江风憔悴的模样也没法开口明说……几个人各有各的心事,假期里匆匆见了一面也压抑而沉重,曾经无忧无虑的"80后"们,面对从学生到职场这一人生中最重大的转折点,都第一次感受到了来自生活的重重压力。

接踵而至的2003年,是一个悲伤的年份。4月1日,香港影星张国荣从香港一家酒店的大楼顶一跃而下,让范雯雯这一代看着港片长大、从小追星的"80后",第一次对香港黄金时代的逝去,有了模模糊糊的感受。要到几年以后,许多人才恍然大悟,这批看着港台小说和电影长大的"80后",和前人终究是不同的。而这一年的5月,对所有中国人来说,都是不平静的一个月份,范雯雯研究生没有考成,只能准备就业,可来势汹汹的"非典",打破了所有的一切。范雯雯从出租屋里回宿舍来做了个论文答辩,学校就封锁了大门,隔离了所有学生,范雯雯只得暂时和郝刚分开,每天煲煲电话粥解相思,在QQ上和朋友们聊聊天。找工作的事情也暂时搁浅下来。范大担心女儿,天天埋怨赵淑玲不把范雯雯弄回盐湖来,待在北京那么远的地方,以后也和中央台的记者们一样辛苦奔波在辛苦的一线。范雯雯可没想那么多,每天在宿舍里百无聊赖地躺着看书或者上网看看新闻,想象着自己就快要和这些记者一样了,心里充满了自豪感。

就在等待的日子里,突然有一天,范雯雯接到江风的电话,让她到被封锁的校门边等他。范雯雯一路小跑过去,刚站定,就听到江风在门口喊:"雯雯。"

范雯雯在门内应:"江风,我在这里。"

江风擦擦汗:"雯雯,在里面待得心烦吧?我看到你的QQ签名上写想吃孜然面,正好过来办事,就买了给你送来了。还好今天开着门,店主说明天就要关门回盐湖市待一阵啊。"

范雯雯听到给她带来了孜然面惊喜交加,忍不住舔舔嘴唇:"谢谢你啊,老同学。快扔给我吧,馋死了。"

"哐当"一声,从门上飞进来一个包得严严实实的包裹,范雯雯高兴地抱起来,摸着还温热的包裹,满心感动地问:"阿姨好些了吗?"

门外的江风神色黯淡下来:"反正得做手术,现在先保守治疗,等我回到盐湖再说吧。"

范雯雯又和江风寒暄了几句,冲墙外喊:"我先走啦,我着急吃呢,你慢点回啊。"

江风答应着,回头看看空荡荡的街道,往外走去。

范雯雯回到宿舍,打开包裹,惊喜地看到里面还有几件夏装,范雯雯忙狼吞虎咽扒了几口饭,然后边吃边开始试衣服。

舍友羡慕地说:"郝刚对你可真好啊,他今天不上班?专门给你送来的?"

范雯雯摇摇头:"我们家郝刚(好钢)要用到刀刃上!这点小事,可不让他办。是江风看到我的QQ签名,正好要到附近办什么事吧,顺路买了给我送过来的。"

舍友惊讶极了:"雯雯,有什么着急事儿值得冒着生命危险跑过来办?再说了,最近全市的公交车都停了,你不知道吗?江风舍得打车吗?不会是走来的吧?他对你可真好啊!都没见郝刚为你做过这种事。"

正奇怪衣服怎么这么合适在镜子跟前转来转去的范雯雯愣住了,心里终于觉得江风对自己的感情有点不对劲了。

江风就读的学校看到形势不对，给毕业班早早放了假，学生们打包收拾好了东西准备风声一过就各奔东西。上不了班又没有别的事做，同学们几乎天天都在聚会。江风从范雯雯学校满头大汗地走回来，马上就加入了"战队"，一仰脖子灌下了一瓶啤酒。

一个舍友喝多了，大着舌头拍着江风："江风，哥儿几个都为你可惜，这么好的成绩，那个范雯雯不懂得珍惜，这么好的人，要放弃出国回到小县城……"

江风不说话，心情烦闷地又开了一瓶。

另一个舍友打圆场："我们先出去，在外面等你，等阿姨好些了，你也考出来，咱们一起挣钱，泡资本主义的妞。"

男人们哄堂大笑，拍桌子声尖叫声响成一片，江风附和地笑着，举起酒杯抬起头，将眼泪硬生生留在了眼眶里。

"非典"终于过去了，范雯雯穿着漂亮的花裙子，在门口迫不及待地站着等郝刚，门一开，范雯雯就第一个扑了出去，扑进了郝刚的怀抱。两人深深相拥，郝刚搂住范雯雯耳语："一个月没见了，真想你啊。"范雯雯羞红了脸，和郝刚拥抱着回了出租屋。傍晚，郝刚和范雯雯正搂在一起酣睡，郝刚的电话突然响了，他迷迷糊糊地接起来，答应道："现在去所里？好。"

范雯雯也醒了，嗔怪道："不是吧，这个时候你要去所里？再陪我一会儿吧。"

郝刚急急忙忙地穿衣服："'非典'期间大家人心惶惶，都没有好好上班，领导现在着急出成绩呢。我去去就回，你先睡啊。"

范雯雯无奈，只好拽住郝刚的衣角撒娇："你早点回来哦……"

郝刚正在研究所里查资料、写论文，茹雪突然进了门。郝刚惊喜地问："你回来了？"这半年来，茹雪给郝刚寄了很多前沿的论文和资料，两人还不时地在QQ上聊聊天，他们已经很熟悉了。茹雪嫣然一笑，答应道："嗯，学习结束了，真长见识啊。"郝刚羡慕地说："什么时候给我讲讲国外的见闻吧，我也想去看看。"茹雪把手里拿着的一份文件递给郝刚，微笑道："等你当上了助理研究员，就可以申请出国访学了。喏，这是今年报助研的材料，你要赶紧发论文申请课题达标啊。"

郝刚接过文件翻看着，看着看着就有点发愁："国家级期刊的还要发两篇啊，我手里的还不够，得赶紧把手头这个写了投出去，再写一篇新的。"

茹雪凑过来看郝刚的文章，又看向郝刚，眼波流转："要新成果啊，对了，过几天西山教育有个调研，这里的教育研究还是空白呢，你去不去？"

郝刚已经能清晰地看到茹雪的唇膏是娇艳的玫瑰粉了，也终于察觉了两人过近的距离有点尴尬，他刚想拉远点，一听这个话题兴趣一下子就起来了，顾不上避讳："去吧，这些孩子们，必须得有人关注啊。就我和你吗，还有谁？"

茹雪装模作样地看看周围："所里专业方向接近的就你和我啊，大家都不沾边呢，自然就是你和我去啊。怎么，你有顾虑啊？"

郝刚摇摇头："怎么会，咱们什么时候走？"

茹雪眯起眼妩媚地一笑："明天怎么样？"

郝刚觉得自己心跳加速，不敢看她，看看手里的资料："好，定了，就明天吧。"

茹雪心满意足地抬起身来看着郝刚，像狐狸看向已经到手的兔子："我去你家接你。"

郝刚头也不敢抬，看着资料点点头。

郝刚回到家时，范雯雯还在等他，看到范雯雯的模样，郝刚略有歉意。他告诉范雯雯自己明天要和同事出差，范雯雯生气地嘟起嘴："今天我们才见面，明天你就要出差，不能去。"

郝刚满是歉意而无奈地对范雯雯说："单位有好多事需要处理，我尽快处理完了就回来啊。"

范雯雯醋意大发："这同事是什么人，男的女的，一叫你就走？漂亮不漂亮？"

郝刚忙跟范雯雯解释道："她叫茹雪，哪有你漂亮，这女孩居然是我的高中同学，不过我和她只同学了一年她就走了，只能说这个世界小吧。"

范雯雯拿枕头蒙住头，不理他。郝刚扑上来挠范雯雯痒痒，两人嘻哈笑着，闹成一团。

天刚蒙蒙亮，范雯雯就打着哈欠起来做饭。等郝刚吃完，她又依依不舍地把他送到屋门口，为他整理好领子，收拾好头发，深情地叮嘱："早点回来。"

郝刚在范雯雯脸上亲了亲，依依不舍地离开。范雯雯想了想，又套上睡衣追了出去，在巷子里从后一把抱住了郝刚，腻在他身上不肯下来。

茹雪穿着短裙，正站在车边笑意吟吟地看着心上人朝自己走过来，不承想猛然看到这一幕，顿时如一盆凉水从头浇下，整个人都蒙了。她从来没想过自己竟然有个情敌，她还以为郝刚是自己顺手擒来的，这会儿她突然意识到，自己对郝刚，有点太想当然了。

郝刚转过身宠溺地拍拍范雯雯的头，上了茹雪的车。

范雯雯看到光彩照人的茹雪，有些尴尬，赶忙放开手，礼貌地冲茹雪笑笑，看看她的打扮，再看看自己身上的睡衣，不觉自惭形秽起来，下意识地往后躲了躲。

茹雪压下心中的情绪，玩味地看着范雯雯，发动车出发，从后视镜里看着越来越小的人儿，装作不经意地问郝刚："那是你？"

郝刚打了个哈欠："女朋友。"

茹雪看起来漫不经心："看着不大啊？"

郝刚不经意地回答："马上就大学毕业了，比我小四岁。"

原来是个小女孩啊，你怎么拼得过我？茹雪微微地笑了，瞄一眼晨光中郝刚的侧颜，踩了一脚油门，车子顿时箭一般飞奔起来。

范雯雯接到江风电话时，已经是晚上十点了，听到他醉意蒙眬地喊着自己，范雯雯有些于心不忍，她冒着夜色出了门，直奔孜然炒面馆。

范雯雯掀开炒面馆门帘时，江风正对着一桌子菜，一个人红着眼睛，像喝水一样往嘴里倒着酒，范雯雯看到这一幕冲老板打了个招呼，坐下来一把夺下他的酒杯："这是干什么，别喝了。"

江风醉醺醺的嘟哝道："雯雯，你来了，我还以为你不会来了呢。"

范雯雯翻他一个白眼："我们是好朋友，我怎么会不来？"

江风看着面前黑发红唇白裙的女子，嘿嘿笑着："雯雯，你再唱一首《追梦人》给我好不好？你唱得真好。"

范雯雯无奈："在这里怎么唱嘛？你喝多了，走，我送你回去。"

江风又喝了一杯："雯雯，你知道吗，我也不想回去，我想留在这里，和我心爱的女孩一起打拼，再把我妈接来享享福，可是，我妈还没来得及享福，她就病了，她会残废，永远也站不起来。我妈多好的人，对我爸那么好，我爸早早死了，对我那么好，我还没报答她，她就得了这种病。她把我爸的赔偿款都给了我上大学，她是那么爱玩的人，一次都没有出去旅游过,她喜欢黄山,我一直想带她去黄山看看,但是,可能我再也没有机会了。雯雯,我再也没有机会了,我一定要回盐湖去!我爸没的时候,我还小,什么也不能做,现在我为了我妈,我一定要回去!"

江风强忍着内心的伤感,牙床咬得咯咯响。范雯雯眼泪上涌,伸手一把拉起了他走出小饭馆。江风跌跌撞撞地跟着范雯雯,范雯雯的黑发在灯下闪着光泽,江风伸出手想要摸摸,却终于还是控制着自己,放下手去……

炒面馆的老板看到这一切,怜惜地摇摇头。

范雯雯回到出租屋,服侍烂醉的江风躺下,给他脱了鞋,放平枕头让他躺好,然后想去烧水。床上的江风一把拉住了她,喃喃道:"雯雯,你哪里都别去,陪着我。"

范雯雯想抽手回来,无奈被江风的手紧紧扣住了,她只得躺在他身边,轻轻地拍着他。

江风含糊不清地喃喃着:"雯雯,我爱你。"

范雯雯没有听清,回身问道:"什么?"

江风翻了个身,沉沉睡去,手依然紧紧拉着范雯雯,范雯雯看着他高挺的鼻梁,漆黑的眉毛,想着他对自己的好,不由得慢慢落下了眼泪,想坐起身来离开,终究是不忍心,慢慢地也在他身边进入了梦乡。

阳光初照,江风扶着头坐起来,突然闻到一阵饭香,他还以为回到了自己家,茫然四顾,就看到了正在煎鸡蛋的范雯雯。

穿着睡衣的范雯雯听到响动,回身看看江风,笑着问:"起来了,还好吧?头还疼吗?"

江风大吃一惊,看看自己身上穿得齐整,长出了一口气,却还是不放心，小心翼翼地问范雯雯："昨天，我，我没对你做什么吧？"

范雯雯哈哈一笑："你能对我做什么？"

江风放下心来，贪婪地看着范雯雯美丽的身影，可紧跟着，他就看到了挂在衣架上的男式衬衫，禁不住脸色一变。

范雯雯端过鸡蛋，顺着他的眼光看到衬衫，不自觉地脸红了，想要解释："这是……"

江风摆摆手，掩饰着内心的失落凄然一笑："做什么好饭？让我尝尝你的手艺。"

范雯雯兴奋地给他介绍起来："都是养胃的'盐湖饭'哦，你肯定爱吃，炸馍片、煎鸡蛋、玉米粥……"

江风惊奇地问："你什么时候学会的做饭？"

范雯雯不好意思地笑了："会的也不多，就是简单的，还正在学呢。"

江风下床拿起筷子，边吃边夸张地夸范雯雯："这个好吃，这个正宗，这个真香！"

范雯雯看他夸张的态度，觉得有点奇怪。

江风吃完站起身来，范雯雯赶忙端盘子，等她经过江风身边，江风终于忍不住，一把抱住了她，她头深深埋进他的怀里。

范雯雯拍着江风，安慰道："好啦，好啦，阿姨会没事的，你在这里是牛后，回去就是鸡头呢，可以少奋斗好多年，也是好事，也是好事，不要郁闷，凡事往好的方面想啊。"

江风不说话，深深地抱着范雯雯，轻轻哼着："让青春吹动了你的长发，让它牵引你的梦……"

范雯雯各种表情在江风的歌声中一一呈现。

范雯雯在他怀中，心里的不安越来越放大，终于扭了下身子。

江风察觉到这一点连忙放开她，笑得一脸灿烂："好了，你就是个正能量的女孩，我现在把你的正能量都吸走了，又有劲了。"

范雯雯长出一口气，禁不住在他身上捣了一粉拳："你吓死我了。"

江风哈哈大笑："你想什么呢？"

江风意气风发地回身拿起包："好了，酒足饭饱，我要回盐湖市去啦。以后什么时候你回来，就是我接待！哥们儿一定好好奋斗，罩着你。"

范雯雯听了他的话哭笑不得："好，我等着你罩我。"

江风用力地拍拍她的肩膀，出了屋门。

范雯雯边解围裙边追出去："哎，你这个人，怎么不让我送送你？"

江风已经走得不见人影了。天真的范雯雯还不懂男人，不知道这个受伤的深爱她的人，宁愿留给她失落，也永远不会让她看到他的眼泪。

范雯雯站在出租屋门口不禁有些怅然若失，此时，她的手机突然响了，她接起来："爸啊，我？没干什么，工作的事儿？还没着落呢，我想这几天去人才市场看看。"

范大在另一端没好声调："非要留到北京干什么？盐湖这几十万人，过得比谁差？在北京从头开始奋斗，不累吗？爸还是想让你再考考研究生，不用怕，你回来吧，爸供你。"

范雯雯心不在焉地随口应着："好，好，我到时候看。"

范大察觉到范雯雯的情绪有些不对，便挂了电话，他思考了一阵，叫过来赵淑玲，让她到北京看看范雯雯。

范娜娜的工作一定下来，范二就在学校旁边给她买了个两室的五十平方米小房子。这一年北京的房子开始涨价，一平方米刚好是范大一个月的工资，所以范雯雯从来没有想过买房的事情。盐湖却不一样，这里的房价一平方米才五百块钱，范二把卖苹果的钱凑了凑，又借了点，差不多就够了。两万五就能给姑娘买个安全感，还能当嫁妆，范二的算盘算得很清。范娜娜虽然对这种毫无挑战的生活有点茫然，但想到有机会和江风在一起，便也安安静静由着爸妈安排。

收拾了几天，王玛瑙刚走，范娜娜就直奔江风家。

江风看到她一愣："娜娜，你怎么来了？快，家里坐。"

出院回家静养的江风妈妈赶紧从床上艰难起身："江风同学来了？快请进。"

范娜娜忙上前两步，按住江风妈妈："阿姨，你不用动，我不找江风，就是来看看你。"

江风妈妈端详着这个长相美丽又满脸笑意的女孩，好感满满："阿姨给你们添麻烦了，尤其是江风，不得不回来照顾我，我真是累赘呀……"

江风端过水来："好了妈，总说这些干什么。"

范娜娜起身接过江风手里的水盆，冲江风妈妈嫣然一笑："阿姨，您千万别这么想，我不也回盐湖市了吗？您想啊，什么是幸福，有钱就是幸福吗？能看到自己亲人在身边才是幸福啊，从这一点来说，您和江风都很幸福呢。"

江风妈妈一怔，笑了，问江风："风儿，你也这么想吗？"

江风削着苹果："可不是，外面太辛苦，咱又没啥资源，也没什么意思，还是回来好……"

江风妈妈欣慰地拉着范娜娜的手，范娜娜和江风妈妈聊着自己的工作、家里的情况，江风妈妈微笑地听着，一室暖意融融。

范娜娜一直待到晚上候着江风妈妈睡了才回家，江风带上门，送范娜娜出来，万分感激："娜娜，今天真是谢谢你，你不知道，我妈这阵子总哭哭啼啼地一个人待着不愿意说话，我可怕她憋出病来呢。"

范娜娜俏皮地一笑："不用谢啦，是阿姨为人和善，和我挺投缘的。"

江风频频点头:"是,是,以后你要是有时间啊,就常来陪陪我妈。"

范娜娜掏出包里的存折:"江风,这是我这几年课外做家教的钱,你先拿着。"

江风急忙推辞:"不用了不用了,我妈有医保。"

范娜娜拉起他的手,把存折放在他的手中:"阿姨的厂子已经倒闭了,医保能报多少?再说手术钱也得提前准备不是?别和我客气了,快拿着吧。"

江风感激地握紧存折:"娜娜,真的谢谢你。"

范娜娜嘟着嘴,把眼睛笑成好看的月牙儿:"咱们同学回来的不多,要是谢我,就常来找我玩,和我吃饭吧。"

江风一愣,点点头。

范娜娜鼓起风帆的勇气终于落了地,心里头甜蜜极了。

北方人才市场内,人山人海。

范雯雯穿着漂亮的裙子,努力想展示自己的气质,可惜在其中,她像纸片一样,被挤过来挤过去。一个油头粉面的西装男过来和她搭讪,这个主管模样的人看到她,眼睛一亮:"你要找工作?"

范雯雯来过人才市场好多次,还是第一回碰到主动问她找不找工作的,由不得有点小激动,她没注意到主管从上到下打量她的色眯眯眼神,只顾惊喜地问:"是的,你们需要人?"

主管高傲地翘起嘴:"我们公司实行月薪制,好的雇员,一个月可以拿到上万工资。"

范雯雯听到这个信息激动得结巴起来:"什,什么工作?我够格吗?我是学新闻的。"

主管大手一挥:"学什么不重要,关键是外表。"

范雯雯疑惑："外表？"

主管凑近她低声道："是啊，我们那儿都是大款，看小姑娘你又青春又有活力，你只要陪他们喝喝酒聊聊天，哈哈。要是还想做点别的，一个月十万也洒洒水啦。"

范雯雯再傻也明白了这工作的性质，她羞愤地扭头走了。

直到郝刚下班回来，范雯雯还在生闷气，晚饭也吃不下，只顾对郝刚发泄："今年这工作怎么这么难找，我一个名牌大学毕业生，给他们去做什么陪酒女，有病吧！"

郝刚安慰她："那说明我们雯雯长得漂亮。没关系，女人，有没有工作都无所谓，等我们买了房子或者结了婚，你的户口就可以跟着我落下了，随便找个什么凑合着干，照顾好我和孩子就行。"

范雯雯惊讶郝刚又一次这么说，终于认真起来，和他理论："郝刚，我可以照顾你照顾家，但我一定得有自己喜欢的工作，怎么能随便凑合呢。我读了那么多年书，不是仅仅为了成为一名家庭主妇啊。我考大学时还想成为战地玫瑰呢，即使现在实现不了，也要有新闻理想啊。"

郝刚递给范雯雯碗让她盛饭，不以为然："在事业上付出也没什么意思，主要还是得靠男人拼事业。你看我妈一辈子就是个普通办公人员，和我爸不也挺幸福？"

范雯雯虽然乖乖站起身来盛饭，但依然很认真："那是上一代人的生活方式，从小我爸就告诉我，每一天都要有收获，不能浪费生命。我辛辛苦苦读书到现在，不是为了成为你的妻子、孩子的妈，我，永远是我自己。"

郝刚接过饭，看看范雯雯的脸色不对，缓和气氛道："对了，今天有你一封信，学校转到了研究所，好像是那个被资助的小姑娘寄来的。"

范雯雯惊喜："何玉？拿来我看看。"

郝刚把信递给范雯雯。范雯雯兴奋地看着，对郝刚道："看，付出还是有回报的嘛，至少何玉知道给我写封信。"

郝刚边吃饭边拿着筷子指指点点，差点戳到范雯雯脸上："雯雯，你这样想就俗了，资助孩子是做公益，不用想回报。"

范雯雯火了："好了，你不俗，你别吃饭了，成神仙好了。"

郝刚也生气了，"哐"一声放下碗："这是哪儿跟哪儿啊。"

范雯雯赌气地夺过碗，拿起盘子把菜全倒了，碗和盘子"嘭嘭"扔到洗碗池里，把水开到最大，哗哗地洗。

郝刚气得直哆嗦，躺到床上，拉开被子看书。

范雯雯洗完碗擦干手，"啪嗒"一声关了灯，也拉开自己的被子钻了进去。

郝刚推推她："哎，你这人怎么这样啊，我还看书呢。"

范雯雯不理他，看着窗户缝里透过来的月光发呆，这月光和范雯雯当年上大学前报志愿时的仿佛一模一样，又仿佛完全不一样。

同一片月光下，郝刚爸妈正在家里讨论范雯雯的工作，

郝刚爸主张用自己的关系帮帮范雯雯，郝刚妈不同意："还是别了吧，等他们俩感情稳定了再说。"

郝刚爸："问题是现在应届生好找工作，过段时间更不好找了，万一郝刚要结婚，这女孩子没工作，他不是太累了？"

郝刚妈犹豫起来，便给郝刚打电话："那我问问郝刚。"

郝刚还在生闷气，接起来闷声说道："妈。"

郝刚妈开门见山："郝刚，妈妈是想问你，用不用你爸找找关系，给你那小女朋友安排安排工作？"

郝刚想也没想，压低声音一口回绝："不用。"

郝刚妈惊讶："怎么？你们感情不好了？"

郝刚看看范雯雯，确认她睡着了，才又低声道："不是，只是我一直觉得，不管是找工作还是买房子还是别的什么都要靠自己，我们都这么大了，还要靠父母，太不合适了。让她自己先试试吧。"

夜晚的月光明亮，照得亮一切自以为是和自欺欺人之状。闭着眼睛的范雯雯每一句都听得清清楚楚，终于再也忍不住慢慢流下了眼泪。

郝刚妈应着挂了电话，对郝刚爸："你儿子不让管，让那姑娘自己找。"

郝刚爸抽了口烟："就是985毕业的，也要和几十万人竞争吧？那女孩子又不是不优秀，有便利渠道为什么不用？非要靠自己去人才市场？资源本身没有过错，关键看你怎么用，举贤不避亲不知道吗？你说，我们是不是把儿子教育得有点书呆子气了？"

郝刚妈维护儿子："这样不是正适合研究所的工作？"

郝刚爸叹口气："只怕未必，研究所就没有人了？就不是社会了？过段时间我得去趟北京，让老同学多关照关照。"

意识到自己没人可以依靠的范雯雯一早起来，又肿着眼睛去了人才市场，依旧是熙熙攘攘，依旧是没有适合范雯雯的岗位。本来嘛，校园招聘期已过，人才市场上首先要有工作经验，范雯雯一心想实现自己的新闻理想，几个条件加起来，范雯雯只能不停地一趟趟地寻找难得的机会。也许是老天也看她可怜，这一天，范雯雯忽然看到了《北方晚报》的招聘展位，她简直不敢相信自己的眼睛，忙整理了衣着，走上前去，放下几份自己的简历，忐忑地打招呼："您好。"

对方漫不经心地打量着范雯雯，打开简历："哟，北方大学新闻系，好学校好专业啊，怎么还没找到工作？"

范雯雯尴尬："种种原因……"

招聘的人事处处长看完了范雯雯的成绩单和发表过的校报文章，这才抬起头来，正眼看了看范雯雯："好了，你留下简历，回去等通知吧。"

"啊？"范雯雯目瞪口呆，"什么意思？不用考试吗？"

人事处长忍不住笑了："还有你这样的应聘者？我们都留下简历了你还要考试？"

范雯雯忙赔着笑道："谢谢，谢谢。"

范雯雯一边往外走，一边忍不住回头看，人事处处长和另一个招聘者正看着她的背影笑。

范雯雯沮丧极了。

正好这几天和郝刚冷战不用理他。范雯雯买菜，洗碗，看书，甚至上厕所都带着手机，后来干脆就抱着手机和范娜娜聊天。范娜娜心中感到她姐的行为有些奇怪，便打电话告诉了范大，范大连忙拨通了范雯雯的电话。

好容易电话响了，范雯雯激动地看向屏幕，发现是范大打来的，眉头马上皱了起来，不耐烦地接起："爸，别问了，我等个重要电话，完了再说。"说完就挂了电话。

电话另一端的范大一脸莫名其妙："这孩子是怎么了？"

依照范大的脾气，若他同意范雯雯留京，他早去北京陪着宝贝女儿想办法了，范雯雯从小没受过苦，他其实是不舍得女儿这样垂头丧气到处碰壁的。可是他心里又盼望着范雯雯回来，所以范大在范雯雯工作这件事也就一直没有使劲，只想着先让范雯雯混一混，混不下去了，她自然就回来了。

范雯雯的手机终于又响起来了，她一看是本市区号打头的电话，捂着心口,清清嗓子接起来。

范雯雯:"喂?"

电话那端:"你好,范雯雯,我们觉得你比较适合我们的记者岗位,你明天就可以来报到了。"

范雯雯激动得快要跳起来,她竭力保持风度地答道:"好,谢谢,谢谢。"

对方等了等,没等到范雯雯问任何问题,只得自己继续:"不过,我们是新改组成立的报纸,有一些人员本身是有编制的,但我们这些新招聘的人暂时不能解决户口和保险,只能走一步看一步。"

范雯雯急忙摆手解释:"没关系没关系,我的户口可以放到学校两年,不重要不重要。"

对方噎住了,愣了半晌才回答:"好,那你明天来人事处报到。"

范雯雯挂了电话,抱着手机狂转了几个圈,呵呵笑起来。

郝刚这几天的闷闷不乐茹雪都看在眼里,她估摸着郝刚是和小女朋友吵架了,茹雪觉得对自己而言这正是机会,下班时特意走得晚了些,等没人了,很自然地和郝刚聊起来:"今年的国家基金你申请了吗?"

郝刚一下子来了兴趣,凑过来:"没有呢,我没申请过,怎么写啊?"

茹雪调皮地挤挤眼:"想要我教你怎么申请,那你怎么表示一下?"

郝刚犹豫着:"要不……我今晚请你?"

茹雪盯着郝刚,笑靥如花,直看得郝刚有点愣神。而他的手机却不合时宜地响起来,郝刚一看是范雯雯,赶紧接起来,只听范雯雯在电话里快乐地大喊:"郝刚,我找到工作啦。"

郝刚没想到范雯雯会主动打来电话,他竟比她还激动,冲口而出:"太好了,晚上我请你吃饭。"

在一旁的茹雪瞥了眼郝刚,看他满脸是笑,心里禁不住涌上来一阵阵酸意，郝刚挂了电话，看到茹雪，猛然想起刚答应了她，顿时尴尬得手足无措。

茹雪娇媚一笑："不用担心我，你刚刚答应了你的小女朋友，你欠我两顿好了。"

郝刚很感动："谢谢你，茹雪，你可真是善解人意。"趁着郝刚在背后盯着自己，茹雪立刻晃晃手和郝刚说"拜拜"，扭着腰肢往出走，洒下了一地的风情。

出租屋内的范雯雯又拨通了家里的电话，正在吃饭的赵淑玲接起来，声音马上提高了一个八度："雯雯啊，工作找到了？太好了！"

范大隐隐有些失落，但也很激动，他抢过电话："什么地方？解决户口和编制吗？"

范雯雯显得得意扬扬："不解决，现在都不解决啊，这有什么关系，不都是为祖国建设贡献力量吗？"

范大倒吸一口凉气："这关系大了！什么找到工作了，有户口才能落户，有编制才有保险，这不就是什么都不管的打工仔吗？"

范雯雯辩解："人家说慢慢来啊，又没说不解决，再说，可以实现我的新闻理想啦！"

范大摇摇头："傻孩子，你还是回来吧。"

范雯雯生气地说："我才不回，我一定要奋斗出个样儿来给你们看看，你老是不相信我。"

范雯雯挂了电话，赵淑玲埋怨范大："不说点好听的鼓励下孩子，看看你都说点啥呢。"

范大怜惜地摇摇头："雯雯啊，什么都不懂，以后怕还要受罪。"

赵淑玲问范大："还吃不吃啦，我给你舀去？"

范大早已没了胃口，夹起包向外走去："我要给我的孩子们开一堂课，社会经验！"

范雯雯毕业离校前，赵淑玲来了一趟北京，给范雯雯安排工作前的各种事情。范雯雯手忙脚乱地把郝刚的衣服打包送走，带着妈妈住到了出租屋，为了让妈妈放心，她还骗妈妈自己是和舍友同住的，舍友回家去了。赵淑玲语重心长地给范雯雯上了安全课、交通课、饮食课等等的一课又一课，嘱咐范雯雯和郝刚相处到一定时候先带回家来看看，定了关系再说，之前不能有过分的举动。范雯雯嘴里答应着，自觉长大了的她心里却对妈妈那一套不以为然，觉得她观念过时又老土。闲暇时赵淑玲就带着范雯雯买衣服，看着衣柜里端庄大气的衣服，想着即将要到来的新生活，范雯雯心里激动又紧张。看着范雯雯的模样，赵淑玲满心里都是担心，真想把她绑回到自己身边，天天看着才放心，然而她又不忍心如果按照自己的性子来会让女儿难过，只好满心忧虑地看着这小小的人儿，信心满满地准备着去闯荡社会。

赵淑玲走后郝刚又搬了回来，范雯雯天天给他做饭洗衣，很快就到了上班的日子。没想到第一天上班范雯雯就起晚了，她看看表，惊叫一声，先冲到厨房坐上锅，再跑到卫生间洗漱，一边刷牙一边淘米，等到锅里的水大开，又哗一下把米倒进去，再摆上装了几个包子的笼屉。拉开简易衣柜的门，蹦跳着穿上连裤袜，又找了身职业套装穿上，对着镜子梳头，化了个极简单的妆。

一切收拾完之后，稀饭和包子也热好了，范雯雯给一直在呼呼大睡的郝刚把饭舀出来，晾好，自己拿着个塑料袋装了几个包子，端着烫口的饭喝了几口，回头叫道："郝刚，起床，吃饭。"

郝刚从被窝里伸出头来，迷迷糊糊应了声，范雯雯穿上鞋，关门冲向地铁站。

早晨八点地铁里的人们永远像挤得流油的热狗，范雯雯夹在人群中动弹不得，想吃口包子，看着周围虎视眈眈的眼神，始终没有勇气掏出来。

等到范雯雯满头大汗地冲入《北方晚报》社人事处，已经九点整了。人事处处长没有怎么寒暄就带着她往社会部走去，边走边道："正好今天开会大家都在，一会儿就都忙去了，来赶紧抓紧时间。"

范雯雯只得小口小口喘着气平复心情，跟着人事处长快速往前走。

社会部里的人员正在讨论着什么，哈哈笑着，看到范雯雯，瞬间集体沉默了一下，随后又窃窃私语起来。

范雯雯看看大家牛仔裤T恤衫的着装，再看看自己正经八百的职业女装，霎时明白了大家笑什么，脸"唰"地红了，浑身不自在起来。

人事处长也笑了："行了行了，你们这些老江湖，笑话人家刚上班的小姑娘做什么。这是咱们部里新来的员工，叫范雯雯。范雯雯，这是张姐、王姐、赵姐、老周，这是小牛，这是小孔，这是连漪。"

大家嘻嘻哈哈笑成一团，纷纷冲范雯雯点点头，范雯雯注意到在这整个过程，只有那位穿着背心短裤、披着大波浪叫连漪的女子，低头写着自己的稿子，头也没抬。

人事处处长指着连漪旁边靠窗的位子对范雯雯道："这张桌子是你的，见习期三个月，然后正式转正。社长这两天不在，等回来了给你们新来的人开会。小姑娘，好好干吧。"

范雯雯感激地冲着人事处处长微微鞠躬后，向自己的座位走去。

连漪边写着稿子，边嘴里还在念念有词。

范雯雯小心地越过她走向自己的座位，但千小心万小心她的包带还是被连漪的椅子背碰了一下，范雯雯手一松，包里的包子掉了出来，正好掉到桌子上连漪的包上。

连漪夸张地大叫："喂，你的包子汤汁洒我包上了，这是'古驰'哎，脏了怎么洗？"

其他同事的眼球又一次被成功地吸引过来，范雯雯看着这个穿着大红背心美艳得不可方物的同事，脸红得像块红布，赶紧解释："我帮你洗。"连漪终于斜着眼睛看了看范雯雯，看到对方是一个素面朝天的小姑娘，还煞有介事地穿着制服，"扑哧"一声乐了。范雯雯也跟着傻笑。

连漪指着自己的包："小姑娘，刚毕业吧，懂不懂什么叫记者？穿着制服丝袜来上班，来做记者，采访时遇到突发状况怎么跑？要想'凹'造型，有一件时尚单品就够啦，明白吗？"

范雯雯涨红着脸唯唯诺诺地应着。

连漪又指指她的鞋："除了有双高跟鞋，平底鞋也是必备的，懂吗？不然两天下来，你的脚就走肿了。"

范雯雯不知该爱这个同事还是该恨她，只好傻笑着。

这时那个叫老周的同事凑过来，露出一口大黄牙："好啦连漪，别发飙啦，你把人家小姑娘吓着了。"

连漪伸出纤纤玉指，戳戳老周的额头："你老人家倒是懂得怜香惜玉。"

范雯雯看得清清楚楚，老周趁机拉住了连漪的手，摩挲了几下。

范雯雯心里不禁暗暗吃了一惊。

连漪不动声色地抽出手："你老人家今天不用写稿？校对等着稿子呢。"

老周听了连漪的话立马破口大骂："那帮王八蛋闲着没干的找事呢吧？让他们等着。反正闲着也是闲着，我可不怕他们。"

一石激起千层浪，张姐赵姐王姐一起加入了声讨校对的队伍，王姐嘎嘎的笑声更是几乎把天花板震穿，连漪对此置若罔闻，重新低下头写稿，范雯雯小心翼翼绕过这个人比名字还美的同事，回到自己座位，悄悄打量着四周。

这是一间大办公室，连范雯雯算上共八人。张姐赵姐王姐和老周年龄大概五十岁左右，人人手边放着一杯茶，正聊得热火朝天。其他三个看起来三十多岁，有人在纸上写稿，有人在电脑上飞快地打着字，整个办公室就她一个二十多岁的小姑娘，范雯雯不知自己该干什么，有点落寞。

这时，连漪递过来一张稿纸："新来的妹妹，替姐姐把这个送到校对那里去。"范雯雯忙双手接过，答应着去了。

王姐正和老周说得热火朝天，张姐看范雯雯出去，撇撇嘴，来了一句："啊呀，你看她那包，还双肩的，真土！"

赵姐附和："穿着套装来跑新闻，哈哈，我真是头一次见，哈哈。"

连漪翻了他们个白眼，冷冷道："你们这些人，别在背后说人家小姑娘，有点前辈的样子行不行？"

两人悻悻："前辈当然要批评后辈了，不这样她怎么进步？"

此时连漪的电话正好响了，她甜甜地"喂"了一声，走出门去接。

老周紧盯着连漪扭动的腰肢，王姐看到这一幕，翻了个白眼哼了一声，张姐和赵姐小声议论："她自己还不知靠什么手段爬上去的，现在倒教训起我们了。""就是就是，不说先看看自己。"

范雯雯下了班回到家时，郝刚正坐在床边看书，见她回来问道："第一天上班，感觉怎样？"

范雯雯沮丧地扔下包："别提了，同事们看起来都很凶，不那么友好，我好发愁，不知该怎么和他们处。"

郝刚不以为然："不用专门想着和他们处，只要做出成绩，其他顺其自然吧。"

范雯雯扑到床上："累死了，关键是，我到现在都不知道自己该干吗。"

郝刚安慰她:"慢慢就好了。看我和研究所的同事们不一样是君子之交淡如水吗,大家处得还挺好。"

范雯雯起身看着冰锅冷灶,颓然倒下去:"今天不想做饭了,你会做什么,给我弄点给我吃。"

郝刚为难地说:"只有方便面了。"

范雯雯伸手:"那就给我个苹果吧,你自己煮个面好啦。"

范雯雯吃完了苹果,努力想睡着,可翻来覆去都不行,她突然发现,自己之前在校园里摸索的那一套为人处世之道,在这每个人都个性满满的报社里是行不通的。到底该怎么办?怎样能快速融入这个集体?没有人能像老师那样手把手地教给她了,一切都只能靠自己摸索,范雯雯心里一片茫然。

此时此刻,郝刚若能听到几个还在写论文做实验的同事的议论,便不见得会用这个理论来教育他的小女朋友了。

肖勇:"这个新来的郝刚,真牛啊,平时那么高冷孤傲得不说话也就算了,连叫他喝酒从来都不去,真都不给面子。"

另一同事接道:"我那天叫他唱歌他也不去,还直接给我来一句'我不喜欢',好像我求他唱歌似的。"

还有同事挤过来添油加醋:"你们啊,什么都不知道,那天有人告诉我啊,郝刚是找了所长的关系进来的,后台大着呢,为啥要买你们的面子,当然不用管你怎么想。"

肖勇恍然大悟:"原来人家是高干子弟啊,我们哪能高攀得起,人家当然不和我们玩。"

茹雪拿着资料从门外进来,无意中听到这些话,内心暗暗思忖着……

第四章

范雯雯学乖了,第二天上班没再穿套装,穿着平常吊带加短裤战战兢兢地到了办公室,看到有人在喝茶有人在看报有人在写稿,没人注意她,终于放心地长出了口气。

四顾无事,范雯雯打开电脑,开始浏览网页,新闻中一条北方教育局严查非法办学的报道吸引了她。

范雯雯鼓起勇气,按照网页中提供的举报电话打了过去。

对方接起电话:"喂,你好。"

范雯雯清清嗓子,强迫自己的声音听起来成熟一点:"你好,我是《北方晚报》的记者范雯雯,请问咱们教育局严查非法办学的活动还在进行吗?我们报社也想跟进。"

对方反问:"《北方晚报》,没听过啊?"

范雯雯赶紧解释:"我们是家新成立的报社。"

对方犹豫了一下:"那你来吧,我们在桃源路集合,马上就要出发。"

范雯雯闻言激动得跳起来,马上拎起包一蹦一跳地出了门。

她不知道,她走了后,张姐和赵姐又一次热火朝天议论起来:"现在的年轻人,太没规矩了。""我们那时候上班,都是到了办公室先给前辈们擦桌子打水,这孩子怎么什么也不懂。""她以为在家里是公主,上了班还有人把她当公主宠吗。"

教育局局长带着众记者在挂着"某某培训学校"牌子的建筑外停下,两名下属拉开门,大家准备冲进去,门口保安阻拦:"你们是干什么的?"

下属一瞪眼睛:"我们是北方教育局稽查科的,这是我们新来的局长,有人举报你们这里非法办学,我们来查查。"

正在这时范雯雯的手机突然响了,范雯雯看到来电显示郝刚,忙接起。

郝刚在电话里慵懒地问:"雯雯,我的袜子在哪里?"

就在同一时间,保安正在小声对教育局局长解释:"我们的校长是陈来,这是他新开的桃源分校,执照马上就要批下来了,您一查就知道。"

教育局局长听到陈来的名字,愣了一下,冲保安点点头,转身走了。下属见状吆喝:"这家没问题,咱们去下一家。"

范雯雯正在电话里说:"在衣柜底下第二格抽屉的最里面,有两个袜子兜兜,黄色的是你的……"

范雯雯看到大家走了,连忙回头,歪着脑袋一边夹着电话一边说着,一边在本子上记录着。

范雯雯挂了电话,小跑着追上一队人马,高昂着头向前走去。

《北方晚报》社会部里,范雯雯左手摆放着报纸,右手摆放着稿纸,中间用采访本压着,她温习着三段论,念念有词:"题目要简明扼要,第一段交代时间地点……"

到这个时候,范雯雯不得不承认,和郝刚谈恋爱多少是耽误了学习的。刚上大学时范雯雯是多么踌躇满志,大一天天背英语单词,大二就加入了校报,还写了几篇报道,可碰到郝刚之后就没有好好继续下去,好像一天天地就习惯了照顾他。同班一位一直在校报当记者的男同学毕业后就去了《中国新闻周报》。虽然她一直在坚持强调自己的梦想,可是被爱情圈养的生活,已经让她离自己的梦想越来越远了。

现在追赶还来得及,范雯雯安慰着自己,在纸上刷刷写着:"今天,北方市教育局局长继续带领相关人员,查处非法办学机构,机构主要有某某培训桃源路分校……"

范雯雯写完,又整整齐齐誊抄到稿纸上,然后拿着走进了社会部主任办公室。

第二天一早,范雯雯刚上班,连漪就拿着新出的报纸进来,问范雯雯:"你叫范雯雯?"

范雯雯一头雾水,点点头。

连漪递给她一张报纸:"不错,姑娘挺有灵气,好好干。"

范雯雯莫名其妙接过来一看,自己的报道居然发在头版头条!

范雯雯激动坏了,一下子跳起来,拥抱着连漪:"谢谢连老师。"

连漪一愣,笑着道:"这是你自己努力的结果,和我没关系啊。"

范雯雯吐吐舌头,腼腆地一笑。

连漪被她的天真和快乐感染,看向范雯雯的眼神变得友善起来。范雯雯拿着报纸傻笑,连漪忍不住点拨她:"你去找那教育局局长,给他送份报纸加强联系,这条线以后就建立起来了,这个关系就是你的。"

范雯雯答应着，拿了几份报纸蹦跳着出去了。

连漪看着她的背影摇摇头："和我当年一样傻。"

也许是昨天穿得太夸张了，范雯雯敲开教育局局长的门时，教育局局长还记得她："哦，小姑娘啊，你来了，怎么样？报道见报了？"

范雯雯骄傲地把报纸递给他："嗯哪，头版头条呢。"

教育局局长愣了一下，看看报纸，又抬起头来上下打量了下范雯雯，意味深长地说："小牛最近忙啥？你这小姑娘挺可爱，社长一定很喜欢你吧？"

范雯雯哪里听得懂弦外之音："小牛姐每天都在忙采访呢，您问我们社长？我刚上班，还没见过他呢。"

教育局局长点点头，放下报纸："我们今天还要再继续查，正好你来了，就跟进吧。"

范雯雯激动地说："好嘞！"

教育局局长一笑，带着范雯雯出了门。

忙忙碌碌跟着采访了一天，等到范雯雯高高兴兴背着包，拿着满手的资料，踩着夕阳的影子进了大楼，还没进办公室就听到了同事小牛嗲嗲的声音："局长啊，那范雯雯只是个实习生，你怎么能把这么重要的事情给她做呢？多不靠谱啊，是啊，可不是说呢，以后还是我来跟进好啦。行，晚上一起吃饭，您等我，不醉不归。"

范雯雯听了这些不禁愣在当场。

连漪尖厉的声音响起来："哎哟，啊，你这也是老记者了，嗲得人起一身鸡皮疙瘩也就算了，可人家小姑娘好容易找了个机会发两篇稿子，你的口那么多，抢人家的干什么啊？"

小牛反唇相讥道:"我这是为了报社负责,她一个小姑娘,没有分寸,万一报道出了问题怎么办?"

连漪"哧"的一声笑了:"认识你快十年了,第一次知道你这么爱报社,不容易不容易。"

小牛被抢白,恼羞成怒:"我们当然爱报社,哪像你,就爱'古驰',每天为了'古驰'吃咸菜,我们只肯为了报社的前途吃咸菜。"

连漪不甘示弱:"是啊,只怕某些人吃咸菜也吃不来'古驰'呢。"

小牛冷笑一声:"好像某些人的'古驰'也不只是吃咸菜来的吧。"

范雯雯听见椅子"哐当"一声被碰翻,然后就看到连漪背着包铁青着脸冲了出来,和她擦肩而过,范雯雯手里的资料"哗啦"一声落了满地。

小牛听见动静跑出来,见是范雯雯,夸张地惊叫一声,亲热地扑上来:"雯雯,你来了,你可真牛,又发了一个头版头条,以后啊,你一定是咱们报社的顶梁柱。"

看着这个翻脸比翻书还要快的人,范雯雯简直不敢相信自己的眼睛,也不知该怎么回答,只能嘿嘿傻笑着。

小牛忽然搂住范雯雯,向她耳语:"你一看就是个好姑娘,可不要像连漪那样,咱们报社心眼最多的就是她了。刚才,我还听见她说想要跟进你的采访,说了她两句。她就气得跑出去了,做人怎么能这样呢,啊?"范雯雯见这人如此无耻,不禁又一次目瞪口呆,直愣愣盯着小牛看。

小牛被范雯雯看得有些发毛,嘟囔道:"怎么了?我就是个直性子,你不习惯吧?"

范雯雯回过神来,礼貌地笑笑,一闪身进了屋。

范雯雯回到座位,看着空无一人的办公室,突然像被抽空了力气,拿出电话打给妈妈。

赵淑玲接起电话:"喂?"

范雯雯闷闷的问道:"妈,你在干吗?"

赵淑玲此刻心情也不好,抱怨着:"妈在算账,你爸这学校办的,快把咱家亏完了。他总是为了学生想,学杂费说免就免,啥都免了,咱挣什么?还有那村长,你爸给了他两股,这下他可找到借口了,三天来取钱,两天来拿红利,咱就那么一小破学校,还没有收成呢,哪有钱给他,可是不给又有什么办法?"

范雯雯没想到妈妈的心烦事也这么多,自己的破事不仅没张口,反过来安慰妈妈:"妈,也别不高兴,他能吃多少,人家既然是股东,拿点也正常啊,咱们还要靠人家保护呢不是?"

赵淑玲叹口气:"可不是,人在屋檐下不得不低头啊……"

赵淑玲还在电话那边啰啰唆唆地说话,范雯雯已经挂了电话。范雯雯愣愣地看了半响,终于还是没有再拨打的勇气,她又打给了郝刚,却被未接通,范雯雯听着手机里的"您好,您拨打的电话正在通话中……"心里怅然若失。这一瞬间,范雯雯工作以来,第一次觉得特别特别孤单。

这一端突然被挂了电话的赵淑玲感到有些莫名其妙,一回头就看到范大正怒气冲冲看着她。

赵淑玲也不甘示弱:"我正和女儿说话,你这是怎么了?"

范大咆哮:"老婆子,你能不能靠点谱。学校的事,再难,也有咱们撑着,你跟女儿抱怨什么?她一个人在外面已经够辛苦了,咱们帮不上忙也就算了,你还捣乱。你和雯雯说这些,她能不着急吗?不是给她添负担吗?有时间,你催催她结婚,要不然吃亏的是她。"

赵淑玲愣愣地看着白头发随着手势飞舞的范大,居然垂下眼帘答应:"好了,我知道了,你别吼啦。"

范大拿过财务报表,不耐烦地道:"你啊,也别每天看这个了,马上开学,收了学生们的钱,成本就能回来一部分,然后我再拿去投资,现在经济这么好,咱们好好赚几年钱,给雯雯贴补点。"

赵淑玲想说万一投资失败了怎么办,看着范大踌躇满志的样子,终于还是咽下了嘴里的话。

郝刚也是真的有事,所长一早就把他叫到办公室了解工作情况,聊完之后,所长热情地邀请他:"中午和我一起跟课题规划处的人吃饭吧。"

郝刚一愣,答道:"我还有个论文要写,挺急的,就不去啦。"

所长苦口婆心:"郝刚,社会上和在学校里不一样,不能只埋头搞学问,我们这样的地方必须拿下课题才有经费,发文章啊什么的才更好办,有些人脉是必须经营的。"

郝刚漫不经心地一笑:"我不愿意和不熟悉的人吃饭。"

郝刚固执的态度让所长尴尬得脸色都变了。

郝刚却对此浑然不察,轻描淡写地说了句:"那没事我先出去了。"转身就出了门。

他没看到,门开的瞬间,所长狠狠地把手里的书扔到桌上,骂了一句:"不识抬举。"

门口的茹雪把刚才所有状况都尽收眼中,她看到郝刚如释重负的表情、所长铁青的脸和扔书的动作,她脑子里飞快地想了想,拿了份资料,敲门进了所长办公室。

所长看到茹雪,调整情绪:"小雪,你最近都在干什么,也不向我汇报工作。"

茹雪巧笑嫣然:"所长大人英明神武洞察一切,知人善任的,就让搞专业的专心搞专业,让我们这些吃货专心吃饭,所里自然不用我向您汇报了啊。"

所长一愣，醒悟过来，呵呵笑着点她："这英明神武可不是什么好词儿，一般都是用来形容那些老朽的，是不是？"

茹雪眼波流转："那哪能呢？生活上我们都要靠着您吃饭，工作上我们要靠着您指点，您要是老朽了，我们就得是树脚下的蘑菇了，怎么也要靠着您。"

所长忍俊不禁："你啊，这一张利嘴，看看哪个男人敢要你。"

茹雪笑得更甜："有您关照，我可不怕。"

所长拿起文件包往外走："走，和我参加饭局去。"

茹雪顺手接过包："那我就不开车啦，今天专门替您喝酒，"

茹雪和所长出门，经过郝刚时，貌似不经意问了他一句："郝刚，论文写得怎么样了？"

郝刚一愣，下意识地答道："快完了，估计下周就差不多了。"

茹雪点点头，和所长一起走了出去。所长看她貌似了解的样子，忍不住问："你知道郝刚在写什么？"

茹雪点点头："知道啊，有次我们聊天，他说想把这篇论文打磨好赶紧发表了，赶上明年破格上助研，就可以为所里增加力量，申请国家课题了，省得您总借助外在力量，多辛苦啊。"

所长听到这个信息不由得有点感动，点头道："嗯，这个郝刚，还是有大局观的。"

茹雪不露声色地为所长打开车门，心里默默地想："郝刚啊郝刚，但愿有一天，你能明白我对你的苦心。"

范雯雯拿着托盘从食堂打上饭出来，看了看一个人在角落里埋头吃饭的连漪，围坐在一起说得正热闹、眉飞色舞的老刘小牛赵姐等人，犹犹豫豫地坐到了连漪旁边。连漪一愣,抬起头来见是范雯雯,无所谓地笑笑,继续埋头吃饭。

范雯雯往嘴里塞了一口饭,小声道:"连姐,早上的事谢谢你。"

连漪头也没抬:"不用谢我,该干吗干吗去。"

范雯雯尴尬:"可是连姐,我以后该怎么办?"

连漪停下手里的事情,饶有兴趣地盯着她:"小姑娘,你现在做得就挺好,继续努力就是,何必问我。"

范雯雯忙不迭地摇头:"可是人际关系这么复杂……我处理不来。"

连漪粲然一笑,面容娇艳无比,说出来的话却是冰冷的:"那就叫你爸妈来帮你处理吧。"说完就收起托盘走了,范雯雯没想到会"吃瘪",一时愣在当场。她的手机这时候正好响了,范雯雯看着屏幕上的江风,惊喜地接起来。

江风声音听起来很愉快:"雯雯,听说你上班了,最近怎么样?"

范雯雯一下子找到了情绪的宣泄口:"我跟你说啊,职场可复杂呢,我想起来就头疼……"

江风温柔地说:"别着急,你慢慢说。"

范雯雯轻舒一口气,慢慢地向江风诉说着。

电话那一端的江风静静地听着,不时安慰她一两句"慢慢适应""你没问题的"之类的话。

其实也就是很简单的几句安慰话,范雯雯的焦虑情绪却慢慢平复下来,其实她心里都明白,自己也就想宣泄一下而已。等到她心情逐渐好转,才想起来问:"阿姨怎么样?"

她看不见电话那一端的江风,其实此刻他的手里正捏着两张票,在盐湖市火车站一个安静的角落里,给她打着电话.

江风怔怔地看着手里的票:"雯雯,你说,我们是不是都到了该担负起自己责任的年龄了？我妈的病，必须更换股骨头，我准备带她到西安去换，家里人都顾不上，只能我自己去，我才知道，她的腿已经疼了好几年了，我真是不孝，总觉得自己还小……"

范雯雯被他说愣了，也想起了自己的父亲范大："江风，我们的年龄都不小了，我爸的学校也碰上了不少事，我却帮不上什么忙，你比我还强，至少你在你妈妈的身边……"

两人都不知该说什么，同时叹了口气。

江风推开家门，看到范娜娜在给妈妈削苹果，两人有说有笑，十分开心。

范娜娜看到江风，脸一红，赶紧站起来："江风，你吃饭了吗？今天中午是我给阿姨做的饭哦，你也来尝尝？"

江风感激地走到厨房盛饭："娜娜真好，我来尝尝看。"

范娜娜赶紧放下手中的苹果，跑到厨房："你歇着，我来给你盛。"

江风推辞着："不用不用，我自己来，我这些天照顾妈妈，也学会了做饭，做得未必比你差呢。"

范娜娜羞红脸："哼，那你改天做给我吃。咱们比比。"

江风逗她："比比就比比，要是被我比下去了可别哭。"

范娜娜娇嗔地拍了他一下。江风妈妈看着削了一半的苹果，又看看厨房里嬉笑的两人，意味深长地笑了。

江风端着饭出来，边吃边和妈妈说："妈，我买好票了。咱们后天就走。"

范娜娜听到一愣："去哪里？"

江风边大口吃着饭边说："这饭做得真好吃！我准备带妈妈去西安换股骨头，这次先检查检查，然后再做手术。"

江风妈妈叹口气:"可惜我们单位啊,必须先垫付了手术费才能报销。不是因为这个咱们也不用发愁了。"

江风一脸满不在乎:"妈,没事,姨姨舅舅们凑得都差不多了。"

范娜娜看着江风的表情,明白事情并不像他说得那么容易。

九月底了,盐湖依然延续着夏天的温度,太阳热乎乎地烤着大地,苹果一树一树地挂了果儿,青红相间,煞是好看。

王玛瑙正在给苹果树浇水,范娜娜嘴里喊着"妈妈"气喘吁吁地跑过来。

王玛瑙扯下头巾擦着汗:"咋啦这么大惊小怪?"

范娜娜被太阳晒得满脸通红,着急地说:"妈,咱们家能用的钱还有多少?给我点给我点。"

王玛瑙没想到一向乖巧的女儿这么直接地问她要钱,吃惊道:"干啥这么急?"

范娜娜不耐烦地说:"我们同学妈妈病啦,要做手术,钱不够,我要给他拿点。"

王玛瑙察言观色:"那同学是男的吧?"

范娜娜义正词严地说:"妈,是同学就得帮忙对不对?"

王玛瑙何等了解女儿,女儿对别人从没有这么热心:"那同学叫什么?我们刚给你买了房子,手里也不多了,先给一万行不?"

范娜娜头点得像鸡啄米:"江风,江风。行,行,先别浇水了,给我取钱去,人家后天就走呢。"

王玛瑙给范娜娜拿了钱,刚回到家里坐下,水还没喝一口呢,就听到范二在门口大喊:"娜娜妈,娜娜妈。"

王玛瑙叹口气，只得又站起来："这父女俩最近都怎么了，都风风火火的。"

范二的口吻和范娜娜一样着急："咱们家能用的钱还有多少？给我点给我点。"

王玛瑙无奈地说："这个问题你女儿十分钟前刚问过我，钱都被她拿走了。剩下的还要准备苹果包装，我只能再给你少凑点。"

范二一听就火了："我要投资有机农业，你又不是不知道，还把钱给别人。"

他忽然反应过来，惊讶道："娜娜拿走了，她要那么多钱干什么？"

王玛瑙神秘地说："你女儿啊，把钱都借给一个男同学啦。"

范二好奇起来："啥男同学？怎么没听娜娜说过。"

王玛瑙撇撇嘴："你可没见娜娜那个样子，我要不给她，她恐怕马上就和我吵呢。喜欢咱们娜娜的男孩子我见过不少，从没见过娜娜这样，那个叫江风的男孩，不是一般人。"

范二一瞪眼睛："还二般人呢，我去打听打听。"转身就出了门。

王玛瑙还在喊着："哎，哎，不要钱了？"范二已经走远了。

带着对范娜娜的感激和歉意，江风又一次带着妈妈出发了，他从小到大就是在上学，从来没有照顾过人。不知道照顾病人原来这么辛苦，他一手拿着大包小包，一手用轮椅推着妈妈出了西安站。为了省钱，又挤上公交车，他们娘儿俩的轮椅和行李很占地方，就有人不干不净地嘟囔，有人还上手推他们。江风被挤得一身汗，心里烦躁到了极点，几次火冒三丈想要骂回去，都被妈妈摁住了手，只得忍着委屈，咬着牙在公交车上被挤过来挤过去，尽量护着妈妈。江风妈妈却感受不到这些，只是心满意足地靠着儿子，静静地看着窗外。

好容易下车到了第四军医大骨科门外，江风已经汗流浃背，他顾不上休息，赶紧把妈妈安排在角落里，自己去交检查费了。等他回来时，正好看到妈妈扶着轮椅站起来，一瘸一拐走了两步，原来她想要上厕所，可走了两步又疼得站不住，直接跌坐在了地上。

江风忙冲过来，扶起了妈妈："妈，没事吧？医生让你少走路，你忘了？快坐下快坐下。等下女厕没人了我再扶你进去。"

江风流着汗的脸挨着妈妈，妈妈心疼地替儿子擦汗，听江风念叨着："要做好多项检查呢，咱们慢慢查，有时间了我就带你看看大雁塔，小时候你带我来过，我还一直想看呢……"妈妈这个一直坚强的女人，突然间情绪就崩溃了，抱着儿子泪流满面："风儿，妈妈真没用，好容易放假了，人家孩子都在旅游，你在陪妈妈看病。你成绩那么好，为了妈妈，却只能回老家工作。妈妈是个窝囊的妈妈，妈对不起你，妈还不如死了，妈死了也没法给你爸交代。咱别看了，咱回家，攒下钱给你娶媳妇，好不好，好不好？"

楼道里人来人往，所有的喧哗忽然都静止了，连空气中的消毒水味儿似乎也消失了，所有人都看着这个可怜的妈妈。江风满眼都是泪，在妈妈跟前跪下来："妈，你好好看病，别想那么多，我才没用。别人都是开着车送妈妈来看病，我只能带你坐公交车，儿子没出息，长这么大只会花钱。你那么爱旅游，为了我哪也不去，你赶紧治好病，儿子带你周游全国……"

江风妈妈长号一声抱紧儿子，两人的眼泪汇合在一起，一滴一滴流下来砸在医院地板上，就像二十多年前她怀着儿子听到江风爸爸死讯时一样，世间所有的母子，都是这样彼此拥抱着，走过最艰难的时光。

医生听见响动，拿着片子出来，安慰江风和江风妈妈："没事，不会瘫痪的，拿点药回去调养调养，多卧床，多休息，一个月以后，来做股骨头移植手术吧。"

江风红着眼睛接过片子，对医生说谢谢，推着妈妈往出走。

擦着眼泪的江风妈妈忽然按住江风的手，对江风道："风儿，你找个女朋友吧，这样，万一妈下不了手术台，也对得起你爸了。"

江风想反驳，看着妈妈认真的神情，又沉默了。

从下午接到江风的电话告诉她已经回来的消息并约她见面开始，范娜娜已经把衣柜翻了个底朝天，搭配了七八身，也没找到一身自己满意的行头，最后还是直接去街上买了套簇新的衣裙：雪白的毛衣，橘色的长裙，黑黑的小皮鞋，这一身越发衬得她肌肤胜雪，眸有星光。

她就这样穿着这身美丽的衣裳，顶着无数的回头率，来到了夜市。小摊上橘黄的灯光照着行人，炉子里火光在跳跃，有人在喝酒，有人在喧闹，一派人间烟火气。江风坐在小摊的角落里，点着一支烟，身影里有无限的孤单。他已经喝多了，可当他看到范娜娜时，还是由衷地赞了一句："娜娜，你真漂亮。"

范娜娜安安静静坐下来，黑漆漆的眸子看着江风，目光流转间，有无尽温柔。

江风灌下去一杯啤酒，掩饰着自己的情绪："娜娜，不好意思，这么晚了把你叫出来，可是，我实在心情不好……"

范娜娜安静地笑道："不用这么客气……"

江风递给范娜娜一把羊肉串，范娜娜伸手接过，全然不怕油渍会滴到自己雪白的毛衣上，还张嘴直接咬了一口。

江风低头又给自己倒了一杯酒："娜娜，我妈两个月以后就要做手术了。说实在的，我心里很慌，从来没有遇过这种事，那天在第四军医大我妈当着那么多人的面哭了，我马上给她跪了下来，我妈这一辈子太苦了啊……"

江风一杯接一杯地喝着，一点一点诉说着，范娜娜安静地听着，藏在桌子下的双手攥得太紧以至于指甲都嵌进了肉里。

这里的夜晚灯光璀璨，繁星满天，而此刻范娜娜的眼睛里，只有江风。

终于，江风颓唐地喝完了最后一杯酒，略有醉意地站起身来，歉意地对范娜娜说："你住哪里？我送你回家。"

范娜娜扶住江风，江风想要挣脱开，可是范娜娜温柔的话语里带着不可抗拒："让我扶着你，我不想看你睡马路。"

江风脚步踉跄地和范娜娜一起走着，月色如水照在两人身上，范娜娜紧紧挨着江风，听着他的呼吸，也听着自己的心跳。

江风看着月亮，忽然想起1999年几个人在夜市上吃饭的场景，心里一痛，对范娜娜感叹："你还记不记得99年我们几个在夜市上吃饭的时候？一晃都四年了，你姐姐也找了男朋友不回盐湖了，我妈也开始逼我找个女朋友，说要对得起我爸爸，我看她那么难过，心里像针扎……可我什么都没有，拿什么谈女朋友……"

范娜娜看着他闪闪发亮的眼睛，往事像流水一般划过，那些深夜难眠的思念，那些怦然心动的时刻一幕幕浮上眼前，范娜娜再也控制不住自己，在昏黄的灯光下，她深深地、深深地抱住了江风。

江风一愣，以为范娜娜在安慰他，便拍拍范娜娜："娜娜，我没事。"

范娜娜在他的怀里开始抽泣，江风急了，问范娜娜："你怎么了，娜娜？"范娜娜踮起脚尖，让自己的脸贴紧江风的脸，让自己的眼泪也流在他脸上，在他耳边喃喃自语："江风，江风，我从十五岁就开始喜欢你，那一年，咱们刚上高一，你在我后面坐着，我一回头，看到那么阳光的一个小男孩，我……从那一刻，一直到现在，七年了，你知不知道？"

江风闻言呆若木鸡，范娜娜幽幽地继续："不管什么时候，我都会站在你身边支持你，阿姨让你找个女朋友，那，我们可以在一起吗？"

江风看着范娜娜和范雯雯一模一样的杏眼，一瞬间的恍惚之后，终于，他缓缓地，反手抱住了范娜娜，越抱越紧。

范娜娜眼泪止不住地流："江风，江风，我爱你……"

江风呆呆地看着马路对面，那个曾经骑着车子唱《追梦人》的范雯雯，似乎一闪而过。

江风闭上眼睛，不愿再想。

范雯雯正在出租屋里收拾屋子。

家里非常乱，水槽里泡着碗，地上是水果皮，衣服扔得到处都是。

郝刚抱着被子，在床上看书。

范雯雯看到郝刚的样子有点火大，过去拽他起身："来，起来，起来，帮我把垃圾倒了，我一会儿也得写稿子呢。"

郝刚没有放下书，不情不愿地对范雯雯："等会儿啊，等我看完这一章。雯雯，你应该向我妈学习，我妈就是家里什么事情都不让我爸做，还能把工作安排得井井有条。"

范雯雯压抑着自己的不高兴："那你应该学学我爸，我爸所有的家务都和我妈分担，还能把工作安排得井井有条。"

郝刚摇摇头，哀叹："你啊，现在是把我骗到手了，就不珍惜了，我病的时候，总说我们家郝刚要用到刀刃上，要照顾我一辈子，现在啊……垃圾也让我倒，你你你，这是不负责任。"

范雯雯一腔怒火被这几句话瞬间化为乌有，她不禁哈哈笑起来："算了算了，让你干点活和老太太一样唠叨。行，我遵守承诺，照顾你这件事就让我来吧。明天周末，我正好练练厨艺，给你大显身手一番。"

郝刚看着黑乎乎的地板伸了个懒腰："别了，咱们都不要以爱的名义去要求对方，你歇着吧。"

范雯雯却实在忍受不了那脏："相公，您歇着，奴家要擦地板了。"

郝刚"扑哧"一声笑了，范雯雯溜下床，跪在地上边擦地板边说："我爸又提了一下买房子的事情，要不，咱们最近有时间去看看。"

伴随着她辛勤劳作的背影，郝刚翻过了又一页书，漫不经心地回答："着急什么，等我赚到钱再说吧。"

范雯雯想反驳，终究还是咽了下去。

第二天一上班，范雯雯刚告诉爸爸自己和郝刚商量了一下，决定先不买房子，先租房子。范大就气得吹胡子瞪眼："郝刚到底是个什么东西啊，你是被他洗了脑了还是怎么，这么糊涂！他是男人啊，家里不得准备买房子的钱？首付总付得起吧，剩下的爸给你还，你赶紧把他带回来，让我们看看再说。"

范雯雯蒙了："买房子那么重要？"

范大气哼哼地说："雯雯，你从小没有受过苦，别觉得为了爱情牺牲很酷。爸妈都是过来人，再谈情说爱，也得落到吃饭睡觉数钱这些事儿上，你自己好好想想房子重不重要吧，反正，他们家不买房子，爸是不会同意你们结婚的。你要是敢私下和他领了结婚证，就别回家了。"

范雯雯嘟着嘴挂了电话，发愁起来："既说服不了老爸，又说服不了郝刚，怎么办啊？"

范大挂了电话，忽然觉得一阵胸闷，赶紧扶着沙发坐下，好半天才缓过神来，他挣扎着给自己倒了杯水，正准备喝呢，手机又响了，范大赶紧接起来，边说边出了门。

范雯雯直到上了班还在想这个问题，正在发呆，老刘拿着工资表旋风般刮进来："发工资啦,发工资啦!"

除了连漪和范雯雯,大家一拥而上,七嘴八舌:"啊呀,我又降了!啊呀,加班费怎么越来越少。"

人群忽然安静下来,接着爆发出一阵哄笑。

老刘指着范雯雯,笑得上气不接下气,范雯雯奇怪极了,赶紧接过工资表,她的名字底下,赫然写着八十!

范雯雯揉揉自己的眼睛,真的是八十!

范雯雯郁闷坏了,连漪边笑边问:"雯雯,你赶紧去问问,这个月发了两个头版头条,怎么会才发八十块?"

小牛不怀好意地凑过来:"怕是你没有完成任务吧。"

"任务?"范雯雯莫名其妙,"什么任务?我怎么都不知道?"

赵姐惊讶起来:"小姑娘,规章制度贴在那里,你都不看吗?"

范雯雯不好意思地低下头,想想每天不知在忙些什么,她确实没注意到什么规章制度。

连漪一拍脑袋:"对了,你是实习生,只算稿费,难怪这么低。"

范雯雯一腔兴奋全部化为委屈。她接过工资表看着,忽然发现一个从没见过的人名字,不由得好奇地问连漪:"这个同事出差去了吗?怎么我从来没见过?"连漪瞥一眼工资表:"这是人家日报的人,根本不用上班,工资照拿。"

范雯雯忽然想起爸爸曾经说过的编制、户口等等新鲜名词,顿时恍然大悟:"真的不一样啊!"

连漪看着她傻乎乎的样子,边笑边鼓励地拍拍她的肩膀:"慢慢就好了,职场最终还是要实力说话,别郁闷了。"

范雯雯勉强着想笑一下,猛然想到该给何玉寄钱了,又一想到郝刚的工资也花得只剩两百块了,眉头又皱了起来。

范雯雯盘算了半天，也没找到什么来钱的路子，只得到银行，提前把存了定期还有一周就到期的三万块存款取了两千，给何玉寄了过去。就这样，郝刚刚毕业时给的五万块安家费，在租房、买东西、吃饭等等各种花销下，不到三个月就只剩下两万八了，范雯雯又不想跟老爸要钱，只能看着存款上的三个零，无奈地叹了口气。

范娜娜正哼着歌儿下厨房和面，王玛瑙背着一篮子苹果进来放下，听见歌声，稀罕地问女儿："娜娜，啥事这么高兴？"

范娜娜呵呵笑着不答："妈，你背这么多苹果干什么？"

王玛瑙拣着果子："你爸要搞有机农业，这些落果是收集来准备喂猪的。"

"喂猪？猪好可爱啊！"范娜娜又呵呵笑起来。

王玛瑙察觉到女儿的不正常，探究地看着她。

范二大喊着娜娜的名字从门外进来。

范娜娜和王玛瑙都吓了一跳，范娜娜忙回答："爸，在这儿呢，咋啦？"

范二两手叉腰吼着："爸不同意你和江风在一起！"

范娜娜都被吼愣了："爸你说什么……"

范二不耐烦地挥着手："我都听你妈说了，我去打听了一下江风，他没有工作，家里还有个病老妈。这样的条件，你找他干什么，爸坚决不同意。"

范娜娜心里像被捅了个大窟窿，顾不得细究爸爸是怎么知道的，一张小脸涨得通红："爸，这都什么年代了，还讲究条件！"

王玛瑙看看女儿的表情，赶紧打圆场："慢慢来慢慢来，要是有其他合适的人，咱何必一定要找这个什么江风呢，你说是不是？"

范娜娜眼圈都红了:"哪里有什么合适的人,江风很好……"

范二没想到一向听话的范娜娜居然敢反抗,瞪着眼睛:"反正不行,说成屎也不行!"

范娜娜再也控制不住,放声大哭起来,边哭边喊:"爸,我都二十三了,你能不能让我有点自己的生活?我想写作,你不让,我听你的;我想留省城,你不让,我也听你的。现在又让我听你的,是我喜欢江风,他刚刚答应和我在一起,你不让我找他,我就谁也不找。"

范二和王玛瑙从没见过一向乖巧的女儿现在这个样子,一下子呆住了,夫妻俩面面相觑。

因为钱,范雯雯一整天都闷闷的,回到家里做饭时还把手切了。郝刚那么木讷的人,回来也察觉到她的不对劲,等到问明白原因,他安慰范雯雯:"没关系,刚开始都是这样的,慢慢就好了。"

范雯雯一点都高兴不起来:"最夸张的是,我看到工资表上有一个从来不来上班的人,居然还发了两千块,真不公平啊!我这才知道我爸说的编制啊正式工作什么的意义在哪,要不咱们也给社长送点礼,给我赶紧转正了?"

郝刚有点不屑:"雯雯,我谁也不认识,再说这样不靠实力也没什么意思,我们还是自己好好努力吧。这世界,最终还是要靠实力说话的,相信自己吧。"范雯雯看着信心笃定的郝刚终于还是点了点头,想着自己要赶紧多发一些重磅新闻,才能早点成为正式员工。

范大学校里的一个孩子突发急病,几个老师正把他抬上救护车。

医生边写单子边对范大道:"孩子得的应该是急性阑尾炎,你们谁是家属?"

范大满头大汗跑过来塞给一个老师一沓钱，指挥着他："你先跟着去医院，我已经通知孩子爸爸了，他应该马上就到，我们随后过去。"

救护车呜哇呜哇地走远了。范大的电话就在这个时候响起来，他掏出电话正准备接，忽然一块砖头飞过来，不偏不倚砸中他的额头，鲜血马上顺着范大的脸流了下来，疼得他手机也拿不住，掉到了一边。范大捂着伤口回头看，一个凶神恶煞的村民边喊着"我打死你"，边举着砖头往他跟前走。

几个老师冲上去，抱腿的抱腿，拽胳膊的拽胳膊，下了村民的砖头。村民在老师怀里蹦跶着："你们的饭肯定有问题，要不然我孩子能进了医院？范大，我告你，我孩子要是有个三长两短，我打死你！"

眼看着血越流越多，范大捂着伤口，痛苦地蹲在地上。

就在这时威风凛凛的村长带着几个后生模样的人冲进了学校。后生们扭住那家长就打，边打边喊："你娃娃自己要生病关学校什么事？还敢不敢来闹事了，看谁打死谁！"

老师们都惊呆了，范大急得不顾流血的伤口站起身来制止，众人推推搡搡中把他拨拉过来拨拉过去，终于，范大眼前一黑，倒了下去。

范大倒下去的身边，他的手机一直在丁零零地响着，屏幕上的雯雯两个字，在阳光下不停地闪烁、闪烁。另一边，是范雯雯奇怪地看着屏幕，自言自语："我爸这个时候，怎么不接电话呢？"

第五章

　　没打通电话,范雯雯也没觉得奇怪,只是以为爸爸忙得忘了回,她把郁闷的心情搁过一边,回到出租屋内忙着学蒸馒头,一个一个揉得圆溜溜白白嫩嫩的,准备早上早早起来蒸给郝刚吃。郝刚看到,深情地搂住范雯雯:"好雯雯,你真贤惠。"

　　"贤惠?"范雯雯听到用这个词形容自己比看到外星人还惊讶,她睁大眼睛,"我可不要这个词来形容自己。"

　　郝刚奇怪地说:"怎么啦,娶个贤惠懂事的老婆不好吗?"

　　范雯雯皱着眉头:"贤惠都是用来形容封建时代的妇女的,好像什么都能牺牲的那种感觉,我们'80后',从来不是只照顾家庭的那种女人,我不要贤惠,我要美好。"

　　郝刚不以为然地笑笑,附和她:"好,好,我们雯雯,在外面是战地玫瑰,在家里是暖脚老婆,都没问题的。"

范雯雯这才得意地笑起来，她并没有深入地想一想，一个女人要怎么样付出和转换，才能同时满足"战地玫瑰"和暖脚老婆两种身份？

病房里的范大用纱布包着头，在床上坐着。

赵淑玲正给范大削着苹果，嘴里不停地埋怨着："你和那不讲理的家长较什么劲，自己一把年纪了还要受这种罪。"

范大接过苹果啃着："我哪里能想得到啊。"

赵淑玲犹豫着开口："老范，不然我们还是把学校卖了吧，我们日子本来过得挺好，我现在也不想挣钱了，就图个平安算了，你说呢？"

范大一口拒绝："不行，现在招了这么多孩子，咱们要是把学校卖了，直接受害的就是他们，我不能这样。再说，不讲理的是家长，又不是孩子，我开学校，就是为了让未来的家长变得懂得讲理，这点小伤算得了什么。"

赵淑玲心疼地看着范大，不说话了。

这时，范大手机响起来，范大看着屏幕上的雯雯，对赵淑玲做了个嘘的手势。

然后，范大高高兴兴接起来："雯雯啊。"

在单位开水间的范雯雯嘟着嘴："爸，昨天打电话怎么找不到你，也不给我回。"

范大乐呵呵地说："那会儿有事，忙完了就忘了。"

范雯雯"哼"了一声，又问："我妈在吗？你们在干吗呢？"

赵淑玲刚想要接电话，范大一把打开她的手，继续说："我和你妈啊，吃了饭在散步呢。"

赵淑玲瞪他一眼，不吭气了。

范雯雯心里奇怪了一下："爸，你今天怎么有时间大早上地陪我妈散步？"

范大顿时支支吾吾："哦，你妈吃多了。你打电话咋了，有啥事吗？没钱了？爸给你转啊。"

赵淑玲听了父女俩的对话有些哭笑不得。

正说着，范娜娜拿着保温桶进来，放在床头的小桌上，招呼着："大伯，吃饭了。"

范雯雯听到电话那头娜娜的话疑心顿起："爸，是娜娜叫你吃饭？你不是吃过饭了吗？"

范大赶忙掩饰："哦，我和你妈碰到娜娜，她问我们吃饭了没有。"

范娜娜看到范大手举着电话冲她挤眼睛，心里立刻明白了，赶忙停止手里动作，不敢再动。

范雯雯释然，范大忙说："那就这样啊。我挂了。"

范娜娜盛饭，对赵淑玲道："大娘，我来招呼大伯，你下楼去吃饭吧。"

赵淑玲答应着下楼，范娜娜端着粥，嗔怪范大："大伯，你应该让我姐回来看看，都不告诉她。我姐知道了肯定怨我呢。"

范大接过粥吃着："告诉她有什么用，耽误她工作，还起不到任何效果。"

范娜娜不再劝，伸手又给范大拿出个热乎乎的馒头，一盘炒得黄灿灿的鸡蛋，一碗香喷喷的红烧肉，拉出病床旁的小桌板，把筷子塞到范大手里："都是我做的呢，你尝尝。"

范娜娜虽然也是娇生惯养，但到底出生在农村，她和从小父母有时间照顾没下过厨房的范雯雯不一样。范二和王玛瑙农忙的时候，范娜娜就在家里做饭，这就让父母回家能吃口热乎的，所以练就了一身好厨艺。

范娜娜给范大准备好饭菜，拿起壶出门打水，对范大道："大伯，我打了水去买点东西，一会儿回来啊。"

范大津津有味地吃着，随口答应了一声，范娜娜转身走了。

这一切，都被临床一妇女看在了眼里。妇女羡慕地对范大说："你这姑娘把你招呼得真好。"范大得意地吃着馒头应着："我家娜娜啊，那可是才貌双全。不但人长得好，学习成绩好，饭也做得好吃呢。"

临床妇女更感兴趣："姑娘是老师啊，工作真好。哎，她有对象了吗？我给介绍一个呗？"

范大听了这话一愣："应该没有吧，没听她说起过。"

临床妇女笑了："自己女儿还不知道？"

范大尴尬地摇摇头："这不是我女儿，我女儿在北京上班呢，这是我侄女儿。"

临床妇女心直口快，感慨道："你说这孩子那么有出息了有什么好？爸爸病了都不在身边。"

范大急忙掩饰道："她要回来的，我又没什么事，就没让她回来。"

临床妇女摇摇头："要是她在你身边，咋也能招呼上你啊。"

实话不但让人痛苦，还让人反胃。范大听了这女人的话忽然没了胃口，停下了手里的饭，一脸怔怔。

恰在此时，赵淑玲满头大汗地拎着一个包走进来。

范大一腔情绪找到了宣泄的地方，不满地骂她："去哪了，吃个饭走了这么长时间。"

赵淑玲不明白范大这一腔怒火从哪来，解释道："我们单位不是办养老保险要照片吗，我回了趟家，怕你这儿有事，我都没来得及细翻，直接拿起影集就来了。"

范大听了老婆的话便不再吭气，赵淑玲坐在床边打开影集翻找着。

范大一眼看到影集里范雯雯照片，拿过影集："哎，你啥时候把雯雯从小到大的照片都放这儿了？"

赵淑玲把头凑过范大身边，啧啧着："啊呀，这张是雯雯一岁的时候，那时候眼睛多大。啊呀，这张是刚哭完鼻子照的，看丑的！啊呀，这张胖得像小猪一样。啊呀，这张和我年轻时一样。"

范大伸着脑袋也笑着看着，嘴里低声念叨着，看到范雯雯的大学毕业照，忍不住道："我女儿这么漂亮，什么人都配不上她。"

赵淑玲听了丈夫的这话，翻他个白眼："雯雯都找了郝刚了，还什么人都配不上她呢。"

范大瞪着眼睛："等雯雯把郝刚带回来，我要是看着不合适，我马上让他们分手。"

赵淑玲嘲笑他："你啊，还想管谁，能管好自己就不错了。"

范大还要说话，忽然一阵胸闷头疼，赵淑玲忙扶着他躺下："休息会儿休息会儿。"

范大抚着胸口躺下，默默不语。

今天是江风妈妈邀请范娜娜以女朋友的身份到江风家吃饭的日子。范娜娜拎着一大堆礼物，和江风一起走着，内心还是有点紧张，怯怯地拉住江风的手。

江风安慰地拍拍她："我妈那么喜欢你，你怕什么？"

范娜娜努力地笑笑，依然觉得初秋的风凉凉地拍在脸上，冻得她脸都要僵了。

两人进门时，江风妈妈正在努力地把一盘盘菜端上桌，范娜娜赶紧放下手里的礼物，上去接着。

江风埋怨妈妈："妈，谁让你干活的？医生让你多休息，后天就要做手术了，你总是不听话。"

江风妈妈笑吟吟地："你带娜娜第一次正式上门，妈总得给你们做点好吃的。"

范娜娜听了这话脸红了，推着江风妈妈坐到桌子边，自己返回煤气灶前盛饭，端给江风妈妈。

江风妈妈欣慰地拉着范娜娜的手："阿姨一见你就喜欢你，我家风儿啊，还瞒着我不说呢，现在才告诉我。"

范娜娜赶紧为江风解释着："没有没有，是我觉得不是时候，不让他说的，阿姨不要怨他。"

江风妈妈拉范娜娜："坐下，坐下，边吃边说。"

三个人吃着饭，江风妈妈够不着对面的菜时，范娜娜懂事地夹给她。

江风对妈妈："妈，这几天再也别干活了啊，马上就要手术了，你好好养着。"

江风妈妈看他一眼，嗔怪："知道啦，妈妈又不是小孩子，还需要你来吩咐？"

范娜娜听母子间满是关爱的对话抿着嘴笑，这一刻让人倍感温馨，连挂在墙上江风爸爸照片似也在微笑。

江风妈妈转头看一眼墙上的照片，感叹道："你爸这个没福的，哪有我这命好……"

温暖的灯光照着桌边的三个人，江风妈妈和范娜娜说说笑笑，江风看着她们，端起饭碗来喝汤，掩饰着内心满是失落的情绪。

夜深了，送范娜娜回家的江风一进门，便看到妈妈疲惫地躺在床上，他坐下来耐心地给她按摩双腿。江风妈妈怜爱地摸着儿子的头："风儿啊，等咱们到西安做手术回来以后，我就让咱家的亲戚来照顾我，你赶紧找个工作安定下来，才能配得上人家姑娘。不然，以咱家这条件没房没车的，怕人姑娘的家长们不喜欢呢。"

江风不以为然："不喜欢就算了呗。"

江风妈妈嗔怪地拍了江风一下："你这孩子，说什么呢。娜娜这么好的姑娘，一看就是真心喜欢你，你一定要珍惜。"

江风用手指指袋子里买回来的书："放心吧妈，市里招公务员呢，我从今天开始就好好复习，以后你还要靠我呢，我哪能对前途不上心？"

江风妈妈欣慰地："妈就知道风儿懂事。

回到家里的范娜娜翻来覆去睡不着，干脆打开 QQ 视频，邀请范雯雯视频聊天。郝刚出差走了，范雯雯偷空在单位加班啃书本。一看是范娜娜打过来的视频电话，便接起来，笑着问："娜娜，最近怎么样，你这到了师范又是院花吧，又有多少人追你啊？"

范娜娜看着视频中的姐姐，曾经的疑问在心里升腾，终于还是忍不住开口，试探着开口："姐，我要告诉你个消息，我，我有男朋友了。"

范雯雯惊讶得差点从椅子上跳起来："谁啊？你这么保密，提前一点消息都没有，娜娜你可太不够意思了。"

范娜娜紧盯着姐姐的反应："就是，就是我爸不同意。"

范雯雯听了这话着急坏了："二叔那边我帮你说。你快点告诉我，那男孩是干吗的？"

范娜娜犹犹豫豫："其实，你也认识。"

范雯雯疑惑："我也认识？谁啊，不会是江风吧？"

范娜娜不好意思地点点头，更加紧紧地盯着姐姐，看她的反应。

范雯雯一愣，然后哈哈大笑，伏在桌子上使劲拍着："太好了，我的妹妹和我的好朋友成了一对儿，哈哈，以后江风就是我的妹夫啦！哈哈，看这小子怎么翻得出我的手掌心。"

范娜娜看姐姐的反应这样自然，终于放下心来，甜甜地笑了。

范雯雯猛地抬起头："不对，你们两个坏蛋。这么大的事居然都不告诉我，瞒得可够紧的啊，太过分了，等我回去狠宰你们两个。"

范娜娜嘟着嘴，又发愁起来："姐姐，你别忘了，我爸根本不同意啊。"

范雯雯奇怪地问："二叔为啥不同意，你没和二叔讲吗？"

范娜娜郁闷地说："我爸嫌他家条件不好，江风没工作。"

范雯雯嗤之以鼻："条件不好算什么？两人共同奋斗才最重要，你等着，我和二叔说。"

范娜娜如释重负地点点头，同时也暗暗下了一个决心。

江风正在台灯下看书，手机叮叮咚咚地响了。江风看到屏幕上的"范雯雯"三个字没来由的紧张。他哆嗦了半晌才点开接通，范雯雯的信息和她的人一样活泼生动："江风，你太过分了！和娜娜好了都不告诉我，等我回去收拾你。"

江风凄凉地一笑，把手机扔到一边，出神地想了一会儿，又拿过书专心看起来。

三点钟了，江风揉揉眼睛打了个哈欠，站起身来打开门正准备上厕所，忽然听到妈妈卧室里的说话声，江风猛地住了脚，凝神细听。听到妈妈正在和死去的爸爸说："老江啊，你在天有灵，就保佑我多活几年，哪怕我残废了呢，就是站不起来，也要想办法给咱风儿娶了媳妇，给咱们生个大孙子，你以为我不中用啦，我可比你想得有办法。哎，你说你怎么那么早就走了，这往后的福气啊都让我替你享了，你跟阎王爷说说，别急着带走我，让我把该干的事情都干了，把咱风儿安排好，再走啊……"

黑暗中的江风攥紧拳头堵住嘴，抵住快要喷涌而出的哽咽，放任眼泪无声地流了满脸。

太阳刚刚露了头，王玛瑙就准备起床去下地了。一出门，她就撞上顶着两个肿眼泡一看就没睡好正整理东西的范娜娜，顿时吓了一跳，忙问女儿："你起这么早干啥？"

范娜娜眼都不看妈妈："妈，我明天要去趟西安。"

王玛瑙察言观色："去玩？你自己一个人，还是和朋友？"

范娜娜应着："和朋友去玩。"

王玛瑙紧张地问："男娃女娃？"

范娜娜不耐烦："女娃啦，去两天就回来。"

王玛瑙小心翼翼："哦，那……我给你拿点钱？"

范娜娜已经一挑门帘出了门，留下一句"不用。"

范二闻声出来，问王玛瑙："你姑娘咋啦，这是要弄啥？"

王玛瑙叹口气："说是要和同学去西安玩，谁知道……"

范二火了，骂王玛瑙："你怎么不问清楚，万一她是和那什么江风去，吃了亏咋办？"

王玛瑙发愁："这咋问，娜娜是个乖娃，应该没事吧。"

范二皱着眉："乖啥乖，多少好男娃她不找，非要找个那么穷的，那不是憨是啥。不行，不能让她去。"

王玛瑙小声："她说是和同学去，又不是和江风，咋说嘛……"

范二想了想，冲王玛瑙耳语起来。

第二天中午，范二和王玛瑙一直把范娜娜和她的女同学送进车厢，看着她们俩坐定，才下了车。

火车缓缓开动了，范娜娜和女同学冲着父母挥挥手。

范二终于眉开眼笑："这下可以放心了。"

王玛瑙也放下心来:"看来咱就是想多了,娃可能不高兴,耍去了。"

火车走远了,范娜娜才冲着女同学笑道:"谢谢亲爱的,那下一站你下了车一个人回去要当心,麻烦你啦。"

女同学点点她额头:"你啊,大学四年追你的人一把一把,你都不动心。这江风是有多大魅力啊,能把你吸引成这样子,连爸爸妈妈都骗,有机会让我见见。"

范娜娜不好意思:"改天,改天,等我们回来了,请你吃饭,谢谢你啊。"

女同学瞪起眼睛:"你个重色轻友的家伙。"

范娜娜甜蜜地笑起来,火车到了下一站,女同学下了车,范娜娜赶忙朝卧铺车厢走去。

江风正在给妈妈削苹果,范娜娜美丽的笑容突然出现在他面前时,江风一下子愣住了:"娜娜?"

江风妈妈也惊讶地抬起头来:"娜娜,你怎么在这儿?"

范娜娜抿着嘴直笑:"我怕江风一个人忙不过来,也去照顾您啊。"

江风感动极了,连忙放下手里的小刀,把苹果递给范娜娜:"娜娜,真的谢谢你,吃个苹果吧。"

范娜娜接过苹果,含情脉脉地看着江风,江风不由得有点紧张,站起身来:"我去趟洗手间。"

范娜娜转到江风妈妈身边,两人一来一往地聊着。江风在衔接处面对着窗外飞驰的风景默默地抽烟,范娜娜和江风妈妈的说笑声不时传来,江风不自觉地捏紧了手里的烟盒。

有了范娜娜帮忙,到底多个人手更好些。很快,医生护士就推着江风妈妈进了手术室。江风和范娜娜坐在走廊椅子上,范娜娜悄悄地、悄悄地把头靠到了江风身上,江风犹豫着终于还是伸出手来,搂住了范娜娜的肩，范娜娜心里甜蜜得像乐开了花，偷偷地笑了。

手术很成功，术后范娜娜做护理简直比江风还要尽心，量体温洗衣服倒尿盆……同病房的好多人都以为范娜娜才是江风妈妈的亲生女儿，当他们知道了范娜娜的真实身份后纷纷赞叹娜娜能做到这份上真不容易。江风看着这么痴心的范娜娜，只觉得又感动又愧疚。有时候，范娜娜累得在他身边睡着了，他看着窗外的月亮还是不免想起范雯雯，这时的他也会问自己，现在到底爱谁呢？好像已经没有了选择。

同一轮月亮下，范雯雯正在出租屋内擦地板、叠衣服，郝刚则香甜地睡着。同居大半年来，范雯雯已经学会了做饭洗衣擦地等家务活，刚开始这个大小姐心里也是不愿意的，可想到医生的话，范雯雯也就把所有心思都压下去了。就这点家务活，就当是自己减肥吧。再说，为爱情付出，不以爱的名气去绑架任何人，一直是郝刚对范雯雯讲的道理，也是范雯雯对自己的要求啊。陪伴就是最长情的爱，不是吗？

如果范雯雯知道以后的生活只会越来越艰辛，她就会明白，春暖花开时的陪伴，并没有什么，凄风冷雨里的分担才最珍贵，最长情。不以爱的名义要求任何人，两个人共同努力才可以实现真正的爱。

范雯雯正在办公室写稿子，社长忽然打电话来，范雯雯小跑着进了社长办公室，刚问了声好，社长就严肃地看着范雯雯，指着沙发上坐着的男子，介绍道："这是某某培训的老总，陈来。"

范雯雯乍一进来没搞清楚状况，看着男子约莫三十多岁的样子，剑眉星目，衣着考究，一看非富即贵。此刻他正夹着根烟抽着，缭绕烟雾里看不清他的表情。

社长点点范雯雯，对陈来道："这个姑娘是刚来的，经验不足，所以才会出现把你学校写上去的错误。我让她向你道个歉，怎么样？"

范雯雯猛然想起来那天教育局局长带人查处时她恰好接郝刚电话的场景，脸一下子红了，恨不得有个地缝能让自己钻进去。

陈来倒不在乎，微微笑着："没关系，我想这小姑娘也不是故意的，你们在报纸上发个更正就可以了。"

范雯雯低着头，不敢看他们。

社长严肃地对范雯雯："范雯雯，这次是个教训，其他媒体都没有，就只有咱们的报道里出现了陈总的学校，以后做新闻一定要认真，绝对不能出现这次的问题了。"

范雯雯蚊子似的"哼"了一声。陈来看着红着脸的范雯雯，愣了愣神，脸上划过了一丝极难察觉的哀伤。

此时，社长室的门又被敲响了。

一肥头大耳的男子进来，热情洋溢地说："社长好，社长回来啦。好久不见，我真是想你啊！"

陈来站起身来，对男子说："张总啊，我还说一会儿去你办公室找你呢，你自己倒送上门来了。"

老张看到陈来，哈哈笑着，上前给了他一个大大的拥抱："陈董事长，陈董事长，今天是什么风，把你给吹来啦。"

社长坐在椅子上揶揄着："他和你可不一样，他是无事不来，你是给钱才来。"

老张放开陈来，大大咧咧地坐到社长对面，娴熟地给自己点着烟："那可不，我是广告主，当然没钱才来。"

几个男人哈哈笑起来，范雯雯看着三个人明显很熟的样子，想到自己刚才还要带陈来找社长，如坐针毡，恨不得马上出去。

张总看看表："正好陈董事长也在，晚上一起吃饭吧，啊，我做东，咱哥儿几个好好热闹热闹。"

社长摆摆手:"我就不去了,你们两个去吧。"

张总拿出电话:"我就知道你不去,等我叫上那大美女。喂,连漪,你哥来啦,你不想我?不来看看?什么?不来?不来我就把你绑来。"

电话里传来连漪黄鹂鸟一样清脆的笑声。办公室的门紧跟着"哐"地推开了,连漪旋风一般跑进来,娇嗔地对张总:"啊呀,我说哥啊,你也不说先来看看我,就跑社长这里啦,就认得领导。"

张总色眯眯地盯着连漪:"要不是和你们领导熟,你这大美女哪里会看我一眼,走,晚上喝酒去。"

连漪上前拧了一把张总,又跺脚又娇嗔:"看我晚上不把你放倒。"

范雯雯看得脸都红了,她忙低下头想要快点出门,连漪一把拉住她:"别走啊,你闹了这么大个笑话,不去一起吃饭,给陈总赔个礼?"

范雯雯一愣,抬头看向陈来,陈来友好地朝她一笑,不知怎的,范雯雯突然就放下了戒备。

众人在饭店排好座次坐定,范雯雯看着满桌大餐,眼睛都亮了,馋得直咽口水。

连漪举起酒杯:"我们首先感谢热心的张总,为大家准备了这么丰盛的晚宴。"

众人纷纷举起酒杯,范雯雯懵懵懂懂也想举起。

连漪连忙给她使个眼色,示意范雯雯端酸奶。

范雯雯赶忙端起酸奶。

张总"咦"了一声,问范雯雯:"你不喝点?"

连漪在桌子上"叮叮"清脆地碰了两下:"小姑娘就别喝了,一会儿咱们都多了,让她送咱们回家。"

张总笑："我还没见过谁能把我们连美女放倒的呢。"

众人哈哈一笑，全都一饮而尽。

范雯雯看大家都拿起筷子，自己也赶紧迫不及待地夹了一筷子排骨，有滋有味地吃起来。众人觥筹交错十分热闹，只有范雯雯既也不说话也不敬酒，只顾着吃，很快面前就堆起一堆骨头。

陈来冷眼旁观到这一幕只觉得她十分有意思，连漪看到她这个样子感到十分郁闷："雯雯，你别只顾吃啊，也起来给大家敬敬酸奶嘛。"

范雯雯吃得满嘴满手都是油，听到连漪的吩咐连忙抬起头来："哦，哦，好的。"

张总醉意蒙眬地盯着范雯雯红艳艳的嘴唇，连漪示意范雯雯先从陈来敬起，自己则端着酒杯冲着张总媚笑："哎，我说哥，咱们明年的广告任务怎么办？"

张总一手捏住杯子，一手乘势握住连漪的手："当然你说了算。"

范雯雯看到这一幕，惊讶极了，都忘了自己要端着酸奶敬陈来。

陈来顺着范雯雯的眼睛看过去，对张总说："来，来，别光拽着美女不放，咱们喝。"张总这才放开了连漪的手，范雯雯把这一切尽收眼底，内心充满感激地冲着陈来一笑。

几巡酒过去，张总明显已经喝多了，咣咣倒了十玻璃杯白酒，对连漪道："明年的广告任务，你说了算。这十杯酒你喝一杯，算一万块钱，要多少，看你的了！"

连漪雪白的牙齿紧紧咬着下唇，端起酒杯一饮而尽。

范雯雯目瞪口呆，盯着连漪"哐哐哐"端起杯子再放下，喝到第七杯，连漪终于忍不住了，干呕了一声。范雯雯在一旁看得真切，忽然生出无限勇气，她一把拦住连漪，对张总道："剩下的，我替连姐喝，奖励啊广告啥的都算连姐的。"

众人还没反应过来，范雯雯已经端起剩下的三杯酒，三大口就全干了，然后剧烈地咳嗽起来，脸也憋得通红。在座的几人都愣住了，连漪也没想到半路杀出个范雯雯，半张着娇艳的红唇吃惊地瞪着范雯雯。

范雯雯终于缓过劲儿来，豪气地一抹嘴唇坐了下来。陈来带头"啪啪"地拍起手来，众人才如梦初醒，都纷纷拍起手来。

连漪两眼亮晶晶地看着范雯雯，张总也对范雯雯竖起大拇指："好，够意思。"

范雯雯从没喝过酒，等到吃完饭跟着连漪一行人到了KTV包间，她早已是前后左右摇摇晃晃，都没察觉到张总的手不知啥时候缓缓揽上自己的细腰。连漪一眼看见，笑靥如花地端桌上的啤酒拉过他："哎，哥，你不是要和我合唱呢吗，怎么一眨眼就不见了？"

张总不由自主地走到连漪走面前，口齿含混道："你说，唱，唱什么。"

范雯雯呵呵笑着，拉过话筒唱歌。陈来在角落里静静地坐着，点着一根烟，看着摇摇晃晃的范雯雯。他的脑海浮现一张同样清纯的脸，只是那张脸上，没有欢乐全是泪，陈来不敢再想，痛苦地闭上了眼。

曲终人散，范雯雯搂着跟跟跄跄的连漪，摇晃着冲大家挥手："放心，我没事啦，我一定把连姐送到家。"

陈来招手叫来自己的司机，让他送两个女孩回家。

张总谄笑着靠近陈来："陈总，陈哥，我上次求你那事……"

陈来瞄了他一眼，像换了个人，招手拦住一辆出租车坐上去，临走冷冷地留下一句："等我有空再说吧。"

张总愣住了，看着陈来乘坐的出租车远去的背影，狠狠往地上啐了一口："一个吃软饭的，还真以为自己了不起了。"

陈来的车到了连漪家楼下，连漪下了车让范雯雯也回家，可范雯雯看着她东倒西歪上去，终究还是不放心，便让司机先走，自己又跑上楼去扶着连漪，连漪使劲推她："我真没事，你快回吧。"

范雯雯固执起来："你都这样了还坚持什么？我把你送到家就走。"连漪无奈，只好摸摸索索地掏出钥匙递给范雯雯让她打开了门。范雯雯怎么也没有想到，一进门便地上竟然躺着一个七八岁的小男孩，亮晶晶的眼睛一眨不眨地看着她们。范雯雯简直不敢相信自己的眼睛，她使劲揉了揉，确定自己确实看到了一个小男孩，而且是个奇怪的小男孩，头很大，四肢明显要比同龄孩子纤弱好多。

连漪一把甩开范雯雯，失声道："小凡，你怎么了？"

小凡诺诺："妈妈，我摔倒，动不了了。"

连漪蹲下身，娴熟地摸着每一块衔接处的骨头，问："这里？这里？"

小凡平静的脸上终于显示出一丝痛苦，应道："这里。"

"咔咔"两声，连漪已经为儿子接上了腿骨头。

小凡抖抖腿，慢慢站起身来，对连漪道："妈妈，我好了。"又乖巧地问候范雯雯："阿姨好。"

范雯雯只觉得头轰轰作响，机械地点点头。

连漪对范雯雯解释："这是我儿子小凡，他得了成骨不全症，也就是人们常说的'玻璃娃娃'，平时都是阿姨在家照顾他，这几天阿姨不在，就他一个人，可能是不小心碰伤了骨头。"

范雯雯看着小凡，友善地冲他笑，柔声对他说："小凡，我叫范雯雯，是你妈妈的同事呢。"

小凡看着范雯雯温暖的笑脸，忽然过来勾住她的衣角，问道："阿姨，你能不能给我讲个故事？"

范雯雯根本拒绝不了这样的孩子："没问题。你要听什么，阿姨讲给你。"

连漪没见过小凡对外人这样，惊讶地睁大了眼睛。小凡拉着范雯雯的手进了卧室。范雯雯的声音从卧室传来："阿姨会讲好多成语，我们可以讲《铁杵成针》，也可以讲《愚公移山》，你喜欢哪一个？"

小凡的声音似乎带着笑："《愚公移山》好啦。"

时针指向十二点，连漪在客厅喝着茶醒酒，听着屋里的动静，小凡应该睡着了，范雯雯讲故事的声音渐渐低下去。

范雯雯关上门蹑手蹑脚地走出来，连漪忙招呼她："来，喝杯茶。"

范雯雯坐下，小心翼翼地看着连漪："小凡真可爱，可是，他怎么会得这个病的？"

连漪拂开长发，细长的眼睛里有一丝疲惫："这是基因问题，从一出生就有，所以他爸和我离婚了。这茶是我从台湾带回来的，味道很好，你尝尝。"

范雯雯不好意思再问，只好默默喝茶。

连漪笑着："我们小凡一般很少这么喜欢生人呢，看来你们很投缘，你干脆别走了，明天早上再陪他玩玩。"

范雯雯这时才猛然想起郝刚，她连忙摸出手机看，却一个未接来电都没有。范雯雯担心起来："我今天和男朋友说了要回去，可是这么晚了，他怎么都没有打个电话呢？"范雯雯给郝刚打电话，电话里传来"您好，您拨打的电话已关机。"范雯雯着急起来："啊呀，我家郝刚怎么就关了手机了，会不会没关煤气？是不是忘了锁门？"

连漪看着她心急火燎的样子连忙安慰道："别急，也许他是手机没电睡着了。"

范雯雯越想越害怕:"不行,我还是回去吧,回去看看我才放心。"

连漪惊讶地说:"都这么晚了,你一个女孩子多不安全,他一个大男人,你不用这么担心,应该他担心你才对啊!"

范雯雯摇着头往出走:"连姐,你不知道,我那男朋友生活能力可差呢,我得回去看看才放心。"

连漪为范雯雯打开门又递过去她的包:"那你回去吧,我不留你了。但是,雯雯,你不能这样惯着一个男人,像他妈一样照顾他,你会把他惯坏的。"

范雯雯憨笑着:"我总觉得,我们家'郝刚'要用到刀刃上,他只要安心忙事业就行,这些小事都无所谓啦。"

连漪还是劝道:"这样下去,你会很累的。"

范雯雯心不在焉地答应着,连漪叫住了她,从茶几上拿把水果刀递给她:"早知道你要回,我肯定不会让你上来,拿着这把小刀防身,到了告诉我一声。"

范雯雯接过水果刀,急匆匆走了,连漪目送着她下楼,不禁叹道:"真是个实在的傻姑娘。"

第二天一早,范雯雯刚到办公室,就收到了何玉的来信:"雯雯姐姐,你好。你最近好吗?记者的工作累吗?谢谢你的汇款,这个学期,我可以毫不担心地上完了……另外,我马上要上初中了,镇上的初中很远,我想来市里上学,看看外面的世界,你能帮我这个忙吗?"

范雯雯看完信就拨通了范大的电话,直奔主题:"爸,我资助的那个叫何玉的小姑娘,想来市里上学,你能帮忙吗?"

范大不假思索:"那来咱们学校上就行了,我一切学费都免。就是学籍不能转过来,只能借读。"

范雯雯很高兴能帮到何玉，一口答应："好，我让她随后和你联系。"

范大刚挂了电话，一旁的赵淑玲就开始发飙："你这又是减了谁的学费？来一个减一个，来一个减一个，这么减下去，咱们该喝西北风了。"

范大敷衍："这是雯雯介绍过来的困难学生，必须减的，最后一个，最后一个啊。"

赵淑玲无奈："上次你就说是最后一个，咱们不能这样了，学费你还要拿去投资，总得给学校留够经营用的钱。别到最后好老师们嫌工资低都走了，这样下去不是个事儿啊。"

范大转移话题："知道啦知道啦，哎，老婆子，你去看看厨房饭好了没有，学生们该吃饭了。"

赵淑玲叹口气，转身出了门。

范雯雯刚挂了电话，她的手机就又响了，看到屏幕上二叔的名字，她赶忙接起来："二叔啊。"

范二的大嗓门震得范雯雯耳朵嗡嗡直响："雯雯，你有时间劝劝娜娜，让她和那什么，江风分手。"

范雯雯不接茬："江风挺好啊，为啥要娜娜和他分手？"

范二气呼呼地吼道："好什么好，你们这些娃们都不懂，他家条件太差，嫁给他多受罪。"

范雯雯劝范二："二叔啊，条件不重要，关键是感情好，他们两个都是大学生，用不了几年工夫，就打拼出来啦，找对象看条件是你们那代人的观点，我们不说这个……"

范二很生气："你们真幼稚，吃了亏就迟了，算了算了不和你说了。"电话那边挂断了，范雯雯冲屏幕做了个鬼脸。

找不到外援的范二和王玛瑙只得亲自上阵来劝范娜娜，两人叨叨了半晌，范娜娜也不吵也不闹，就是蒙着头钻被子里，躺在床上装睡。而这边江风妈妈也有点奇怪，范娜娜有好几天没来了。看着江风一边熬药一边看公务员的考试用书，江风妈妈由不得问："娜娜最近怎么没来？"

江风边倒药边答："最近我忙着考公务员呢，就告诉她暂时不见面了，等过了这一段再好好玩。"

江风妈妈摇摇头："你这娃，会不会谈恋爱啊？好好复习是必要的，但哪有为了考试不见对象的道理？有时间还是约娜娜出来玩啊，娜娜是个好姑娘，别伤了人家的心。"

江风答应着，端起药来喂着妈妈。

夜晚，天上慢慢飘起了雪花，风声呼啸，过往的行人都神色匆匆，奔向灯光中温暖的家。范娜娜左手一个大包，右手一个大包，顶着风艰难地往前走着。风吹散她的长发，雪花沾到她的睫毛上，范娜娜的眼睛都快睁不开了，手也要冻僵了，好不容易才挨到江风家门口放下东西，然后转身走得远一点，伸出冻僵的手给江风发了短信，痴痴地看着灯光中出来拿东西很快又进去的江风，像看着一件珍藏了多年的宝物似的，一动不动，站了很久，很久。

雪，越下越大，很快落满了范娜娜一身，她却浑然不觉，就这么站着，仿佛要站到地老天荒，站到自己白了头……

第六章

一大早,范雯雯和郝刚正在出租的房子里睡觉,忽然听到擂门声。范雯雯赶紧披上衣服下床开门,房东大叔的大脸一下子伸了进来,猥琐地笑着,眼睛极快地在范雯雯身上溜了一圈,才道:"小姑娘,我们要涨房租了。下一个月起,一个月一千五。"

"什么?"范雯雯差点跳起来,"我们已经交了半年的房租啊,现在还没到期呢,怎么说涨就涨,合同上写着有变动必须提前三个月通知,你不照合同办事吗?"

房东嗤笑:"这是我的房子,我的地盘,我想怎么样就怎么样,要么加钱,要么今天就搬走。"

郝刚这时也醒了,从被窝里伸出头来,迷迷糊糊看着他们。范雯雯又气又急:"一天时间你让我们往哪搬,你这房东,我要去告你,打官司!"

郝刚穿好衣服也走了出来，房东看见家里有男人，本来有些胆怯，没想到郝刚对房东道："行，我们搬，你多给我们几天时间，三天吧。"

房东得意扬扬地看了范雯雯一眼，一副"你看你是泼妇没人支持你的"表情走了，范雯雯气急败坏："郝刚，你怎么这样没原则，是房东违反合同！哪有这道理，得让他赔钱。"

郝刚拍拍范雯雯："好了，好了，和这些人计较什么？他们都是没素质的人，讲道理没用，有这时间，不如多看书写写文章，多赚钱，咱们自己买房子。"

范雯雯怒气渐消："真的？咱们多写文章，我们就能有钱买房子了？"

郝刚刮刮她的小鼻头："当然是真的。我可是名校研究生啊，你也是985本科啊，咱们两个天之骄子，怕什么啊？"

范雯雯顿时有了信心，底气十足地说："就是，有这工夫不如多赚点钱。"

郝刚吃了饭上班走了，范雯雯今天没有采访任务，加上郝刚说她租房有经验，于是剩下的事儿就理所当然落到了范雯雯身上。范雯雯找了份写着租房信息的报纸，用红笔在上面合适的房源处画了圈圈，又打开电脑，在网上搜索了一阵，联系了几家了解情况，又收拾打包了家里各种东西，然后按照早上联系好的看了几家房源，几乎累瘫了。等到她看到最后一家，已经下午三点了，范雯雯就早上吃了个面包一直坚持到这会儿，已经烦到了极点。这一家还是毛墙毛地，吊着昏黄的装修灯泡，插座都裸露在外面，家具除了一张床就一个大衣柜，煤气灶都油污得看不清原来的颜色了，房东还在夸夸其谈："我这屋子，除了没有装修，其他都没说的。地理位置也好，租金也便宜，这地段，你去哪里找这样的房子啊……"范雯雯还是动摇了。她强迫自己不去想盐湖市温暖的家，不去对比自己永远有着清香干净被子和橘黄灯光的卧室，安慰自己，这样为爱情牺牲，才是真伟大。然后抱着自我牺牲的感动，签好了合同，给房东交了一年的房租。

签了合同，范雯雯吃了口饭，一个人打了个车，先吭哧吭哧搬些锅碗瓢盆之类的小包东西到新家，正在挂窗帘的时候，她的电话响了。范雯雯一手摁着窗帘钩一手接赵淑玲电话："妈，我正搬家呢，一会儿说啊。"

赵淑玲奇怪起来："什么？搬什么家？不是说要在那儿住一年？"

范雯雯："哦，没什么啦，房东把我撵出来了，我就另外租了个房子。"

赵淑玲一下子火了："这什么人啊，雯雯，你从小到大哪里受过这样的苦啊，你还是回家来吧，家里什么都好，我们又不指望你……"

范雯雯撒娇地打断妈妈："妈，你就让我闯闯行不行，再说，我还有郝刚呢……"

赵淑玲不想绕弯子了，直接问："女儿，你说实话，你是不是和郝刚同居了？"

范雯雯没法回答，只能沉默。

赵淑玲叹了口气："你们这代年轻人啊……妈这个管不了你了，但你听着，这样租房子不是个事儿，你要是和郝刚同居了，就尽快让他们家买房子把你们事情办了，这种事，到最后吃亏的都是女孩子……"

范雯雯没想到妈妈没有骂自己，长出了口气："知道，知道，我们正看着呢。"

范雯雯兴高采烈地挂了电话继续收拾家，赵淑玲长叹了口气，挂了电话坐着发呆。范雯雯头脑简单觉得爱情就是一切，只要和郝刚处好关系其他人都不重要。赵淑玲可不一样，身为女人，她太明白这个世界对男性和女性的双重标准了。虽然社会发展迅速，婚前同居已经不再是什么大事了，可假如未来婆婆拿这个说事儿，范雯雯真是平白就有了一生的污点，这些话她没办法对范雯雯说，何况即使说了，范雯雯也不会听进去的。

郝刚一大早就接到了父亲的电话说是问他要地址准备给郝刚寄东西，郝刚告诉父亲自己正准备搬家，让父亲过几天再说。郝刚父亲沉吟了一下，在电话里劝说儿子："郝刚，你这工作都定了，总租房子不是个事，你们年轻人，爸管不了，但是，我做老人得有个态度。现在你就开始看房子吧，家里准备了二十万，付首付应该是够了……"

郝刚一口回绝："爸，我不要你的钱，那钱你们留着养老吧，我自己能挣到。"

郝刚父亲："郝刚，你把生活想简单了，你不做生意，也不在投行，只是个搞科研的，板凳要坐十年冷，挣钱哪有那么容易？再说，没房子，对方家长能同意你们在一起吗？"

郝刚不以为然："爸，雯雯没有那么庸俗，感情好不好，和房子有什么关系。买不起就租房子结婚好了，你和我妈结婚时，不也什么都没有吗？"

郝刚父亲："不一样。我们那时候是什么都没有，但现在咱们家什么都有了，给你们置办婚房家里又不是没有这个条件，你再考虑考虑。"

郝刚答应："好，先不说了啊，爸，我抓紧时间写论文呢。"

郝刚父亲挂了电话，无奈地摇摇头："这孩子，还是太幼稚啊。"

郝刚下了班回到新家，看到原来油腻不堪的煤气灶与脏兮兮的床都变得干干净净，贴了粉色墙围子和刚换的淡绿色窗帘让这个原本破旧的出租屋焕然一新。他瞪大眼睛惊叹道:"哇,我们雯雯好厉害!"

范雯雯笑着拉过他:"现在是你显身手的时候了。喏,玻璃坏了一块,马桶盖松了,卫生间的插销也掉下来了,你来修。"

郝刚愕然道:"我吗?"

雯雯肯定地点头道:"对啊,这些东西,在家里都是我爸修的啊,我是女生,不会修这些东西啊。"

郝刚只得硬着头皮答应:"那好,我试试。"

范雯雯去厨房做饭,郝刚拿着起子和螺丝刀试着拧来拧去,可他从来没有干过这些活儿,从换玻璃到马桶盖再到安插销,对他而言真是一筹莫展,等到雯雯饭都快熟了还没任何成绩。发愁的郝刚打开抽屉,突然看到了一卷透明胶,他瞬间灵机一动,兴奋地拿起透明胶:"有办法了!"等到范雯雯从厨房出来,就看到郝刚用透明胶把玻璃粘住了,马桶盖也被里三圈外三圈绕住,范雯雯惊奇地问郝刚:"咱们不用换玻璃和马桶盖吗?外面就贴着安装玻璃的电话,楼下就有洁具店……"

郝刚得意扬扬:"不用,租来的房子那么上心干什么?我们有万能的透明胶啊。"说着又三下五除二地用透明胶布粘好了插销,然后对着雯雯举起透明胶:"万能透明胶,省钱又省力。"

北风呼啸,风从玻璃缝隙中吹进来,吹得玻璃咯吱作响,范雯雯勉强挤出一丝笑,心里暗道:"房子是租的,可日子不是啊。"她本来想反驳郝刚的,可看郝刚高涨的热情还是忍住了。交了房租,范雯雯和郝刚就只剩下一千块了,范雯雯思忖着还要和郝刚说这个事,但又不想破坏此刻气氛。她正酝酿着如何开口,范大的电话又来了。

范雯雯接起来撒娇:"爸,咋我正好想着你,你就打电话来了。"

范大在电话另一端笑:"我女儿想我,一般只有一种情况,就是没钱了,爸给你打点钱吧。"

范雯雯脸一红:"爸,看你说的,我哪有那么功利,我都上班了,还有钱呢,上个月工资发了两千多,够花了。"

成长是一件多么艰难的事情啊!小时候,我们兜里有钱,总会骗父母没钱;长大后,我们兜里明明没钱,却总骗父母自己有钱。

范大最近手头也确实不宽裕,本想给女儿些钱见她执意不要,范大也没坚持:"好,爸和你说啊,何玉的事情安排好了,你可以安心啦。"

范雯雯听了这个消息一声欢呼:"我爸真伟大,是20世纪最伟大的教育家!"

明知女儿是在拍他马屁,范大心里还是很受用:"听你妈说你搬家了,把地址一会儿给爸爸发来。"

范雯雯一愣:"要地址干什么啊?"

范大道:"你万一丢了怎么办,爸总得知道你住哪儿吧。"

一直觉得自己早就长大了的范雯雯从没想过父母对自己的牵挂,答应了爸爸的要求后挂了电话,给爸爸发了出租屋地址的信息,然后琢磨着向郝刚开口:"郝刚,咱们交了房租,就只剩下一千多块了,这个月得省着点花啊。"郝刚一愣:"前几天不是还有一万吗?你一下子交了一年的房租?"范雯雯点点头:"是啊,房东说这样可以便宜掉零头,我就交了。"郝刚放下碗来严肃地对范雯雯道:"你就不该为了省点小钱而付出大钱啊,看把咱俩弄得紧张的。"范雯雯自己不挣钱,多少有点心虚:"当时头脑一热就交了,现在才觉得不合适,你别生气……"郝刚看她这样子,不由得笑起来:"好了好了,我来想办法赚钱,没事的啊。"范雯雯也笑起来,可心里头忍不住有点失落当初留下来,是冲着古老的故宫、辉煌的人民大会堂、轰轰烈烈的爱情还有"战地玫瑰"的梦想而来的,可现在这些都变得虚无缥缈,生活里只剩下些柴米油盐。

范大则挂了电话,村长就推门进来,嘴里嚷嚷着:"范校长啊,我最近看上一个项目,我觉得肯定能赚钱,你再让财务给我支点钱吧!"

范大一惊,笑道:"村长啊,上个月你说急着用钱,学校提前支给你好几万分红。咱们刚开始做学校,第一年的支出比较多,现在没什么现金了。再说,项目好不好,得大家一起讨论了定啊,不能咱俩觉得好就是好啊。"

村长哈哈笑起来,声音震得小屋子里嗡嗡直响:"范校长啊,我你还信不过?说真的这些年做生意我还真没赔过呢。反倒是你啊,从没做过生意,没有经验啊。"

范大赔着笑:"对对,不过现在账上真的没现金了,咱们不能看着学校倒了,那更是啥都没了,是吧。"

村长表情神秘地凑过来:"你知道我这是什么生意吗?包赚不赔!先给你透露点,咱们村东边那块要拆迁盖房子,你说这时候,咱把钱投进去盖房,等房子卖了收回来,能不赚翻吗?"

范大还没说话就听见有人敲门,随后管后勤的张主任进来了和范大打了个招呼,张主任看了看村长在便没吭气。村长会意,跟范大道:"那个你再想想啊,过了这个村可就没这个店了。"然后一挑帘子走了。

张主任扯了会儿学校的事情,对范大道:"范校长,我、我想辞职。"

范大听了大吃一惊:"老张,你是我挖来的顶梁柱啊,为什么要辞职?"

张老师:"唉,您也知道,我这年纪也大了,受不了气,上次村民打您那件事让我有了心理阴影,我实在是担心这些人的素质。再说,我女儿生了孩子,也需要我照顾。所以,我想辞职了。"

范大:"你先别急着下结论,再考虑考虑,有啥要求就直说。"

张老师:"我已经考虑好了。范校长,我也知道这样不好,可我也是没办法。"

范大沉默了一阵，忽然觉得胸口又隐隐作痛起来，看到张主任去意已决，只得表示同意。等到张主任出门，范大盯着他的背影，伸手捂住了胸口，好一阵子才缓过劲来。自己大半辈子在公立学校只负责自己业务，范大真的没有料到，自己开学校会有这么糟心的事情。出了门的张主任慢慢往住的地方走，准备去收拾东西。他实在没办法和范大说，村长给后勤上安插了几个自己的亲戚，偷懒不干活也就算了还"吃拿卡要"，态度嚣张得很。村长在学校有股份，他吃不准范大的态度，对这些人他管不住也不敢管，受了几次窝囊气之后，只能决定不顾和范大的交情，离开了。

寒假前正是每年毕业生找工作的高峰，招聘会上熙熙攘攘，可范大的学校的招牌前，只有他和一个老师在招聘牌子后面坐着，非常冷清。有一个学生上来打量着展板，范大热情地介绍："欢迎到我们学校来做教师，我们的待遇很好……"

学生看了看，打断他："这学校在农村？算了那我不去了。"

学生拿着简历走了。范大身边的老师看看周围，建议："范校长，一早上了，这些孩子一听学校是私立的，还在农村，都不愿意来。要不，咱们再去别的地儿看看？"

范大叹口气，只得慢慢收拾东西站起来。

范雯雯正在家里撕胶带想粘住窗户的缝隙，家里类似燃气报警一样的声音忽然响起来。范雯雯到处找找不到，此时郝刚正好进门，看到范雯雯焦急的样子，好奇地问："雯雯，你怎么了？"

范雯雯边仍旧四处找着边回复他："我刚才听到报警声，应该是煤气泄漏引发报警的声音。你闻闻，有没有味儿？"

郝刚闻了闻："没什么啊。那你明天早上叫个人来修一修吧，反正你明天下午才去报社。"

范雯雯还想说什么，郝刚已经进了洗手间："我先睡了啊雯雯，今天写了一天论文，太累了。"范雯雯无奈，又在屋子里开门开窗晾了半晌才关上，最后她还是不放心，又披着被子去打开窗户，打着喷嚏把包拿进了卧室，躺下睡了。

大雪悄无声息下了一夜，路上的积雪几乎齐膝，树枝有的都被压断，砸在地上，发出"啪嗒"的声响。范雯雯被这声响惊醒，刚起身到客厅，就被清冷的空气瞬间冻得一个激灵。她赶紧关窗，顺手摸了摸暖气，却发现暖气也停了。这可怎么办？范雯雯发愁起来。

郝刚也起来了，他走到窗户前看了看，惊叹道："这么大的雪！"范雯雯犹豫着："暖气不知道怎么也停了，不知道是不是和煤气有关系，要不，你和我一起等等煤气公司和物业的人？"

郝刚摆摆手："咳，没事，我们雯雯可能干呢，这点小事，你就搞定了。我今天真的有事。"

范雯雯无奈："好吧，'郝刚'要用到刀刃上！你好好挣钱，我给咱们先解决后勤，再去工作啊。"

郝刚摸摸范雯雯的脸："雯雯真贤惠。"

范雯雯不乐意："以后别用这个词来形容我。"

郝刚笑："贤惠是中华民族的传统美德，这是最高评价。"

范雯雯忍住不想和他再说，便拿起电话拨通："喂，煤气公司吗？"

郝刚拿起包关上门离开了，范雯雯看着他的背影，垂下失望的眼睑，继续和煤气公司的客服人员说道："我家煤气好像漏了，麻烦你们来看一看。明天？明天不行啊，我昨晚都开着窗户睡觉，这么冷的天，麻烦您今天来吧……太感谢了太感谢了。"

范雯雯放下电话，长出了口气，随后她裹紧大衣，踩着齐膝的积雪，在楼下小铺子里买了个面包啃了，又买了两盒好烟，去找物业人员检修暖气。可一到物业公司门口，便看到门上贴了个告示，大意是雪太大，弄湿了烧锅炉的无烟煤，小区因此都停了暖气，一会儿就能处理好了，范雯雯放下心来，回到家里等着煤气工人。

没过多久就有一个男人敲门，范雯雯把他迎进来，她学着以前爸爸招呼别人的样子点头哈腰："麻烦师傅，谢谢师傅。"

男人看看范雯雯，关上门："小姑娘，就你一个人在家？"

范雯雯忙递上烟："嗯，大雪天地让您上门不好意思，给您买了两盒烟，您拿着抽。"

男人大模大样装上烟，眼神在范雯雯身上溜了一圈。范雯雯光顾着跟男人说哪里出了问题，对这些根本没有察觉。男人手里拎着个扳手在燃气管上敲敲打打，又拿肥皂水抹在管道衔接处检查完，跳下凳子："应该没事啊，你开煤气灶试试。"

此时，茶壶还在炉子上放着，范雯雯打开煤气，不久，尖厉的叫声又响起来。

范雯雯紧张地拉着男人："你听，还有。"

男人仔细辨认着声音的来源，忽然哈哈大笑，只见他拿下了茶壶，对范雯雯道："小姑娘，这种茶壶水开了会报警，你不知道啊？"

范雯雯忙掀开茶壶盖，还真不响了，范雯雯不好意思起来："啊，这样啊，我真不知道。"男人看着范雯雯，一下子抓住她的手："小姑娘，你真可爱，这么冷，你一个人怪可怜的，咱俩干点热乎的事儿？"

范雯雯惊讶地张大嘴:"啊?"

范雯雯红艳的嘴唇刺激了男人,他上前更进一步,试图抱住她:"你试试看?我很会照顾人的,而且,我很厉害哟。"

范雯雯听了他的一席话吓坏了,使劲甩开男人的手冲进卧室用力顶住门,颤抖着声音说:"你赶紧走,要不然我喊人了。"

男人笑着在外面用力推门:"这时候都上班去了,哪里有人?你喊吧,越喊越刺激。"范雯雯吓坏了,浑身发抖地想要锁门,却怎么也锁不住,她低头看到那个让郝刚修根本没修好的插销,几乎绝望到了极点。门外男人用力踹了一脚门,范雯雯再也抵挡不住,门应声而开,范雯雯退到墙边,男人紧紧地钳住了她的两只手,一把把她摁倒在床上,开始脱她的衣服。范雯雯只觉得所有血都冲上了脑门,恐惧之极,她用尽全力和男人厮打着,大喊起来。男人顿时焦躁起来,正要捂她的嘴,大门忽然被"哐哐"敲响了。有人在门外喊:"开门,物业修暖气。"

男人愣了一愣,听到敲门声还在继续,只得悻悻放开范雯雯,威胁道:"你要是敢说出去或者报警,我就找十个兄弟轮奸你。"

男人摔门走了,范雯雯的衣服和头发被他扯得乱七八糟,脑袋嗡嗡作响,她紧张得直发抖,连物业人员进来问她也不知道如何回答。物业人员猜到了大概,怜惜地道:"小姑娘,以后可不敢乱给陌生人开门哟。"

物业人员看了看暖气,带上门走了,范雯雯到此刻才哭出声来,她颤抖着手拿过手机给郝刚打电话,没想到郝刚却摁了。范雯雯正感到六神无主时,电话却忽然响起来,范雯雯忙接起来,大哭着道:"郝刚,你快回来,刚才有人要强奸我。"

电话里传来的却是陈来的声音:"雯雯,怎么回事?你在哪儿?我马上过来。"

范雯雯忙吸溜鼻子,看了看屏幕,努力控制住情绪:"陈总?哦,没事,没事。"

陈来的声音带着怒气:"好歹我也是你哥吧,告诉我你在哪儿!不然我问连漪了。"

范雯雯不想让更多人知道她的状况,便告诉了陈来自己地址,挂了电话,她瘫坐在门边抹着眼泪。没多久就听到汽车的轰鸣声,紧接着陈来直接冲上了楼,看到范雯雯安然无恙,这才松了口气。

范雯雯擦了擦眼泪,不好意思起来:"陈总,让,让你笑话了。"

陈来看了看范雯雯破破烂烂的家,露出一副不可置信的样子,问道:"你刚才叫的郝刚是你男朋友吧?他就让你住这里?"范雯雯很尴尬,恨不得找个地缝钻进去,陈来拿来羽绒服想给范雯雯披上,范雯雯却条件反射地甩开他的手。陈来看了看范雯雯手上的淤青,给范雯雯披上衣服:"走,先上车。"

范雯雯本来想拒绝,陈来诚恳地说:"我还有事找你说,再说,你敢一个人在家待吗?"

范雯雯想起刚才那一幕,不由自主地跟着陈来出了门,上了他的越野车,陈来开足了暖气,好一会儿,范雯雯脸上才渐渐有了红晕,手脚都软和过来。陈来看看情绪慢慢平稳下来的范雯雯问:"想吃什么?我带你去吃好吃的。"

范雯雯不好意思地说:"没事,不用了。"

这时,范雯雯的电话响起来,看到是郝刚打来的,范雯雯忙接起来,想想陈来还在身边,犹豫了一下骗郝刚:"没事了,刚才有点小事问你。"

越野车碾过雪地,热气飘散,陈来带着范雯雯来到一家装修豪华的会所,他停车带着范雯雯一进门,服务员立刻热情地招呼陈来:"陈总来了,这边请。"

陈来带着范雯雯进了包间,对服务员道:"按老规矩上。"服务员答应着去了，范雯雯平静下来，好奇地东张西望，问陈来："这里一定很贵吧？咱们AA啊。"

陈来从包里掏出一张纸："今天我请你，我新校开张，正好你帮我发个稿子，这顿饭，就当答谢吧。"范雯雯接过来那张纸看，服务员倒上茶，陈来端起一杯热茶递给范雯雯："先喝点热的，暖暖身子。"

范雯雯喝着茶，陈来打开他的钱包，给范雯雯看里面的照片："我大学时候。"

范雯雯伸头一看，"哇"了一声："陈总那时候好帅！"

陈来哈哈一笑："现在你这么说，可那时候，我在全班女生眼里十分普通。我跟你说啊……"

陈来侃侃而谈，范雯雯端着茶听得入了神，不知不觉紧张的情绪放松下来。陈来突然发问："刚才哭什么？"

范雯雯脱口而出："刚才差点被煤气公司的工人欺负了。"

范雯雯意识到顺口说了不该说的，不禁懊恼地放下杯子。对面的陈来已经拨通了电话："赵总，你好，好，我拜托你件事，我妹子，今天早上被你们公司的人欺负了。就是早上到某某小区的工人。好，你查一查。"

范雯雯听了陈来与人的对话惊讶得张大嘴，等陈来挂了电话，范雯雯小心翼翼地问："陈总，你就这么相信我，也不调查调查？"

陈来看着她："雯雯，你这张脸我不用调查，你根本不会撒谎。"范雯雯的眼眶立刻湿了，她假装喝茶，把脸埋到杯子边。

不久，陈来的电话又响了，他接起来回应了几句。

陈来挂上了电话，若无其事地给范雯雯夹菜，范雯雯忍不住问："人找到了？"

陈来："你先吃，吃饱了我带你去个地方。"

范雯雯不好再问，只得低头吃饭。

陈来载着范雯雯驾驶越野车向郊外奔去,掠过白雪下光秃秃的树林,人烟越来越少,范雯雯渐渐有点不安,毕竟她和陈来才是第二次见面,陈来看看她的神色,加大油门,到了一个偏远小区门前,停下了车。

有人上来喊陈总,拉开门,小区门口还站着四五个人,陈来拉着范雯雯下车,正好早上那个工人从小区里走了出来,一看见范雯雯和这黑压压的人,转身就要跑,陈来的人一把拉住了他。

陈来指指男人,问范雯雯:"你说吧,是报警还是打断他的腿?不介意别人知道就报警,不过以他这未遂的情况也关不了几天,介意别人知道我就把他腿打断,桥下撂几天,不会让他死了。"

善良的范雯雯听到这些顿时有些于心不忍:"啊?这是不是有点残忍……"

男人听到陈来的话吓得三魂丢了五魄,惊恐地喊:"救命啊,我错了,我错了!饶我一次吧……"转身忽然朝范雯雯和陈来跪下,使劲磕头,嘴里喊着:"姑娘,我错了,你行行好吧,这么冷的天,我会被冻死的啊。"

范雯雯的心彻底软下来,她轻轻地拉着陈来的手摇了摇,陈来点了支烟,看着男人跪到地上,额头都磕出血来,这才道:"我妹子心软,让我不打你,那你就穿着短裤,去海淀公园跑十圈,边跑边喊'我不要脸',我就放过你。"

男人苦着脸抬起头来,还想求饶,陈来立刻示意众人围住他,男人忙答应:"好好,我去,我去。"

男人在海淀公园里半裸地跑着,范雯雯心头的郁结化开,心情也逐渐和缓过来。陈来点着根烟,在烟雾缭绕中看着范雯雯,也微微笑起来。

范雯雯问陈来:"你真的要打断他的腿吗?"

陈来愣了愣,呵呵地笑了:"吓唬吓唬他而已。犯法的事,我从来不做。"

范雯雯放下心来，长出了一口气。

整完了男人，陈来送范雯雯上班，范雯雯崇拜地问："陈总，你认识人真多，事业又成功，怎么做到的？"

陈来看着皑皑白雪，好似陷入沉思，而后感慨道："可你知道吗？我宁愿什么都没有，只求回到你这个年纪。"

范雯雯看看他的脸色，知趣地没有再问。

大家正在桌子前写稿子，人事处处长忽然带着一群人进来，站定后把身后的连漪拉到前面，掏出一纸文件，宣布道："鉴于连漪同志的突出表现，社委会决定提拔连漪为策划部主任。"

消息突如其来，众人都呆住了，正当大家都面面相觑之际，处长带头鼓起掌来。众人遂也稀稀拉拉地跟着鼓掌。

范雯雯高兴地对连漪道："恭喜啊！"

老周酸溜溜地对连漪说："这保密工作做得够好啊！"

小孔也挤上前来满脸堆笑说道："以后主任还得多多关照啊。"

连漪笑着，脸上是掩饰不住的志得意满。

洗手间里，连漪正对着镜子整理头发，内心仍是忍不住地开心。不想此时听见门外走廊里的对话声，是刚才没有表态的王姐："这连漪，不知道得意什么。"

连漪手一下子瞬时停下来，随后又听到小牛的声音："可不，这女人，怕是又和从前一样，每天赖在领导办公室不走，每天和领导喝酒才混上的主任吧。"两人说完讪笑着，连漪气得眼圈都红了，想想不便发作，硬把情绪压了下去。等到她从社长办公室回来，众人像没有这回事一样，围上来叽叽喳喳："恭喜连主任，连主任要请客啊，不醉不归。"

连漪语带讽刺："那必须的，我就擅长喝酒嘛！"

王姐和小牛仿佛没有听懂连漪话里的意思，仍招呼大家："给连主任搬桌子搬凳子拿东西到隔壁办公室啦。"众人一哄而上，纷纷替连漪搬办公室，整理东西。

连漪甩着手跟在后面，昂起头，心中暗道："你们就羡慕嫉妒恨吧，反正这个主任我当上了，敢不老实就等着我收拾你们。"

众人正在为她收拾办公室，一个快递员敲门进门，手里还拿着一大束鲜花："谁是连小姐？"

连漪春风得意地迎出来，快递员递上鲜花："孙先生祝贺您升职！"

连漪看着鲜花里的小卡片，一下子笑开来。

众人七嘴八舌道："孙先生是追求者吧，连主任是事业爱情双丰收啊！更得请客了！"

连漪笑嘻嘻地插好花："明天一定请啊，今天你们也看到了，有人约了。"

众人表情各异，各种掩饰不住的羡慕嫉妒恨。

人都走完了，连漪对着镜子补妆，妩媚一笑。电话响起来，连漪看了看屏幕，突然变得无比卑微，她站起身来，不自觉地猫着腰接电话："哦，孔医生啊，您好，我知道，我知道，我儿子的手术时间快到了，钱？凑得差不多了。好好，没问题。"

刚才那胜利者的笑容一下子全都没了，连漪沉着脸挂了电话，她想了想，往嘴上狠狠涂了抹颜色，拿着包下了楼。

报社门口停着一辆"奔驰"车，一个男人跑出来给连漪打开门，连漪上了车，男人关上门，车立刻疾驰而去。社长从办公室里看到这一切，微微地摇了摇头，策划部里众人挤在窗前，鄙夷而羡慕地小声议论着，谁都没有发现,就在他们上一层的一扇窗户里伸出一个相机,对着连漪和驶走的"奔驰"车,一阵猛拍。

夜渐渐深了,研究所里的茹雪放下相机,对郝刚道:"好了,来看看哪一张好。"郝刚哈哈一笑,站到茹雪身边和她一张张翻看着照片:"都好都好,我相信你的水平。"

茹雪凑近郝刚笑着说:"哪里,还是人长得精神。"

郝刚有点犹豫:"照片交了还要参会吗?我不一定能去,不然就递交了论文算了。"

茹雪察言观色:"你那小女朋友不让你去?"

郝刚摇摇头:"没有,她很好的,家里活都是她干了,就让我专心做课题,我是想留下来把夏山县的课题做出来。"

茹雪极力掩饰着醋意:"还是去吧,这是国际会议,有很多杂志的编辑也去,正好能认识一下他们。"

郝刚傲然:"文章好了自然有人要,认识他们有用吗?"

茹雪:"是的,但你也得有渠道把文章递出去,让他们争抢吧。"

郝刚一愣,想了想:"也是啊。"

茹雪翻出一张照片,郝刚眼前一亮:"这张不错,就用它报名吧。"

茹雪嫣然一笑,头轻轻挨住郝刚:"好啊,终于被你夸奖了,你记不记得,咱们高中时有次出去玩,你笑话我拍得好差。"

郝刚一脸茫然地回忆:"啊?哪一次?我那么不懂事?不记得了。"

正在此时,茹雪突然"哎哟"一声扶住郝刚,眼睛不停地眨着,泪水也流了下来,郝刚急了,反手扶住茹雪,笨手笨脚给她擦眼泪:"你怎么哭了?对不起啊茹雪,我,我,真忘了,等我回去找找,你别哭了好吗?"

茹雪低声哼了一下,双手紧紧捏住郝刚的衣角,像一个孤独无助的小女孩:"不是,我眼睛里进了沙子,你帮我吹吹。"

郝刚不由得心生怜惜,忙用手扒开起她的眼皮,轻轻吹了一阵,茹雪这才恢复了正常状态,仰着头笑道:"好了。"

两人距离那么近,茹雪又刚刚哭过,郝刚甚至看得见她那大眼睛里黑瞳仁中的波光潋滟,还有微微翘起的红唇上残留的一点点水渍,郝刚心荡神摇,茹雪忽然放开他,笑道:"我走了,你赶紧准备论文吧,记得一起参会啊。"

郝刚懵懵懂懂地答应了一声,直到茹雪袅袅婷婷的身影走出门,他才回过神来,收敛身心往家走去。

范雯雯正在家里煮饭,眼前不断浮现出陈来打电话的场景,一会儿就看着锅开始发愣。郝刚推门进来,叫了范雯雯好几声,她才回过神迎上去:"郝刚,今天怎么回来早了?"郝刚顺手把大衣递给她,不答反问:"煤气修好了?"

范雯雯乖乖接过他的大衣,正犹豫着怎么向郝刚开口说早晨的事,却听见郝刚称赞她:"我们雯雯真能干,一点不给人找麻烦。有女友如此,还有何求啊!"范雯雯到嘴边的话瞬间全都咽了下去,忽然什么也不想说了。

不想恰在此时,火光一闪,本来就吊在外面的电视机插座起火了,范雯雯一眼看见,忙喊郝刚:"起火了,起火了。"

郝刚冲过去一脚踩灭火苗,嘴里叨叨着:"这怎么这么不结实啊。"范雯雯看着郝刚,想起白天的事,还是鼓起勇气道:"这个你来修吧,我不会修,明天我也要上班啊,不能总请假找人修。"

郝刚则一副不以为然的样子,看看雯雯突然坚定认真的神色,也只好答应。

范雯雯回身继续做饭，郝刚看着插座心里非常发愁，偷偷溜进卧室打电话："爸，家里插座冒烟怎么修啊？你也不会？都是通讯员修的？那算了。"

郝刚懊恼地走出来，对范雯雯道："雯雯，要不，明天我到单位查查电脑，看怎么办，然后再按步骤修？"

范雯雯摇摇头："还是弄好吧。我担心今天晚上其他地方也烧了，起火了怎么办？"

郝刚郁闷起来："这个拿透明胶没法粘啊。"

范雯雯："要不，我替你问问我爸？平时在家，这些事都是我爸干的。"

郝刚赶忙摇头，他拿起螺丝刀研究了半天插座的结构又放下，这时正好电话响了，郝刚忙接起来："噢，茹雪啊，没事，在家，今年评职称新规定出来了？那我的条件符合吗？你说。等等，我记一下。"

这边郝刚拿笔记着电话里茹雪告诉他评职称需要的材料，那边范雯雯用透明胶粘牢窗户缝后这才关窗。

君子为何不立危墙之下？因为财富为他筑起了更安全的墙。年轻的郝刚和范雯雯在不用考虑生计的环境中长大，不知稼穑之忧，不知生活之苦，以为一切理所应当。他们并不懂得财富的意义，不知道它能带来多少温暖和安全，不知道困顿的人们曾面临过多少次几倍于他们的困难，不知道对很多人来说，能够活下来，幸运，竟然是唯一的理由。

第七章

敲门声就在这个时候忽然响起来,范雯雯奇怪道:"这么晚了谁啊?"郝刚放下手里的电线,打开门,门口站着范雯雯的爸妈。范雯雯见此情景不禁张口结舌:"爸,妈,你们怎么来了?"

郝刚更尴尬:"叔叔阿姨,你们,你们好。"

范大虎着脸进来,打量着房子,赵淑玲赶紧打圆场:"你爸不放心你们,非要来看看,我们就来了,走得着急也没顾上和你们说。"

范雯雯支开郝刚:"去,给我爸买两盒烟。"

郝刚忙答应,如释重负般开门走了。

范大气势汹汹地坐下:"你们就住这儿?这什么烂地方?"

范雯雯忙使出撒手锏:"好啦,爸,你一路过来累不累?喝不喝水?我给你倒上一杯?腿疼不?我给你捏捏?肩膀也酸了吧,我给你捶捶……"

范雯雯在范大身上一阵忙活,范大终于笑了:"你这丫头,就会每天哄老爸开心。"

赵淑玲在屋里上上下下地找东西,嘟囔着:"这家里怎么只有方便面挂面,怎么吃饭啊,雯雯你每天怎么生活的?"郝刚正好进门:"叔叔阿姨,还没吃饭吧?要不,我带你们去吃烤鸭吧。"

范雯雯忙推着爸妈:"走吧走吧。"

范大看到地上裸露的插座,看了一眼郝刚:"让你妈洗漱一下,我把这插头修了。你们啊,怎么把零线火线挨得这么近,不怕被电打了?"

郝刚吓了一跳,意识到刚才自己差点成了导电器,瞬间满脸通红,范大挽起袖子三下五除二修好了插座,意味深长地看了一眼郝刚。

吃完饭回来,郝刚要送范大去酒店,范大答应了一声,仍然抽着烟,沉思了半晌才开口:"郝刚,我理解你,都是家里从小惯到大,没多干过活儿。但是既然和雯雯在一起了,就要有个男人的样子,你这房子这么破旧还要住人,你看窗户都掉了,电线都在外面这哪行,不怕危险啊?再说这些修电器、换玻璃之类的活儿,总不能让雯雯干吧?"

郝刚赶紧答应:"叔叔我知道了,知道了。"

范大看他态度尚可,缓了口气:"我也知道,我这女儿,从小被我惯坏了。但我已经惯坏了,你说怎么办?只能由着她性子来了,这么大了怎么改?所以啊,你得多包容着她才行。"

郝刚不敢吭气,只得不停点头。而此刻在一个被窝里聊知心话的范雯雯和妈妈听着他们之间的对话,心领神会地笑了。

听见两人出了门,赵淑玲对范雯雯道:"你爸理论多着呢,这又把郝刚当成学生了,可要上课了。"

范雯雯有点担心:"郝刚不会生气吧?"

赵淑玲一瞪眼睛:"他敢!我们担着这么大风险把宝贝女儿交给他,不给他上上课怎么行。"

范雯雯还是有点担心,赵淑玲看着范雯雯,感慨道:"雯雯啊,我们就你一个女儿,虽然总说让你稳定,但实际上还是把你当男孩子一样养,其实你可以柔弱一点,不用什么事都自己扛,不用显得无所不能,有些事情是必须要男人做的。"

范雯雯不服气:"男孩女孩不是一样的吗,彼此差了什么?"

赵淑玲难得地摇摇头:"太不一样了,首先你就没有男人有劲吧,再比方说,女人要生孩子,生完孩子你很虚弱,不可能像平时一样吧,这个时候就需要人来照顾你,男人是没有这些问题的。"

赵淑玲继续说:"我生完你就着了风,腰一直疼到现在,为什么我和你爸一直让你婚前买房子,就是不想让你过没有着落的生活。"

范雯雯嘴硬:"那种生活也没什么不好,三毛不就到处流浪?还写了那么多书。"

赵淑玲火了:"这世上几十亿人,也就一个三毛吧?你真是读书读傻了,农村小伙娶老婆还知道抹三间瓦房呢!"

范雯雯不敢再犟,只得拍拍妈妈:"知道了知道了,睡觉吧。"

到底是累了一天,赵淑玲很快睡着了,范雯雯躺在床上,听着外面呼啸的风声,想着妈妈的话,对比郝刚的表现,怎么睡都睡不安稳。

在范雯雯这里待了几天,范大充分发挥一个老教师的优秀品质,让郝刚下了班就回来,学着修灯、修马桶、换玻璃、做饭,给他讲解马桶的结构、如何换玻璃、各种工具如何用,郝刚二十几年来从没受过这种教育,学得特别慢,痛苦得不得了。范雯雯则和他相反,过着在北京上大学以来最开心的生活,早上起来赵淑玲就准备好了早餐,吃完抹嘴走人,范大和赵淑玲还要陪着范雯雯挤地铁上班,把她送到办公室两人再出去转,每天晚上到巷子口去接她,此刻的范雯雯不用要求自己长大,又活成了那个随心所欲的小公主,在报社里也不由自主地放飞了自我。

这一天社长主持开会,范雯雯早早就到了会场,聚精会神地听着。

社长忽然发问:"今年的年会,我们不再外请主持人,就让各位同仁大显身手吧。谁来?大家毛遂自荐一下。"

同事们先是一惊,然后嗡嗡声突然响了起来,小牛捅捅小孔:"你来吧,你不是以前常主持吗?"

小孔不屑地撇撇嘴:"我可不爱出那风头,你行你来吧。"

没人站起来,社长有点尴尬:"听说我们同事们都很多才多艺嘛,这点勇气还没有。非要让我指定?"

范雯雯想了想站起来:"我之前在学校主持过,可以试试。"

会场里瞬间就安静了,大家回头的回头伸脖子的伸脖子,各种表情看着范雯雯,小牛和小孔更是带着不可思议的表情瞪大了眼睛。

社长满意地说:"嗯,你叫范雯雯是吧?社里就需要这样的新鲜血液,就这么定了,大家都应该学习小姑娘这种勇敢的精神。"

范雯雯红着脸坐了下来,心里有点飘飘然。

策划部办公室里,同事们聚在一起炸了锅。王姐撇撇嘴:"这小姑娘刚来就不知道好好干活,急于表现,不知道想干什么。"

小牛添油加醋:"这还是新人呢,根本不知道谦虚,我们那时候,多听领导的话,多尊敬师长啊。"

连漪此刻正好进来,听见这席话,抬起头来想说什么,又忍住了。

小孔看着连漪:"是啊,我们大美女大才女还在这儿呢,她真不知道自己是谁。"

老周撇撇嘴。

连漪终于忍不住敲敲桌子:"行了啊,标榜自己好好工作的人们,赶紧工作去吧,写出好稿子才叫本事。"

众人一见连漪这态度不禁面面相觑,不明白连漪为什么这么维护范雯雯。范雯雯从外面进来,看到大家聚在一起,自然地打了个招呼:"大家在忙着呢?"

王姐:"小范,没水了,你去打点吧。"

范雯雯应了一声,正要去打,连漪叫住她:"雯雯,这些事,自然有保洁阿姨来干。你还没过实习期呢吧?还不赶快再发几个头版头条赶紧转正?"

范雯雯看着态度奇怪的众人,有点不知所措,但还是点头答应了连漪的吩咐,连漪扭身出了办公室,背着大包走出大楼,门口的"奔驰"车闪了闪灯,连漪堆起一脸甜蜜的笑上了车,她并不知道,大楼一个不知名的角落里,照相机一直在不断地对准她,拍着。

范雯雯的意识里,根本没有新人到了单位要多干活这根弦,更别说要藏拙这些了,这些事很快就被她抛到脑后。回到家跟父母说了自己毛遂自荐要当主持人的事,赵淑玲夸她真能干,范大却有点忧虑,连续确认了几次是范雯雯自己主动要干的,对范雯雯道:"雯雯啊,你既然树立了这个勇敢向前的形象,就努力保持,不要管别人说什么。"

范雯雯蒙了:"我这样不对吗?"

范大摇摇头又点点头:"大部分人总是心里想要嘴上说不,别人求着给了才觉得珍贵,三顾茅庐的故事知道吧,就是用的这个心理,好东西不能让人轻易得到,更不用说自己给了,要不毛遂千百年来不就他一个,还成了成语。但是吧,你们这代人好像和我们不一样,更积极主动一些,也说不上这是好是坏……"

范雯雯听得似懂非懂："那我以后怎么办？"

范大抽着烟，语重心长："这样也好，凡事主动些、硬气些，省得别人上赶着欺负你。但是，你在工作中可以这样，生活中可不行，不要把郝刚惯坏了，好多事都应该让他做知道吗？要不男人一点责任感都没有。"

赵淑玲端上菜，顺手递给范雯雯筷子："行啦吧，范大，咱们家多少活儿是你干的，还不都是我干。"

范大听了老婆这话气得猛吸一口烟："老婆子，这是啥和啥，你咋这么糊涂。"

赵淑玲撇撇嘴，不再吭气。

范大继续："雯雯，别的事情爸爸可以将就，但是房子必须买，要不然，你们别想结婚。"

范雯雯放下筷子，想说服范大："爸啊，郝刚想着靠我们两个人的奋斗买，这才是年轻人应该有的志气啊。"

赵淑玲也严肃起来："雯雯，妈妈觉得家务活你俩可以分着干，但是买房子这件事，妈妈的想法和你爸一样，必须买。"

范大也继续道："你别被郝刚骗了，他那研究所的工作，哪年哪月能买上房子？再说了，他父母不都是公务员吗？家庭条件挺好啊，为啥就不肯现在买房子？"

范雯雯无奈地说："爸，北京不是盐湖，你知道房子多贵吗？我们这单位都在三环附近，房价要六千五百元一平方米，国家不是出台政策要调控房价嘛，我们等价钱降一降再买吧，还能一直这么贵啊？再说这样租房子也挺好，你们当年，不也啥都没有吗？我们两个人高兴最重要。"

范大怒了："连个窝都没有你拿什么高兴，就在这到处漏气的房子里把自己的终身大事交代了？郝刚父母心里也能过得去？我们那时候和你们现在怎么比，再说，你爷爷那么穷，还给我留了套院子呢。我姑娘论样貌个子论学历哪一点比别人差，凭啥结婚没房子？"

这时从外面回来恰好走到门口的郝刚听到里面传来的争执声，停了下来。

屋里范大在怒吼："你要是再向着郝刚，我就把你绑回去。"

郝刚一听屋内的"火药味"渐浓赶忙推门进去，范大怒气冲冲回过头来，郝刚吓了一跳，冲口而出："叔叔，您别担心，我家给买房子呢，我爸妈已经给我们准备了十万元做首付。"

范大听了这话很满意："嗯，看来你父母是明事理的人。你们还能总在这房子里住着？我估摸着你父母也会有个态度。"

范雯雯赶紧看郝刚的神色，郝刚点头答应着，装作毫不在意地对范雯雯一笑，然后脸色慢慢阴沉下来，背对着他们往卫生间走去。

范雯雯松了一口气，为了让郝刚高兴，对范大嚷嚷："那你也给我点钱，总不能只让郝刚爸妈出吧，男女都是平等的。"

范大没想到范雯雯来了这么一手，一时间也不好用传统观念跟她解释，又怕在郝刚面前失了面子，只得硬着头皮答应："那当然，我还能空手嫁女儿。"

赵淑玲抬高了声音对范雯雯说话，故意让郝刚听到："雯雯啊，你爸也都是为了你们好，眼看着房价一年一个变化，现在不买以后会更贵的，反正迟早要买，还是早点买好啊。"

卫生间里的郝刚慢慢地洗着手，不愿意出去。

不管人类高兴不高兴，太阳总是会每天升起来。第二天一早，范雯雯特意起了个大早，借口有事避开父母，到研究所宿舍去找郝刚。郝刚刚睡醒，看到范雯雯，咧着嘴笑了笑，范雯雯看看他的神色，小心翼翼道:"昨晚你别介意,我爸这个人,比较直接……"

郝刚安慰范雯雯:"我能理解叔叔阿姨,我要有个女儿,也希望这样,就是有点违背我的原则。但是为了你,违背就违背吧,不过咱们说好,以后咱们有了钱要把首付款再还给我爸妈。"

范雯雯高兴得直点头,抱着郝刚亲了几口。几日没有在一起了,郝刚心里觉得应该和范雯雯亲热一下,可一想到这几天发现的事,就没了心劲,便勉强敷衍地在范雯雯嘴上啄了几口,便起床上班了。茹雪见了他,问他明天怎么去机场,用不用接他,郝刚这才想起来开国际会议的时间到了,简直如蒙大赦,一下子开心起来,自言自语道:"终于可以脱离苦海了。"

茹雪把他的表现都看在眼里,胸有成竹地一笑。

郝刚走了,范雯雯也放松下来,正好到了周末,范雯雯准备陪父母好好逛逛北京。几人正在说说笑笑地收拾东西呢,范大突然接到了村长的电话,大吃一惊:"什么?"

范大的神色渐渐沉下去,母女两个也停下了手里的动作。

范大挂了电话沉吟了一下:"老婆子,我们得回去,村长打电话来,说学校还有些纠纷。"

范雯雯不满地嘟起嘴:"爸,你刚刚答应了我哎,怎么能说话不算话。"

范大哄着范雯雯:"真的有事,我还害怕我们不在村长给捣鬼了,过几天爸爸妈妈再来啊。来,给你留点钱,补偿一下。"

范雯雯无奈,只好嘟着嘴拿起钱,匆匆到门口售票点买了最近一班车的火车票,带着范大和赵淑玲直奔车站。

月台上,赵淑玲依依不舍,不停地叨叨着:"你自己要注意,不要瞎吃，小心感冒，多穿点衣服，不要只图漂亮……"

范雯雯答应着："好啦好啦，赶快上车了，车快开了。"

范大也开始叨叨："你妈说得对，你得听，现在坏人多，必须得小心。"

火车开始鸣笛了，范大和赵淑玲上了火车，范大又折回身来，冲范雯雯喊："记得让郝刚多干点活，长点心眼。"

范雯雯笑着挥手，却看到妈妈背过身去抹眼泪。范雯雯的心中其实也有不舍，只是控制着自己不让眼泪掉下来而已。看着车子越驶越远，范雯雯握紧拳头自言自语："我一定要混出个模样来，才是对你们最好的报答。"

江风妈妈正在家中择菜，江风忽然推开门一阵风似的进来，激动得声音都变了腔调，大声地喊着妈。江风妈妈吓了一跳，忙迎出来："怎么了儿子？"

江风满脸笑开花："妈，公务员笔试成绩出来了，我第一名。"

江风妈妈一把扔了手里的菜，激动地抱住儿子："真的？太好了，来，妈妈看看成绩单，哎哟，我儿子真是优秀，来，我给你爸上炷香说一声。"

江风替妈妈点上香，江风妈妈嘴里念叨："老江啊，咱们儿子咋那么优秀呢，他还是像我。"

江风乐了。

江风妈妈忽然又抹起了眼泪："儿子，妈妈没用，拖累你了。"

江风安慰："妈，你快别这么说了，现在不是挺好的吗？"

江风妈妈还是发愁："我不是说回来这件事，都说公务员考试的面试要找关系，妈妈也不知道找谁，谁能帮你过面试啊？只有三个名额啊。"

江风信心满满："妈，咱们谁也不找，你相信儿子。"

江风妈妈摇摇头:"妈妈还是不放心,妈妈去试着找找老关系。你啊,就放松放松,去和娜娜约会吧,娜娜肯定想你了。"

江风本来想拒绝的,看看妈妈的眼神,想了想还是答应了。

孩子们正在教室里背着手听范娜娜讲课。

下课铃响,范娜娜叮嘱大家:"圣诞节快到了,同学们要积极准备圣诞晚会啊。"

孩子们听到这个消息噼里啪啦鼓起掌来,有淘气包喊:"老师,把你的帅男朋友也带来。"

范娜娜结结巴巴不好意思起来:"你们瞎说什么啊。"

淘气包指指外面:"老师,外面那个帅小伙,不是你男朋友吗?"

范娜娜一惊,顺着孩子们的手看过去,江风正抱着一束花,站在教室外面看着她笑。范娜娜脸都红了,孩子们嘘声四起。范娜娜都不知道自己是怎么走出门的,看着江风半天了,还觉得似在梦中。

江风摇摇范娜娜:"喏,想什么呢?给你花。"

范娜娜陶醉地接过花,愣住了:"你为什么要买月季给我啊?"

江风尴尬地:"啊,这是月季?我被花店骗了。"

范娜娜抿着嘴直乐,拉着江风向外走去。

江风有点不好意思地没话找话:"娜娜,我记得你姐说你喜欢写作,并不想当老师,你喜欢哪个作家?"

范娜娜两眼发亮:"我最喜欢三毛,她坚守和荷西至死不渝的爱情,她为了梦想万水千山走遍,还有罗大佑为她写的《追梦人》,是我和我姐最爱听的歌。"

提到范雯雯,江风心里一痛,他不露声色地转移话题:"那你没有尝试过写文章吗?"

范娜娜："有啊，这一点我可不谦虚，我的文章写得还是很好的。大学毕业时我拿着作品去杂志应聘，他们都录用了我呢。"

江风奇怪："那你为什么又回来了？"

范娜娜调皮地摇摇头："我不说。"

江风无奈："那你要是不介意，让我拜读拜读你的大作，让我学习学习？"

能被心爱的人肯定，范娜娜甜甜地笑起来，很自然地挽住了江风的手。看着江风送的鲜艳花朵，范娜娜忽然道："江风，我知道你现在还不是很爱我，我会努力让你爱上我的。可万一我失败了，以后你还是不爱我，请一定要告诉我，我会转身就走的。"

江风心中一凛，装作开玩笑地问她："要是我爱你最多，也爱别人一点点呢？"

范娜娜很认真地摇摇头："那我也不会要这种爱的，我要全心全意百分之百的爱。"

江风心里有鬼，不知道该说什么，只好紧紧拉住了范娜娜的手。

面试的日子很快就到了，摇号一开始，考生们就争先恐后地涌进面试大厅，想要早点抽个吉利的号码。江风不愿意和人争，他放慢了脚步，排在最后一个抽签，抽了最后一名。最后一名通常是一场中最不占便宜的，江风无奈，只得自认倒霉，独自坐在椅子上安静地看书准备着。考生们则有的抓耳挠腮，有的各种打听，有的双手祈祷，只有江风看起来和一众人等格格不入。

考生们不知道，玻璃窗后，市委办公厅王主任一直在看着他们各种表现。一上午的时间很快过去，等到江风进来的时候，三位评委已经明显露出了倦意，江风打开面试题，刚回答了几句，评委就摆摆手表示可以结束了。江风心里一沉，但还是礼貌地站起身来，朝评委鞠了一躬，准备出门。

这时，王主任突然推门进来，三位评委忙起身冲着领导招呼："王主任。"王主任示意大家坐下，他自己也坐下，问江风："我看了你的简历，你是985北方理工的大学生，给我们讲讲，为什么要回到盐湖？"

江风脑子里闪过书本上无数冠冕堂皇的大道理，最后还是决定实话实说："坦白说最早是因为母亲的病，我不得不放弃了出国的机会回来，但是回来后，陆续碰到许多不尽如人意的事情，我突然意识到，也许我该为生我养我的家乡做点什么。美国是很好，可家乡比美国更需要我，也更能运用我学到的知识。古人讲一屋不扫何以扫天下，盐湖不大，但能让家乡人民过上幸福的生活，事实上同样是很有价值很不容易的事情，足以实现我的梦想……"

江风侃侃而谈，王主任专注地听着，看不出任何表情。

江风离开后，王主任让评委们休息一下再看最后评分，一位评委趁机躲进了洗手间，拿出口袋里装着考生照片的信封，捏了捏，打开来再确定了下名字。果不其然，唱完票后，黑板上的排名，江风排名第四，与第三名只差一分。

王主任微微摇头。

记录员说："请王主任打出自己的分数。"

王主任犀利的眼神扫过众人："我多次讲过，我们这一次一定要不拘一格吸收人才，年前我和书记市长去南方考察，深深感到我们盐湖落后别人太多，盐湖的发展太需要外来的优秀力量了，不能总近亲繁殖。刚才我在外面观察了很久，人群往里跑的时候，只有这个孩子最沉稳，抽了最后一名也不抱怨，而且这些考生中只有他一个人是985大学生，只有他一个人讲得出一屋不扫何以扫天下！这样的人才我们不要准备要谁？别忘了他笔试还考了第一名！大家记住，最硬的关系，就是能力！我自己的十分，我给江风打九分！余下的，全部六分。"

唱票结束，江风的排位升到第二，王主任神色严肃地看着几个评委，几人纷纷低下了头。

范雯雯蹦蹦跳跳地下了公交车，来到舞蹈用品一条街，买了个饼子边吃边逛。阳光照耀下，眼前似有什么东西金光一闪，范雯雯回过头去，橱窗里的一件晚礼服裙子立刻吸引了范雯雯全部注意力，她不由自主地走了进去，站在橱窗旁呆呆地看着。

老板凑过来："小姑娘，要租裙子？"

范雯雯怯生生地点点头："这条裙子多少钱？"

老板打量着她："你是自己用还是给单位用？"

范雯雯说："给单位租的。"

老板转了转眼珠："押金一千，租金一百一天。"

范雯雯简直不敢相信自己的耳朵："这么便宜？我要了。"

老板从模特身上卸下裙子包起来，范雯雯放下押金，让老板开收据，老板问："租金写多少？"

范雯雯奇怪："不是一天一百吗？"

老板瞥她一眼："你是不是傻啊？可以多写点，报销了把钱装自己口袋啊。"

范雯雯的头摇得像拨浪鼓，从小范大就教她诚实做人，她可不知道还有这种操作。

老板开好单子给她，看着她走远，嘴里冒出一句："傻子。"

范雯雯回到办公室打开礼服，开心地摸着，幻想着自己穿上它的模样。忽然她发现礼服的衬裙下摆撕烂了好大一块，因为裙子拖到地面，套在模特身上从外面是根本看不出来的，可是只要穿起来一活动，烂的地方就一定会露出来，这可怎么办？范雯雯急得团团转，转头一眼看见桌上的透明胶，她拿起来就往上粘。

连漪正好进来，奇怪地问："雯雯，你这是干吗呢？"

范雯雯面露心疼地说："连姐，这件礼服的下摆成了这样了，我，我可能是不小心……撕烂了一块。"

连漪拿起礼服看看："你看，这里接缝的线头都发黑了，肯定不是你撕烂的，还不知道多久以前就撕烂了，老板没说吗？"

范雯雯摇摇头。

连漪拉开抽屉拿出针线，飞快地缝着裙子："晚上就开晚会呢，你还要化妆弄头发，来不及了，现在我先缝住，你把晚会应付过去，然后再说。你这个小姑娘啊，哪天总被人家诓得连裤子也没了。这些费用单位都是给报销的，你怎么不租件好的？"

范雯雯诚实地说："我想给单位省钱，所以租了件便宜的，来回都是坐的公交车。"

连漪一下子扎住了手，"哎哟"一声吮吸着手指说道："现在还有你这样的小姑娘，人家都想着揩单位的油水呢，那你这毛遂自荐当主持人，也就是为了当主持人？"

范雯雯比她还惊讶："一台晚会的主持人，能干什么？我看到社长问了半天没人答应，就站起来为他解围啊。"

连漪简直不知道该说什么："你这个傻姑娘，今晚是客户答谢会，知不知道会来多少大款多少老板？你以为大家恨你是因为什么？"

范雯雯惊讶里又加上了茫然："啊？大家恨我？就因为主持人的事儿？"

连漪无奈地咬断线头："我都不知道该说什么好，行了，这一课慢慢给你上，连姐现在带你做头发化妆去。"

范雯雯摇摇头："不用了，我觉得这样就挺好，我自己随便简单化个妆就行了。"

连漪一把拉起她，拿起礼服："你还真以为这宴会是你们学校的班会呢，准备就这么灰头土脸地给我报丢脸？报社的小女人老女人现在都在家抓饬呢，随便挂上个大老板一年的广告提成就是六位数，就你傻乎乎的。我啊，也算是做好事，你运气好，碰到我……"

范雯雯无奈，只好跟着她出门。

化妆做头发用了两个多小时，范雯雯好生不耐烦，到最后她都睡着了，等到被连漪叫起来穿上礼服时她还是迷糊的。连漪为她拉上拉链，满意地说道："好了，睁开眼睛好好看看自己吧。"

范雯雯睁开眼，看着镜中光彩照人却陌生的自己，不能置信地举起手摸了摸自己的脸颊。

连漪得意扬扬："雯雯，你一定好好算算，今夜会有多少男人爱上你。"

范雯雯却在脑子里幻想着自己穿上婚纱嫁给郝刚的美丽一刻。

连漪伸出手对范雯雯："来，美丽的姑娘请随我登上舞台。"

范雯雯嫣然一笑，将手递给连漪。

这一场晚会办得非常成功，人人都在问舞台上那个光彩照人的姑娘是谁，陈来站在人群中远远看着范雯雯，只觉得恍惚，这真的是前几天自己身边那个哭哭啼啼的小女孩吗？她究竟有多少副面孔？

范雯雯在台上宣布晚会结束，舞会开始。陈来看着周围一双双蠢蠢欲动准备伸出来邀请她的手，直接站到了舞台边上，等范雯雯一下来，就不由分说一把拉起她，开始在宴会厅里旋转。五色的灯光绚烂，温柔的音乐流淌，范雯雯跳着华尔兹，觉得这一切都像梦一样美丽、充满希望。她在心里满足地叹了口气，心想，这大概就是自己留到这个大城市价值的一部分吧。陈来凝视着怀里的范雯雯，不知道她在想什么，只是旋转，完全不顾周围各种艳羡甚至嫉妒的目光。

另一边连漪和社长正在翩翩起舞："社长啊，范雯雯身上的裙子才花了一百块钱，为了给报社省钱，化妆品都用的是我的，您可得补偿给我。"

社长惊讶："哦，这个小姑娘，这么考虑报社利益？她来了几个月了？"

连漪娇嗔地说："您啊，早该给人家转正了，给那些整天想着吃里爬外的人树立个榜样。"

社长意味深长地看了一眼已经和陈来跳了三支舞的范雯雯。

舞会结束之后是宴会，人们在门口相互招呼着吃饭，范雯雯脱下那件美丽却有些破损的礼服，抱着往门口走去，她想赶紧把裙子还了，也许早点去还能说清楚。她看了一眼在门口和一个男人半搂半抱地说着话的连漪，叹了口气，决定自己打车先去交涉一下。陈来一眼看到匆匆忙忙抱着礼服的范雯雯，示意他的司机去送她。范雯雯上车，感激地看向陈来，一众肚腩巨大满脸油腻的老男人中，陈来的身影似挺拔的白杨，范雯雯的心莫名地动了动。

城市的夜晚流光溢彩，车中的范雯雯，眼波流转。然而这一切，都在见到礼服店老板后化为泡影。

范雯雯战战兢兢地将礼服递给老板："老板，还礼服。"

老板装模作样翻了翻，指着破了的地方："这儿怎么破了？还给缝上了，按我们店里的规矩，照价全赔，除了押金一千，再给一千。"

范雯雯一下子急了:"店里哪有规矩?再说你这件礼服,本来就是破的啊。"

老板拉下脸:"哎,小姑娘,你怎么瞎说呢?你有什么证据说本来就是破的啊?我店里的规矩,不就在门后写着吗?"

范雯雯回头看看,门后还真写着一行小字,不睁大眼睛看根本看不出来。范雯雯气急:"明明是你瞎说,怎么是我瞎说。"

老板拦住范雯雯:"反正,你不赔钱,我就报警,今天你就别想走了。"

此时,范雯雯手机响起,是连漪催她回来吃饭的电话,看着老板得意扬扬的嘴脸,范雯雯一咬牙,打开钱包取了一千块摔在柜台上,转身出了门。

下午就参加完会议的郝刚本来想坐晚上的火车回北京,茹雪却说邻市有个教育中心,有不少新鲜的前沿资料,让郝刚和自己去看一看,郝刚心动,就和她来到邻市。没想到拿完资料聊完,教育中心的朋友非要请两人吃饭,等到吃完饭出门,已经是晚上十点了,茹雪又喝多了,软绵绵趴在郝刚身上,无论如何回不去了。郝刚只好扶着茹雪去酒店。

郝刚在前台办理入住手续,服务员递给他一张房卡:"302。"

郝刚接过问:"还有一间呢?"

服务员一愣:"你们不是情侣吗?要开两间?"

郝刚被问得一愣,看着趴在身上的茹雪,也不知有没有听到这句话,见她醉眼蒙眬,嘟起红唇,紧紧地往他怀里缩了缩,这情形,任谁看了,也会觉得是情侣。

郝刚尴尬极了,再次强调:"两间,两间。"

服务员重新办入住:"哦,我还以为你们是情侣呢。"

谁也没有发现,茹雪眯起细长诱人的眼睛,抿着嘴,悄悄笑了笑。

第八章

已经是 12 月 31 日下午了,江风在厨房里猫着腰给妈妈熬中药,看着锅里咕嘟咕嘟泛起的泡泡,听着外面妈妈摩挲腿的声音,心里期盼着 2004 年早一点到来,早一点离开这让他感觉悲伤而充满变故的 2003 年。正走神时,手机突然响起来,江风接起来:"喂,你好,是,我是江风。"

江风"呼"地站起身来,强压着激动到有点语无伦次的声音:"真,真的?好,好,谢谢您。"

江风妈妈听到儿子的声音,起身过来,担心地看着江风的神色。

江风挂了电话,满脸是笑:"妈妈,我被录取了,市委办公厅!第二名!"

江风妈妈喜出望外:"太好了,风儿,我赶紧告诉你爸去。"

江风想起自己对范雯雯许下的豪言壮语,笑着拨通了范雯雯的电话,可是半晌没人接。这会儿的范雯雯,正在舞厅里旋转呢,江风还要再打,妈妈的声音从外面传来:"儿啊,记得告诉娜娜啊,她肯定等着急了。"

江风顿时醒悟过来,看着屏幕上范雯雯的电话号码,苦笑一声,随即拨通范娜娜的电话。正好赶上放假,范娜娜和范二围着家里的铁炉子烤火,王玛瑙在炉子上给她烤馍片和红薯干,其实范娜娜一到冬天就不愿意回农村家里,她习惯了有暖气的房屋,总觉得生着炉子的家里特别冷,可范二和王玛瑙还嫌城里的家热,范娜娜无奈,只好依父母,回家待着。好在范娜娜最爱吃用铁炉里现烤的食物了,暗红的火苗不声不响地烘烤着,盖上炉盖子,焐一会儿,别提这红薯和馍馍有多酥脆了。

电话响起,范娜娜一看是江风的电话,兴奋地接起来,声音都变了调:"江风?"

范二听到这名儿,警惕地盯着范娜娜。

范娜娜不理范二:"江风,真的?市委办公厅?太好了,恭喜你!"范娜娜挂了电话,看了一眼范二,得意扬扬地哼起了歌。范二忍不住,着急地问:"谁?谁考上了市委办公厅?是不是江风?"

范娜娜呛他:"你不是不同意我和他在一起吗?管人家呢。"

范二气得冲王玛瑙嚷嚷:"你生的好娃,哼,女大不中留。"

王玛瑙夹着馍片递给范娜娜:"好啦,娜娜,别逗你爸了,到底咋啦?"

范娜娜嘎嘣嘎嘣咬了几口金黄的烤馍片,嚼了半晌,看范二又要快发作了,才淡淡地"嗯"了一声。

王玛瑙喜上眉梢,呵呵笑出声来,范二重重拍了下炉边,拍得火钳子都跳起来:"我就知道,我娃看人没问题。"

范娜娜简直不敢相信自己老爸会转弯转得这么快,从鼻孔里"哼"了一声,身子扭向一边:"可是他老妈的病也不会因为他考上办公厅就好了啊,你不怕拖累我啦。"

范二忙跟着到了另一边，讨好地对范雯雯道："娃呀，不是你爸现实，不是你爸势利，你憨憨娃不懂，爸是真的不愿意看到你受苦，管你什么谈情说爱，你总得先吃饱饭。"

范娜娜撇撇嘴，使劲咬了一口王玛瑙递过来的红薯干。范二继续唠叨："明天，就明天，正好过节，把那娃带回家来看看。让村里人都瞅瞅，我女婿，哼，在市委办公厅。羡慕死他们，再整天说我没儿。"

范娜娜捂住耳朵，表示不想听。

会场里，宴会已经进行大半，众人酒酣耳热，范雯雯匆匆忙忙跑进来，一边的张总眼尖，看到范雯雯，过来拉她："我们的主持人回来了，来，喝酒。"范雯雯不好意思地笑着，连漪端着一杯酒过来："好啦，让我们小姑娘先吃点饭，我陪你喝。"

两人叮当一碰，连漪按着范雯雯坐下，示意她赶紧吃饭。范雯雯赶忙坐下狼吞虎咽，连漪替她把所有的酒都挡了，等到宴会结束了，张总邀请她们俩一起去唱歌时，连漪已经喝多了。范雯雯想拉着连漪走，陈来过来招呼范雯雯和连漪："上我的车吧。"

范雯雯忙扶着连漪上车，没想到张总跟着爬上车："走走，今年多亏兄弟们，唱歌去，我请。"

陈来无奈，只好示意司机去张总说的地方。张总一路哈哈大笑手舞足蹈，讲着各种黄色笑话，陈来使劲转移话题都不成功，范雯雯汗都出来了。好容易到了目的地，范雯雯扶着连漪下车，连漪忽然推开她，抓住身边的小树，"哇哇"地吐起来。

范雯雯边拍她的后背边心疼地："连姐，你别上去了，咱们回家吧，宝宝还在家里等你呢。"

连漪吐完，清醒了些，苦笑起来："雯雯，这些人都是大爷，我的收入全靠广告撑着呢，哪敢得罪他们。我没事，一会儿就好了。"

范雯雯不满地说："这些事让别人做就好了嘛，我们读到大学，为什么还要靠陪酒陪吃饭来赚钱？"

连漪清醒了些，摆摆手："你太天真了，别啰唆了，上车吧。"

郁闷的范雯雯扶着连漪走进夜总会，排成一排的服务生齐声喊："晚上好。"把范雯雯吓了一跳，连漪嬉皮笑脸地冲他们摆摆手："晚上好。"范雯雯看也不敢看这满眼花红柳绿，赶紧拉着她进了包间。

范雯雯进来就愣住了，在场一大堆男人，除了陈来，每个人跟前，都坐着一位衣着暴露的女孩。范雯雯之前从没见过这种场合，尴尬得手脚都不知道往哪里放，只好找了个角落坐下，从包里掏出纸巾来擦掉粉色眼影和大红唇，想尽量不让人觉得满脸浓妆的自己和她们是一伙的。

连漪一进来就"活"了过来，和在场的男人敬了一圈酒，回来找范雯雯。范雯雯偷偷告诉连漪："连姐，我刚才去还礼服了，老板果然像你说的那样，想要讹我，没办法，我给了他两千。"

连漪戳戳她的脑袋："你啊，让你别着急。明天我和你一起去，把钱要回来。"

范雯雯："连姐，还是算了吧，当我认栽好了。"

连漪柳眉倒竖："你有钱，钱要回来你别花，都给我好了。"

范雯雯只好不吭气了，连漪起身："我去趟卫生间。告诉你啊小范，喝多了酒要多尿，多尿几次就好了。"

范雯雯听了她的话哭笑不得，陈来看着连漪走开，想要过来，却被另一人拉住喝酒。范雯雯正偷偷看着歌厅的姑娘们如何在男人怀里巧笑嫣然。刚才的张总忽然挤过来，拿着杯酒递给范雯雯。范雯雯勉强笑着接过。

张总浑身酒气熏天，一张臭嘴直往范雯雯跟前凑："美女，喝，喝。"

范雯雯厌恶地躲开。张总凑得更近，都快把范雯雯搂到自己怀里："对，你不是那啥，你是报社那个，叫范雯雯是吧，你长得挺漂亮，和哥喝一杯。"

范雯雯礼貌地摇摇头："我不会喝酒，您也少喝点。"

张总摇摇晃晃："哎，不给哥面子，信不信我让你们领导开了你？"

范雯雯放下杯子，想要走开，张总一把拉住她的手，按住她坐下，范雯雯慌了，使劲往出抽手，却怎么也抽不出来，张总呵呵笑着："哎哟，还不好意思呢。没事，哥再教教你。"

张总腾出一只手，拿起杯酒想往范雯雯胸脯上倒，范雯雯眼疾手快，使劲抬起胳膊撞一下张总，张总扑了个空，酒全洒到了自己裤子上。

这下张总火了，从口袋里掏出一摞钱扔到桌子上，高声叫道："小姑娘，假清高什么？别给脸不要脸，哥有的是钱，买你也买下了，这些钱归你，今天跟我走。"

陈来看到这一幕，脸色大变，赶忙努力穿过一排白花花的大腿往这边走。范雯雯只觉得所有的血都冲到头顶，忍无可忍，伸出手来"啪啪"打了张总两个耳光。连漪正好推门进来，范雯雯拿起包，飞快地跑了出去。

张总捂着脸大骂："你个小崽子敢打我，你等着瞧。"

全场突然静了下来，所有人都惊呆了。

包间镶着金边的铜色大门摇摇晃晃，摇碎了一地梦幻迷离的灯影。

包厢里的气氛冰冷，连漪赶紧拿着一杯酒过来，对怒气冲冲的张总娇嗔道："张哥啊，小姑娘不懂事，你大人不计小人过，我替她向你赔罪啊，张哥，你要唱什么歌，我陪你唱就好了嘛。"

张总甩开连漪的手，开始耍横："不行，不唱了，我挨的这两巴掌值多少钱，你们说吧。明天我就去找你们社长，要么赔钱，要么让小姑娘滚蛋。"

陈来端着杯酒过来:"哎呀张总,牡丹花下死,做鬼也风流。张总这为了花,又欠下笔风流债啊,真让兄弟们羡慕,来,喝酒,喝酒。"

张总听见这话像夸自己,只好端起酒杯,和陈来碰了一下。

陈来:"还没来得及和你说,你介绍的那领导孩子上学的事儿办了。"

张总大喜过望:"真的?太好了!不是一直说办不了吗?"

陈来凑近张总耳边:"你知道刚才那小姑娘姓什么吗?"

张总懵懂:"姓什么?"

陈来更神秘地道:"你忘了教育局局长小舅子姓什么,再告诉你个事,上次我们学校出问题,就是她写的报道,社长签发的,你说她是啥来头?"

张总看看陈来又看看连漪,恍然大悟,一拍大腿:"难怪她这么跩呢。"

陈来端起酒杯:"来,我们共同干杯。"酒杯声碰到一起,清脆的一响,张总:"那就算了啊?我是真不知道……"

连漪放下心来,又开始担心范雯雯安全,给范雯雯打电话,范雯雯不接。陈来冲连漪晃晃手机,示意自己去联系范雯雯,然后自己走了出去,连漪惊讶地睁大了眼睛。

什刹海的桥边灯红酒绿,到处都是一对对情侣。范雯雯一气儿跑到这儿,忍不住放声大哭恰在此时电话响了,范雯雯抽泣着接起来。电话里是陈来焦急的声音:"你在哪儿?"

为什么每次都是他?那个应该出现的人在哪里?范雯雯哽咽:"在什刹海。"

陈来:"你别在外面站着,找个酒吧坐下,我马上过来。"

挂了电话,范雯雯想了又想,手指停留在郝刚的号码上,犹豫着,不知道该不该拨出去。

郝刚费了好大的劲才把茹雪搬到床上，给她脱了鞋盖上被子正要走，茹雪忽然喃喃道："我要喝水，喝水……"

郝刚无奈，只好起身去倒水。茹雪接过杯子，怎么努力都起不来，郝刚只好又扶她坐起身来，喂她喝了水。看她嘟着红唇一口一口喝完水，郝刚只觉得身上发热，正想走，茹雪忽然跳下来，冲他嫣然一笑，满脸的明艳照人："我酒醒了，今天跨年，我要出去走走。"

郝刚还在犹豫，茹雪身上只穿着件毛衣，就自己摇摇晃晃出门了。郝刚忙拿上外套追出去："别，你一个女孩子不安全，我陪着你吧。"走在前面的茹雪，狡黠地一笑。

范雯雯终于下定决心打给了郝刚，电话通了，可没人接。此刻已经空无一人的酒店房间桌子上，郝刚的手机正在孤零零地躺在上面。范雯雯打了几个都打不通，泄了气，忽然看到江风的未接来电，赶忙擦了擦眼泪给他回过去。江风开心地接起电话，张口就告诉范雯雯说："雯雯，我考上公务员啦，以后真的可以罩着你了。"

范雯雯强压着心中的难过，替他高兴："真的？太好了。祝贺你啊！"江风一下子就听出来范雯雯的声音不对劲："你怎么了？"

范雯雯强颜欢笑："没事，有点小感冒。你啊，现在不只是罩着我，是罩着我们姐妹两个了。要对娜娜好啊，就像对我一样，明白吗？"

江风随口应了一声，翻着手里的日历："雯雯，马上就十二点了，元旦正好是你阴历生日啊，提前祝你生日快乐啊。"

范雯雯惊讶："你不提醒我都忘了，老同学，还是你对我好啊。"感受着朋友的温暖，想到今天经历的一切，范雯雯忍不住又红了眼眶，赶忙对江风说："我先挂了啊，回头再聊。"说完就匆忙挂了电话，江风莫名其妙地看着电话，不知道自己哪一句话说错了。

怅然若失的范雯雯又给郝刚打电话，可还是没人接。范雯雯很失落，在酒吧嘈杂的音乐声里，她无聊地用手机播放生日快乐歌给自己听。就在同一时刻，另一边的茹雪和郝刚，正在灯火阑珊、海风拍岸的海边，肩并肩走着。

茹雪眼波流转："我的课题批下来了。"

郝刚："是吗？祝贺你啊。"

茹雪诚恳起来："老同学，我也不瞒你，我这课题，是找了关系和熟人才批下来。现在这年头，只有能力是不行的，必须靠能力和关系两条腿走路。你啊，不要总是那么犟，既然入了行，就要适应规则，拉来更多课题，最好再赶紧上个副所长，才能尽快出成绩啊。"

郝刚摇摇头："我知道你是为我好，但我现在还只想安安静静做好学问。"

茹雪没有放弃："这个世界从来都是互相关联的，我跑课题并不意味着我的科研水平差，对不对？就是你，也愿意把课题交给更了解的人，相信他能做好，对不对？再说，为自己的利益尽力也是应该的，这又不是跪下来求人办事，别的机构也需要我们做课题啊。所以，这件事本质上不过是你正好需要，他正好有而已啦。"

郝刚看着茹雪苦口婆心劝自己的样子有些感动，忍不住问："你为什么要这么帮我，让我一直迂腐下去，你不是正好少个竞争对手？"

茹雪深情地看着郝刚："这世上已经有了许多林平之了，能保留就再保留一个令狐冲吧。"

郝刚来了兴致，侃侃而谈："其实我最喜欢的武侠人物也是令狐冲那样的大侠，可以凭借自己的力量打出一片天下，无所顾忌地笑傲江湖，根本不用其他人帮忙，这才是真正的牛人啊。"

郝刚说得高兴，根本没有注意到茹雪的笑容。茹雪的笑容里带着胜利者的得意扬扬：你连手机铃声都用的是"笑傲江湖"，难道我还猜不出来你喜欢令狐冲吗？

手机打不通，酒吧里太乱，范雯雯在桥边徘徊，终于忍不住又抽泣起来。泪眼中，她看到一辆拉着一大串气球和小玩偶的汽车直接朝自己驶过来。周围情侣的目光都被吸引过去。陈来抓着气球和玩偶下的彩带微笑着从天窗中冒出了头，眉眼俊朗，笑容温暖，周围的情侣羡慕极了，纷纷对着范雯雯拍起手来。范雯雯着急地想要辩解，陈来不容她分辩，拉着她就上了车。

范雯雯手机上的生日快乐歌还在继续。陈来听到，看了一眼范雯雯，霸气地踩了脚油门，直冲出去。

范雯雯紧张："你要带我去哪儿？"

陈来："我带你去个好点的酒吧，给你过生日。"

范雯雯奇怪："你怎么知道是我生日？"

陈来扭头看她，目光深情："我还知道你很多事，你要不要听听。"

范雯雯转过头，不敢再看他。车窗外是车水马龙的夜。范雯雯犹豫道："要不我不去了吧？这么晚了，就我和你两个人，要是嫂子知道了，多不好。"

陈来没回答，拨通连漪的电话："连漪，我现在带着雯雯去V8酒吧，你也过来。好，一会儿见。"

陈来挂了电话，看着范雯雯笑道："现在是三个人了，你嫌不嫌少，我再叫几个？"

范雯雯哪里敢再说话。

连漪从包厢出来，在角落里把酒全吐完，打车直奔酒吧。霓虹灯照耀着出租车上的连漪,照出她白天看不到的满脸疲惫。

范雯雯跟着陈来走进酒吧,到舞台前的桌子旁坐下。

领班们尊敬地问好:"陈哥,陈哥。"陈来看酒水单,范雯雯好奇地东张西望,看到连漪进来,忙招手叫她。连漪坐定,范雯雯忙问:"报社不会怪我吧?不会有啥事吧?那个男人太过分了,我实在忍不住……"

连漪看看陈来又看看范雯雯,神秘一笑:"放心吧,没事的。"

震耳欲聋的音乐响起来,范雯雯放下心来伸手拉着连漪,两人在舞池里欢快地跳舞。陈来在一边抽着烟、看着青春洋溢的范雯雯,眼前又浮现出那张与范雯雯极其相似的脸。陈来抽烟的手开始颤抖,他慌忙掐掉烟。范雯雯玩得高兴起来,她过来拉着陈来一起下了舞池,陈来没有拒绝,也随着她慢摇起来。

酒吧服务生们很惊讶,凑在一起议论纷纷:"陈总也会跳舞?陈总对这小姑娘真好,我从来没见过陈总下舞池啊。"陈来叫过其中一个服务生,递给他几张一百块,并冲他耳语一阵,服务生点点头离开。

音乐忽然静下来,范雯雯坐在椅子上喝水,想要休息一下,这时舞厅里所有的灯一瞬间全熄了。范雯雯惊慌地抬起头,一个小小的烟花在她面前噌地点燃,烟花背后是一张笑脸,接着另一个小小的烟花点燃,背后同样是一张笑脸,就这样一个接一个的烟花慢慢点燃,伴随着点燃的烟花,所有人开始合唱生日快乐歌,一个服务生推出了蛋糕车。

范雯雯简直不敢相信自己的眼睛,她看向陈来,陈来也微笑着看向她,范雯雯忍不住又一次红了眼眶。连漪拉着范雯雯从椅子中站起来,众人一起拿着小小的烟花在《生日快乐》的歌声里跳舞,范雯雯忽然觉得,这一个瞬间,是她参加工作以来第一次享受到被照顾的感觉,她仿佛回到了从前,回到了还陪着老爸老妈、依然是小公主的日子,这种感觉,真的太幸福了……

郝刚送茹雪回了房间,关门回来拿起电话,看到范雯雯的未接来电,忙给她回过去,对方电话提示已关机。郝刚累了,也没有深想,他放下手机躺到床上,瞬间就睡着了。茹雪洗了澡,全身涂满润肤露,在房间里裹着睡裙敷着面膜擦头发,心里期盼着郝刚跟自己联系,没想到忽然听到隔壁房间里传来若有若无的鼾声,顿时就乐了,抿嘴一笑躺上床,自言自语道:"不急,我看上的男人,都跑不了。"

2004年,就这么在聚与散、快乐与悲伤中,姗姗而来。

范雯雯从酒吧出来,仍然兴奋得又蹦又跳。连漪想要拉住她,范雯雯从她手中挣了出去,连漪拉不住,只好对陈来道:"好啦好啦,你送我们回我家吧。"范雯雯扑过来拉住陈来掏钱包:"陈哥,我还你今夜买酒的钱,不用你出。"

陈来被她逗笑了,摁住她掏钱包的手,爱怜地摸了摸她的头:"傻姑娘,你是第一个和我抢着买单的女人。"

直到上了车,范雯雯还在兴奋地唱着《追梦人》:"让青春吹动了你的长发,让它牵引你的梦……"

连漪话里有话地对陈来道:"你做的今天可把这姑娘高兴坏了,咱们都要保护好这小姑娘,别让她伤了心啊。"

陈来没有回答,到了家门口,连漪和范雯雯下了车,陈来忽然觉得似有什么东西一闪,很像闪光灯的光芒,他疑惑地四处看了看,却没有发现任何痕迹,陈来本想提醒连漪,但看到两人已经上了楼,便想着下次再说。

新年的大街上灯光璀璨，残留着昨夜的繁华，陈来开着车想着范雯雯的点滴，不由自主地笑起来。这时，他的手机忽然响了，陈来看看电话，脸色一变，接起来，沉声道："老婆。嗯，马上就回去了。"待回到自己家楼下，陈来倚在车边默默抽完烟，拿出香水喷了喷身上，才转身上楼。

天刚麻麻亮，范大还正在熟睡，叮叮当当的声音就响了起来，范大拿被子包住头，声音依然在继续，根本盖不住。

范大一掀被子坐起来，怒气冲冲地喊："老婆子，大早晨的干什么呢？"

赵淑玲不回答，把案板剁得震山响。

范大只得起床，准备到厨房骂赵淑玲一顿，然而他一进去就愣住了。赵淑玲正在包猪肉莲菜馅饺子，看他进来，奇怪："咋起这么早？我给女儿包饺子呢，今天女儿生日啊。"

范大心中凄凉，嘟囔着："包啥饺子，女儿又不在。"

赵淑玲打开火："那也要包，这是雯雯最喜欢的猪肉莲菜馅。哎，你去洗漱，等你出来，你那碗就好了。"

范大看着赵淑玲的神色，叹了口气。

赵淑玲很快整了满满一桌子菜，范大狼吞虎咽地吃了几口，放下碗走了，剩赵淑玲一个人慢慢吃着，实在吃不出味道来，她放下碗，对着一桌子菜发呆，又拿出相册翻看着，眼圈渐渐红了。过了好一会儿，赵淑玲才抹了把眼睛，给范娜娜打了个电话："娜娜，中午和你妈妈过来吃饭吧，大妈包了饺子。"听到那边答应的声音，赵淑玲才长舒了一口气。

虽然是生日，范雯雯可一点都不快乐，一天都没有郝刚的消息了，范雯雯再大度，也有点生气，心里想着这一次郝刚如果不联系她自己绝不主动。再说范雯雯也有更重要的事，连漪一早带着孩子看病去了，临走前叫她今天一定去见见社长，觉得情况不对就哭。范雯雯从来没干过这种事，赶中午到了报社，发愁地在门口晃了好一阵，才战战兢兢地敲响了社长的门，听到社长说请进，又踌躇了半晌，才推开门进去。

社长和颜悦色道："雯雯啊，坐，坐。"

范雯雯坐下："社长，昨天的事……"

社长打断她："先告诉你一个好消息吧。今天，你见习期满，可以转正了，恭喜你！"

社长向范雯雯伸出手，范雯雯惊喜得把词儿都忘了："真的？太好了！"

范雯雯和社长握握手，社长说："你去吧，准备准备材料，把表填了。就是进京指标现在暂时还没有，我还没有争取下来……"

范雯雯高兴得跳起来，听了社长的话她摆摆手："不着急不着急。"社长笑着摇头，范雯雯出门，连漪正好进门，看到她满脸兴奋的样子，惊讶地看向社长问道："社长，这……"

社长居然爆了粗口："那家伙，以为我堂堂《北方晚报》，就只靠他那广告站住脚？我是没看到，要是我看到那傻货欺负范雯雯，我一定打他打得比范雯雯还狠。"

连漪奇怪地看着社长，忽然笑了："社长你是想到自己女儿了吧。"

社长不耐烦地挥挥手："你们这些女孩子，就是让人操心，还有你，赶快找个正经人家嫁了。"

连漪吐吐舌头，赶快溜了。

范雯雯出了社长的门就往办公室跑，准备给赵淑玲打电话，想要告诉她这个好消息。赵淑玲、王玛瑙和范娜娜正在一起吃饭。范娜娜好笑地讲着:"江风考上市委办公厅,你们不知道我爸那态度……"

范娜娜学着范二的样子,赵淑玲哈哈大笑,对王玛瑙道:"娜娜真是个开心果,你们以后要常来啊。哎,真是羡慕你,把娜娜留在身边。我这每天就一个人待着,太闷了。"

王玛瑙答应着,范娜娜撇撇嘴:"好什么啊,大妈,他们倒是幸福了,可我多羡慕我姐啊,可以经历那么多丰富多彩的事情,青春可不虚度。"

王玛瑙附和着:"娜娜脑子笨,没有雯雯聪明,我们才把她弄回来,要是她有雯雯一半能干,我们才不管她。"

范娜娜吐吐舌头,赵淑玲一脸笑意听着。

王玛瑙继续:"我那未来亲家说了,打算让江风工作定了就把家里装修装修,让他们赶紧结婚,我真是巴不得呢,省着闺女老赖在娘家。"

范娜娜娇嗔:"妈——"

赵淑玲一听就急了:"你看看人家这妈多懂事,就知道结婚要准备房子,看看我们雯雯那郝刚,天天骗雯雯要自己赚钱,北京那房价,赚到八十岁也买不起。来,我现在就给雯雯打电话。"

范雯雯拿起手机刚准备拨号码,就接到了妈妈电话,范雯雯高兴地接起来。

范雯雯还没开口,赵淑玲就催上了:"雯雯啊,今天是你生日,我们正在一起吃饺子呢,娜娜说她都准备收拾房子结婚了,你赶紧和郝刚买房子啊,还要等到什么时候……"

范雯雯赶紧打断妈妈:"妈,先别说这个,告诉你个好消息啊,我转正了!成了报社正式聘用的记者了,社长还说,过段日子给我办进京指标。"

赵淑玲高兴起来,感觉自己扳回了一局,她得意地看了眼王玛瑙和范娜娜:"好啊,这下就彻底立住脚了。但是我跟你说,房子也必须得买……"

范雯雯一看糊弄不过去,只好敷衍着妈妈,随口好答应着。

赵淑玲无奈:"让娜娜和你说。"

范娜娜接过电话往卫生间走去,赵淑玲骄傲地对王玛瑙说:"雯雯啊,今天转正了,以后,就是北京人了。"

王玛瑙夸起来:"看,我就说咱们雯雯聪明吧。"

范娜娜压低声音:"姐,你别听大妈说,我觉得只要感情好,这些都不重要,你们好好奋斗,这些都会有的。"

范雯雯哈哈笑着:"我也觉得,还是妹妹了解我。"

两人又嘀嘀咕咕一阵,挂掉了电话,赵淑玲送王玛瑙和范娜娜离开,王玛瑙看着赵淑玲孤单的身影,忽然对范娜娜道:"你爸当年的决定真英明。"

范娜娜感到有些莫名其妙,才二十三岁的姑娘,她哪里知道这些为人父母希望孩子有出息又盼着孩子留在身边矛盾的心理……

范大正在办公室办公,一个衣着破烂的小姑娘推开了他的门。这让范大愕然,小姑娘怯生生地说:"范校长您好,我叫何玉,是范雯雯姐姐介绍来的。"

范大一听立刻明白过来,赶紧招呼她:"来,来,坐。你有什么事吗?你的年龄不是明年才该来上学啊。"

何玉挨着椅子边坐下:"范校长,我来上学,可是家里没有钱交学费,所以我想假期先来学校帮帮忙,也能为学校出点力,总不能白占便宜啊。"

范大有点感动:"小姑娘,你真懂事!不过,我这学校,马上就放假了,假期里还真没什么需要帮忙的。"

何玉着急起来："那怎么行，范校长，我不能白白接受您的帮助，要不我去您家里帮着打扫卫生吧。"

范大想了想："这样吧，何玉，等你上了学，我在学校里给你安排个活，权当作你勤工俭学，好不好？"

何玉忙点点头："好的好的。"范大站起身来，收拾了一堆柜子里的书，递给何玉："你今天还要回去呢吧，把这些书带上，假期里好好看看书，准备明年来上学吧。"

何玉感激涕零地朝范大鞠了个躬，捧着书，小心翼翼地像捧着婴儿一样走了，顺手还捎走了门边的一袋垃圾。

范大长叹："乡村教育的路还很漫长！"

艰难的不只乡村教育，还有范二家的苹果销路。王玛瑙一路走来，看到别人都在忙着卖果库里的苹果，一波又一波的果商忙着给第二年的定金，每个人都喜笑颜开，只有她愁眉苦脸的。

有相熟的果商招呼她："姨，今年你家怎么没动静，果子卖完了？"

王玛瑙支支吾吾："卖完了。"

果商麻利掏钱："那我把明年的定金付了吧。"

王玛瑙犹豫着："付了也行，就是不知道到时候咋说，她爸非要搞什么有机苹果。"

果商惊讶："啊？这有机苹果口感卖相咋样？"

王玛瑙比画着："估计就和原来没上化肥时的果子差不多吧。"

果商把钱又装回了口袋："现在谁还吃那种苹果，再说，个头小，也卖不上价钱啊。"

王玛瑙急了："那咱们按去年的价钱先定？"

果商犹豫起来："要不再看看吧，不知道我叔能弄出个什么来。"

眼看着一个个果商先后离开，王玛瑙忧心忡忡地跨进自家果园，看到范二忍不住头皮一麻，心里知道这老汉又要拉着她开始演讲了。

果然，范二拉住她，兴致勃勃地开讲："我今天到处打电话，终于买到苹果树枝啦，山上的阳水我也引来了，这阳水灌溉过的苹果，绝对比阴水脆甜得多。我还把不大好的苹果埋到地里，准备沤成肥。"

王玛瑙心疼起来："什么？果库里的果子你要沤成肥料？"

范二回答："对啊，这样出来的苹果，才是纯天然有机果。我还正研究如何在苹果树下种花生呢，过几天我准备再买些猪崽，等开了春搞生态养殖、有机农业。你啊，就等着在家收钱吧。"

王玛瑙心疼地抱怨："收什么钱啊，贴钱还差不多，你看看这都投进去多少钱了，引水两万，埋了的苹果少说也有三万……我明明现在就能在家收钱的。"

范二一腔热情被泼了一盆冷水，骂王玛瑙："真真是女人家，头发长见识短。这果子一出来，你瞅着吧，保包管所有果商都来咱家。"

王玛瑙委屈："你看看，果商们今年都不给咱定金，还明年所有果商都来呢！"

范二信心满满："你等着他们明年求你吧。相信我，还是依靠天然老法子种出的苹果，又好吃又安全。这绝对是以后人们喜欢买的东西。"

王玛瑙急了："问题是如果明年娜娜要结婚，果园如果赔了，拿什么当陪嫁？"

范二一愣，嘴硬："陪什么嫁，我姑娘难道还配不上那穷小子？"

王玛瑙回嘴："人家现在不是穷小子了，前途远大。"

范二想了想："不行就把咱俩攒的那点养老钱全赔了吧，反正娜娜不能被人小看。"

王玛瑙长叹一声，心知自己是无论如何阻止不了这二老头了。

范雯雯填完表，连漪就拉着她出门，直奔昨天的礼服店。

连漪气势汹汹地跨进门，老板赶紧迎上来："小姐，你要些什么？"

连漪把包往地上一扔，打开大门，对着门内门外大喊："我要我的钱！你讹走了我妹妹的钱，还给我们。"

"哗"一下，门口就涌上来一群看戏的人。老板看了看范雯雯，嘴硬："我没有，是你妹妹撕坏了我的裙子，她应该赔。"

连漪指着门口的监控，甩出记者证和一张碟："我是《北方晚报》的记者，刚刚去警察局调取了这几天的监控，有种咱们一起看看，究竟是谁讹谁。"

越来越多的人围上来，连漪指着人群："正好让大家给我们做个证，要是查出来是你捣乱，你的店以后别想再开了。"

范雯雯看着入门秒变了个样子的连漪不禁目瞪口呆，老板看看人群，节节败退不再嘴硬，从抽屉里拿出两千块钱："算我倒霉行了吧，给你们钱，赶紧拿走。"

范雯雯激动起来："不行！咱们得说清楚。"

连漪拿起钱，拉着范雯雯出了门，范雯雯不服气："为啥不让大家看看碟，让大家都知道这黑心老板干了啥。"

连漪一脸奸笑："什么碟啊，那是我拿来吓唬老板的。我是看准了他店里没电脑他不敢播，警察怎么会把监控给我呢，所以啊，拿了钱，你还不赶紧跑？"

范雯雯愣了半天才反应过来，由衷地夸连漪："连姐，你真是有勇有谋的女汉子。现在想想，昨天老板非让我多报点钱，估计也是个坑吧。我要真答应了，就没胆子和他闹了。"

连漪看了眼范雯雯，笑道："行啊，学得挺快。"

范雯雯跺脚:"人怎么能这么坏,好好做生意不好吗?"

连漪没接她的茬,叹了口气:"雯雯,别觉得女汉子是个好词。没人照顾才当女汉子呢,有人疼的,都是小女人。我是因为儿子的病,没有退路,你可千万不要和我一样。"

范雯雯有些迷惘,忍不住吐露对谁也没说过的心里话:"连姐,其实我也快成女汉子了。你说我那男朋友,从昨天到今天一个电话都没有,我本来报考新闻系是想成为'战地玫瑰',结果为了他留到北京,他这么不懂事……而我呢,似乎每天都在和家长里短打交道,梦想都不知去哪儿了……我都快忘了留到北京的初衷了。还不如当时回家教书去。连姐,你有什么梦想吗?"

连漪一愣,眼前浮现起自己大山深处的老家,浮现起多年前,那个憨厚老实的男人送别自己爬了一个又一个山头的场景,男人那么恋恋不舍,走了又叫住她,一定要塞给她一个手绢,等她打开,里面是一叠一叠的毛票……不过十几年的光景,却已经是上个世纪的事情了。

范雯雯拍拍连漪:"连姐,连姐,想什么呢?"连漪回过神来,幽幽地叹了口气:"雯雯,从前的日子一过去,就再也回不去了。你一定要珍惜自己的梦想,那才是你真正想要的生活,如果还想着教书育人,不如就开始干吧,你还小呢,有的是机会。"

范雯雯从来没有认真想过这个问题,一瞬间竟被连漪说得愣住了。

范大夜里知道范雯雯已被正式聘任的消息,心情好了很多,工作起来也更有劲了,一大早他就到了学校,和孩子们一起升旗。这时村长忽然来了,范大忙递给村长一根烟,两人一起抽着烟,范大正在揣测村长的来意,村长忽然道:"村里又要选支书了,我想让大家都投我。老范,人们都尊重你,你抽个时间,陪我去村人家里转转吧。"

范大吓了一跳，推辞道："我一个退二线的校长，说话不管用了，不用去了吧。"

村长掐灭烟，表情变得不好看："怎么，你不愿意？"

范大赶紧摆摆手："哪里哪里，我只是觉得我说话没用。再说，被查出来不大好吧。你自己的实力就够了，大家会选你的。"

村长不以为意："搞教育，我听你的，干这个，你就听我的吧，这一两天咱们就去转转。哼，我也就是现在求一求他们，等我当了支书，两肩挑，到时候看谁还能奈何得了我。"

范大很忧虑，但又想不出什么好方法。

放学了，范娜娜还没走，正在办公室埋头写文章，忽然觉得有人走到了她身后，一回头看是江风，范娜娜顿感惊喜："江风，你怎么来了？"

江风笑着："正好路过，来接你下班，一起看电影去。"

范娜娜高兴地收拾东西，江风看到范娜娜手里的纸，好奇地问："这是什么？"

范娜娜忙从江风手里抽出来，又放回去："这是你让我写的文章，我正在修改呢。"

江风重新拿回来："怕什么，怎么也比我这理科生写得好，我只有拜读的份儿。"

江风坐下看起来，范娜娜一脸不好意思，但还是慢慢依偎到江风身边，和他一起看。夕阳慢慢沉下去，范娜娜起身，"啪"地一声打开教室灯，灯亮了，江风才从文章中挪开眼睛，惊喜地看着范娜娜："娜娜，想不到你和你姐姐一样，也是个才女。"

范娜娜脸都红了："哪里，哪里，我可没有姐姐聪明。"

江风意识到自己说漏嘴，忙遮掩着："真的很好，我看得眼睛都酸了也舍不得放下，不发表太可惜了，你交给我吧。"

江风郑重地收好，范娜娜很高兴，悄悄地念叨："其实发表不发表无所谓，如果你能因为这个更喜欢我，就够了。"

江风凑过来听："你在说什么？"

范娜娜忙摇摇头："没什么，没什么。"

江风郑重地对范娜娜："娜娜，发表这个，不是为了我，而是为了你自己，你这么有才，不应该埋没了。"

范娜娜听到男朋友夸自己，心里乐开了花，乖巧地点点头。

范二骑着自行车经过镇上回家时，看到告示栏里新贴的告示，他下来看了看，发现原来是市里发出的要建果农合作社的公告被镇里贴了出来，还听在场的人说是已经发到各村了。范二觉得自己条件够了，在自家果园也能建一个，于是回到村里就去找村长。

村长正在大发脾气地骂人："告诉你们这次的公告先别往外贴，先别往外贴，你们就给我贴出去，现在看看，有这么多人报名，咋选啊？"

看到范二进来，村长不说了，范二可不管他，直接道："村长，我在镇上看到要求了，条件我都符合，我要在我家弄个合作社。"

村长头疼地坐下："范二，咱们商量个事，这次果农合作社的名额我弟弟更合适，你就别争了，过几天我再给你弄一个。"

范二一梗脖子："不行，你弟弟条件适合吗？不是我吹，全村条件适合的只有我范二一个人！"

村长也火了："这个要从我村里报，我说谁适合就是谁适合？信不信我不让你报？"

范二怒了，直接拍桌子："你要是不让我报？信不信我把你这情况捅到市里。"

范大正好进来，赶忙拉开两人："有话好好说，有话好好说。"

村长摔门而出，警告范二："你给我小心点！"

范二在屋里回嘴："怕你？我一直等着呢。"

范大拉范二拉不住，埋怨他："强龙不压地头蛇，何况他还是蛇头，你惹他干啥呢？"

范二却不害怕："哥，你别怕，也不用着急，他作为村长敢这么胡搞，狐狸尾巴迟早会露出来，我看他敢把我怎么样。"

范大边感叹"你这二脾气，也不知道啥时候能改了"，边匆匆忙忙往外跑去，先是把怒气冲冲的村长拉到学校坐下，递给他两条烟，又说了半天好话："村长，你也不是第一天认识范二了，范二就是这二脾气，犯起倔来爹娘老子都不管，你就别和他计较了。"

村长一听范大说得十分懂理，这才终于松口："要不是看在你的面子上，哼。"

范大赔笑："我这弟弟不懂事，不懂事，还请村长多多包涵。"

村长"哼"了一声拿着烟出了门走远了，还回头朝范大学校恶狠狠啐了一口，骂道："不知好歹的兄弟俩，在我地盘还想撒野，你们给我等着，看我怎么收拾你们！"

天色渐渐黑了下来，阴影像一头巨大而凶猛的怪兽，吞噬着范大的学校。

第九章

这世上的爱情分两种,一种"我爱你"的意思是我要爱你,另一种"我爱你"的意思是你要爱我。

郝刚拿着行李回来,发现楼下贴着的拆迁通知,说这楼马上要拆迁了,意味着他和范雯雯又要搬家了。郝刚想起范雯雯父母的话,忍不住皱起了眉头,从小到大,他的一切都是父母安排好的,他只要专心上学就行,如今工作成家要有这么多麻烦,郝刚觉得特别不适应,特别麻烦。

"好在雯雯挺能干的,也不物质,能给我减轻不少负担和压力……"郝刚这样想着,脚步不由得轻快起来。

范雯雯七点半饥肠辘辘地下班进门,郝刚就像往常一样正在床上睡觉,家里依旧冰锅冷灶,范雯雯再好的脾气也终于有点忍不住了,她破天荒没有吭声,径自坐在沙发上打开电视看,郝刚被惊醒了,从卧室里出来问:"回来了?咱们晚上吃什么?"

范雯雯冷冷地看他一眼:"我吃过了,你想吃什么自己吃吧。"

郝刚奇怪:"怎么了,刚回来火气这么大?"

范雯雯不说话,郝刚以为是因为要拆迁搬家的事,便坐到范雯雯身边,伸出手来搂住她:"雯雯,别不高兴了,咱们这个地方又要拆迁了,我们又得搬家了。我觉得你父母说得也对,我不能这样一直委屈你。这一两天我就跟爸妈要钱,然后我们开始看房子吧。"

范雯雯听到这些差点跳起来:"什么?又要拆迁了,还得搬家?"

郝刚瞪大眼:"对啊,你没看到下面贴的告示吗?"

范雯雯顿感心烦起来:"我们才搬过来不到半年啊,这次要是再搬家你收拾,你搬。"

郝刚支支吾吾:"我这不是不能累嘛,我也没说不和你收拾啊,是你不让我干活的。"

范雯雯心里是压不住地委屈:"我不让你干活也没不让你说话吧,元旦那天是我生日,你不知道吗?一整天连个电话也没有,你就这么忙啊!"

郝刚恍然大悟:"原来雯雯是因为这个不高兴啊,是我的错,是我的错,我忙起来给忘了。这样,我现在补好吧?走走,我请你吃大餐。"

范雯雯本想拒绝,双脚却不由自主地跟着他向外走去。毕竟,在这个陌生的城市里,她只有郝刚一个可以完全信任的人,她感觉自己没有什么资格可以任性。

上班第一天,江风妈妈拿起一件又一件的衣服在江风身上比画:"还是穿这个好看。"

江风笑着:"妈,您这一早晨都给我换了五身了。"

江风妈妈也笑起来："啊？有那么多？我们风儿啊，穿什么都好看，妈都挑花眼了。"

江风对着镜子整理衣服："好了，就这一身吧，再换就该迟到了。"

江风拿着包出门，江风妈妈追出来在后面嘱咐："见了同事要打招呼，要勤快……"

江风怕妈妈被风吹了，笑着把她推进去："好了，妈，知道啦。"

江风迎着朝阳踏进市委大门，他深吸了口气，正要跨进大楼，忽然有人拉住他的衣服，号啕大哭："政府哇，你要给我们这些上访的农民做主啊。"

这时，四周渐渐围了一圈人，江风一时不知道该怎么办，只好也蹲下来，急得他满头大汗。市委的王主任正好走过来，他用手分开人群对上访村民道："你先起来，起来说话，上访办在那儿呢，那儿有专人接待，你想说什么事，去那儿吧。"

村民猛摇头："去过好几次了，不顶事啊。"

王主任："你是哪个村的？"

村民忙掏出一摞材料："我是西里村的，我们村要拆迁，我们还没同意呢，他们就强拆，就一晚上，我的桃树就没了啊。让我明年拿什么吃饭啊？"

王主任听了村民的讲述点点头，他接过材料："我知道了。你先回去吧，要不然我们没办法办公，不能办公的话你的事还得往后拖不是？"

村民想了想，只好灰头土脸地走了。

江风和王主任一起走进了他办公室，他擦擦汗："王主任，今天谢谢你，要不然我真的不知道该怎么办。"

王主任："小江啊，你慢慢学吧，以后面对问题不要着急，第一个要做的是疏导民众心理和行为，不要企图转移矛盾，不然会堵塞应有的渠道，造成恶性循环。"

江风点点头，王主任眉头紧锁："最近这种拆迁上访事件怎么这么多？你通知一下办公室，咱们本周安排一场调研。"

江风答应着出门，同事们陆续都进来，江风忙着收拾桌子，分发文件。

一个同事问他："你是新来的小伙子吧？叫江风的那个？真勤快。"

另一个同事也凑过来："哦，就是那个985高才生吧？以后不用客气，都是同事啦，有什么需要帮忙的就说啊。"

江风不知道，他来之前，自己的大名已经传遍了市委办公厅。毕竟，从北京回到这个四线小城，还在公务员考试中得到王主任的大力支持，在之前回来的大学生里是绝无仅有的事。

这一切背后盘根错节的情况，江风都是不知道的，他也无暇顾及这些。这个初出茅庐的小伙子，正认真观察着同事们，向他们学习着处理问题的方式方法，想要早一点在这个决定着盐湖下一步发展的中枢地带，用实力站稳脚跟。

夜深了，郝刚和范雯雯缠绵完酣然入睡，而范雯雯却睡不着，她偷偷起床，给妈妈打电话汇报要买房子的事，赵淑玲听了很开心，顿了顿又道："就是，就是你爸的学校还没盈利，我们暂时帮不上忙。"

电话这端的范雯雯忙和妈妈说道："我们自己贷款就可以了，不用家里帮忙的。"赵淑玲挂了电话，拿出家里的存折看看，叹了口气。此时范大正好开门进屋。赵淑玲忍不住嘟囔："老范啊，眼看雯雯就要买房子了，你能想办法给她帮帮忙吗？"范大无奈地说："你又不是不知道学校的经营情况，再说，买房子是男方的事情，咱们帮什么忙？"

赵淑玲也很无奈："唉，让你别投资学校，看看现在……"范大什么也说不出来，只能默默点了根烟，一个人钻到卧室里，闷声躺下了。

第二天正是陈来新开设的培训学校开张的日子，鞭炮声声里，陈来神采飞扬地剪彩，范雯雯听着陈来的讲话在笔记本上"唰唰"地记录着，特意走到陈来身边，悄悄地说："陈总，中午一起吃饭吧。"陈来不动声色地看了她一眼，微微点了点头。

范雯雯赶回报社交了稿子，又找了家看起来比较小清新风格的饭店，定好包间给陈来发了信息，陈来回信息说让她稍等。这一等，就等到范雯雯直接在包间里睡着了。等范雯雯被一身酒气的陈来唤醒，已经是下午两点多了，范雯雯饿得饥肠辘辘，她没好气地问陈来："陈总，怎么来这么晚？"睡眼惺忪的范雯雯看起来十分可爱，陈来忍啊忍啊没忍住，伸手摸一下她的额头，刚要吻一下她的额头，范雯雯一下子就清醒了，下意识躲了一下。陈来也意识到不妥，却也不做解释，就是笑着偏着头看着范雯雯，亮晶晶的双眼里全是满满的欢喜。

范雯雯无来由地想到"常得君王带笑看"这句诗，脸微微一红，道："那这顿饭我买单。"

陈来又笑起来："好说，先不说这个，你肯定饿了，快点点餐吧。我已经和那些领导们应酬完一轮了，不饿，你就给我来碗酸汤面就好。"

范雯雯坚持："你答应我，我把这三百块全点了，要不，我就不吃了。"

陈来无奈地说："这么认真，难道你叫我来这里，就是为了请我吃饭吗？"

范雯雯奇怪地反问他："是啊，要不然还能为了什么？"

陈来听了她的回答愣住了，然后突然爆发出一阵大笑，边笑边摇头："好吧，好吧，听你的，我使劲吃。哎呀，你不只是第一个跟我抢着买单的女人,还是第一个请我吃饭的女人。"

范雯雯放下心来,边点菜边由衷地夸道:"从小我爸就告诉我,朋友之间要礼尚往来,不要欠别人的。对了,今天来的领导不少,大家都挺给你面子,先恭喜你啊。要是我爸的学校也这么厉害就好了。"

陈来嗤笑一声:"那帮俗人,哪有和你在一起有意思。"

范雯雯真不知道该怎么对付这油腔滑调的社会人,只好假装板起脸来:"陈总,不要瞎开玩笑了。"

陈来看她尴尬的样子,觉是自己也乐够了,才开口问:"你父亲也是搞教育的?难怪你这么聪明独立,和别人不一样。"

范雯雯总算镇定下来,点点头:"嗯,我老爸非要发挥余热,自己开了个学校,为了拯救那些没学上的孩子。"

陈来一听来了兴趣:"你给我讲讲。"

这时服务员把饭菜端了上来,范雯雯饿极了,她边狼吞虎咽地吃着,边给陈来讲着"先交学费投资项目、上完学再退"的模式,陈来只动了几下筷子,专注地听完,皱着眉头提醒范雯雯:"这个模式我听起来觉得有问题,学校的营利点太不确定,投资回报率是未知数,营业周期和现金周期都太长,你提醒一下你父亲,这样办学可能有风险。"

范雯雯不大明白"营业周期投资回报率"这些术语,顿时有点蒙的,小声辩驳:"我爸干了一辈子教育了,他懂得,放心吧。"

陈来认真起来:"以前你父亲在公办学校,不用考虑经济利益,现在不一样了,私立学校和企业是一样的,这些账必须算。"

范雯雯看他如此认真,只好点头答应,招呼陈来:"好啦我知道啦,快吃吧。"

陈来却搁下筷子,点着了根烟,看向窗外,他目光悠远地说道:"雯雯,你有一个好爸爸。我的爸爸是大山里的农民,他辛辛苦苦供养我上大学,却落得病痛缠身，我这辈子最大的遗憾，就是没能让他等到我有了钱的时候，没能让他到北京来好好享享福。"

范雯雯不知该说什么，只好安慰地拍拍陈来，陈来回过神来，宠溺地冲她笑笑，摸摸她的头："快吃，吃完我带你去逛街。"

范雯雯觉得这气氛太暧昧了，刚要开口拒绝，陈来又道："别紧张，就是陪我买几件衣服。我的衣服都太老土了，总被学校老师嘲笑，我也得适应适应你们年轻人的品位。"

范雯雯不好再说什么，只好默默低下头吃饭。她几次开口想问问陈来家里的情况，终究还是把话咽了回去。也许陈来只是单纯地想让自己帮个忙吧，范雯雯自我安慰着，问得太多倒显得自己小家子气，就当个朋友相处吧，只要自己没问题就好。

范娜娜很快就收到了杂志的用稿信，她高兴得直奔江风家，江风妈妈看到她喜笑颜开："娜娜，赶紧进来。阿姨正想给你打电话呢，我寻思着找个日子去你家提亲，你看你爸妈什么时候方便？"

范娜娜听了这话吓了一跳，不禁害羞起来："阿姨，我们才相处了大半年，江风连我父母都还没见过呢。"

江风妈妈一拍脑袋："你看阿姨这脑子，江风这孩子也是，太不主动了，等阿姨骂他！阿姨没有女儿，以后你和江风结了婚，就是我女儿啊。"

范娜娜听了这话更害羞了，江风妈妈拉着她，在房子里指指点点："阿姨刚做了手术手里没啥钱，我寻思着，要不把这小院子卖了给你们买个新房，要不重新装修一下，在这里放个衣柜，放你的书，这里要装个斜坡，万一阿姨坐轮椅了还能方便进出，看你父母那边有什么要求吧。"

江风回到家时，看到的就是范娜娜和妈妈亲密的样子，心里悄悄生出了几分感动。吃饭时，在妈妈的呵斥和催促下，江风终于答应第二天就去范娜娜家里拜会她父母。范娜娜开心得不得了，晚饭后江风送她回家，范娜娜像小鸟儿一样，叽叽喳喳欢快地告诉江风自己的文章发表了，她准备拿到稿费以后要给谁谁买东西等等，江风还是第一次见到沉静的范娜娜如此活泼，路灯照耀着范娜娜的脸庞，像散发着光芒的女神，江风心里温柔得就像有夏天的风拂过，由不得对范娜娜道谢："娜娜，谢谢你，我之前没工作，还有个生病的妈妈，你也不嫌弃我，还贴钱给我用……"

范娜娜粲然一笑，抱住江风："只要你和我在一起，其他都无所谓。"江风也轻轻抱住了范娜娜。范娜娜在他怀里轻声哼唱《我想有个家》："我想有个家，一个不需要太大的地方……"江风看着姑娘美丽的容颜，情不自禁地吻了下去……

得知女儿和江风要回来，王玛瑙一早就起来忙碌，做菜切肉包饺子忙得团团转，就这还嫌不够，又打发起了范二："你，再去隔壁村买块牛肉。"

范二答应着往外走。

王玛瑙又道："回来回来，再买点花生。"

范二还没答应，王玛瑙又加一句："哎，再买点饮料。"

说完了见范二站住不动，王玛瑙着急起来："快去啊。"

范二慢悠悠地往门口挪："这不是等你吩咐呢，看你还要啥。"

王玛瑙乐呵起来："新女婿上门，咱也得准备得丰盛点吧。好啦好啦，快去吧。"

范二嘟囔着："哼，我家娜娜配谁也绰绰有余，别自己先掉了价。"

江风和范娜娜提着礼物上门时，王玛瑙看着高大帅气的江风笑得嘴都合不拢了，她热情地招呼着两个孩子，范二却迟迟不见出来。

范娜娜问："我爸呢？"

王玛瑙一努嘴，悄然道："里屋，等着你们去请呢。"

范娜娜无奈地摇摇头，冲里屋喊："爸，我们回来了。"听到女儿的声音，范二这才咳嗽了一声，端着架子出来："来啦。"江风忙站起身来，递上根烟问候道："叔叔好。"

范二接过烟，看看江风，神色和缓下来，招呼着："坐，坐。"

王玛瑙旋风一般把饭菜都端上了桌，给范二和江风满上了酒，江风有点紧张只顾闷头吃着，范二却不吃。他抽了一口烟，问道："你这办公厅的工作，适应得怎么样？"

江风忽然有一种奇异的感觉，仿佛记忆中的父亲就是这样：抽着烟，看着他吃饭，顺口问着他的学习。这一瞬间，范二似乎和父亲的形象重叠了，江风不由自主地站起身来，给范二添满酒，敬道："正在慢慢适应，叔，有个消息可能对您有用，市里新出台了农业政策，我觉得您可以弄个农业产业示范园。"

范二一听关乎自己的马上来了兴趣，也不摆架子了，他端起酒杯和江风一饮而尽："什么政策，我还真不知道。"

江风给范二讲着，范二专心听着，两人渐渐聊得热火朝天，范娜娜准备一肚子关于江风家的说辞一个也用不上，几次想插嘴也插不进去，只得和王玛瑙闷头扒饭。酒过三巡，范二明显醉了，拍着江风的肩膀："小兄弟，有闯劲！哥，哥喜欢你，能干！"江风也略有醉意，他拍着胸脯保证："好，我听叔的，咱们一起把果园弄好。"范娜娜和王玛瑙二人见状不禁面面相觑，不知道该怎么接话。范二又一把拉起了江风："走，咱兄弟俩上厕所，放放水。"两人你搀我我拽你地走出屋子，剩下范娜娜和王玛瑙在屋里笑得直不起腰来。

酒足饭饱,范二和江风去休息了,看着老公指望不上,王玛瑙和范娜娜一起收拾时,王玛瑙试探地问范娜娜:"江风老娘的病能治好吗?"范娜娜摇摇头:"要换股骨头,但是以后肯定得多休息,不能出力了。"范娜娜以为妈妈会因此对江风不满意,没想到王玛瑙直唏嘘:"江风这么好的孩子,爸没了妈又病了,咋这么可怜,娃啊,以后你可得对人家好啊。"范娜娜没想到自己的妈这么快就被江风"收买"了,嘲笑她道:"昨天江风妈妈还问我什么时候她能来咱们家提亲呢,我看你这倒开始偏心江风了,是不是不用人家来了?"王玛瑙高兴起来,挥舞着锅铲哈哈大笑:"那可不行,我还期待着会会亲家呢。不行不行,我得让你大妈和我买衣服去。"说完就扔下锅铲跑去打电话了,留下范娜娜一个人对着一堆锅碗瓢盆哭笑不得。

在范雯雯的催促下,郝刚做了很久的心理建设,才打给了妈妈。妈妈接起电话:"郝刚,怎么想起给妈妈打电话了,是不是有事?"

郝刚说:"哦,妈,是这样,我,我打算今年过年带范雯雯回咱家。"

郝刚妈妈回答道:"要带她回家,意思就是你挺满意这个姑娘是吧,那就回来吧。"

郝刚支支吾吾道:"满意是满意,就是他们家,他们家想要咱们买房子。"

郝刚妈妈一听这个消息皱起了眉头:"什么意思,怕我们家不买房子吗?还自己提出来要求,我们是男方家长,自然会准备好房子的,他们家怕什么?小门小户的,真是上不了台面。"

郝刚沉默,郝刚妈妈继续:"你一会儿给我个账号,我把家里给你准备的房钱转给你,你先看房,觉得合适了我和你爸去看看决定,买房是大事,房子我们家是肯定会买的,姑娘我们可不一定娶他们家的。"

郝刚忙道:"妈你和爸不用跑了,我们看着差不多就行了,到时候把情况告你们。"

郝刚妈妈不高兴起来:"你这孩子,意思是你的小女朋友满意就行是吧?那好吧,你们自己决定,有什么问题可别找我们,这可是我和你爸攒了多少年的血汗钱,你可别被人骗了,记住,房产证上只能写你一个人的名字。"

挂了电话,郝刚妈妈暗暗骂了几句,坐在沙发上生着闷气,这边郝刚也郁闷地叹了口气,心想总算把这个问题解决了。虽然妈妈对范雯雯不是那么满意,虽然自己的本意也并不着急买房,但是有了钱,好歹能给范大一个交代了。到现在了能怎么着,只能继续往前走。

郝刚被自己的想法吓了一跳,难道自己的内心对范雯雯还有什么想法?不可能不可能,他赶紧把这个念头摁了下去。范雯雯挺好的,要对得起她,郝刚告诫着自己,每个人都有自己的诉求,不能要求别人和自己一样恬淡生活,周末吧,周末就开始和她看房。

范雯雯听到郝刚带回来的消息,开心极了,她抱着郝刚直转圈:"我们要有自己的家了!"郝刚被范雯雯的笑容感染,也高兴起来:"雯雯,我妈打给咱们的二十万里包含首付和装修款,首付十五万,装修五万,这已经是我父母一辈子的积蓄了。剩下的我们贷款自己还,不能再向父母要钱了。"

范雯雯是习惯了跟父母撒娇要钱的人,她觉得一家人这些都不是事:"要是他们还给,我们为啥不要吗?"见范雯雯是这种态度,郝刚不由得愣住了。他心里暗想,会不会以前认为的范雯雯甘于清贫都是幻觉,原来她是爱钱的,她也是俗气的,那么这样的女孩子,假如自己要是赚不上钱,她还会和从前一样爱自己支持自己吗?

单纯的范雯雯可不知道一直活在象牙塔里的郝刚心里这么多的想法，一到周末，她就乐呵呵地拉着郝刚去了附近的一个楼盘。两人围着沙盘看。售楼小姐迎上来打量了一番，傲慢地看看土气的范雯雯和郝刚，开口道："我们这儿的房子，均价八千一平方米。"

范雯雯吓了一跳，和郝刚相视一愣："什么？这么贵！"

一个手上戴着大金戒指，脖子上挂着金链子的人，仿佛恨不得让全世界都知道他是有钱的人雄赳赳气昂昂地走了进来，售楼小姐立即甩开范雯雯和郝刚，热情地迎上去："赵总，您来啦，您请坐，喝点什么？果汁？咖啡？"

郝刚看到这一幕拉着范雯雯就走。

范雯雯却有些莫名其妙："怎么了？"

郝刚气愤地说："你看售楼小姐那态度，明显看不起咱们。为什么还要在这儿买房子？"

范雯雯安慰郝刚："你是买房子，又不是和这售楼小姐相处，管她什么态度啊。你要嫌贵咱们在远一点的地方再看看吧。"

郝刚摇摇头："今天不看了，我累了，回家吧。"

范雯雯只好答应："好吧，回家，我给你做饭。"

有了这次的遭遇，范雯雯再叫郝刚去看房，郝刚总是不愿去，范雯雯发愁得不知该怎么办，一早在办公室里支着下巴发呆，连漪进来叫了她几声都没听到，连漪觉得奇怪，拍拍范雯雯问："想什么呢？"

范雯雯忙站起来："连姐，你叫我？"

连漪睁大眼："我都叫了你三四声了。"

范雯雯长叹一口气："人家都说势利眼势利眼，我可算见识了。前几天我和郝刚去看房，售楼小姐不知道为什么就觉得我们穷，根本不理我们，这人也太势利了吧。"

连漪哈哈笑起来："你啊，都上班这么久了怎么还这么学生气，售楼小姐是要考核业绩的，不跟有钱人做生意怎么完成任务？怎么养家糊口？跟她讲平等，她如果被领导扣了工资你能补给人家吗？你可要笑死人了。"

范雯雯听了连漪的话又一次被现实打击到了："那可怎么办？"

连漪神秘一笑："这还不简单，你跟我来。"

太阳落下又升起，等到这个周末再去另一家售楼处的时候，听着售楼小姐介绍户型，范雯雯也学着别人问："一百平方米的房子首付多少？"

售楼小姐摁着计算器："我们的房子均价六千五百元，按百分之三十算，首付十九万五，月供两千，还二十五年。"

范雯雯和郝刚互看了一眼，暗暗倒吸一口气，且不说首付都不够，郝刚和范雯雯一个月工资加起来也不过五千多，还两千，这也就意味着两人的生活要大打折扣。售楼小姐拿来纸和笔："先生小姐看上哪一套了，方便留个联系方式吗？"

郝刚不说话，范雯雯硬着头皮回答："不了，我们先商量一下再做决定吧。"

郝刚悄悄拉拉范雯雯："咱们这地方离三环太近，房价就高，要不咱们去远一点的地方看看。"

这一天，两人倒公交、搭地铁，从三环看到四环，又从四环看到五环，频频进售楼处，然后再出来，随着脚步越来越沉重，笑容也越来越难以支撑，直到在五环外一个楼盘处，看着外面广告牌上贴着的一平方米四千元的报价，两人才都舒了一口气。

范雯雯道："这里的房价总算便宜了，就是有点远，都到了五环了。"

郝刚叹了口气："顾不了那么多了，我看着房价还要涨，差不多就定了吧。

什么专家说房价要跌，根本不是这样嘛。"

　　里面的售楼小姐迎上来，听了两人的要求后，热情地推荐："这套七十平方米的小二居，靠着大运河，明年夏天就能交房，比较符合您的需要。"

　　郝刚点点头，范雯雯便道："那我们实地看一下。"

　　售楼小姐说："现在正在施工呢，最近我们推出的活动，首付一万顶两万，特别划算。两位要是看上了，就抓紧时间付了款，我们的房子比较紧俏。估计很快就定完了。"

　　范雯雯看向郝刚，谁知此时郝刚电话响了起来，郝刚边接起边对范雯雯道："你看着办吧。"

　　范雯雯正想说什么，郝刚却已经出去接电话了。

　　售楼小姐说："小姐随我来，这边交钱，交完钱签合同。"

　　范雯雯只得掏出卡来。

　　售楼小姐娴熟地摁着计算器："一共是二十八万零五千元，首付八万，按照一万顶两万，七万。"

　　范雯雯想刷卡，可是这么大事让她一个人做主，她到底有点心虚，犹豫间就被售楼小姐看出来了，直接接过卡帮她刷了，谁知范雯雯输了密码，售楼小姐的脸色忽然变了，对范雯雯道："您这钱不够啊。"

　　什么？范雯雯一下子蒙了，郝刚告诉自己有二十万，怎么会不够呢，售楼小姐带她到自助机上查了下余额，里面显示只有一万块。

　　看着售楼小姐变得轻蔑的目光，范雯雯慌忙找着借口："拿错卡了，嗯，一定是拿错卡了。"

　　售楼小姐不情不愿地说："那您先把一万的定金交了，我们把合同签了。"

　　范雯雯搞不清是怎么回事，脑子里转过无数念头，脚步却不听使唤地跟着售楼小姐往签约室走，郝刚正好进来，范雯雯想要问他，又碍于外人在没法开口，急得满脸通红，郝刚看到她的样子，让她坐下休息，自己去和售楼小姐签了合同，回来才问范雯雯到底发生了什么事。

范雯雯小声问他："你妈给打了多少钱，你知道吗？"

郝刚莫名其妙："二十万啊。"

范雯雯指指卡："里面只有一万，是不是哪里出错了？"

郝刚一愣，想起母亲说的话，瞬间明白了父母在担心什么，但是也没办法跟范雯雯明说，只得告诉范雯雯回头问问，是不是父母搞错了，反正首付在两周之内交了就行，也不着急。

不管怎么说，房子的事情总归是解决了，范雯雯还是开心的。第二天上班时见到连漪，范雯雯喜滋滋地告诉她："房子买了。就是有点远，快到了五环了。"

连漪问："在学区吗？是大红本吗？五证齐全吗？实地看了吗？"

范雯雯蒙了："好像说是以后要建个什么学校，五证是什么？实地没看。"

连漪瞪圆了眼睛："你们怎么买房的？你不懂郝刚也不懂？五证不全的房子能吊你们好几年，不是学区房以后孩子上学怎么办？没大红本怎么落户？"

连漪的问题范雯雯一句话也答不出来。

连漪不可思议地摇摇头："你们真是大少爷小公主，什么也不懂就敢去买房，付了全款了？"

范雯雯赶忙说："没有，人家让交首付款，我突然有点心慌，就只付了定金。"

连漪舒口气："那还好办些。这开发商，只要不说五证齐全就肯定五证不全，地方在哪儿？咱们去把钱要回来。"

范雯雯犹豫着拿出项目书："不用了吧，也许人家很快就盖好了呢。你看，项目书上写得很清楚，主体工程建设中，明年夏天就可以交房了。"

连漪快被气死了，边拨电话边骂范雯雯："叫我怎么说你，跟我走一趟，你就明白了。"

范雯雯也怕出了问题不好交代，只得跟着连漪往外走，远远地开过来一辆"奔驰"商务车，连漪拉着范雯雯上了车，到了所谓的工地，范雯雯一下子惊呆了，空荡荡的场地上只有一个大坑，周围野草丛生，快长到一人高了，连工人都没有，更别说打地基盖房子了。

连漪意味深长道："妹子啊，咱们报纸上登的那么多售楼被骗的信息，你都不看吗？不能每天只想着给郝刚做饭，别的都不管吧。"

范雯雯不敢再说什么，拉着连漪直奔售楼部。

售楼小姐一口否决了范雯雯的要求："小姐啊，合同上明明写着定金不退，你没看到吗？"

范雯雯愣了，翻看着合同："没有啊，合同上哪有写？"

售楼小姐拿出比书还厚的合同，指着极小的一行字："这里啊。"

范雯雯气得说不出话来，连漪冷眼旁观，也不吭气，走到一边打了个电话，很快售楼小姐的电话就响了起来。连漪拉着范雯雯坐下，悠闲地喝起咖啡。售楼小姐放下电话，态度大变，不停地对范雯雯鞠躬："对不起对不起，小姐，您早说自己是李总朋友啊，要是我早知道，这种事一定不会发生。"

范雯雯蒙了，连漪冲她眨眨眼。

售楼小姐忙不迭地给范雯雯退了钱，又送连漪和范雯雯出来，帮连漪和范雯雯拉开车门，不停地说："这只是个误会，您要多在李总跟前为我说说好话啊。"直到走得好远了,售楼小姐还在向车子挥手。

范雯雯羡慕地对连漪说:"连姐,刚是你男朋友打的招呼吧?你这个男朋友可真厉害,他是做什么的?"

连漪没有回答,伸出玉指戳戳范雯雯的额头:"你啊,听没听过,男人靠征服世界来征服女人,女人靠征服男人来征服世界吗?回去训练训练你那郝刚,别跟个书呆子似的,什么事都让你来办。"

范雯雯小声辩解:"我也是独立女性,不想用爱的名义来要求他,再说这些事他都会,只是好钢要用到刀刃上,关键时刻,再让他出马。"

连漪忍无可忍,看她一眼:"雯雯,我们认识的时间也不短了,别怪姐说话难听。各自分担和独立女性矛盾吗?你又不是他妈,哦,他是好钢,平时就可以放起来,就等着用的时候出现,拿来磨一磨?那你告诉我,什么时候可以用?做饭洗衣,你包了,租房搬家,你包了,现在连买房退房,也要你包了。就算真是好钢,老不用,日子久了也废了。"

范雯雯心里知道连漪说得对,沉默下来。车子在单位门口停下来,司机招呼着范雯雯和连漪下车,几人都没有注意到,那个神秘的照相机又出现了,对着她们,又是一阵猛拍。

晚上回到家,范雯雯把一万块钱递给郝刚,又讲了讲事情的经过,郝刚一边暗暗庆幸暂时不用再向范雯雯交代其他钱的事,一边问范雯雯:"你们这个同事怎么这么有办法?别是有什么后台的吧?以后和她保持点距离。"

范雯雯见郝刚是这态度惊讶极了:"郝刚,人家连姐什么也不图帮了咱们,你怎么能这么说话?再说,人家就是有什么,也是人家的私事,为什么我要和她保持距离?"

郝刚语塞,转移话题:"好了,买新房这么麻烦,咱们干脆买个二手房算了,哪怕有了年头,但是起码保险一点。"

范雯雯想起连漪说的话,回道:"行啊,你找找看。"

郝刚像以往一样推辞:"我忙,你去找吧,找好了我看。"

范雯雯不甘示弱地顶回去:"我也挺忙的,你是男人,钱也是你家出,还是你找吧。"

郝刚不知道范雯雯今天是怎么了,但也不想和她吵架,便只好忍了又忍,才没有再和范雯雯争论下去。

范大正在学校办公室里点着一摞钱,点完了之后拿出来一点放在外面,自言自语:"总算扣除各种费用还能剩下一点,多少能给雯雯贴些了。"就在这时村长推门进来。看到放在桌面上的钱,顿时眉开眼笑:"老范啊,我就估摸着分红利的时间快到了,不请自来了。"

范大为难地摇摇头:"这钱暂时先不能给你,还要等着下一年投入呢。"

村长毫不客气,自己先伸手把钱拿起来:"没事,范校长有的是办法,我就先替兄弟们拿上了啊。不然,兄弟们让我退股,我可不好交代。"

村长红光满面地走了,范大郁闷地长出一口气,等他闷闷不乐地回到家,赵淑玲又迎上来往"火"浇了一勺油:"回来了?刚刚放下弟妹的电话,江风上门见了他们了,人家这妈是个半残废了,倒还挺有办法,虽然家里没钱买房,两家正商量是卖了老院子买新楼还是重装了结婚用呢。"

范大听完,怒气冲冲地拨通了范雯雯电话,劈头就骂:"雯雯?你每天在忙什么?怎么还没买下房子?你是不是打算睡到马路上嫁给郝刚?我跟你说,不买房子,你们坚决不能结婚。"

范雯雯郁闷地放下电话:"我爸这是怎么了?吃了枪药了?"郝刚在旁边听得一清二楚,刚要说话,自己的电话也响了,郝刚"嗯嗯"着接完,也叹了口气。范雯雯忙问:"他们说什么?"郝刚愁眉苦脸:"我爸妈一点都不了解北京的房价。他们要求房子必须是大产权,还要离我单位近。"

范雯雯倒吸一口气:"你的单位在市中心,那二十万全出了也只够买十平方米,怎么可能买到?你父母也太脱离实际了。"

郝刚听了这话,顿时忽然火了:"什么叫我父母脱离实际?你父母还不可理喻呢!哪有不买房子不让结婚的。"

范雯雯也火了:"我父母怎么不可理喻了?你要是有女儿不希望她有自己的房子?我都跟着你搬了多少次家了?你还打算让我搬到什么时候?"

郝刚低下头不再说话,两人都沉默不语,明月温柔,照耀万家灯火,可惜却怎么也照不进这一方小天地。

孩子已经睡了,连漪舒舒服服地泡了个澡,套上大红真丝睡裙,到客厅来拆从报社带回来的信。忽然她瞪大了眼,进而浑身发抖,刚刚打开的信封里,竟然全是她和男朋友在一起的照片。

连漪颤抖着手抽出里面的信,信里是一张打印好的纸:"连小姐,如果你还想正常工作生活,就把这些照片的底版买回去。我的电话是……"

连漪照着电话打回去。电话里的声音是陌生的:"连小姐,你好。"连漪强忍着怒气:"你是谁?什么时候拍的这些照片?"

电话里的声音冷冰冰的:"你不用管我是谁,只要知道,这些照片值十万块。"

连漪叫起来:"十万?"

电话里一声嗤笑:"难道连小姐的清白还不值这点钱?"

连漪定了定神:"你也不打听打听我连漪是什么人,威胁到我头上来了。我警告你,快点把所有的照片连同底版都还给我,不然有你好看。"

电话那端哈哈一笑:"好,我等着看谁好看。"

对方把电话挂断了,连漪"喂"了几声,再打已关机。连漪连忙在包里疯狂地翻找,翻出存折放在胸口紧紧地捂着,自己鼓励自己:"连漪,连漪你再努力,再努力一些,就能攒够给孩子的手术费了。其他什么都不要紧,只要孩子病好了,什么都不要紧。"白色的灯光打在她身上,照出一片凄清,连漪忽然很想喝酒,这个时候,只有酒能让她释怀,让她不用去想怎么对付这些事。她手脚忙乱地拿出电话,翻到范雯雯,想想又往下翻,最后把电话定在了陈来这里。电话那边一片嘈杂,陈来的声音却是响亮而清晰的:"连漪?我在唱歌,你也过来吧。"

KTV包厢里,永远有没完没了的烟雾缭绕,永远有不明不白的味道,永远有各式各样的女人和男人。连漪和各个男人碰杯,喝得醉醺醺的,最后在门后还和男人们一一搂着告别,等陈来把人们全送走,连漪再也支撑不住了,翻身就吐。

陈来转身准备去旁边的便利店:"我去给你买瓶水。"

连漪弯腰吐着,陈来等她吐完,喂她喝了水,又把她扶上了车,然后发动车子问连漪:"你今天怎么了?有什么事找我?"

连漪醉醺醺地摇头:"没有,就是想喝酒。"

陈来:"你不用在我跟前掩饰,只要困难是我能帮上忙,就直说。"

连漪凑过来,轻佻地问陈来:"那你要什么回报?"

陈来深深地看她一眼:"连漪,别人看不出来,我了解你,你身上的味儿我一闻就知道。我们是一样的人,我也是苦孩子,在这个城市,也常常有无助的时候。这个时候，需要的是朋友。"

连漪忽然泪如雨下，靠着陈来的肩膀号啕大哭。陈来把车停到路边，夜色迷离，斑斓的灯光，映照着两个人，将他们切割成一块一块的剪影，怎么看都看不清楚。

第十章

周一上班时,连漪像往常一样打开邮件准备工作,忽然间双目睁大,浑身颤抖。邮件里是她的几张裸体床照,男人的脸看不清楚,她的脸清晰可辨。

连漪把包里的东西"哗"地一下全倒出来,找出手机,拨出去。

对方懒洋洋地接起来:"连小姐,你好。"

连漪压低了声音吼:"你到底是谁?想干什么?"

对方:"我上次不是说了吗,只要给我十万块,保证连小姐顺利过关。"

连漪双眼血红:"我要给儿子看病你知不知道,我要养家糊口你知不知道,我有多不容易你知不知道?"

对方:"连小姐,我也不容易,为了跟拍你还得常常忍饥挨饿,还要时不时忍住自己的欲望看色情片。不过连小姐,你的身材可真不错。"

连漪快要崩溃了："别跟我说这些,我少给你点,我儿子做手术的时间快到了,五万,先给五万,剩下的我慢慢给你。"

对方:"哈哈,连小姐,你真牛,我干私家侦探这么久,还是第一次有人和我讨价还价。"

连漪:"私家侦探?你是牛总的老婆雇来的?"

对方沉默半晌才道:"这些你不用管,你记住,钱到位,你没事。"

连漪挂了电话,气愤已极,发疯地拽自己的头发。

范雯雯正好进来,看到连漪这样,忙扑上来拉住她:"连姐,你这是干什么?"

连漪没有回答,胡乱在脸上抹了一把冲出门。

街上车来车往,连漪裹紧大衣茫然地走着,看着人群。连漪的手机一直在响,连漪拿出来一看是范雯雯,摁了又拨出去哭着说完,然后坐在路边等着。

"奔驰"商务车又过来接上她离开,马路对面,陈来的车子正和她坐的车交错驶过。

车里的陈来阴沉着脸,旁边放着一个大包。他开了很久,直到夜已经深了,才到了一座山脚下,月光下,陈来从车上拿着包下来打开,是一包纸钱,陈来跪下烧纸,纸钱在黑夜里漫天飞扬,沾到陈来身上、脸上,火光炙烤着陈来,火苗几乎舔着他的衣服,陈来却一动也不动,只是木呆呆地跪着,像是要跪到天荒地老。

范雯雯第二天再碰到连漪,看到她又是一副生机勃勃的样子,也就没有再问,这个世界上,人人都有些烦心事,不可能也没办法对别人诉说,范雯雯越来越懂得这个道理。其实人类的悲欢并不相同,又哪里有感同身受这回事，大部分人只要能把自己的事情处理好，就已经够焦头烂额了。何况范雯雯还忙着在网站上浏览二手房，郝刚父母让他们先看，如果觉得有合适的了他们再来看看决定。可范雯雯看了无数房屋帖子之后，才发现二手房也不似想象中那么好买。有一套开价一百多万的二手房，描述得天花乱坠，可等到范雯雯和郝刚到了现场，才发现房子破破烂烂的，而且只剩下三十年使用期，卖这么贵是因为房主估摸着政府要拆迁；还有一套房子倒是两人能看上的，房主却要求他们先给部分钱，等年底再过户房产证，两人担心房主讹钱，没有答应；最后一套房子便宜又合适，可是又没有大红本，房主只肯给两人一张收据，他们哪里敢买。

看了又看，跑了又跑，一晃眼就到了初冬。焦头烂额到最后，还是郝刚父亲的一个朋友在研究所附近帮忙找了一处房产，虽然小点，可价钱合适房子装修得也温馨，父母觉得放心，就给他们打过来十万元的定金。

搞定了这个烦人的问题，郝刚和范雯雯长舒了口气肩并肩走着，刚刚下过雪的街道上空气清新，还带着泥土的芬芳，范雯雯心中不由得欣喜起来："我们终于要在这个城市有自己的家了！"

郝刚没有她这么开心，喃喃道："是啊，但是我一想到买房用的是爸妈养老的钱，心里就有点不大舒服。"

范雯雯满不在乎地挥挥手："你放心，我们好好努力，什么都会有的，等我们有了钱，就把钱还了你爸妈。"

郝刚正想和范雯雯好好聊聊这个话题，范雯雯却跑到路边摇了摇身边的树，"哗啦啦"洒了郝刚一身水，她笑着跑开了，郝刚看到范雯雯这么高兴，也笑了起来，决定这事以后再慢慢谈吧。

可是命运就像是在捉弄这两个年轻人，带着他们在京城开始狂飙的楼市里左冲右撞，不得安生。一周后，范雯雯和郝刚正在家居城里闲逛，憧憬着给家里添置些什么东西，忽然接到了介绍人的电话。电话里介绍人连连说明着情况："小郝，出了点状况，房主又不肯卖房子了。他之前要买的那一户房主不肯卖了，他也只好不卖了。"

郝刚额上青筋都要冒出来："这，这也太不守信用了吧，那我们的定金怎么办？"

介绍人安慰道："定金肯定全款退，你们放心。"

范雯雯接过电话："可现在不是定金的问题，是房子的问题啊。"

介绍人也很无奈："北京这房价一天一个变化，真不知明天有啥情况。你们还是赶紧看看别的吧，或者再等等有没有福利分房的机会。"

挂了电话，范雯雯委屈得想哭，扭头就出了家具城，看她走得又急又快，郝刚追上去拉住她："怎么了雯雯，别生气了，我们想办法再继续找房源就是了。"

范雯雯忍不住抱怨郝刚："为什么买个房子这么麻烦？我总不能再不上班不赚钱吧？人家娜娜的房子都是江风家给准备好，你爸妈怎么不来北京买啊？非要把这么大的事情交给咱们。你去看吧，看好了告诉我好了。"

郝刚见她这态度也很生气："买房子本来就不是着急的事儿，哪有你爸这样逼着人买的，不买房子不结婚，这哪是嫁女儿，这是卖女儿！"

范雯雯大怒："我家卖女儿，你家可以不买啊。"说罢，甩下郝刚独自离去。

正好这时候郝刚的电话响起来，是茹雪打来的，叫郝刚吃饭，看着范雯雯远去的背影，心烦的郝刚一口答应下来。

范雯雯无精打采地在街上走着，她想找人打个电话倾诉，翻了一圈也没有发现合适的人,她想约同学出来吃饭,可同学们毕业后大部分都回了家乡。此刻她突然发现,这样的事情如果发生在盐湖,就不一样了,她可以回爸妈家,可以找娜娜,可以找许许多多的朋友和亲戚,诉苦、发泄,继续当她的小公主。可在这个孤单又陌生的城市,她却无处可去,在外面流浪得再久,最后也只能回到那个暂时可以称作家的地方。这一切,都值得吗?远离家乡,远离父母,每天做着鸡毛蒜皮的小新闻,过着柴米油盐的俗日子,这真的是自己梦想中的生活吗?范雯雯不敢再深想下去,只能漫无目的地朝前走啊走,走向不可知的未来。

郝刚正在饭店里翻着菜单,忽然感觉周遭一静,他抬起头,正好看到茹雪轻轻拉开椅子坐下,引来周围一片艳羡的目光。茹雪今天穿了件剪裁得体的小礼服裙,恰到好处地勾勒出她的好身材,丰满的胸部呼之欲出,两条腿又细又长,饶是郝刚这样不解风情的人,看到茹雪的打扮也不由得眼前一亮,他不禁由衷地赞叹:"茹雪,你今天真漂亮。"

茹雪眨巴眨巴顾盼神飞的大眼睛:"第一次和你约会,当然要漂亮。"

郝刚只当她是开玩笑,把菜单推到茹雪面前:"点菜吧。"

茹雪随意点了几个菜,给自己和郝刚先满上了酒。

郝刚原本是不喝酒的,但这会儿心里不痛快,看到酒不由觉得亲近,便举起酒杯敬道:"老同学,这半年来你帮了我不少忙,大恩不言谢,以后有我能效力的你尽管说。"

茹雪嫣然一笑,和郝刚碰杯:"说这些干什么,你可是我救命恩人哪。"

郝刚失笑:"我什么时候救过你的命了?"

茹雪嘟起红艳艳的嘴唇:"你还记不记得,读高中时,有一次我脚扭了,是你把我背下山的,那还不是救命恩人?"

郝刚回忆："好像有这么回事，当时因为离你最近，就把你背下来了，我那会儿力气挺大的啊！不过这些我记不大清了，我印象最深的是，那个时候追你的人特别多，我背了你一次还惹得别人不高兴。"

茹雪哈哈笑起来："是吗？我可不知道这些，追我的人再多，从那时候起到现在，我心里都一直只爱着一个人。"

郝刚想起和范雯雯越来越疏远的感情，举起杯子叹息："哦，这个人可真幸福，有你这么成熟懂事的人爱着他。"

茹雪摇摇头，紧紧盯着郝刚："是啊，可惜他根本不知道惜福。"

半瓶红酒下肚，基本上从来没有喝过酒的郝刚已经醉了，闻言不由得喃喃道："他可真傻，我……"

郝刚还想再说，实在控制不住一头倒在了桌子上。昏黄温暖的灯光照在他身上，不顾周围人惊异的眼神，茹雪爱怜地摸摸他的头发，俯在耳边轻声道："你——可——真——傻。"然后扶起他走出了餐厅。

此时，江风家里的灯光同样昏黄而温暖，江风妈妈正和江风一起包饺子。

江风妈妈说："风儿啊，难得娜娜家里没有提什么额外的要求，但是妈也不想亏待了你们，妈想把家里重装一下，然后我搬出去租房子住，或者给别人家当保姆去挣钱，你俩就在这里结婚。"

江风听了妈妈的话大吃一惊："那怎么行？当什么保姆挣钱，等我挣上工资以后自己买房。再说着什么急，我们都还年轻呢，先处一处再说。"

江风妈妈摇摇头："年轻啥年轻，你们都不小了。早点结婚，我们这当老人的，也就早放心了。咱们村里那邻居，和你一年的，孩子都会打酱油了。"

江风听了妈妈的话哭笑不得:"妈,你怎么不说他上完初中就不上学了。"

江风妈妈拍拍自己的腿:"在妈看来都一样,再说这换了钢骨头腿这两年还好用,还能挣点钱贴补你们,你不是嫌妈当保姆丢人吧?要是嫌丢人你们就早点结婚生个娃,然后我帮你们带着,要不然等过两年我老了就更不中用了。"

江风:"哪有啊,就是——我觉得应该再和娜娜培养培养感情。"

江风妈妈奇怪道:"你们同学那么多年,彼此还不了解啊,培养什么,结了婚慢慢培养吧。"

江风知道和妈妈说不清楚,无奈地端起饺子说:"没房没车结什么婚,总不能让女方出吧,我去煮饺子了。"

江风妈妈看着他的背影,嘟囔道:"这孩子,你不着急我着急,那就先订婚。"

水开了,江风盯着锅里翻滚的水直发愣,他的心里也像水面一样汹涌。为什么听到妈妈的话,第一反应是躲开呢?该来的总是要来的,妈妈已经提过好几次了,自己连娜娜家的门也登过了,娜娜对自己和妈妈那么好,明明是各自都满意的结局,自己还想要什么呢?又为什么不开心呢?江风自己也答不上来,也许,是他并不愿意面对那个真正的答案。

郝刚迷迷糊糊地醒来时,发现自己睡在一张又香又软的床上,周围明晃晃、暖洋洋的,比自己那小破出租屋强多了,郝刚正不知身处何处,就看到仙女一般的茹雪穿着丝质睡衣端着一杯热茶袅袅婷婷地走过来,嫣然一笑道:"醒了?"郝刚吓了一跳,忙坐起身来看看自己,确定了衣着完整才放下心来,结结巴巴问:"我,我怎么在这里?我没有对你做什么吧?"茹雪娇媚地将茶杯递给他,凑到郝刚耳边:"你还没来得及做什么呢。"郝刚的酒一下子全醒了,觉得耳边一片轰鸣声,浑身血脉偾张,就在他不知所措的时候,手机忽然响了。郝刚看到屏幕上的范雯雯三个字赶忙接起来,范雯雯的声音不冷不热地传来:"在哪呢?还不回家。"郝刚忙答应着下了床,看也不敢看茹雪一眼,低头忙不迭地说着谢谢,一溜烟走了。茹雪看着他落荒而逃,只觉得十分有趣,喃喃道:"真不愧是我爱的男人,正人君子。"

郝刚回到家,看到简陋冰冷的房间、穿着厚厚棉睡衣的范雯雯,不由得想起刚才的一幕,觉得仿佛做了一个香喷喷的梦,整个人都怔怔的。范雯雯没问郝刚去哪儿了,冷冷地对他道:"我们同事又推荐了一个地方,房子倒是新的,就是环境不好,你明天请个假,我们去看看。"郝刚点点头。范雯雯背对着他躺下。郝刚站在床边,看了范雯雯半晌,终于扭头走了出去,到洗手间呼哧呼哧洗了把脸,对着镜子里自己的脸发呆。脑海里还是不断浮现茹雪诱惑的样子,郝刚只能努力摇摇头,强迫自己不要再想。

直到第二天看房时,郝刚还是有点魂不守舍。范雯雯说得没错,房子坐落在一个城中村里,周围环境真的非常差,不知为何道路两边的排水沟都是露天的,污水直流,垃圾随处可见。

两人好不容易走到了他们要看的房子前,房子倒是新的,但不是南北通透的正房,是东西走向的,家里只有厨房有一排大窗户,主卧紧挨着厨房煤气灶,客厅采光很不好,白天还得开着灯,次卧只有一个小窗户,但房主夸起来头头是道:"我这房子虽然是东西房,周围环境也一般,但是其实是新房,而且价格也不贵,一平方米只要六千,八十平方米也就五十万,首付只要十五万,而且最关键的是能落户啊,还能省一笔中介费。"

听到价钱，范雯雯和郝刚不由得互看了一眼。

郝刚问道："可这外面这环境也太差了，什么时候能有所改善？"

房主却对此满不在乎："这是拆迁留下的后遗症，很快就要维修了，市政部门都出了通告了。"

两人还想再问，房主的电话又响了起来："哦，要看房子？我这就出来接你们。"

范雯雯急了："什么情况？还有别人要来看房子？"

房主手一摊："哎，是啊，我这房子出手可快呢，你们不要马上就有人要了。"

郝刚想起昨夜茹雪那富丽堂皇的家，再环顾这里的一切，一时间竟有点恍惚。

范雯雯急切地问郝刚："你觉得怎么样？"

郝刚看着她的眼神，咬咬牙："你定吧，只要你喜欢就好。"

范雯雯没有犹豫，对房主道："你不用带人看了，我们现在就签合同付定金。"

房主很满意："房价一天一个样，这是你们明智的选择。"

回到出租屋，范雯雯简单做了些饭和郝刚一起吃，然而吃着吃着她就停住了筷子发呆。

郝刚忙问："怎么了？"

范雯雯神情迷茫："咱们真的搞定了房子？我怎么觉得跟做梦似的。"

郝刚点点头："真的买了，过个一两天，咱们就开始装修。"

范雯雯放下碗："好累，我先去睡了。"

郝刚跟上去抱住她想要亲她，范雯雯躲闪着推开郝刚："我累了，你去吃饭吧。"郝刚呆呆看着范雯雯进屋，回想起刚认识范雯雯时她那羞涩而甜蜜的笑，叹了口气。

郝刚也吃不下饭，给家里拨通了电话，让母亲把剩余的钱打过来，没想到母亲一听就火了："买房子这么大的事，怎么不让我们看看再决定，是你那个小女朋友喜欢吧，着急什么？"

郝刚忙否认："没有没有，妈，您不知道，北京的房子有多抢手，这一套位置什么的都合适，我们就决定了。"

郝刚妈妈"哼"了一声："你们自己决定了也好，有什么问题怨不到我们。对了郝刚，妈可告诉你，这套房子只能写你一个人的名字，以后万一有什么，这就是婚前财产。"

母亲又后来说了些什么，郝刚一个字都没有听进去，只觉得耳朵里嗡嗡直响，他突然有些羡慕父母年轻时所处的那个时代，国家什么都管，只要搞好工作就可以了，可自己和范雯雯的生活，怎么这么累呢？

范雯雯也在屋里给赵淑玲打电话，她向妈妈通报了已买房的消息，只是她的口气里有点无精打采："买好了，位置不错，就是房子是东西房。"

赵淑玲没有察觉女儿情绪的低落，为女儿终于买下房子而感到高兴极了："你们还年轻，没关系，只要买了就行，就当是过渡吧。再说，现在爸妈没有实力贴补你们，等一两年，你爸的学校挣了钱啊，我们再给你买一套。"

范雯雯听了妈妈的话心里难过，心想自己都要上班两年了还要妈妈贴补，连忙拒绝："妈，我自己会赚钱的，不用你们总贴补我。"

赵淑玲挂了电话，范大正好开门进来。赵淑玲连忙告诉了范大这个好消息，范大"哼"了一声："算他们识相，没有亏待我的宝贝女儿。"

赵淑玲："行了，行了，按说咱们也应该补贴点。人家给买了就不错了，别挑剔了。"

范大点点头："正好过几天我去北京开会，顺便看看。"

范雯雯从北京西站接上范大时，范大还是高兴的，但是越走，范大的神色就越难看，出租车送到村口就再也不肯往里走了，范大只好下了车和范雯雯往里走，可越走越心凉，这是什么环境啊，比自己那农村还不如，范大掩饰不住的失望："这就是你买的新房子？环境也太差了，一下雨还要小心掉到沟里去。"

范雯雯忙扯着他往家里走："爸，别光看外面，里面还是很不错的，再说外面马上就整改了，市政发了通知了。"

范大摇摇头："你太相信他们的办事效率了。"

到了新家，范大在房子里转了转就更加失望了，看着范雯雯殷切的目光，范大忍了又忍，还是没忍住，呵斥范雯雯："这什么好房子，不就是个城中村子吗！我辛辛苦苦奋斗三十年，就是为了让你少吃苦，现在我终于从农村出来三十年，你倒好，一夜之间又住回到农村了？你马上辞职，和我回家。"

范雯雯很生气："爸，你说什么呢，农村怎么了，这里是北京啊，就算是农村，也是北京的农村，和盐湖的农村怎么比？"

范大气得捂住胸口坐到了地上，大口喘气。范雯雯吓坏了，赶快俯下身子安慰范大："爸，怎么了，好啦好啦，别生气啦。在北京啊，有房子就不错了，多少人租房子住呢。再说，我们只是先过渡一下，一两年就换一套好的。"

范大脸色灰暗难看，半晌才缓过劲来，他拉住范雯雯："女儿啊，不是爸说你，从小你娇生惯养，爸爸没有让你吃过任何苦，让你住这么破的房子，爸真的有点接受不了。要不，你和郝刚分手吧，和我回盐湖，盐湖几十万人，不也过得好好的？回去了有什么事我们都能帮你，你一个人在这儿，生病了怎么办？以后有了孩子怎么办？想家了怎么办？"

范雯雯强忍着眼泪："爸，没有那么严重啦，那么多北漂，不都好好的？你让我在外头闯几年，不行，我就回去，好吗？"

范大长长叹了口气："雯雯，爸不是非要把你弄回去，但是，你真的不想当老师了吗？你小时候，总喜欢把小孩子们聚到一起，你当老师教他们。爸那时候观察你，你是真快乐。可现在爸很少听你提起你的工作，只看到你一脸疲倦，这工作真的是你想要的？那你为什么不高兴？人生的理想和价值非要在大城市实现吗？这些事你都好好考虑考虑，要是干得不高兴，就选个自己喜欢的工作，要是待得不高兴，不如回到盐湖，不管在哪里，过得充实有意义最重要。"

范雯雯完全没想到爸爸会和自己说这样的一番话，顿时愣住了。

范大去开会了，范雯雯回到出租屋中，一遍遍回想着爸爸的话，可没等她想明白，郝刚就推门进来，嚷嚷着："雯雯，我饿死了，开饭吧。"

一句话就把范雯雯拉回到现实，她要是回盐湖了，郝刚怎么办？郝刚是为了自己留京的，他不也在受苦吗？要是自己甩开他走了，他能受得了吗？还是走一步算一步吧。

范雯雯调整情绪，冲郝刚"嗯"了一声，起身端菜盛饭。郝刚情绪似乎很好："今天我报了助理研究员的材料了，多亏发了论文了，这帮了我大忙。据说，我们单位还要分房子呢，雯雯你别担心，咱们的日子会越来越好的。"

范雯雯看着郝刚翻动的嘴，心里默念：还回得去吗？梦想和爱情，究竟是什么？究竟哪个更重要呢？想到这些她不由得打了个寒战。郝刚察觉她的异样，问道："你怎么不吃啊？"

范雯雯回过神来，忙答应一声，起身给自己盛饭。

郝刚笑着扒拉饭："雯雯，昨天我和我妈说了一声，今年过年和我回家吧。"

范雯雯一惊："啊，合适吗？不回我家了？"

郝刚不以为意："有啥不合适，回完我家再去你家呗。丑媳妇迟早要见公婆啊，怎么，你怕了？"

范雯雯愣了："过年才七天假……我和我妈商量商量啊。"

郝刚没听出范雯雯话里的意思："对啊，我也才七天假，所以才要一起回我家。以后我们结了婚，你也要每年过年回我家啊。"

范雯雯突然意识到一个从来没有想过的问题，未来的日子一旦嫁给郝刚，以后平日里在北京生活，每年过年回他家，那自己爸妈怎么办？盐湖就老两口，难道就让他们孤孤单单地过年？自己一年和爸妈相处的时间十天，假如爸妈活到八十岁，我们在一起的时间，只有不到三百天了吗？

范雯雯她冷汗瞬间爬满了全身，她再也没有了胃口，放下了碗。

江风妈妈和江风舅舅提着礼物到范娜娜家的时候，王玛瑙正指挥着果商往果库里拉苹果，听到邻居来告诉她说亲家上门，她忙三步两步跑回家，把江风妈妈和舅舅引进了门。江风妈妈满脸都是笑："我早该上门的，都怪我那孩子不懂事，这不过年呢，来看看你们。"

王玛瑙忙着给未来亲家洗苹果拿橘子，笑得嘴都合不拢："啥呀，是我娜娜不懂事，江风是个好孩子，你啊，太客气啦！"

三人亲热地坐在火炉子旁拉了半天家常，等到范二回来，江风妈妈正式提出来想把自己住的房子给孩子们结婚用，或者把它卖了重新准备一套，问范二和王玛瑙的意见。范二看见她走起路来依然一摇一摆的样子，哪里忍心，大手一挥："咱都一个娃，以后东西都是他们的，还置办啥新房，要结婚，在我给娜娜买的房子里结好了。"王玛瑙也忙表态："只要孩子们关系好，两个人互相喜欢，这些都好说，好说。你治病要花钱，还是留着吧。"

江风妈妈没想到亲家这样通情达理，一时间感动得眼眶也红了，几人又细细讨论了彩礼和订婚的日子，正在上班的江风和范娜娜浑然不知自己的婚礼和小家庭，已经被父母全权做了安排。王玛瑙又留他们吃了饭，直到夜深了，江风妈妈才心满意足地和江风舅舅一起回家去。

自从和情人撒娇提要求，让情人把自己老婆安抚好之后，连漪再也没有收到过敲诈电话，最近她的心情都很好，这一天是哼着歌儿进门的。

小凡走过来抱住妈妈："妈妈，今天怎么这么高兴？"

连漪在小凡脸上亲了一口："妈妈啊，解决了一件大问题，你的手术费用也快凑够了，我们小凡很快就能上学啦！"

小凡高兴起来："妈妈，真的吗？我能上学了？可是要做手术吗？我有点怕。"

连漪想了想："在你上手术台之前，今年过年，妈妈带你去海岛玩一圈，怎么样？"

小凡一下子就跳了起来："太好了，妈妈。"

连漪忙按住他："小凡小心，不要碰着胳膊。"

小凡抱住妈妈，高兴得直笑。连漪也发自内心地笑起来。

赵淑玲和范大正在家里看电视，范雯雯打来电话问爸妈是否同意自己去郝刚家过年，范大大吼起来，嚷嚷着："去他家干什么？哪有别人挑我女儿的，我女儿挑他们还差不多，不去。"

赵淑玲斥责他："老范，你正常一点行不行，人家郝刚好心好意地邀请咱娃，怎么就不能去了？"

范大不吭气了。

赵淑玲表示同意："雯雯啊，要是郝刚提出来了，你就去吧。"

范雯雯很犹豫："可正是过年的时候啊，我爸不让我去，我也不想去。"

赵淑玲劝说道："郝刚现在上班了回趟家不方便，你去他家的时间也只有过年，我们早就见过郝刚了，可你还没有见过他爸妈，也确实不合适。去吧，早点去他家见了他父母，早点把事情定下来，我们也放心。等年后，有时间了，你再回来。"

范雯雯犹犹豫豫地答应了。

赵淑玲又再三叮嘱："你可不能空手去啊，第一次去人家家，得给他父母带礼物。"

范雯雯点点头："我知道，我知道。那我不回家过年了，你和我爸好好过啊。"

放下电话，赵淑玲和范大都没有说话，两人知道，一直担心的那个时刻，终于还是来了。

满街都是红灯笼，偶尔有零星的鞭炮声，渲染着过年的气氛。

连漪正在电脑前工作，有人敲门，连漪答应一声，陈来推门进来。

连漪惊喜："什么风把我们陈总给吹来了？"

陈来示意随行的司机放下年货："给你和雯雯送点年货，哎，最近一阵我出国刚回来，怎么没有雯雯的消息？她在不在？"

连漪："她今年过年要去男朋友家过年呢，自己买年货去了，还列了个长单子，不知要买多少。"

陈来一愣："雯雯又没车怎么拿，她男朋友不陪着她？"

连漪撇撇嘴接话："她那个男朋友就和大爷似的，从来都是雯雯照顾他呢。"

陈来一直以来的疑问终于被证实，他的心里有点火了："雯雯那么个小姑娘，他怎么舍得？雯雯在哪？我去接她。"

连漪似笑非笑地看着陈来，陈来瞬间醒悟过来，自己又有什么资格管人家呢？连忙掩饰："我这是把她当妹妹。"

连漪耸耸肩："骗我们无所谓，关键不要把自己骗了就行。"

陈来忙转移话题："你今年去哪里过年？"

连漪："我打算找个海岛休息几天，你呢？"

陈来："就在北京吧，陪陪老婆。"

连漪话里有话："是啊，多陪陪她吧。"话音刚落，陈来已经出了门，假装没有听到。

郝刚一直忙到腊月二十六才和范雯雯踏上回家的火车，自从和茹雪有了那一次暧昧的相处之后，郝刚每次见茹雪都觉得紧张，他真的不知该怎么面对茹雪火热的眼神，只能暂时地选择逃避，希望自己是会错了意。终于挨到了放假了，郝刚的心里觉得无比的轻松，和范雯雯上了卧铺车厢后，范雯雯一遍遍地问郝刚："阿姨是个什么样的人？叔叔喜欢有学历的人吗？你家亲戚多吗？我去了用不用做饭？"

看着她紧张的模样，郝刚笑道："好了雯雯，不用担心。我父母都是非常和善的人，他们都对我很好，因为对我好，所以就会喜欢你，你放心吧。我家亲戚虽然多，但也就只是来看看你而已，他们哪里好意思让你做饭啊。"

范雯雯长舒一口气，但还是不放心，又追问："我买的礼物怎么样？行不行？会不会太便宜了？"

郝刚忍不住搂住她的肩头道："雯雯，放心吧，真的没有关系的。我选的人，他们一定会认同的。"范雯雯终于放下心来，乖巧地点点头。

郝刚和范雯雯一出站，就看到郝刚父母和郝父的司机在出站口等着郝刚和范雯雯。司机接过两人的包裹，范雯雯连忙向众人问了好，心里局促不安，没来由地觉得郝刚家的关系并不似自己家那么简单热闹，而是人与人在亲密中都带着客气。

郝刚母亲笑着拉住范雯雯："雯雯，欢迎你到我们家来。"

郝刚父亲也和蔼地转过头来问："雯雯，想吃什么？叔叔带你去吃。"

范雯雯看向郝刚，郝刚冲她挤挤眼。范雯雯这才渐渐放松下来。

可是等到踏进郝刚的家门，范雯雯还是吓了一跳。郝刚家里挤满了来看范雯雯的亲戚。看范雯雯进来，喧闹的家里一下子安静下来，十几双眼睛打量着范雯雯。范雯雯很尴尬，下意识地想要拉住郝刚。

郝刚没有察觉到范雯雯尴尬的处境，只顾着和亲戚们打着招呼。

女人们拥上来拉住范雯雯，七嘴八舌："你家是哪里的？你父母是做什么的？你的工作具体都干些啥？"

范雯雯渗出满额头的汗，一一回答："我家在盐湖市，爸爸是一个中学的校长，妈妈以前是售货员，现在退休了，我在北京一家报社做记者。"

"哦，"其中一个亲戚有些失望，"家里不是当官的啊。"然后突然又问："你们不是买房子了，你家出了多少钱？"

郝刚忙给范雯雯介绍道："这是我姑姑。"

范雯雯忙问好："姑姑好。"

郝刚姑姑傲慢地点点头，一家子的人忽然都静了下来，他们都看着范雯雯，等她回答。

郝刚忙打圆场："问这个干什么，谁家拿还不都一样？"

郝刚姑姑继续："雯雯啊，我们这里的规矩是婆家给一点彩礼，女方家加一点再拿回来，你们那里是什么规矩呀？"

范雯雯刚想回答，姑姑又开始："不止啊，现在一般都是女方买车男方买房，你们那里是这样吗？"

范雯雯只好回答："我也不清楚，得回去问问我妈……"

亲戚们七嘴八舌："这些都得打听清楚。""结婚是大事不能草率。""我家郝刚是好男人，雯雯你运气真好。""很多女孩子都喜欢郝刚，你很幸运啦郝刚挑了你。"

范雯雯被这七嘴八舌的群攻砸得头昏脑涨，姑姑又忽然来了句："雯雯，我家郝刚从小娇生惯养，我们这些姨姨姑姑们什么都没让他干过，他也没干过家务，以后你要每天给他洗衣服做饭照顾他啊。"

范雯雯完全蒙了，郝刚他自己没有手没有脚吗？这是对旧社会小媳妇的要求吧？可她心里很愤怒却也不敢发作，只能强忍着笑脸，在郝刚父母的带领下，和这群亲戚们去吃饭。

好不容易在亲戚们的"轰炸"中吃完了饭，回到家中，郝刚母亲给范雯雯铺好了床，和蔼地嘱咐："雯雯，你到了这里，就和到了自己家里一样，千万别客气啊，想吃什么想去哪玩都和阿姨说，我来安排。"

范雯雯忙道："谢谢阿姨。"

郝刚母亲出去，郝刚进来，笑嘻嘻地问范雯雯："怎么样，我家亲戚们有意思吧，有没有吓住你？"

范雯雯点点头又摇摇头，叹了口气："真可怕。不过，你妈挺好的。"

郝刚哈哈笑起来:"我家的亲戚们第一次见你,想说的话太多又不知从哪说起,他们说话虽直接但心地都很好的,以后你慢慢就习惯了。"

范雯雯嘟起嘴巴。

郝刚拍拍她:"没事了,睡吧。"

范雯雯答应着钻进被窝,偷偷给妈妈拨通电话。赵淑玲正在家中心神不宁地看着电视,时不时地看看电话。等到电话终于响起来,赵淑玲赶紧接起来:"雯雯,怎么样?妈妈也没敢给你打电话,一直在等着你打回来。"

范雯雯压低声音:"还行,他们家人看起来都挺好的。"

赵淑玲长出一口气:"我就知道还行,我女儿这么乖,这么漂亮,一定人见人爱。"

范雯雯听了妈妈这话禁不住鼻子一酸:"就是——我想你们了,我想回家。"

赵淑玲用手指点着面前的好吃的:"妈妈也想你,给你准备了你爱吃的饺子馅,买了牛肉、鸡腿,还有芦柑,就等你回来吃呢。你在他家待上几天,不行就早点回来吧。"

范雯雯从心底发出叹息:"还是咱们家好。"

赵淑玲安慰着:"好啦你跑了一天,早点睡吧。你爱吃的东西妈就给你准备着,等你回来好好吃啊。"

范雯雯答应一声,挂了电话,却怎么也睡不着,在床上辗转反侧,她不知道,赵淑玲和范大也在床上翻来覆去,唉声叹气,心里牵挂着他们几百公里之外的宝贝女儿。

郝刚妈妈回到卧室,问郝刚爸爸:"你觉得这女孩怎么样?"

郝刚爸爸点点头:"我看着还行,挺乖巧的。"

郝刚妈妈也点点头:"今天我安排的让他姑他们给的下马威看来有

点作用，我看这女孩以后还敢兴风作浪不。"

婆媳矛盾是几千年来都解决不了的矛盾，单纯的范雯雯还以为婆婆对自己很满意，却不知道早前的那些打未曾谋面的交道里就得罪了未来婆婆，人家只是表面上过得去，范雯雯却真心地想和她亲热起来。过年前这几天，范雯雯陪着郝刚妈转悠菜市场，给未来婆婆提菜篮子，回到家里帮着择菜，听未来婆婆讲郝刚的各种趣事，听她教育自己要怎么照顾郝刚，而郝刚，范雯雯算是见识了他家里人有多宠爱他。大部分时间，郝刚都在睡觉，要么就是看书，连吃饭都是郝刚妈妈端到床上，等他吃完了再端走，郝刚脱下来的脏衣服和臭袜子都是他爸爸每天给他洗，范雯雯以前觉得爸妈够娇惯自己了，对比一下才知道人外有人天外有天。

腊月二十八这天，范雯雯和郝刚妈挂起了红灯笼。郝刚妈妈满意地夸奖她："腊月二十八就收拾完了，雯雯啊，今年幸亏有你帮忙，早早我就备好了东西。你可不知道，往年，我一个人都要忙到腊月三十……"范雯雯却望着红灯笼出神，想起往年自己和爸爸妈妈一起挂灯笼的场景。今年自己不在家，他们两个人能挂得了吗？到了晚上，范雯雯越想越难受，不由得在被子里哭起了鼻子。

郝刚掀开被子时，正好看到了范雯雯哭红的眼睛。

郝刚一愣，立马反应过来笑道："你这是怎么了，想爸妈了？"

范雯雯哽咽着点点头。

郝刚想了想："那不然明天你回吧？"

范雯雯犹豫起来："这样不好吧？"

郝刚无所谓："有什么不好的，反正家里人你都见过了，你不用管，我说了算。"

范雯雯感动极了，一把抱住了郝刚，郝刚也抱住她，用手刮刮她的小鼻子，范雯雯害羞起来，感觉又回到了两人特别相爱的时候。

鹅毛大雪覆盖着天地，覆盖着盐湖，远远望去世界白茫茫一片，纯净又美丽，在一排排红灯笼和鞭炮声的衬托下，分外喜庆。已经七点了，范大不仅不帮着赵淑玲做饭，反而在家中莫名其妙地发脾气："这玻璃擦的是什么？还有这窗帘，都腊月三十了，也不说赶紧洗洗。"

赵淑玲只管叮叮当当地包饺子，根本不理他。

范大转了一圈，无所事事地闷头看电视。

门忽然响了一声。

赵淑玲探出头来问："这么晚了，谁来了？"

范大喜悦地起身开门："不会是雯雯那丫头回来了要给咱们惊喜吧？你那鬼丫头好干这事。"

门外却空无一人。范大看看呼啸的寒风，失望地埋怨赵淑玲："说了多少次让你修门修门，就是不听，看看风一吹响成啥了。"

赵淑玲知道他是因为范雯雯没回家找茬发脾气，便不理他，转回头去继续包饺子。

门又响了，范大坐着不动。这回清清楚楚的敲门声传来，赵淑玲喊："老范，开门，真有人。"

范大起身开门，看着门外的人，一下子愣住了。

第十一章

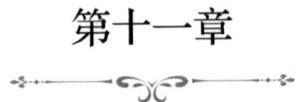

门口站着山里姑娘何玉和一个黑黝黝的汉子,两人都是一身雪花,汉子手里还拎着一个竹篓。

范大赶忙把他们往屋里让:"何玉?你怎么来了?快进屋,快进屋。"

何玉和汉子进屋。

赵淑玲出来招呼了一声,何玉怯生生地向他们夫妇问了好,又对范大道:"范校长、阿姨,这是我爸爸,我爸爸平时在外地打工,过年呢,我们给你们背了些山里的野味和土特产送来,一路上打听您家,所以送得晚了。"

汉子不停地点头,偶尔附和一声。

范大感动极了:"太感谢了,这么大雪天,还给我送年货。你们留下在这吃饭吧。"

赵淑玲也招呼:"对,我正包饺子呢。"

汉子忙摇手："不了，不了，我们还要赶晚上的火车回去呢，这就走呢。"

何玉和汉子转身出门，汉子走了几步又返回来，给范大鞠了个躬："谢谢范校长。"

范大见状不知怎么才好，便也给汉子鞠了个躬。范大和赵淑玲送何玉和汉子出了楼道门。看着风雪中两人逐渐消失的身影，赵淑玲悄悄打趣范大："这么多年的付出终于有了点回报，不容易啊！"范大却久久不语。忽然，他看到一个蹦蹦跳跳的身影，飞快地往家的方向跑来。

范大眯着眼睛看着，忽然拉住正要回去的赵淑玲："老婆子，那是谁？怎么有点像雯雯？"

雪花飞舞，雪地里的红灯笼随风摇曳。范雯雯嘴里"啦啦啦"地唱着歌往家跑着，赵淑玲只看了一眼，便冲出门去。范大也确定是范雯雯回来了，赶忙跑了出去。蹦蹦跳跳的范雯雯忽然扑进了一个人怀里，范雯雯抬头看到妈妈，激动得又跳又叫。

赵淑玲悄悄擦掉了眼角的泪水，一迭声地埋怨："你这个死女子，回来也不说一声。"

范大跟在后面开心地看着这娘儿俩拉话儿，忽然板起脸来，扭头进了家门，范雯雯跟妈妈吐吐舌头，两人跟着回家。范雯雯一回家就肆无忌惮，踢掉鞋子，扔了大衣，在一屋子热气腾腾里，蹦上沙发缠着爸爸："爸，我妈给你买的这件毛衣，真好看呢。爸，你越来越帅了。爸，你看我老了没？"

范大起先还装作看电视不理她，听到这句话终于还是绷不住笑了："你老什么老，你老了我们怎么办。"

范雯雯撒娇地躺到爸爸身上："啊呀，累死了。起了一个大早，坐了八个小时大巴，可算是回到家了。"

赵淑玲从厨房端着一盘又一盘的饺子出来："雯雯吃饭啦，妈妈包的猪肉莲菜馅饺子，你的最爱。"范雯雯拈起来了一个放进嘴里，边嚼边站起来，像放出笼的小鸟，欢快地跑过来跑过去，去厨房帮妈妈把菜一盘盘端上桌，范大看着范雯雯，满脸的笑。

只有这样的团聚和欢笑，才叫作过年。

在漫天的鞭炮声和礼花炸响声里，时针一步步指向午夜十二点，2005年，就在范雯雯、范大和赵淑玲窝在沙发上看电视的惬意中，大张旗鼓地来了。等范大和赵淑玲进了卧室，范雯雯打开手机，开始发拜年短信，第一个当然要给郝刚。

这一时刻，郝刚正在床上呼呼大睡，茹雪正在灯下翻看着高中的日记，然后把心中最重要的祝福信息发给了郝刚；江风拿着手机，在范雯雯和范娜娜之间犹豫了好久，还是发送新年快乐给了范娜娜，而同一时刻，江风手机响起，是范娜娜的短信，范二和王玛瑙在院子里放炮。大雪纷飞中，范娜娜拿着手机，欣喜地跳起来，转着圈，江风想象着屏幕那边范娜娜的笑颜，心事重重地放下了手机；连漪站在海景房大玻璃窗前，拿着手机盼望着，手机始终没有信息进来，连漪叹了口气进屋，从包里把存折拿出来，压在儿子的枕头底下，温柔地抚着小凡："妈妈的一切都是你的。"躺在小凡身旁和儿子进入了梦乡。陈来一个人站在楼顶，看着北京城璀璨的灯光，灯光照耀着他孤单的身影，满城美丽的烟花绽放之时，陈来拿出手机，发出了一条不知给谁的祝福，然后又一次久久地，遥望着天边。

太阳从雪地里跳跃着升起，鞭炮声中，范雯雯捂住了耳朵，钻进被子。

赵淑玲进来拉开窗帘："雯雯，不睡啦，起床吃饭，拜年啦。"

范雯雯赖着往被子里缩:"让我再睡会儿,再睡会儿。"

范大进来,拿出个红包压在范雯雯枕头下面:"喏,给我宝贝女儿的压岁钱,我女儿明年事事顺利啊!"

范雯雯一下子就醒了,"哗"地掀开被子:"新年快乐!过年真好!这么大了还有红包收!"

范大哈哈笑起来,范雯雯趁爸爸不注意,搂住他就亲了一口,亲得范大一脸不好意思。

吃完早饭,范雯雯正准备联系范娜娜,门铃响了,范雯雯打开门,意外地看到范娜娜和江风站在门口,两人手里提着大包小包,显然是来拜年的,范雯雯惊喜地喊:"你们来啦!"

江风没有想到会在此刻看到范雯雯,没等范娜娜说话,他自己先激动得语无伦次:"你,你什么时候回来的?"

范娜娜没见过江风这种状态,不由得一怔。

范雯雯伸手将两人拉了进来:"快快,妹妹,妹夫,哈哈,进门说话。"

范大从里屋走出来迎接:"娜娜,来啦。哦,这就是你那个男朋友江风吧,果然一表人才。坐坐。"

江风和范娜娜坐下。范雯雯两眼亮晶晶地看着他们,不时抿嘴偷偷乐,江风只觉得浑身不自在,不知道怎么同时面对这新欢和旧爱而不露馅。

好在范大和他聊起来:"听娜娜说你在市委办公厅上班?"

江风恭敬地点点头:"大伯,是的,才刚刚入职没多久。"

范大继续:"哦,那地方很锻炼人啊。"

江风只得继续点头:"嗯,是碰到问题比较多。"

范大还没完，又准备开问，看着江风坐立不安的模样，范雯雯推推爸爸："爸，你这干啥，查户口呢，我们一直都是同学，关系很好，都很了解，别问了。"江风尴尬地呵呵笑起来，两眼一直没有离开过范雯雯，范娜娜看看哈哈大笑的姐姐，又看看江风，心里的疑团在发酵，变得越来越大。

担心再待下去范娜娜看出端倪来，江风不敢再待着了，他站起身来："大伯，我们还要去其他亲戚家拜年，娜娜，要不咱们走吧？"

范娜娜也只好站起身来："大伯，我们先走啦。"

范雯雯戏谑道："小两口这就走啦？哎，江风，以后你也得叫我姐啊。"

两人急匆匆往外走，范雯雯又追出来喊："下午咱们去唱歌啊。"

下午。范娜娜和江风先到了KTV，范娜娜一直在悄悄观察着江风的反应，江风明显很急切，还一直朝门口看，等范雯雯推门而来的时候，江风脸上瞬间生起的喜悦，让范娜娜的心，重重地抽疼了一下。

范雯雯对此毫无察觉，她拉着江风："班长，你可真有办法，把我妹妹追到手啦啊。"

江风听了范雯雯的打趣脸都红了，范雯雯看他的样子，哈哈一笑："看把你急的，我要唱歌，唱完了你们请我吃饭。"

江风忙点头："行，行，你说怎样都行。"

范雯雯抢过话筒，江风赶紧给她点上《追梦人》。

范雯雯的歌声响起来："让青春吹动了你的长发，让它牵引你的梦……"

看着自然地说笑唱歌的两人，范娜娜起身假装要去洗手间，回来时隔着玻璃门偷看姐姐和江风，江风正借着暗暗的灯光，眼睛眨也不眨地看着范雯雯，范雯雯只是投入地唱着，似乎并未觉察，范娜娜看着他们，脸色一点一点地阴沉下来。几人一直玩到晚上，江风在街边放着一个又一个的烟花，范雯雯开心地喊着，跳着，觉得自己好久没有这么放松过了。他们两人离得那么那么近，这让范娜娜似乎又回到了1999年毕业前的那个下午，开心热闹是他们的，而自己只是局外人。

回到家里的范雯雯累得很快就睡着了，可另一边的范娜娜和江风，怎么都平静不下来，江风正翻看着范雯雯的照片和两人往来的信件，他的手机忽然响了起来，江风看到是范娜娜的电话吓了一跳，他赶忙一边接一边把所有的东西都收了起来，电话里的范娜娜并不说话，江风感到奇怪地问道："娜娜，怎么了，这么晚给我打电话？"

范娜娜的声音哽咽着："江风，我想对你说，如果，如果你不愿意跟我在一起，我们可以分手。"

江风着急起来："娜娜，你说什么呢？你怎么会这么想？"

范娜娜在那端不吭气，手机里传来低低的啜泣声。江风柔声安慰："别瞎想了，早点睡吧。明天一早我去找你，好吗？"江风挂了电话，意识到范娜娜一定是因为今天自己对范雯雯亲近不高兴，长叹了一声，把和范雯雯有关的所有材料全部放入一个盒子中，他暗暗下定决心，把这些全部锁进了抽屉。江风妈妈推门进来，看江风恍恍惚惚，问他怎么了。

江风："没事，想事情呢。"

江风妈妈一边用手捶捶腿一边问："今天和娜娜玩得高兴吗？妈跟你说啊，娜娜送来的膏药，还真管用呢，妈昨天晚上贴上后，可是睡了个好觉。"

江风忽然闷头来了句："妈，你不是让我和娜娜订婚吗，过几天就订吧。"

江风妈妈听了儿子的话一下子高兴起来："好啊，妈早盼着这一天了，订了婚我们家长就都放心了，你和娜娜也都不小了，订婚了就瞅个日子赶紧结婚，生个大胖小子，万一妈去了，也好给你爸有个交代。"

江风皱起眉头："妈，大过年的，你说什么呢。"

江风妈妈呵呵笑起来："看妈都乐糊涂了。来，风儿，给你爸爸上炷香，说一说。"

江风拿起香，对着爸爸的遗像念念有词，江风妈妈看着帅气的儿子，悄悄地抹了把眼泪。

太阳缓缓升起，积雪开始融化，白茫茫的芒硝和积雪一起汇入江心，天地之间一片雪白。范娜娜走在湖边小路上，东张西望地寻找着江风，这段路显然是被平整过，显得干净整洁，路尽头堆着一座座小雪山。江风叫自己来这里见面，可他人呢？范娜娜一脸疑惑，忽然，一阵悠扬的小提琴声传来，一座小雪山背后，走出两个穿戴整齐的乐手，向范娜娜走来。范娜娜仔细一看，是江风的两个朋友，范娜娜正在奇怪，天空忽然下起了花瓣雨，洒落在范娜娜的头上，江风从另一座雪山背后走出，捧着鲜花，向范娜娜走来，范娜娜一下子睁大了眼。

许多范娜娜认识的江风的同学和好友从雪山后面走出，他们拍着手，慢慢围拢过来。

在悠扬的小提琴声里，微笑着的江风一步步走向范娜娜。范娜娜呆立当场。江风拿出戒指，单膝跪地："娜娜，嫁给我好吗？"范娜娜这才如梦初醒，她惊喜地捂住嘴，眼泪潸然而下。江风大声道："相信我，我会努力让你幸福的！"周围的好友们纷纷起哄："答应他吧，说YES！"江风诚恳地看着范娜娜，范娜娜此刻的心中被幸福感包围，她拼命点头，江风站起身来，紧紧地抱住了范娜娜。四周掌声雷动，范娜娜觉得幸福极了。

范雯雯挂了范娜娜的电话，给范大和赵淑玲描绘了江风向范娜娜求婚的场景，羡慕地说："哇，没想到江风这么浪漫，好唯美好幸福啊，真羡慕娜娜。"

范大不以为然："其实也没啥意思，你们小孩子就爱弄这些。"

范雯雯知道爸爸不懂这些，撇了撇嘴，赵淑玲看着范雯雯道："娜娜从小就比你差，啥都比你晚一点，没想到终身大事还挺快。不过他们为啥不直接结婚，要先订婚？"

范雯雯："江风想等自己手里有点钱再结，现在他家欠的外债太多了。"

范大叨叨起来："看人家娜娜待在爸妈身边多轻松，啥心也不用操，多舒服。雯雯，你再考虑考虑，还是回来吧，盐湖这么多男孩，就没有一个比郝刚好的？"

范雯雯拣爸爸爱听的说："爸，不是郝刚的问题，我还要实现我的职业理想呢。"

范大不以为然："啥职业理想，我看你上班一年也没写出什么轰动性的大稿子。你不是崇拜那什么，唐师曾吗？人家二十多岁就跑到战场上了，你有那勇气吗？别说上战场了，你做过什么社会调查吗？"

范雯雯嘴硬："我们那报纸不行，是都市类报纸，我又被分在教育口，这不是正努力呢吗。"

范大毫不留情："你也没努力，爸看你的状态，就是随波逐流，根本不知道自己想干什么。我说你原本其实喜欢当老师吧，你不信，非要当记者，说是当记者吧，也不写稿子，也不想着写点有影响力的东西，就每天在家洗衣做饭，分到教育口就不能采写新闻了？就每天等着通稿来了改一改交了？这是努力的样子？"

范雯雯听了爸爸的数落受到刺激，跳起来："我哪有你说的那样！"

范大不理她，继续"上课"："雯雯，大学就是培养你自主意识的第一步，工作以后不可能像读书时那样，总有人督促着你，你要学会自己发现自己真正想做的新闻，真正想要的梦想，而不是像小孩子一样等别人给你安排好，这才是一个职场人应该有的样子。"

赵淑玲过来打圆场："好啦好啦，工作上的事慢慢再说。爸妈尊重你的意见和选择，我们虽然想让你回来，可你要是实在喜欢郝刚，不回来也行，早点领了结婚证就行。"

范雯雯："着急什么，要像我爸说的，总得先做出点成绩来。"

范大瞪范雯雯一眼："这根本就是两码事。"

赵淑玲也附和："你是女孩子，爸妈总怕你吃亏，反正你和郝刚关系也确定了，你这次回去看看，差不多就领了证吧。"

范大却又吵起来："什么叫差不多就领证，难道我家雯雯没人要？要我说，领什么证，回来才好呢。"

赵淑玲无奈："你看你，又来了。"

范大不服气："我怎么了？你才无聊，领证这种事怎么能让女孩子提出来，男孩子是干啥吃的？"

赵淑玲气结："我……"

范雯雯忙道："好啦好啦，别吵啦。"

范大气哼哼地说："你妈更年期！"

赵淑玲不甘示弱："你爸发神经！"

吃了晚饭，范雯雯躲进自己房间给郝刚打电话，仔细描述了一遍江风求婚的场景，内心暗暗希望能给"木头"郝刚一点启发，可郝刚此刻正躺在床上看书，完全心不在焉："哎，结婚不就是为了过日子，要那么浪漫干什么，关键是两人是不是合得来，你们女人啊，总是要这些没意思的形式。"

范雯雯还想继续启发启发他，可听到郝刚妈妈过来喊郝刚吃饭，只好一脸失望地挂了电话，谁知电话又响起来，范雯雯以为是郝刚又拨过来的，赶忙接起来，没想到传来的是陈来的声音，电话那边一片嘈杂，陈来显然是喝多了，他嬉皮笑脸地说："雯雯，过年好啊。有没有想我？"

范雯雯哭笑不得，只得答道："陈总过年好啊。"

陈来打着酒嗝："哎，过年一点都不好，净给人们发红包了，就没人给我发一个，我好难过……"

范雯雯被他弄得哭笑不得，只得答道："好吧，等我回北京，给你发一个。"

陈来这才满意地道："嗯，这还差不多。"然后挂了电话，范雯雯完全不知道陈来打这个电话的用意是什么，只好安慰自己陈来是实在感到无聊时逗自己玩而已。

要好多好多年以后，范雯雯才知道，男人喝醉了，总是会打给自己最想疼爱的人，而女人喝醉了，总是打给那个伤害自己最深的人。

临回北京前，范雯雯约范娜娜喝咖啡，听着范娜娜对自己新家和未来生活的设想，范雯雯心里有无限的羡慕，没想到她一说出来，范娜娜也一样羡慕她："姐，你的生活真光鲜，我现在对工作一点激情都没有，就想着混日子。"

范雯雯不由得摇摇头："唉，光鲜也就是晚会那一瞬间的光鲜，其实可没劲了，只能披露一些事情，根本改变不了现状，有时候我都觉得自己在浪费生命。不像你，当老师多有成就感，很多人的命运就会因为你而改变。"

范雯雯这些话说出来这么自然,自己说完倒一愣。

范娜娜也惘然:"唉,我只有偷偷写作的时候有成就感。不知道什么时候能像三毛一样,写写旅行生活。"

范雯雯鼓励她:"你有时间啊,比方说节假日了出去走走,回来就可以把那些经历写成文章了。你写得那么好,只要坚持写下去,一定没问题的。"

范娜娜苦笑:"说的是有时间,实际上为孩子们备课批作业都要耽误很多工夫,周末累得只想睡觉,哪有精力出去玩。我是真没有勇气辞职,要不然,我就去做一个专职作家,做自己真正喜欢的事,唉,我要有个弟弟,我就可不管不顾地周游世界去啦。"

范雯雯也苦笑:"多少人羡慕咱们,可又有谁知道,咱们每一个决定,都和自己的身份脱不了关系。其实我有时候也会想,人一生这么短,应该为梦想不顾一切,可我的梦想究竟是什么,我自己都越来越糊涂了。"

范娜娜听了她的一番宏论不禁哈哈大笑。

没等过完初六,范大就忙开了,政府把范大的学校划归到了新成立的城区——空港区,这期间范大有许多手续需要变更,村长也找过范大几次,神秘地说空港区周围村子要拆迁,自己上面有人,让范大拿学生们预交的学费和他一起投资开房地产公司,到时候卖了房子再返还给学生们,虽然算一算获利甚多,可范大觉得村长不靠谱,便一直没有答应,至于这笔钱投向哪里,他也没有想好,只能先在账上放着,保持着学校的正常运转。但村长哪里肯,总是缠着范大投资。

下乡调研对江风又是个刺激,尽管所到之处一片热衷一片祥和,看起来工作也都做得很好,可每每到调研组和乡镇干部一起吃饭时,无论王主任再三强调简单点，简单点，下午还有工作要做，江风也拿出调查问卷强调大家还要入户调查，可还是每次要应酬好，听到的全是好话，而调查问卷也填得乱七八糟。江风的心里为此郁闷得不行。到返程时，看着王主任和乡镇干部们热情地挥手告别，江风终于忍不住了，车开了就坐到王主任身边，王主任仿佛知道他要问什么，苦笑："你想啊，哪个地方愿意让人知道自己的问题，所以就都拣好的说，然后把你们送走，这件事就结束了。"

江风："怎么能这样？"

王主任却闭上了眼睛："休息一会儿吧。"

江风没有睡意，望着又大又圆的月亮出神，车子走了一阵，王主任忽然睁开眼，问江风："小江失望了？"

江风摇摇头又点点头："是有点，觉得来了一趟，没有发现什么问题，对我们的工作没有什么好处。"

王主任拍拍江风的肩膀，回过头来严肃地对大家道："所有人打起精神来，现在开始正式调研。"

江风一震，不可置信地看着王主任，王主任冲他笑笑，车子掉头向村中驶去。

向着黑暗中的这一片光明驶去。

第十二章

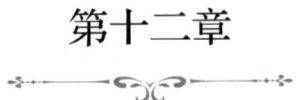

　　王主任带着一行人进老乡家、进企业，了解着实际情况。江风认真记着，调研完成已经接近午夜，疾驰的车子中，王主任给几人做调研总结："这次调研发现了不少问题，第一就是企业扩大规模和用地难的矛盾……"

　　江风很振奋地听着，王主任转向他："小江，解决问题一定要灵活，如何在安定团结的大前提下完成自己想要完成的目标，发现问题解决问题，是需要好好学习的课题啊。"

　　江风频频点头，王主任继续："一屋不扫何以扫天下，基层才是真正大有可为的地方！"

　　茹雪在上次的醉酒事件之后，再也没有更进一步的表示，郝刚慢慢也放下心来，继续和茹雪合作着课题，这一天两人讨论完，茹雪叫住了郝刚："郝刚，新所长来了，后天他女儿结婚，你和我一起去帮忙吧，正好改变改变同事们对你的印象。"

郝刚不以为然:"我为什么要改变他们对我的印象?君子之交淡如水,现在就挺好,再说做出成绩来,比什么都强。"

茹雪好言相劝:"话是这么说,但我们毕竟不是活在真空中,这样太不近人情了也不好。"

郝刚仍旧只是随便应了一声。

到了新所长女儿举行婚礼的日子,所里的同事除了郝刚都来了,茹雪到门口看了无数回也没有见到郝刚的身影,等到新所长过来敬酒感谢大家的时候,随口说了句:"大家都来了,谢谢啊。"

一直看郝刚不顺眼的肖勇立刻接话:"没有,咱们所的郝刚忙着申请课题,他没来。"

看到新所长的脸色慢慢变了,另一个同事还添油加醋:"郝刚比领导还忙呢。"

茹雪忙打圆场:"你们别瞎说,郝刚是家里有事,让我替他解释一下、他还让我帮着上礼呢。"

肖勇阴阳怪气:"茹雪,你这么维护郝刚,是不是看上他了?"

茹雪上来就挥着小拳头捶打:"我看上你了,你赶紧离婚和我在一起吧。"

肖勇"哟哟"地叫起来,众人笑成一团,新所长也笑着摇摇头:"你啊,还想占茹雪的便宜,难呢!"

一场危机就这么被自己插科打诨糊弄了过去,笑声里茹雪暗暗叹了口气,心里真是替郝刚着急。

郝刚却压根不知道这一切,还在研究所里安然沉浸在自己世界里,在电脑上写着文章。原本他是打算去的,可发现写稿子弄得时间来不及了以后,干脆就算了,干脆安心地做起了课题。最近他和范雯雯准备装房子，郝刚想赶紧把手头的课题做完，多报点钱。

范雯雯最近也忙得很，从家里回来之后，她一想起爸爸和自己的谈话就觉得不安，对待工作也比从前更加认真，每天到处跑新闻，这个月连着发了三个头版头条，社长还给了范雯雯嘉奖，还说下一步要安排她去培训。虽然很累，可范雯雯心里很开心，一忙起来就顾不上装修新房的事了。有上次的事情，范雯雯不敢随便找工人，她不懂装修，郝刚又完全撒手不管，看她一筹莫展的样子，连漪给她推荐了个搞装修的亲戚，名字叫赵健的，让范雯雯和他聊一聊。赵健嘴甜，几回合下来就把范雯雯哄得找不着北了，把钱全给了赵健让他放心地去干，然而等到她看到装修后的效果，简直欲哭无泪。门一看就非常劣质，范雯雯摸了摸，边上的木头茬子还扎了她一下，卫生间的马桶摇摇晃晃根本没有粘牢，墙上裸露着电线，没干透的墙皮上都有了裂缝，地板上到处都是污渍……范雯雯给赵健打电话想要理论，赵健一听是她的电话就挂了，再打死活不接，范雯雯只好发信息把赵健大骂一通，她又给郝刚说自己打算打官司，郝刚开口就说这事太麻烦了，干脆认了倒霉凑合算了。

范雯雯气得头昏："买房子装修是大事，怎么能凑合呢？"

郝刚正在建模，不耐烦起来："那你说怎么办？这个赵健是你自己找来的，重新装修又花不起那么多钱。真的打官司，人家说装完了，你说装得不好，这个怎么认定？"

范雯雯气得咬牙切齿："可是我哪知道赵健会装成这样？"

郝刚着急着想挂断："好了，我也没有埋怨你，说这些都于事无补，我这还忙着呢，你要觉得不好去装修市场看看，不行买点墙围子什么的遮住算了。这现在很忙，先就这样了啊。"

郝刚挂了电话，重新在电脑上忙碌起来，对于他这样习惯了不理身外事的男人，这些根本就不在他考虑的范畴，他只要学习工作就够了。

范雯雯只好摸着墙皮，一脸懊恼地背起大包，又到装修市场买了锤子、钉子、门锁、铲子，回来自己修门锁、钉钉子、清理地板，日子久了，范雯雯已经习惯了把郝刚不做的事情自己做了，但她却忘了自己在不久前，也是和郝刚一样不事稼穑的女孩子。

范雯雯拿着锤子在家里敲敲打打，不小心砸把手砸出血来，疼得她龇牙咧嘴，可还有很多活儿没干，范雯雯只得把手包了，想要继续做。手机就在这时响起来，范雯雯一看是陈来的号码，赶忙接起来，陈来邀请她去学校参加活动，问她现在在哪儿，要顺路接她，范雯雯犹豫了一下，还是说了地址。

西装笔挺的陈来开着车，在污水横流的街上穿行，眉头越皱越紧。等范雯雯上了车，陈来又看到了她受伤的手。和范雯雯认识以来，陈来一直觉得她是个好女孩，不忍心伤害她，小心地隐藏着自己的情意，这时候只觉得怒气上涌，问范雯雯："听连漪说你在买房子，就住在这种地方？装修也要你来干？北京那么大，还有很多好房子啊，怎么不再看看了？"

范雯雯有点尴尬："我们刚工作嘛，手里就一点钱，能买下房子就行，等我像你一样有钱了，再换。"

路口的红灯亮了，陈来停下车，转过头看着范雯雯，忽然半开玩笑半认真地说："干脆，你跟着我好了。"

范雯雯一愣，忙道："陈哥，你哪能看上我啊？再说，嫂子知道，会不高兴的。"

陈来哈哈一笑，没再看范雯雯："雯雯，我说我想做的事情都能做成，你信不信？"

绿灯亮了，陈来不再继续这个话题，边开车边说着各种笑话，范雯雯配合着笑着，看着陈来帅气的侧脸，觉得他真是完美的霸道总裁，说自己不心动是假的，可是，能怎么办呢？和有妇之夫有瓜葛，是范雯雯打心里就拒绝的事情，再说了，自己还有郝刚啊。

活动结束已经到了很晚的时候，饥肠辘辘的范雯雯才回了家，郝刚正坐在沙发上看书，看到范雯雯进门，随口就道："雯雯，我饿死了，赶紧给我做饭吧。"

范雯雯忍了忍，想给自己倒口水，没想到水壶里一口水也没有，手上的伤口还不小心拉扯了一下，钻心地疼，气得她一下子就炸了："郝刚，我忙了一天，你就不能给我做顿饭吗？哪怕烧口水也行啊。"

郝刚感觉莫名其妙："我也忙了一天啊，也很累。"

范雯雯吼道："你上班，我也上班，为什么装修我全管了，回来还要做饭？你就不能替我分担点家务？"

郝刚也急了："是你总说好钢要用到刀刃上，不用我学啊。现在怎么说变就变，你怎么这么不可理喻。"

范雯雯见他这么蛮不讲理也气坏了："我是傻瓜，行了吧。白对你好了，行了吧。我走，行了吧。"

郝刚站起身来，大喊一声，"不用你走，我走！"说罢摔门而去。

范雯雯憋了一天的情绪终于控制不住了，放声大哭。

郝刚怒气冲冲地到了所里，茹雪正在专注地写着调查报告。看到他，茹雪惊讶道："这么晚你怎么回来了？"

郝刚掩饰道："回来拿个东西。你呢？怎么都快八点了还没走？"

茹雪察言观色："我想赶紧做完这份调查报告呢，哎呀都八点了，你不说还不觉得，一说觉得好饿。"

郝刚坐在办公桌前，生着闷气。

茹雪摇曳着身姿走过来："不管有什么事，都得吃饭，对不对？即便要吵架，也得吃了饭有力气才能吵得动吧。"

郝刚被戳中心事，忍不住"扑哧"一下笑出声来："茹雪啊，难怪领导们都说你精明，你是真聪明。"

茹雪拉起郝刚袖子撒娇："走吗，陪我喝酒去。"郝刚不由自主地陪着她出了门。

和江风吃完饭，范娜娜欢天喜地拉着他进了自己的房子："我让你睁开眼时你再睁眼啊。"

江风答应，范娜娜打开门："好啦，可以睁眼啦。"

江风睁开眼，面前的这间房布置简单但透着温馨，江风忍不住赞叹一声。

范娜娜得意扬扬道："我爸找的这个做装修的叔叔啊，就是我们村的，他做的活呀真的太好了，又省钱装得又快。我啊，考虑到阿姨换了股骨头不能多走路，就请装修师傅帮我设计怎么能方便让她老人家出行，装修师傅都做到了。你看这里，你看这里，还有这间房。"

江风随着她走进次卧，范娜娜忽然捂住了江风的眼睛。

江风笑起来："娜娜你干什么？"

范娜娜放开手，原来这一间里贴满了江风从小到大的奖状、各种意气风发的照片，江风一张张浏览着，在最后一张照片前江风站住了，那正是江风向范娜娜求婚时的照片，白茫茫的盐湖前，两人笑得那么甜蜜。照片后面还有一片空墙，江风奇怪地问范娜娜："怎么不贴满？"范娜娜忽然害羞起来："我要把和你在一起每一年的照片，都找出一张最好的贴在这里，直到贴到八十岁……"

江风看着面前姑娘美丽的容颜，忍不住一把抱住了她，喃喃道："娜娜，真的不知道该怎么回报你对我的深情。"

范娜娜踮起脚尖吻江风："你只要爱我就够了，记住哦，只许爱我一个人，我不想和别人分享男人。"

江风一怔，终究还是点点头，深深地吻了下去。

江风走了很久，范娜娜还是觉得心神荡漾，因为实在睡不着，她爬起身来，上了QQ，意外地看到范雯雯也在，立马"哗啦啦"传给姐姐一堆照片，想让姐姐分享她的快乐。

范雯雯听着范娜娜的描述，看着设计图，满心里都是羡慕："娜娜，你的新房子真漂亮。"

范娜娜想起姐姐也在装修，好奇地问："姐，你的新家是什么样子的？一定也很大吧？环境很好吧？"

幸亏不是视频聊天，范娜娜看不到范雯雯的窘迫："我这里还行吧，就是不大。"

范娜娜嚷嚷着："可以啦，姐你要知足啊，毕竟是在北京啊，房价多贵啊，能有一套就不错了。"

范雯雯苦笑着，发了个"晚安"的表情，下了线。是啊，有房子就不错了，可是，有了房子，并不代表着有温馨，有情调，有家啊。

郝刚回来时，范雯雯还在床上辗转反侧，听到他的脚步声，范雯雯忙装着睡着了。郝刚摇摇范雯雯，范雯雯闻着他满身的酒气，更加不想动，郝刚也赌气不理她，抱着被子睡到了沙发。直到夜深了，范雯雯才迷迷糊糊睡着。梦里，她躺在范大怀中，赵淑玲给她拿冰块敷着手，好在范雯雯睡着了什么也不知道，要不然，她还得擦掉那不知不觉流了满脸的泪水。

直到第二天下午上班时，范雯雯也是无精打采地，连漪看到她这副模样让她到自己的办公室来，范雯雯推开门刚坐下，连漪就拿出一个信封递给她："雯雯，我才知道赵健的事情，实在是对不起，我不知道他这么不靠谱。这样吧，这件事情姐也有错，补给你两万，算损失费。"

范雯雯忙推辞："连姐，我怎么能要你的钱，你的小凡还等着钱看病呢。再说，这也不是你的错啊。"

连漪拿着钱就往范雯雯口袋里塞："小凡是小凡，你是你，多的姐没有，少的还是有的。"

范雯雯和连漪正在推搡，门突然被大力推开，震得背后的暖气管子嗡嗡直响，一个女人领着一大帮人气势汹汹地冲了进来，声音比嗡嗡作响的暖气管大多了："就是那个贱女人，给我打！"

范雯雯和连漪正惊得不知所措，一堆人扑上来就打连漪，嘴里还"贱货""小三"骂个不停。连漪尖叫着抬起头："你们是谁呀？"女人把跟踪偷拍连漪的一沓照片砸到连漪身上破口大骂，连漪看了一眼，便护着脸不再吭气。

范雯雯看到这一幕惊呆了，隔了好一阵才反应过来，赶忙上来拉架，无奈对方人多势众，范雯雯自己也挨了几拳，围过来的同事们远远地看着热闹，直到几个保安冲上来，打架的人才被拖开。

连漪的衣服都被撕烂了，鼻青脸肿地坐在地上。女人指着连漪鼻子骂："你再敢勾引我老公，我打得你比这还要惨！有本事让我老公搞定我呀，有本事销毁照片呀，别以为你能弄走我家的钱，咱们法庭见。"骂完女人甩下一张法院的传票，一眼看见桌子上的钱，顺手拿起来："这些钱归我了，告诉你，这是你应该交的补偿费！"连漪绝望地喊了一声，冲上去想把钱拿回来，被范雯雯死死抱住。

一行人扬长而去，连漪看了眼周围同事的目光冲出了办公室，范雯雯喊着"连姐"追上去，人来人往的街道，连漪像一只困兽，她满眼是泪，却无法突围，只是一边哭一边漫无目的地跑着。范雯雯跑得上气不接下气才追上来抱住她，又脱下自己的衣服为连漪遮住身上残破的衣服，连漪抱住范雯雯泣不成声。

范雯雯不知道该带着连漪去哪里，还是连漪带着她去宾馆开了间房，又让范雯雯给自己去买衣服，等范雯雯走了，连漪进了浴室，脱光衣服，仔仔细细地用手机拍了自己身上的伤痕，这才打开莲蓬头蹲在地上，任由热水和着泪水，在地上汇成小河。

范雯雯回来时，连漪已经平静了，她报复似的在自己脸上恶狠狠地化了个妆，然后拉着范雯雯到了酒店餐厅，冲服务员喊道："给我上最贵的菜和酒。"

范雯雯连连摆手："不用了不用了，连姐咱们换个地方吃饭。"

连漪："我说上就上！"

范雯雯无奈："连姐，你想想小凡，他还等着做手术……"

连漪一听范雯雯这话像失去了所有力气似的瞬间无语，范雯雯拉着连漪出了门，直奔簋街。这里的烧烤摊永远是充满人间烟火气的，能最大程度地抚平人心里的伤痕。

范雯雯和连漪坐下，连漪直接要了两瓶白酒，范雯雯本来不想喝，但是想起昨天郝刚满身的酒气，便也给自己倒了一杯喝了一口，顿时辣得直吐舌头。

连漪见状苦涩地一笑："酒是好东西，一醉解千愁。"

范雯雯想起自己的种种不如意，不由自主又拿起了酒杯，两人一杯接一杯地碰着喝着，很快都有了醉意。

连漪大着舌头："雯雯，姐不是个好女人。"

范雯雯连连摇头："连姐，快别这么说，谁都有苦衷。"

连漪目光迷离："我曾经，很幸福……离开家乡的时候，我有个初恋，他对我很好很好。可是，我是大学生，他是农民，怎么待能在一起呢？读大学时，我后来的老公，很喜欢我，那时我没见过世面，觉得他真有钱有办法，其实吧……也就那么回事。"

连漪猛灌了一口白酒："结婚后，我留在这里，一心想要好好奋斗出人头地，让穷了一辈子的爸妈也能跟着享享福。可是，我那老公，结了婚就原形毕露，他们全家都看不起我，拿我当保姆。我堂堂名牌大学毕业生，给他们当保姆？这些我都忍了，直到后来，我生了小凡……全家人都让我放弃这个孩子，我偏不，即使他是'玻璃娃娃'，他也是我心尖上的'玻璃'！拔了我会死掉！拔了我会死掉！因为小凡，我最终和他爸爸离了婚。那一刻，我发誓，我一定要让他们看看，没有他们，我一样过得很好。我不就是穷吗，穷是原罪吗？"

连漪眼泪流了满脸，范雯雯抽出一张纸巾递给她，连漪捂住脸："我一个人带着儿子，为了钱上了很多当，也做过许多错事。现在，我有房，有车，有地位，终于被这个城市接纳了。这才是真的，什么爱情、道德、友谊，在我看来都是空气，只有钱，钱才是真的。"

范雯雯看着她的样子，脱口而出："连姐，既然这么不快乐，为什么不回家乡去？"

连漪苦笑："回去就输了，回不去了。在这个城市，一切都无所谓，只要擦干眼泪，明天又是新的。"

范雯雯也很伤感，想着自己回不去的家乡，眼前飘过爸爸妈妈的笑脸，连漪醉倒在桌子上，喃喃自语："范雯雯，你就是当年的我，和我一样单纯善良，所以我一定要保护好你。小妹妹，我来保护你，连漪有一个就够了，范雯雯不要成为连漪，不要。"

范雯雯心疼地看着连漪，不知该如何劝慰她……

陈来到的时候，看到的就是醉倒的连漪和抱着杯子喝酒的范雯雯，陈来一把夺下了范雯雯的杯子："别喝了！"范雯雯看是陈来，呵呵笑着："你怎么来了？"陈来皱着眉头："连漪给我发的地址，让我来送你们回家，你们两个女孩子，喝这么多干什么？"

范雯雯呵呵笑起来："女孩子，谁会把我当女孩子啊……我是女汉子。"

陈来把范雯雯和连漪搀上车，长叹一声："女汉子都是男人把女孩子逼的，在我面前就别逞强了啊，安心躺会儿，今天我当司机，把你们都安全送到家。"

范娜娜和江风把新房的玻璃擦完，范娜娜伸了个懒腰："终于收拾完了。"

江风笑着抱住她："娜娜这两天辛苦了，明天请你吃饭。"

范娜娜撒娇："吃饭怎么行？不够。"

江风："那你要什么？你说。"

范娜娜："你带我去北京买结婚的衣服，顺便看看姐姐。"

江风略一犹豫："不用去了吧。"

范娜娜嘟起嘴："为什么？我就结一次婚，就合我心意嘛，好不好？"

江风硬着头皮："主要是，主要是钱，钱不大够。"

范娜娜哈哈一笑："江风，钱不是问题哦，我就随便买几件。"

江风听了娜娜的话颇感难堪："娜娜，你不要这么善解人意，让我觉得自己真没用，这点钱也拿不出来……"

范娜娜吻了吻江风，深情地说："江风，好哥哥，我从初中开始就喜欢你，这么多年，我自己最大的心愿已经满足，钱又算什么呢？而且，我相信以后，你会慢慢补偿我的。我先把钱借给你，然后罚你用一辈子还给我好啦。"范娜娜咯咯笑起来。江风看着他，心里却全然不是滋味。

此刻，范雯雯正在厨房做饭，接到范娜娜的电话："娜娜，你要来北京买衣服？太好了，到时咱们好好逛逛啊。"

范雯雯挂了电话，郝刚觍着脸来问："雯雯，娜娜要来？"

范雯雯冷冷地"哼"了一声。

郝刚带着讨好的口吻道："咱们去哪儿请他们吃饭？门口的'京味道'怎样？"

范雯雯："不去，去'全聚德'吃烤鸭。"

郝刚为难起来："我们最近手头有点紧，一顿烤鸭七八百，没必要为了虚荣心带他们去吃这么贵的吧。"

范雯雯怒了："怎么就为了虚荣心了？我妹妹好不容易来次北京，就是吃顿烤鸭，又不是吃鲍鱼龙虾！"

郝刚不想吵架，赶紧点头："行行，我们去吃烤鸭，吃烤鸭。"

范大正在学校里忙碌着，村长跨进了学校的大门，隔老远就喊："范校长，不好了！"

几个老师和后勤上的人闻声都围了过来。范大忍不住皱了下眉："怎么了？"

村长手里拿着一摞纸："范校长，你看，教育局下了文件，要查非法办学了，本来咱们的学校是合法的，但现在因为地的归属问题，学校变成不合法了，只能重新走手续，这怕是很难批下来。"

范大一听焦急地翻着文件："那这可怎么办？万一学校要关停，影响的可是周围这么多村的娃娃啊。"

村长:"我在土地局倒是认识人,实在不行就帮你哄哄上头,这村里的地,我定性。可是人家也不好好给办事,这可怎么办呢?"

范大急了:"村长要是认识人就给咱们想想办法吧,这也是你的心血啊,你不能眼睁睁看着学校被收回去吧?"

村长假惺惺地说:"我也可心疼呢,那我试着买点东西去人家家里转一转吧。"

范大咬咬牙:"不用村长贴钱,我这里有,先给你拿点。"

村长得意扬扬跟着范大去取钱,留下周围一片窃窃私语声。

赵淑玲听范大说了这事的经过以后,忍不住和范大吵架:"范大,这个月本息一算又在贴钱,咱们做公益也得自己先活命吧。"

范大不耐烦:"少了你吃还是少了你穿啊,怎么就活不下去了?"

赵淑玲不依不饶:"你上个月告诉我这个月会有钱,可以给女儿攒点陪嫁,现在呢,钱都去哪了?都让村长拿走了!女儿结婚,咱们光秃秃地把女儿送出去,你也舍得?"

范大知道理亏:"知道了知道了,等女儿结婚我拿出钱来就行了。"

赵淑玲:"你拿什么去搞钱?卖了你也不值一百块。"

范大火了:"你操好你的心吧。"

赵淑玲一摔门走了,范大捂着胸坐下来,大口喘气。

乌云翻滚,大雨倾盆,急匆匆赶回办公室的范大身上被淋得透湿,许多家长挤在这里,纷纷吼喊着:"非法办学!退钱!"

范大急得焦头烂额,不停地给众人解释:"我不知道消息是谁散播出去的,可是学校真不是非法办学,只是需要补齐手续,等一段时间而已,大家放心……"

这时，几个家长背着书包、带着桌椅板凳、领着孩子走进校长室来。

范大急了："你们怎么不上课，来这里干什么？"

这些家长们嚷嚷："什么范校长，就是个骗子。我们已经给孩子重新找到学校了，赶紧给我们办转学！"

村长就在这时候大踏步走进来，手里拿着一摞文件："都着急啥，着急啥，这不是手续都补齐了，看，教育局的批文！"

家长们涌上来看，范大心怀感激地冲村长点点头。

村长继续吆喝着："你们着急退啥钱？现在干啥最挣钱？盖房子！咱们空港区要拆迁，我和范校长下一步的投资计划就是买地，盖房，要是有谁愿意，还能跟着我们投资，包你们赚翻了，做梦都数钱，范校长，你说对吧？"

范大发现自己不知不觉就被村长道德绑架了，但此情此景，他也只能勉强点点头，说了声"对"。

家长们走后，村长递给范大批文，皮笑肉不笑地说："你可得好好谢谢我啊。"

大雨初停，夕阳为校园涂上美丽的金色，耳畔是孩子们琅琅的读书声，范大看着村长，明白身边从此有了个"定时炸弹"。也怪自己，当初政府鼓励办学，政策上比较宽松，自己只想着在老屋盖房子省钱，想着先建起学校再完善这些后续手续，没想到碰上空港区拆迁土地变更，这下可好，被村长钻了空子，还不知以后会有什么隐患。

从在火车站见到和范雯雯一起来接站的郝刚起，江风的心里就一阵阵的刺痛，他忍不住暗地里把自己和郝刚相比较，觉得自己也没什么不如他的地方，可范雯雯，怎么就选择了他呢……范雯雯和范娜娜两人却只顾着自己开心对此浑然不觉。从接上范娜娜起，范雯雯就没有一刻不在笑,这会儿又开始笑着给范娜娜用薄饼卷烤鸭。

范娜娜享受着姐姐的照顾:"姐,听说咱们盐湖要修高铁和机场,以后你回盐湖或者我来北京玩就方便啦。"

江风:"对,市政府还出台了新的旅游规划,估计用不了三五年,盐湖就成为新的旅游城市了。"

范雯雯叹口气:"唉,盐湖是越来越好了,以前我一直以为的所谓大城市的福利,现在越来越多地覆盖这些不发达的小城市了,有时候真的忍不住问自己,留在大城市还有什么意义?"

范娜娜大口吃着:"姐,别这样想,毕竟在这里眼界开阔,机会多,将来对孩子也好啊。"

江风举起酒杯:"雯雯,你要想回来,盐湖随时对你敞开怀抱,我代表政府欢迎你。"

范雯雯哈哈一笑和他碰杯,郝刚瞪起眼睛,充满醋意地靠近范雯雯,问在座的几人:"你们还吃什么吗?"

看他刷存在感,范娜娜也赶忙举起酒杯:"哦,姐夫,我也欢迎你随时回盐湖。"

郝刚客套地和范娜娜碰碰杯,又对江风举起:"我和你姐啊,就留到北京啦!好不容易考出来,又回去干什么?"

江风和他清脆地碰了一声:"哎,郝刚,你可不能拦着雯雯,人各有志,也许盐湖更适合她发展呢。"

郝刚一口干了,脸上满是自信地说道:"怎么可能?当然是北京更好。最重要的是,我在北京啊。"

江风和他"杠"上了:"那也不一定,盐湖也一直在发展。看欧美那些小城市,不见得没有华盛顿和纽约舒服。"

范雯雯和范娜娜见两人一来一往不禁面面相觑,不知道两人这是怎么了，范娜娜忙岔开话题："姐夫，家里离这儿远不？一会儿我们去家里看看。"

范雯雯连忙拒绝："啊？不用了，不用了，挺远的。"

范娜娜奇怪起来："刚才在路上，你不是说十分钟的路程？"

范雯雯改口："啊，这个，明天你姐夫还上班呢，太晚了太晚了，改天吧。"

郝刚看着范雯雯，想说话又忍住了。

江风也道："娜娜，我累了，时间也不早了，咱们吃完饭就回宾馆休息吧，改天再去吧。"

范娜娜忙道："好的，好的，你看你，累了也不早说。"

范雯雯暗暗松了口气。

范雯雯和郝刚送范娜娜与江风回了酒店，在回家的路上，范雯雯问郝刚："刚才花了多少钱？"

郝刚："六百多。"

范雯雯心疼起来："那么多啊。"

郝刚："让你不要来'全聚德'，你不听。"

范雯雯："唉，我们这个月省着点花吧。"

和范娜娜回了各自的房间，江风在阳台上抽烟，烟雾随着思绪飘远，以他对范雯雯的了解，她一定在极力掩饰着什么，不想让他和范娜娜知道，会是什么呢？不管是什么，从前江风一直以为雯雯过得很好，此时才隐约觉得其实她并没有表面上看起来那么开心，看着范雯雯着急发慌的样子，江风的心很疼，很疼，他真想放下一切，陪着这个他真正爱的人。

第十三章

　　范娜娜买了很多衣服,正在收拾时,范雯雯来了,看到铺了满床的新衣服,她两眼放光:"你买了这么多衣服啊,好漂亮。"
　　范娜娜撺掇范雯雯:"姐,你试试,你试试。"
　　范雯雯挑了件漂亮的裙子,进了卫生间穿上走出来,范娜娜"哇"地喊起来:"姐,这件衣服简直是给你买的,真漂亮啊!"范雯雯看着镜中的自己不由得转了个圈,江风正好拿了些水果进来,看到范雯雯愣了一下,看范娜娜看向自己,忙掩饰:"你们姐妹俩真像,我还以为是娜娜呢。"
　　范娜娜笑道:"我姐比我漂亮多了。姐啊,你多买些衣服嘛,看你,穿的还是大学时的衣服。"
　　听了娜娜的话范雯雯的神色瞬间暗淡了,又急忙掩饰过去:"我去换衣服,咱们吃饭去。"

江风忙道:"咱们就在酒店吃吧,我们跑了一天,累了。"

范雯雯答应一声,进了卫生间。

范娜娜感到江风奇怪,便问道:"不是我姐说离开北京最后一顿带咱们去吃火锅的吗?"

江风"嘘"了一声,对范娜娜道:"我有点累了,你就牺牲一下,好不好?"

范娜娜甜甜地笑了:"当然可以啦,只要陪着你,怎么都好。"

三人在酒店的餐厅简单吃了点饭,江风和范娜娜就踏上了返程的火车,范娜娜逛累了,一路睡得香甜。江风却怎么也睡不着,他的心里不断地猜想范雯雯在北京究竟过着什么样的生活。这个疑问就像发酵的面团,在他心中越变越大。

范二正在果园里给果树铺反光膜,园子已经初具规模,搭建了沤粪池和猪圈,还养着一群鸡。村长嘴里喊着范二掀起门帘进来,范二答应了一声,并没有停下手里的活计。村长捂住鼻子对范二道:"你这猪,太臭了,不能放到果园里。"

范二知道来者不善,也没客气:"凭啥?"

村长瞪着眼睛:"咱们村的果园正在申请示范基地,你这会影响评审的。"

范二想发火,王玛瑙正好推门进来,看到这情形,忙拉着村长:"村长,来,我把去年的那什么费交一下。"

村长跟着王玛瑙出门收钱,范二看着他们离去的身影,气恼了半天,忽然转了转眼珠笑了。这时王玛瑙回来了,正好看到范二在笑,就问:"你有什么鬼主意?"

范二不说:"你等着看吧。"

村长正在村委会训话,一个村民连滚带爬地冲进村委会:"村,村,村长。"

村长不耐烦:"急什么?慢慢说。"

村民:"市委,市委王主任来了。"

村长一惊:"是吗?在哪儿?怎么提前连招呼也不打?"

村民指指外面:"在范二的果园。"

王主任和江风正在果园里指指点点地考察着,村长一个箭步跨进来:"王主任,您来了,怎么没有通知村委?"

王主任:"哦,没事,我随便看看。"

村长着急地凑上前去。

王主任对此并不理会,对范二道:"你这个有机苹果种植的思路很好,可以在这里建一个农业产业示范园,继续发展壮大。"

范二:"是吗?王主任,可是前几天村长说……"

村长立刻打断他:"嗯,对,我说了,要全力支持。"

王主任点点头:"对,这种好项目啊,我们不但要政策支持,经济上也要倾斜,回头我跟市里申请一些资金,可以让咱们附近这一片果园规模再扩大些,形成集群经营。"

范二得意扬扬地看了眼村长,村长只当没看见,带着讨好的笑容跟在王主任身后。

一旁的王玛瑙看到这一幕恍然大悟,瞅瞅自己男人心里笑开了花。

范雯雯一进了办公室,就看到桌子上堆着一个大包和一封信。信是何玉写来的,信上说了说自己的学习成绩,又向范雯雯说起学校校舍很不结实,大家都有点担心。看着这小女孩的碎碎念,范雯雯很欣慰,一边想着自己的力量能不能帮到她们呢,一边拆开了包裹,包裹上没有发件人地址,只写着"内详"。范雯雯打开一看,里面竟然堆满了这一季的衣服和包,好几件都是范雯雯在商场橱窗里见过的款式,小牛和王姐"哎呀哎呀"地叫着挤上来翻看,她们的心里羡慕极了。可到底是谁送的呢?范雯雯心里十分纳闷,她把这些大盒子一一打开,直到打开最后一个盒子,看到里面一个精致的钱夹。范雯雯打开钱夹,发现里面是一封信:范雯雯,我喜欢你。给我个机会,让我照顾你。

范雯雯呆坐了半天才回过神来,明白这包裹是陈来的"杰作",遂填上培训学校的地址和陈来的电话,给陈来寄了包裹回去,又到连漪办公室感谢她,顺道请假,准备回盐湖参加范娜娜的订婚宴,也去何玉的乡村小学采访采访。连漪的大眼睛幽幽地扫过范雯雯的脸:"别谢我,谢你陈哥,你陈哥对你可真好,简直是有求必应。"是啊,陈来对自己可真好,不知道他收到自己退回去的包裹以后会怎样,会不会受伤?会不会难过?范雯雯的心忽然疼了一下,也许自己消失一阵子,陈来就忘了自己了。范雯雯的表情哪里逃得开连漪的眼睛,等范雯雯离开后,连漪不由得叹了口气,喃喃道:"要是有人对我这么好,我一定想办法嫁给他。"

回家吃完了妈妈包的饺子,范雯雯就进了自己的卧室,躺床上瞬间就睡着了,这种踏实安定的感觉,是身在异乡时绝对不会有的。等到睁开眼已是天亮,范雯雯站起身来拉开窗帘,阳光"哗"地一下全洒了进来,落满一屋子。范雯雯开心地笑起来,回家的感觉,真好!

见到所有亲戚的感觉更好,范娜娜的订婚宴虽然简单,倒也摆了四五桌,范二难得地穿着西装打着领带,喝得舌头都大了。各种问候声夹杂着碗盆相碰的声音,让范雯雯也跟着醉倒,七大姑八大姨围着她聊:

"雯雯是我们家最优秀的女孩子，雯雯从小就很厉害啊，雯雯给我们讲讲报社的事情……"

范雯雯得意地讲着："我们报社啊也不大，但是还是发了不少重要报道……"

亲戚们羡慕起来："雯雯留在大城市还是有好处的，到底不一样啊，以后我们有什么事儿，你可要帮忙啊。"

范雯雯一口答应："没问题！"

范娜娜今天最开心，穿着一身大红裙子的她比花儿还要娇艳，跟江风一起给姐姐敬酒时，幸福满满："姐，一会儿别走啊，咱们玩去。"

范雯雯冲江风挤挤眼："那肯定，可得让江风请客。"

江风没想到范雯雯会回来，他强压着心里的波澜起伏，表面上看起来就是个快乐的准新郎。

幸福需要多"秀"一"秀"才有意义，在歌厅唱歌的时候，范娜娜忍不住向范雯雯讲起她的幸福："江风妈妈对我可好呢，这个房子的装修我没费什么劲儿啊，都是他爸妈他们弄好的。这个戒指是江风专门为我定制的呢，我很喜欢……"

看范娜娜闪耀着光芒的戒指在眼前晃啊晃，范雯雯心里闪过一丝丝难过，凭什么自己就得所有的事情都操心？明明自己也和范娜娜一样年轻啊，看到桌子上的啤酒瓶，范雯雯随手拿来，打开喝起来。

范娜娜呆住了："姐，你什么时候学会喝酒了？"

范雯雯苦笑："你没听过吗？'人在江湖飘，哪能不挨刀。'你姐也是个俗人啊，喝酒算什么啊，你也来一瓶。"

范娜娜也豪气地端起酒瓶："好，今天我就好好陪姐姐喝！"

等江风唱完《来生缘》，回头看到姐妹俩面前成堆的空酒瓶，惊呆了。范娜娜哑哑嘴，满面酡红："呃，这啤酒，还真是怪难喝的。"

范雯雯则摇晃着身体挥挥手:"江风,你自己唱,我和娜娜啊,要不醉不归。"

姐妹俩碰了碰酒瓶子,嘻嘻笑着,江风只好继续唱歌,几巡酒过,范雯雯略有醉意地对范娜娜道:"娜娜,其实我真羡慕你。"

范娜娜咯咯笑着推推姐姐:"羡慕我什么,我还一直羡慕你呢,我原来的作家梦想都扔了,学校里的孩子们也不好好教了,梦想只实现了一个,就是嫁给江风。哈哈。"

范雯雯搂过妹妹,心酸地说:"你啊,一直在父母身边,什么心也不用操,每天把自己打扮得漂漂亮亮,过着和从前差不多的小日子。可是我呢,奋斗,奋斗什么啊,每天在路上风尘仆仆地奔波,变得越来越邋遢。户口没有,编制没有,只是个北漂打工妹,我的工资,挣得和你差不了多少,要知道,北京的消费和盐湖没法比,对你来说,算是高工资,对我来说,不过刚够生活。我还有什么梦想啊,当年一冲动想当'战地玫瑰',现在呢?每天不过是像个传声筒一般写写稿子,闲下来还有那么多的家务活要做,什么出国啊、进修啊,根本想也别想。"

江风不再唱歌,呆呆地听着姐妹俩说话。范娜娜也搂住姐姐:"姐姐,你怎么这样说自己,你不知道我有多羡慕你。我从小就比你差,心里一直想超过你,尽管文章比你写得好,可最终你当上了让人羡慕的记者,我却只当了小学老师。小城市的生活是轻松,可是也单调啊,还要被父母控制着。你多好啊,可以拥有那么丰富的人生体验,我呢,就教教小孩子……什么梦想,什么作家,都是浮云,天上的云,干杯,干杯吧!"

江风夺下两人的酒杯:"好了,别喝了。走吧走吧。"然后一手扶着范娜娜,一手扶着范雯雯出了门,他先送了范娜娜到家,送范雯雯时,范雯雯睡着了,不知不觉靠在他身上,江风小心翼翼地伸手搂过这个自己爱了多年的女孩,心疼得无以复加。此时此刻,车子正好经过盐湖,江风抬起头来，正好看到了满天的流星雨，像极了当年的模样。

惦记着此行的第二件事，第二天一早，范雯雯吃完饭就坐上了开往何玉家的大巴车，很快到了夏山县，这里依然是青山绿水，而远远看起来，山尖上的学校依旧和印象中的一样残破。何玉来接范雯雯，范雯雯搂住了她："小姑娘，长高了啊。"

何玉开心得笑成一朵花："姐姐，我一直盼着你能来呢。走，先到我家放下行李。"

何玉提起范雯雯的铺盖，范雯雯想要抢过来，何玉怎么都不肯。

范雯雯刚进了何玉家窑洞，忽然外面涌进来一堆人，他们手里拿着些当地特产，见了范雯雯就把这些枣、板栗、山楂往范雯雯手里塞，嘴里不停地说着："范老师，你多吃点，范老师，多住几天。"

看着山里人一张张黑红的脸，范雯雯赶忙接着："好，好，谢谢大家。"她一心想快点去看学校，和大家聊了一会儿就让何玉带她上山。去往学校的途中，一路小溪潺潺，野花盛开，鸟鸣声声。何玉带着范雯雯在山间穿梭，范雯雯安安静静走着，看着满眼碧水鲜花，眉间也渐渐舒展开来，心里有了在北京从来没有过的满足与欢乐。

到了学校，校长还是当年的校长，只是老了很多。范雯雯问起他这里的情况，校长深深叹息，不仅校舍摇摇欲坠，这里的师资也依然令人担忧，没有老师愿意来，除了校长和偶尔来支教的老师，都是周围的一些村干部在这里兼职当老师。几年了，很多孩子们连普通话都说不标准，更别说掌握英语、计算机这些课程了，校长心里着急，又不知该怎么办才好。

范雯雯记录着眼前听到的这一切，看着窗外，心里比当年还要沉重。一个个小脑袋不知什么时候聚集到了教室外，好奇地看着范雯雯和何玉，范雯雯一时兴起，对校长道："我给孩子们上两天课吧。"校长惊喜地答应，何玉像赶小鸡一样把孩子们赶进教室，范雯雯翻开书，绘声绘色地开讲，虽然她没有备课，但丰富的知识素养有效弥补了她教学能力上的短板。校长在教室最后认真听着并记着笔记，学生们专注地听着，不知不觉，范雯雯就讲得浑然忘我，手舞足蹈起来，学生们也听得全神贯注，欢笑连连，一节课下来，竟然十分成功。

下课了，校长激动地迎上前来："范老师，你讲得可真好啊。囊括了所有知识点，又生动风趣，你在北京，偶尔也会当老师吗？"

范雯雯摇摇头："没有啊校长，我就是专职记者。"

校长有点失望，转而又道："范老师，你真的很适合做老师，你看孩子们的反应就知道了。"

范雯雯笑道："我也没想到呢，我讲课时，居然发挥得还不错，而且看着孩子们的样子，特别有满足感。"

校长诚恳地握着范雯雯的手："范老师，你一定要多待几天，好好教教孩子们。孩子们太需要这样的老师了，现在的乡村教育根本留不住人，这样下去，会耽误一代人啊！"

范雯雯点点头："校长放心，我在的这几天，一定多多给孩子们传授知识。"

欢乐的时光总是过得特别快，这几天，范雯雯带着孩子们升国旗、做游戏，给他们讲解故宫、长城，讲解外面的世界，孩子们都舍不得这个亲切的大姐姐离开。何玉一次次跑了进来："姐姐，你真的要走吗？"

范雯雯爱怜地摸摸她的脸："对啊小姑娘，姐姐得回北京上班。"

何玉好奇地问："姐姐，记者是做什么的？"

范雯雯笑了："记者啊，就是把大家不知道的新闻告诉大家。"

何玉："哦，那姐姐，你当记者有当老师开心吗？"

范雯雯沉默半晌才答道："没有和你们在一起高兴。你们很纯净，把你们原本不知道的事情想办法让你们了解了，是一件非常有成就感的事情。可是，记者不是这样的，其实有时候，我也在质疑我自己是否适合记者这个职业，唉……"

说到这里范雯雯才醒悟过来，不该和一个未成年的孩子讲这些，她看着何玉："咳，我跟你说这些干什么，你慢慢就知道了，答应姐姐，在学校要好好学习啊。"

何玉答应着，又问："姐姐，你最喜欢什么东西？"

范雯雯随口道："姐姐啊，喜欢美丽的花。"

夜里，小雨淅淅沥沥地下了起来，范雯雯在雨声里翻来覆去地"烙饼子"，很晚了才沉沉睡去，门外的响动她一点也没有听到，等到范雯雯早晨起床，穿好衣服拉开窗帘，瞬间就惊呆了，窗户边站满了孩子们，挤在屋檐下安安静静等着她。

范雯雯一下子冲出院子："孩子们，你们这是干什么，赶紧回来。"

孩子们拿着东西冲向她，抱住她，"我们怕吵着你睡觉，姐姐你别走了。"哭声响成一片，范雯雯的眼圈红了，眼泪哗地流了下来。这久违了的温情、这大都市没有的平静、对教师工作的喜爱，让范雯雯忽然产生了留在这里的想法，但是，只有一瞬间，她便否定了自己，这样回来，岂不是证明自己在北京过得不好？郝刚又该怎么办？

第十四章

空港区的拆迁正在如火如荼地进行着,范大看了看规划图,确实如村长所说,学校不在拆迁的范围内,便也没有多关注这件事,所以这一天他被村长的手下请到大会现场时,整个人都是蒙的。现场人山人海,范二也在其中,村长正拿着个大喇叭给村民开大会:"因为修建飞机场,区里对我们村进行了征地,最新方案决定,大家的征地补偿款是一亩三千元,很快就要发放到村里了,一下子发了这么多钱,是好事,大家想不想好上加好啊?"

村长的跟班带着几个人起哄:"当然想!怎么好上加好?"

也有很多村民嘟囔着:"好什么好,不征地我每年能收入三千,征了以后该咋生活?"范二的果园不在这次征地的范围,但他听到周围人说话的声音,便也高声喊着:"我不同意!"

可惜他的声音被嘈杂的喇叭声和说话声淹没了,村长指着不远处的别墅："钱放到口袋里只会越花越少，放到银行那点利息，只够买菜。我给大家想了个办法，这次我也要参与工程建设，准备盖上那样的小别墅和楼房，让咱村整体搬迁过去。你们知道，盖房子需要的钱多，银行非要贷给我，我可不要。我是村长，得时刻想着大家，不能只让自己富裕。我打算每个人先发一半拆迁款，另一半钱我拿着去投资盖房，只用半年，利息百分之五，按月付利息。这是动动手就能挣来的，一点心也不用操的钱啊，乡亲们！"

众人瞬间炸开了锅，议论纷纷。这么高的利息比存银行划算多了，大家都没有注意，村长带来的几个人悄悄围住了会场。

村长一把搂住身边的范大："咱们德高望重的范校长，为了大家以后的好日子，这次也成了我的合伙人，一次性投了四十万。"

范大一下子晕了，这是演的哪一出？怎么自己好好的就给村长背开锅了？他想问村长，可手被村长牢牢钳住，他想反驳，可村长在他耳边的一句话，就让范大投降了："我大伯叔叔都在，我还能骗他们？"范大咬了咬牙，算了，村长总不至于骗他自己的亲人吧？

范大自我安慰着，范二被大哥的表现弄蒙了，不知道是村长真的说动了哥哥还是其他啥原因，他也不敢吭气了，下面的村民沸腾起来，最初还有不少反对的声音，但随着村长的手下把他们一一拽出人群，喊"同意"的声音越来越大，越来越多，很快就有许多人上去签字，签了同意书。

范雯雯这几日不在，郝刚竟然觉得挺轻松的，吃饭就在食堂，睡觉在宿舍。他可以专心致志搞学问，不用担心房子结婚这些麻烦事，可这些话他哪敢说，打电话还得装模作样地让范雯雯早点回来，郝刚都觉得自己的爱情越来越虚伪了。这天上班时，郝刚碰到研究所已经退休的老主任，见他拿着文件在路上徘徊，便停下来问："主任，您怎么来了？"

老主任有点不好意思："我的工资不知为什么没有追加，我想问问，但是财务科查不出来为什么。"

郝刚明白了，他拉着老主任："主任，您到我们办公室坐会儿，我去给您问问。"

老主任摇摇头："退休了就别回去讨人嫌了，我就在这等着你吧。"郝刚愣了一下，让老主任坐下，自己接过资料去帮他问。

郝刚到了财务科很快就查清了问题的原因，他顺便也把事儿帮老主任给办了，等把资料和单据交给老主任时，老主任感激不尽，喃喃道："谢谢，谢谢，你不知道，我刚才去咨询时，他们那些人，唉，走走，我今天中午请你吃饭。"

郝刚忙拉住老主任："别别，您来了，肯定是我请您。"

两人在门口一家小饭馆坐定，老主任酒酣耳热之余，感慨起来："郝刚啊，当时在所里大家都巴结我，你总不屑于跟我走太近，我就是看在你爸爸的面子上不和你计较，对你也没有多好。可今天来，人人都对我避之犹恐不及，反而只有你来帮我。真是想不到啊！以后有机会，你和我一起做做课题好不好？"

郝刚完全没想到老主任会说这些，他停下了筷子："主任，您认得我父亲？"

老主任也是一愣："我和你父亲是同学，你进研究所就是他托我办的，你不知道？"

郝刚只觉得耳边嗡嗡直响，他一直以为自己是靠本事考入的研究所，原来一样离不了关系，而且父母从来没有和自己说过。这显然是个谋划已久的骗局，难怪同事们以前看自己的眼神那么奇怪！是不相信自己能力还是什么原因让他们这么做？可是欺骗自己的人是父母，说到底也是为了自己好，自己能怎样呢？郝刚突然觉得自己一直以为引以为傲的东西都那么可笑，老主任还在继续絮叨着："虽然我很欣赏你，但是，郝刚，这样只一味埋头做学问是不行的，要多适应社会才是。我们毕竟都是俗人，得要养家糊口啊。"

郝刚强迫自己冷静下来，可声音还是有种变了调的压抑："我女朋友是个淡泊名利的人，她不在乎任何物质利益，再说华罗庚、陈景润这样的大学者，哪里有时间搞关系，我也想成为这样的人。"

老主任诧异地看他一眼，本想说时代早已不同了，在成为大学者之前还得先吃饭，但看看郝刚的神色，就明白郝刚根本不接受自己的劝诫，只得道："那你真是太幸福了，祝福你，这么好的女朋友赶紧娶回家吧。"

范雯雯从盐湖回来，一开门进家，就闻到一股巨大的味道。家里很乱，碗、衣服都没洗，在那里泡着，垃圾堆得到处都是，水龙头没有关牢，一点一滴流着水。范雯雯手忙脚乱地关上水龙头，忽然发现走之前给郝刚做好的饭，郝刚却没有吃，都长了绿毛，水池边的垃圾筐里已经臭了，生了蛆，一拱一拱地蠕动着……范雯雯强忍着恶心，把垃圾扔了，锅洗了，扫了地，又拖了两遍，然后开窗通风。忙完这一切她很疲倦地坐着，忽然就落下泪来。

陈来在办公室里看材料，快递送进来一个大包裹，陈来签了字打开，看到包里是他送给范雯雯的东西，他拿起电话就打给范雯雯。正在默默哭泣的范雯雯看到陈来的来电，眼泪像断了线的珠子往下掉，她真想接起来和这个一直关心爱护自己的男人聊一聊，可又知道自己不能这么做，便任由它响着。手机响了七八声断了，陈来烦躁起来，一把扔了手里的材料。

坐在研究所很久了，郝刚还是平静不下来，没等他拨通母亲的电话，母亲的电话已经先来了："郝刚啊，你和雯雯把房子也买了，差不多就结婚吧，家里亲戚一直问，给你们办了我们就放心啦。"

郝刚答应一声，还是忍不住问："妈，当年我进研究所是爸爸找的关系？"

郝刚妈妈一愣，答道："是啊，他们正好要人，你爸看你专业符合，就推荐了你。"

郝刚忍不住："为什么不让我自己试试？"

郝刚妈妈："郝刚，前提是人家要，你符合要求，你爸爸才能推荐。而且你也一直没有主动去找过工作，一直等着工作来找你，这不正好满足你的要求，工作找你？"

郝刚被母亲噎住，一句话也说不出来。母亲又道："你也不是小孩子了，成熟点，人是社会人，不是只对付好工作就行了。何况条条大路通罗马，只要目标达到，不违背自己内心原则，为什么要那么死板？"

郝刚挂了电话，一句话也说不出来。

等到郝刚回到家时，范雯雯已经把家彻底收拾得干净整齐了，看着焕然一新的房间，郝刚不由得环住范雯雯的腰喃喃道："雯雯，你真是个干净又贤惠的姑娘，不爱钱，只爱我，从来不以爱的名义要求我……"

范雯雯想说爱你并不意味着永远为你收拾烂摊子，爱你和金钱并不矛盾，别给我贴贤惠的标签，我爱你也希望你爱我，我可以不要求你但你不能自己不要求自己……可她最终什么也没说，只是苦涩地笑了笑，也不知是对自己，还是对郝刚。

郝刚对范雯雯的心理变化浑然不觉，还喜滋滋地说："我今天给我们已经退休的老主任办了件事，老主任直夸我呢。"范雯雯："哦，是吗？他说你什么了？"

郝刚："他不但夸我不看人下菜碟，还夸你淡泊名利，我觉得很幸福。

其实我想不明白，人们要那么多钱干什么？日子过得去就行了。我们知识分子，怎么能一门心思赚钱呢？"

范雯雯张张嘴，不知道该说什么。

这时，郝刚已经转移了话题："雯雯，我妈催我呢，咱们这一两天去领证吧，领了证搬新家，就能比现在舒服点了。"

范雯雯听了他的这一番话愣住了。

郝刚看到范雯雯的反应有些诧异，扳过她的脸来问："怎么了？"

范雯雯醒过神来："哦，没事，好的，好。"

郝刚又问："要不你做顿好吃的咱们庆祝一下？"

范雯雯机械地回答："我炖点排骨吧。"

郝刚点点头："行。"

郝刚电话这时正好响起来，郝刚接起来："哦，茹雪，有个数据不对？行行，我马上过去。"

郝刚边换鞋边对范雯雯道："我去趟研究所，你先炖着排骨，一会儿我回来吃啊。"

范雯雯点点头，郝刚出门，范雯雯慢慢地走到厨房，机械地剁着肉，把排骨炖上，然后呆呆地看着玻璃上自己的影子，环顾四周，自言自语："就这样结了婚？为什么没有想象中的求婚？以后我就要这样洗衣做饭过一辈子吗？"

一想到这些，范雯雯忍不住打了个寒战。

看范雯雯一口就答应了，郝刚心里很满意，这份欣喜足以让他把白天的不快扔到一边，哼着歌踏上了回研究所的路。茹雪在所里等着他，手里摩挲着一个小盒子，这个小盒子，装满了她和郝刚的全部记忆。今天叫郝刚来修改数据是假，真正的目的是她不想再等了，一年多了各种诱惑和暗示郝刚都没有反应，茹雪觉得郝刚真的是不开窍，今天又隐约听到郝刚家里逼婚，茹雪怕再耽误下去，郝刚就彻底成了别人的了。

郝刚笑容满面地进来，茹雪眼波流转，看着他到自己身边，马上紧紧挨住，和郝刚说着课题的事情。

郝刚听完说："这个简单。我修改一下就行了。"

茹雪："哦，因为明天我要拿上去报名，所以这么晚了找你来，真是不好意思。"

郝刚高兴地答："没事。"

茹雪看他这么高兴，忍不住问："今天有什么高兴的事儿啊？"

郝刚："我要结婚了，女朋友刚刚答应了我的求婚。"

茹雪如遭雷击，愣在当场。

郝刚还在自顾自地说着："算算我们谈恋爱的时间也不短了，也该结婚了……"茹雪拿起包就往外走。郝刚感到有些莫名其妙："茹雪，茹雪，哎，你怎么走了，我改完了怎么发给你啊？"茹雪已经走得没影了。

郝刚奇怪："这是怎么了？"

研究所外的小径上，花开得正好，满园子都是沁人心脾的香，然而此刻的茹雪走在路上，只觉得孤单又凄凉，眼泪不知不觉就流了一脸。月光照着她的背影，茹雪忽然停住了脚步，又折了回去。

郝刚正在发愣，看到茹雪跟跟跄跄进来，忙起身扶住她，问："你怎么了？"

茹雪拿出小盒子交给郝刚，眼睛却不看他，低着头说："我现在鼓足了所有的勇气来向那个暗恋多年的人表白，希望一切还来得及。如果来得及，我等你到今夜十二点，十二点……"

茹雪眼圈红了，转头走了。

郝刚疑惑地打开盒子，里面是小花、贺卡、玻璃珠子、明信片，还有茹雪这么多年为他写的日记、珍藏的他的照片……一件件，在他面前展开，郝刚一页一页翻看着，惊呆了。

排骨在锅里慢慢炖着，咕嘟嘟冒着泡，范雯雯心里觉得堵得慌，给范娜娜拨通了电话，抱怨郝刚没有给他一个梦想中的求婚仪式，而自己，竟然就这么稀里糊涂地答应了郝刚，而且这还是件不得不做的事情，自己只能答应。本来应该是她人生中最幸福的事情，却并没有想象中那么开心。范娜娜安慰范雯雯，说郝刚就是这样的实在人，虽然不浪漫，但是可靠，范雯雯也知道没有办法要求郝刚，也只能长叹一声，挂了电话。江风正好此刻来看范娜娜，听到范娜娜说范雯雯要结婚了，替她高兴的同时，也替自己凄楚，这世间总有爱而不得的人，总有醒后就忘不了的梦，每个人都希望所有梦想都成真，可事实上，又怎么可能呢？

不知道过了多久，郝刚的手机响起来，范雯雯问他："怎么还不回来？开饭了。"郝刚答应一声，慢慢合住了小盒子，放进包中。他不是没有怀疑过茹雪对自己的感情，但又总是下意识地否定，自己喜欢茹雪吗？郝刚在心里暗暗问了一声，又马上摇摇头，现在说这些，有意义吗？

茹雪哪儿也没去，径直回了家，她紧紧地抱着手机，看着时钟。时钟终于指向十二点，手机却一直没有响起来。茹雪绝望地尖叫一声，把手机砸了出去。那一边，郝刚也终于释然了似的，放下手机，闭上了眼睛。

太阳还没升起，范雯雯就早早起来，手忙脚乱地切菜焖米饭，郝刚则一直在呼呼大睡，范雯雯做好饭，把饭盒放到包里出门上班，最近家里的钱有点紧张，要是结婚估计还得花不少钱，得省着点。范雯雯决定从今天开始自己带饭。又怕别人知道了嘲笑她，等人都走完了，范雯雯才拿出饭盒，在微波炉里热了热，打开来吃。正吃着，雪白的米饭上忽然覆盖了一个影子，范雯雯忙抬头看，陈来正一脸心疼地看着她。

范雯雯不知所措："陈哥，你怎么来了？"

陈来："雯雯，大中午的你就吃这个？大米配青菜？走走，你和我吃饭去。"

范雯雯摇摇头："陈哥，你的好意我心领了，但是我还是不去了。米饭配青菜，就挺好，太贵的东西，我消受不起。"

陈来听懂她话里的意思，拧起眉头："你这个姑娘，怎么这么倔呢？这样吧，你要是缺钱，来我学校做兼职吧。"

范雯雯还是摇头："你的好意我心领了，但是我不能去。"

范雯雯继续埋头吃饭。陈来看了她一阵，又道："你是打算让我天天来吗？不觉得我们应该聊聊吗？"

范雯雯长出一口气，知道自己是拗不过陈来的，只得站起身来，摸了摸早已紧张到汗湿的后背，跟着陈来到了一个西餐厅。

二人刚刚坐下，范雯雯就迫不及待地对陈来道："陈总，谢谢你对我的好意，但是我马上就要结婚了，明天一早就去领证。"

陈来笑起来："雯雯，你结不结婚，和我对你的感情不冲突。人生在世，总要有一点大家公认的东西撑门面，比如婚姻，比如家庭，但其实我们不过都是人间的过客，这些东西给别人看看就好了，最重要的是自己内心的感受。咱们俩能认识就是缘分，在初恋以后，我没有再这样喜欢过一个人，我不想对不起自己的感情。你可以有家庭，只要你也喜欢我，我们还能在一起就够了。"

范雯雯闻言目瞪口呆，想好的话全堵在嘴里。

陈来很满意，他给范雯雯舀了一勺鸡汤："吃饭吧。雯雯，到了我这个年龄，你就会明白，比起世俗的婚姻，一份难得的感情更重要，完全可以不拘形式。"

范雯雯憋了半天才说出一句："可是我们不是应该对感情负责吗？"

陈来苦笑："这世间有太多的事情，我们不能做主，我已经错过了太多，现在只想对我想负责的感情负责。"

范雯雯仍执拗道："可我不想和任何人分享爱人，我要一心一意的爱情。"

陈来摆摆手："雯雯，你不用着急回答我，你慢慢考虑，但我相信，总有一天，我会打动你的心。你敢拍着胸脯告诉我，对我一点感觉都没有吗？"

范雯雯说不出话来。陈来满意地说："吃饭吧，吃饭吧。我请你啊，别再和我争了。"

送走范雯雯，陈来回到办公室，打开抽屉，轻轻抚摸着旧钱包夹层里珍藏的一张照片，俯下身子，尽量让自己挨着照片，良久才道："其实我早应该知道，再也不可能有人像你一样那么爱我了……"

连漪和范雯雯在后海肩并肩地走着聊天，四周小店里流淌出动人的音乐声，奏响着一首首爱情的歌，可是在范雯雯听来却觉得刺耳。连漪正苦口婆心地劝她："雯雯，我很反对你这么匆忙结婚，郝刚根本就不够成熟，他不知道什么是责任。你们结了婚，万一有了孩子你会更累，你的职业理想呢？你的价值实现呢？都算了？"

范雯雯："我不想再讨论这件事情的是与非，我只想把生活往下继续。"

连漪很无奈："雯雯，如果连这一秒都过不好，又谈什么继续生活？你这是在逃避！我就是教训，活到这把年纪了才明白，你可千万不要步我的后尘。"

范雯雯苦恼地说："都到这个程度了，我又怎么能突然说不结婚？何况郝刚还有病，气坏了他怎么办？"

连漪："可是，生活是你的，你总得对自己负责任。"

范雯雯："连姐，你不要再说了，如果这个选择是错的，我也没办法回头了，结婚后我慢慢培养郝刚吧。毕竟他还是爱我的。咱俩逛街去吧，我多少添置点东西。"

连漪怜惜地看着范雯雯。商场里人来人往，柜台里漂亮的首饰比人还多，让范雯雯看得眼花缭乱。可逛了半天，什么都没买，连漪劝她："雯雯，喜欢就买了吧，一辈子就结一次婚，别亏待了自己。"范雯雯还是摇摇头，拉着连漪往前走。范雯雯忽然站住了。一件似乎闪耀着金光的婚纱，就在她面前，散发着亮光。

连漪推着她："雯雯，这件婚纱绝对适合你，赶紧试试，试试。"

范雯雯本想拒绝，可金光晃得她睁不开眼："那要不我试试？"

连漪忙叫："导购员，来，给我这小朋友挑个她的号。"

范雯雯试着婚纱，导购员给她束好腰，范雯雯拉开帘子走出门去。连漪的嘴巴顿时张成了"O"形。连也在周围逛街的人也都停下了脚步，看着光彩照人的范雯雯。范雯雯转过身来面对镜子。镜子里的她如梦如幻，仙女一样漂亮。

连漪惊呼："雯雯，太漂亮了，太合身了，这件婚纱简直就是给你定做的，一定要买下来！"

范雯雯怯生生地问导购员："多少钱？"

导购员："五千。"

范雯雯一愣，她依依不舍地看着镜中美丽的自己，黯然地对连漪道："连姐，我还是不要了。"

连漪简直要气死了:"姑娘啊,你省下钱来要做什么?"

范雯雯的声音越来越小:"还房贷、交房租,还要省下来攒钱还给公公婆婆给我们买房子的钱。"

连漪:"你这个郝刚……哎,不说了。你们拍婚纱照了吗?"

范雯雯摇摇头:"郝刚说没什么必要,不用拍了。"

连漪拍拍范雯雯的肩膀:"走吧,咱们再看看别的。"

范雯雯一步三回头地离开了那家婚纱店,连漪看在眼里,暗暗摇头。

连漪开车拉着范雯雯,在灯红酒绿的街道穿梭。范雯雯的心里到底还是有些难受,她迷惘地问连漪:"连姐,你说为什么我只能每天灰头土脸地在街上奔波,每个月拿着极少的工资,还要第一时间还了贷款,再存些钱。别提化妆品了,连护肤品都买不起。甚至,我就要做新娘了,在这一生中最美丽的时候,我仍然穿戴着最廉价的衣装和首饰,稀里糊涂地步入婚姻的殿堂?如果回到盐湖,至少能住着宽敞的大房子,也不会这么早就开始洗手做羹汤,现在在北京待得这么辛苦,又是为了什么?"

连漪一打方向盘:"走,和连姐喝酒,连姐告诉你答案。"

两人在簋街坐定,闪烁的霓虹照耀着范雯雯,洒下阴晴不定的光影,连漪给范雯雯倒满酒,范雯雯接过,一饮而尽。

连漪:"雯雯,你和郝刚有个共同的问题,也是你们这一代人的问题,就是你们两个家庭条件都不错,从小顺利,所以习惯了等待,根本不会主动出击。"

范雯雯睁大眼:"主动出击?"

连漪:"对,你选择留到了大城市,是这个城市的第一代移民,所有的资源都要你自己拼来。你们早就应该学会用大城市的资源来发展自己的事业，而你们这些从小不知人间疾苦的孩子，一直在完全听凭命运的安排，还是像学生时代一样，等待别人给你们安排好所有的路。事实上是不会有人给你们安排的，你们父母的资源根本够不到北京，所以你们才过得还不如留在家乡。比方说，你口口声声喊着要做'战地玫瑰'，可你想过没有，你为成为战地玫瑰做过些什么？要成为涉外记者，为什么不去考新华社？是因为英语不好吗？那为什么不去学？"

范雯雯从来没有想过这些问题，听了连漪的一番话如遭雷击。

连漪继续："你和郝刚，表面上看是成年人，实际上根本就是小孩子心态。范雯雯，你最爱唱的歌是《追梦人》，你渴望像玛丽·科尔文一样，追逐自己的梦想，可你根本没有勇气，你舍不得付出；你得过且过，还安慰自己，说你不擅长跑关系！你赚的钱少不够花，是因为你不够拼；你还觉得没有人慧眼识珠！可你做了什么，能让别人意识到你是一颗珍珠？发了几篇头版头条，那是你做记者的本分，没什么可骄傲的。你要做的是摸摸自己的心，搞清楚自己到底要的是什么。"

范雯雯已经完全呆住了。这时，服务生把菜上来了。连漪缓了一口气，给范雯雯斟满酒，嫣然一笑："连姐今天话说得有点重。如果你想在事业上有所发展，不妨想想连姐的话，看看我们周围的成功人士，哪个不在拼？奋斗就会累，有爱就会痛，想不累不痛，就回家去，做父母的小公主大少爷。不过呢话又说回来，连姐觉得吧，你要是不在意这些，两人感情好，也很重要。看看连姐现在这样，即使事业成功了，又有什么意义呢？"

范雯雯缓缓地喝完一杯酒茫然说道："可是，我的感情，好像一直以来只有我在付出……也不那么成功……"

连漪又给范雯雯斟了一杯酒："对，雯雯，这是连姐另外要和你说的。你必须学会让郝刚和你一起承担婚姻，婚姻是两个人的事，绝对不是你一个人可以扛得起来的,你这样大包大揽,到最后害的是自己,十年以后,你就再也没有机会实现自己梦想了,那时有了孩子,恐怕你更多的精力要给他。而婚姻的琐碎,迟早把你消耗掉。"

范雯雯举起酒杯:"连姐,干了。谢谢你,我一定努力振作精神,为了以后好好奋斗,让郝刚学会承担!"

范雯雯喝得醉醺醺地回到家,郝刚皱起眉头数落:"雯雯啊,我们明天要领证去呢,你怎么喝成这样子?"范雯雯抱着他:"郝刚,我不能,不能后悔,但是,你也要承担,承担。"郝刚不高兴:"说什么呢?一和连漪出去就喝酒,以后少和她来往。"伴随着郝刚的唠叨范雯雯已经睡着了。

月亮落下太阳升起,这一天看起来和从前一样,可对范雯雯来讲,一切又都不一样了。范雯雯和郝刚到民政局领了结婚证书出来后,范雯雯突然觉得,自己在这个偌大的城市里从此有了依靠,她就是郝刚一辈子的亲人爱人了。

两人找了个饭店要庆祝一下这个特殊的日子,郝刚突然开口和沉浸在幸福里的范雯雯商量:"对了雯雯,有个事和你商量下,等到婚礼日期定了,你先回我家帮我父母筹备婚礼,等我忙完手里的事情也回去。"

范雯雯一下子从幸福的美梦中醒来,下巴都要惊掉了:"什么?不行!这又不是我一个人结婚,再说,我还得上班呢。"

郝刚:"你看你,怎么那么不懂事呢,你上班可以请假啊,我只是回去晚一点,又不是不回去,再说,我也是为了多报点课题费多赚点钱啊。筹备婚礼,难道不要用钱吗?"

范雯雯想反抗,可又不忍心破坏气氛,最终还是忍住了,点点头同意。郝刚满意地举起酒杯:"干杯!"

皓月当空，范大还在学校里忙着，会计走进来递给范大一摞票据："这是这个月的收费条。"

范大接过看看，边翻看边皱起眉头："怎么又收卫生费？这样下去，会把家庭条件不好的学生都逼走的。"

会计忍不住抱怨："范校长，您可不能用以前公立学校的思维来管理咱们学校啊，咱们这是私立学校，就靠学生生活呢，不收他们的钱，咱们怎么办？"

范大摇摇头，抽出何玉的收费条："把这个孩子的免了。"

会计无奈地接过转身欲走，范大又喊住了他，带着他径直上了教学楼二楼，会计惊讶地看到，顶头的一间教室里，还点着一盏照明灯。何玉正在专注地看书，范大和会计悄悄走进来，站在她身边，何玉完全没有察觉，直到范大咳嗽一声，何玉才猛地抬起头来，看到范大，忙站起来："范校长，您怎么这么晚了还上来？"

范大："我看见这边还亮着灯，就上来看看情况。"

范大翻着何玉看的书："开始看初二的教材了，初一的课本都自学完了？"

何玉羞涩地点点头。

范大："好孩子，你还在勤工俭学是吧，打扫操场？"

何玉点点头："是的，范校长。"

范大："你怎么有那么多时间？"

何玉："我利用扫地的时间背单词，利用擦黑板的时间再复习一遍公式，利用睡前默诵一遍课文，这样就不会落下功课，还比别人时间多了好多。"

范大爱怜地摸摸何玉的头："好孩子。要是受得了，我安排你跳一级咋样，还能减轻家里负担。"

何玉忙说："受得了，受得了。我想早点毕业，和雯雯姐一样，去北京。"

范大不易察觉地叹口气："好了，你再看一会儿书也回去吧。身体也很重要啊。"

范大和会计出了门，回头凝视着那微弱的灯光，对会计道："你看到了吗？知道我为什么免除这个孩子的费用了吧？因为这就是我们教育的希望之光。"

同一轮明月下，江风正和范二边抽着烟边聊着，下午王主任找他谈了话，之前的调研报告结果显示，范家村存在着各种问题，一些村民对村长意见极大，因为范家村已经划归港空区，归属上级部门的王主任不好直接插手管，就让江风利用范家准女婿的身份再深入调查一番。下了班，江风就直接来了范家村，路上他和几个人聊了聊，又找到了范二。

江风："现在直接调查他确实有难度，只能私下进行。"

范二很担心："你一定要小心，村长那一帮打手，可不是善茬。"

范二的担心不是多余的，早有人通风报信，把江风打听他的事报告给了村长，村长气得咬牙切齿，冷笑："等着我收拾他们家吧，还想坏我大事。"

太阳照耀着范二家的苹果大棚。大棚闪着金色的光芒。

范娜娜正哼着歌帮王玛瑙给苹果授粉。

范二咋咋呼呼的声音忽然从外面传来。

王玛瑙："你爸这又是怎么了？"

范二拿着一张报纸冲进果棚："娜娜妈，娜娜，你们看，市里对咱的有机苹果种植开始给补贴了。"

王玛瑙忙接过报纸："在哪呢？我看看。"

范二指给王玛瑙："你看，这儿写着，将对农业示范园区进行贷款贴息等等补助。"

王玛瑙嗔怪他："我还以为直接给咱们果园呢，你看看你，人家政策说的是农业示范园，又没说给咱们。"

范二着急起来："你看看这条件，十里八乡还有哪一家比咱们更符合？肯定是给咱们。"

小货车的声音远远传来，在三人跟前停下来。

果商跳下车："范叔，忙啥呢？"

范二："这还没到收苹果的时候呢，你怎么来了？来找叔喝酒？"

果商："叔啊，今年食品问题这么多，大家都不想吃以前打农药用化肥催熟的苹果了，听说你这里是有机苹果，人们都抢着订货，还要来采摘呢。"

范二大喜："我就知道识货的人越来越多。"

果商："可不，还有不少果商也打听着要来呢，你可不能给他们，必须先紧着我。"

范二哈哈笑起来："那必须的。"

果商："走走，现在我就把定金给你付了。"

范二乐得笑开了花："你定了，晚上我请你喝酒。"

王玛瑙和范娜娜见二人一来一往的答话不禁面面相觑，王玛瑙对范娜娜无奈地道："你爸又犯二了。"

夜已经深了，范二才哼着小曲摇头晃脑地进门。

王玛瑙骂道："范二，你又犯二了！说，今天卖果子的钱够吃饭吗？"

范二嘿嘿一笑:"娜娜妈,你根本不懂,我这是广告效应,明天,人们就上门来定你的苹果了,你就做好准备收钱吧。"

王玛瑙:"你就吹吧。"

范二:"哼,不信走着瞧。"

直到下午了还没啥人来,范二走进来又走出去,不时往远处看,王玛瑙嘲笑他:"这都下午了,还没人来,我说你吹吧。"

范二奇怪:"不可能啊。难道昨天那小伙是骗我的?明明吃饭时他说得头头是道啊。不行,我得去看看。"

村苹果合作社外,果商们在一车一车地往车上装着苹果。

村长大着嗓门吆喝:"你们可来对啦,直接到村委问,我会骗你们吗?这就是我们村的有机苹果园,赶紧多装点吧,来晚了就没啦。"

果商们向村长交钱,村长满意地数着。范大远远走过来,疑惑地看着这边红火的景象。看到范二,村长身边人着急地想阻拦,范二一把推开他,问果商:"你们这是收啥果子呢?"

果商:"这是有机果啊,这村里就一家,三块钱一斤呢,但是味道真不错,多亏村长带我们来。"

村长想把范二拉到一边,范二已经怒了,直接甩开村长的手:"村长,你咋能这么办事?明明人家要的是有机苹果,而这有机苹果只有我家种着,还没收呢,你咋把人家拉到你办的果农合作社了?还用这么高的价钱卖给人家,你这不合适吧?"

果商们都停下装车,看着他俩。村长赶紧对果商们道:"你们别听他瞎说,我是村长能骗你们吗?这就是村里的有机果园。"

范二:"村长,你怎么说我瞎说呢?我昨天才把苹果卖给小赵,就是介绍你们来的那个,你们可以打电话问他啊,是不是找的范二的苹果?

我的果园里有鸡、有猪、有反光膜、有阳水、还不套袋，苹果味道特别好，是真正的生态种植有机果，这苹果可啥也没有，还是你卖剩下的。"

村长没想到范二毫不留情面，脸一阵红一阵白，骂道："范二，你这心眼太小了，不说给村里做点贡献。"

果商们一哄而上："退钱，不要了。"

范二："这是给你做贡献吧，我可不当傻瓜。"

范二扭头就走，村长恶狠狠地看着他的背影："先是你哥，然后是女婿，现在又是你，你们全家都和我过不去，给我好好等着。"

第十五章

　　范雯雯跟单位请了假，拎着大包小包上了火车，自己先回郝刚家准备婚礼。在公婆家她每天除了收拾卫生就是装扮新房，再就是上街给郝刚买衣服，忙得不可开交。郝刚也加紧了手里的课题，准备赶紧忙完宋主任交给的课题就回家。

　　这一天他正忙着，所里的新主任忽然叫郝刚过去谈话："郝刚，怎么我三番五次让你参加所里的重点课题你都不参加，反而去帮宋主任的忙？今年这个课题催的有多紧你不知道吗？作为所里的人员，你是不是应该分担所里的任务？"

　　郝刚急忙辩解："我没有这个意思，只是觉得我对那个课题更感兴趣一些，也更对口我的专业一些。"

　　新主任冷冷地哼一声："是嫌我的课题发的钱少吧？看你穿的衬衫还是名牌，老主任真是待你不薄啊。我们做学问的，就要板凳耐得十年冷，不能因为一味追求金钱而失去了知识分子的清高。"

郝刚忍不住回嘴："主任，你戴的表也是名牌啊。"

新主任被噎住了，狠狠瞪了郝刚一眼："行了，你出去吧。"

郝刚出来，在座位上生着闷气，新主任通知大家开会，同事们陆陆续续全来了，茹雪从郝刚桌前走过，冷着脸不理他，郝刚有些尴尬。自从那次茹雪跟自己表白以后，两人已经很久没有说过话了，很多次郝刚想开口，茹雪都装着没有看见他，郝刚也只好沉默下来。

看看人都到齐了，新主任清了清嗓子讲完话，忽然宣布要对科研人员进行考核，大家都有些奇怪，然而新主任跟着的话更是让所有人都大吃一惊："今年郝刚只发了一篇论文，不符合合格的标准，只能给他个不合格了。大家有什么意见吗？"

郝刚的脸"刷"一下涨得通红，大家面面相觑。茹雪着急起来："郝刚平时做的成绩也不少，我和他的课题很快就要结项，我认为……他还是基本合格的。再说郝刚进所没几年，还是新人，应该给他点时间慢慢适应。"

新主任反问："还有新进的几名新人，成绩为什么都比他好？参与的课题为什么都比他多？这种不负责任的行为，难道应该纵容吗？"

茹雪说不出话来，郝刚气得重重地放下考核表，一推椅子离开了会议室。

会议散了郝刚才回到办公室，看到还没走的茹雪，郝刚不由得走上前来感谢她，茹雪安慰郝刚："别介意，我前年也拿了个不合格呢，所里每年都有这变态的名额，说是刺激大家上进，其实都颁给了不听话的人。这个考核也没什么用，你不用管他。"

郝刚叹气："我怎么这么倒霉，什么坏事情都被我摊上了！"

茹雪："咱们新领导心眼可不大，你是不是什么地方得罪他了？"

郝刚苦涩地笑道："可能是他女儿结婚我没去，又参与了老所长的课题，他恨上我了，茹雪，其实我只是不想把精力都放到人际关系上而已。你看我真是特别没用。"

茹雪："郝刚，有能力的人迟早会露出锋芒。可我说句实话，你并没有表现出和能力相匹配的成果。大家都很忙，没有时间去慢慢发现你的成绩，所以你只能靠时间让人们了解你，或者你付出更多的辛苦，尽早做出成绩。"

郝刚突然意识到自己其实是没有资格和茹雪这样倾诉的，不久前自己还深深地伤害了她，此刻的郝刚满心都是愧疚，他想要解释："对了，茹雪，那个，你没事吧？"

茹雪摇摇头："能有什么事？放心。"

郝刚结结巴巴地说："茹雪，你真的是个好姑娘，只是，我们遇到得太迟了……我不能辜负雯雯，她为了我留在北京，精心照顾我，什么都不让我做，我不能，不能对不起她。"

茹雪一笑，对郝刚道："我知道，追我的人很多，不差你这一个，放心吧。"

茹雪越这样，郝刚越难过。他不知道该怎么安慰这个一直对自己很好的姑娘，茹雪已经摆摆手，摇摇晃晃出了门。看着她受伤的模样，郝刚忽然觉得，自己应该分成两半，一半娶了范雯雯，一半陪着茹雪。

茹雪很聪明，她知道，对郝刚这样的人，只要一味付出就够了，巨大的内疚会让他用各种方式补偿，甚至包括——爱情。

王玛瑙正在给果园里的鸡和猪喂食，她的嘴里"咕咕"地喊着，鸡和猪欢快地过来拱食，苹果树长得欣欣向荣，一派欢乐祥和的场景。

范二满意地视察着果园，王主任一挑帘子，和江风一起走了进来。

范二看到他俩，高兴地上前迎接："王主任，您怎么来了？也不提前打个招呼。"

王主任笑着："我来看看你这果园，听说今年收成会不错，所有的苹果都订出去了。"

范二："是啊，托您的福。"

王主任道："我打算把你的经验在全市进行推广，在山坡上，这片最好的土地，全部种上有机苹果。范二，现在还可以在苹果上刻字，套袋的时候就把字剪出来，今年我去上海，看到那里的水果店卖的苹果，一面印上'平'，一面印上'安'，两个苹果就卖到十块钱，你说怕不怕？"

范二听这话倒吸了口冷气："十块钱？我这最贵的果子，才卖四块钱一斤，往年还有八毛处理的呢。"

王主任点点头："所以啊，我打算让你出去考察考察，代表咱这里的农民，学习学习，你愿意去吗？"

范二高兴得直搓手："我愿意、我愿意，太好了，我也当上代表了。"

众人见他的憨样都哄然大笑。

范娜娜依偎着江风，听他讲着爸爸的样子，一脸开心："哈哈，我都能想到我爸那个样子。"

江风："咱爸关键时候顶得住，王主任回来的路上，一直夸咱爸呢。"

范娜娜忽然惆怅起来："你们每个人事业都那么成功，我爸，我姐，你。只有我，什么也不是，都快成家庭妇女了。"

江风："你现在不忙可以继续写文章嘛，你真的写得很好的，相信我。"

范娜娜粘着江风："有你在身边，我哪也不想去。"

江风扳起范娜娜的脸，认真地说道："娜娜，我知道你很爱我，但我不是你的全部，我不想看到你因为我荒废了你真正想做的事业，我们是夫妻，应该是同行的伴侣，应该共同进步。做饭洗衣这些事情，我都可以帮你分担，你不用把所有精力都放在这上面。答应我，好好写文章，争取成为三毛一样的大作家，好吗？"

范娜娜看着江风，感动地点点头。

范二在崭新的电脑前操作着，江风在旁边指导："爸，你看，这样淘宝账号就注册成功了。你可以随时随地发苹果的照片，推广你的有机苹果，这就是最好又免费的广告。"

范二喜滋滋地说："哦，对，还能发照片。"

江风："明后天我在苹果棚里装上个摄像头，你连接到淘宝里，人们只要点开，就可以二十四小时查看苹果的施肥、种植情况，这样大家就可以认定你的苹果就是有机苹果了。"

范二连连点头。

江风看着正在看电视的范娜娜："娜娜，你过来。"

范娜娜忙走过来："你教我爸就行了吗，还需要我做什么？"

江风在电脑上操作着："我注册了个网店，地址在这里。以后，咱们家的苹果大部分批发走了，剩下的就不用妈推着去卖了，你只要在网店上发布销售信息，全国都能看得到，有了订单发货就行了。"

王玛瑙也凑过来："这么方便？太好了，这样也不怕苹果坏了。江风你可真厉害，这么先进的东西你也懂。"

范二拉着王玛瑙："哎，别说，老婆子，这样真的挺方便，你看，这里，这里……"

江风谦虚地笑笑："很快这些经验就要推广了，到时候农民就能真正受益，如果卖得好，还能免去中间商环节，直接卖个好价钱。"

范娜娜自豪地看着江风，心里却有着隐隐的担忧。

村长正在村委会里拍着桌子发脾气："怎么现在拉苹果的车子都直接去了范二家？还有其他人，都不来村委会找我卖苹果了，也太不把我放在眼里了。"

村长的跟班说："听说他们用了什么技术推广他们的苹果，一下子好多人都知道了，就直接去了家里，不通过村委了。"

村长吹胡子瞪眼："你去给我琢磨琢磨这是咋回事，咱们不把这些农民捏紧，他们就不知道谁在村里说了算，我还不信，他们就能翻了天。"

跟班答应着出了门。村长铁青着脸，攥紧了拳头，在桌上重重一击。

婚礼前三天，郝刚才回到家，神经绷了很久的范雯雯高兴地围着郝刚直转圈："郝刚，郝刚，你终于回来了。"郝刚爱怜地摸摸范雯雯的头，递给范雯雯他带回来的一个大盒子："你看看这个。"

范雯雯打开一看，里面正是之前商场里见过的那件美丽的婚纱。范雯雯欣喜若狂："你买给我的？"

郝刚摇摇头："这是连漪让我带给你的，说是送给你的结婚礼物。"

范雯雯对郝刚的不解风情极为失望，又感动连漪的仗义："连姐最近手头紧，正攒钱给孩子治病呢，为了这件衣服，她又不知会从哪里搞钱，真是太感谢她了，太感谢她了！"

郝刚凑过来问："很贵吗？为什么要买件婚纱？租一件不行吗？"

范雯雯："嗯，很贵的，要五千呢。"

郝刚不以为然："你们女人可真虚荣，这很重要吗？婚姻只是形式，没有必要这么奢侈，就几圈圈布，要五千块。"

范雯雯一愣，这些日子压抑的情绪爆发出来，忍不住回击："既然婚姻是形式，那何必举行仪式呢？你说这是奢侈那是奢侈，那我们结婚干什么呢？你找个保姆照顾你吗，不是更省钱更好使唤？"

郝刚语塞，范雯雯不理他，到一边接电话："妈，好的，你们下午就到了？嗯，我接你们。"

范大、赵淑玲、范二、王玛瑙、范娜娜还有诸多亲戚包了个车，走了快一天才到，一路亲戚们欢声笑语倒也不觉得累，就是范大的情绪有点沉闷，心想着养了多年的"小棉袄"就要嫁人了，又欣慰又心疼。范娜娜摩挲着个小盒子发怔，临行前江风和她去了趟商场，为范雯雯买了条紫水晶的项链，范娜娜看见江风对姐姐这样有心，心里不由得有点吃醋，但江风很坦诚，她也不好再说什么，只能在心里期盼着自己也能赶紧结婚，这样江风就跑不了了。

郝刚父母、郝刚、范雯雯在宾馆门口迎接范雯雯家的一众亲戚。范雯雯一见大家到了，就迫不及待地扑上来，开心得又跳又叫，郝刚爸爸和范大握了握手，寒暄一阵，郝刚一家招待亲戚们吃了饭，大家便回了房间聊着天。明天要做新娘子了，范雯雯想睡个好觉，可亲戚们进进出出，一声声喊着"雯雯，哪有水？雯雯，红包在哪儿？雯雯，饺子明早在哪煮？雯雯，外面有没有'肯德基'？"叫得范雯雯晕头转向，直到夜里两点才安静下来，亲戚们还在套间外的大床上拉着赵淑玲叽叽咕咕地说话，范雯雯一脸疲倦地关上门，敷了个面膜，打了个哈欠，瞬间就进入了梦乡，而郝刚却不见了踪影。她想过很多次新婚前一夜，也许会和郝刚手拉手去看星星，也许会大家集体去唱歌搞单身派对，就是没想过，会这么嘈杂，这么吵闹。

太阳升起，照耀着宾馆华丽的大厅，范雯雯穿着美丽而耀眼的婚纱，在地毯一端缓缓走向郝刚，走向属于两个人的未来。看着周围带着笑容的所有人，她忽然觉得有些恐惧，心中升起的竟然是强烈的想逃跑的念头，这大概就是婚姻恐惧症吧，范雯雯安慰着自己，非常非常努力地，才把这个念头压了下去。

司仪宣布："新郎新娘给父母行礼。"

范雯雯和郝刚向范大深深鞠躬，范大忽然变戏法似的拿出了一张礼单，交给司仪："你念念。"

司仪接过念："范雯雯陪嫁：十万元钱！"

众人拍手，一片羡慕范雯雯的嘘声，范雯雯的眼泪一下子就下来了："爸，你哪来的钱？"

范大神秘一笑："我有的是办法，还能让我的小闺女儿难过？"

赵淑玲也转过头去，抹起了眼泪。

婚宴已经结束，范雯雯和郝刚在门口送客人。范大在一边拉着郝刚爸爸道："客走主人安，我还有学校要招呼，雯雯就交给你们了，请你们拿她当女儿看待。"

范雯雯听到范大的话，提着礼服冲过来，急道："爸，你们干吗这么着急啊，再住两天。"

范大："不行啊，学校实在是走不开，我们先走，还得安排你的回门宴呢，你过几天回来啊。"

亲戚们上车，车门关上，范雯雯觉得大家都把她扔下了，号啕大哭，周围的人赶紧安慰着，结婚当天哭不吉利，范雯雯却怎么都控制不住，郝刚妈妈的脸色不由得暗沉了下来。范娜娜看姐姐难过，叫嚷着要下车回去陪她，赵淑玲也于心不忍，问范大："要不我留下来陪女儿？"

范大看到亲家的反应，喝斥："你们留下来干什么，不怕给人家添麻烦？回去还得安排饭呢，走吧走吧。"

车子发动走远，范雯雯孤零零地站在原地，抹干眼泪，也不敢再哭，看着车子走远，副驾驶上的范大一直看着后视镜里一个人站着而郝刚始终没有出现在她身边的范雯雯，心里疼得不得了。一转眼，赵淑玲已经开始和亲戚们谈笑风生了，范大却自己偷偷抹起了眼泪。

这世上大部分婚姻都是以爱情为基础的，可最先离开的，往往就是爱情。对郝刚来说，结婚不结婚生活似乎没什么变化，对范雯雯来说可就太不一样了。之后的几天，郝刚依然如以前一样，每天睡到九点才起床，而范雯雯就在婆婆的指导下，学会了做所有郝刚爱吃的东西，还积极表现，拖地洗碗抹桌子，力争让公公婆婆对自己有个好印象。

参加完雯雯婚礼回去的当天，范二和王玛瑙累了，便早早睡了。等到第二天早上到了果园，两个人都惊呆了。自家和周围的地里一片狼藉，所有的苹果树原本都挂了拳头大小的果子，现在都被砍断了，果子落了一地，把地上的反光膜砸得全是坑，猪圈被扒开，猪早已不知去向，鸡从鸡舍里放了出来，扑棱着翅膀乱飞，鸡蛋大部分都没有了，剩下的被砸得满园子都是，一年的心血忽然一夜之间成了一堆垃圾，范二一声嚎号，站也站不住，一屁股坐在了地上，王玛瑙拍着大腿大哭起来："哪个该死的毁了我的果园啊，叫我们可咋办呀？"一群人慢慢围拢过来，红着眼圈的邻居向范二和王玛瑙讲述了他们走后发生的事情，前天夜里，不知从哪来了一帮人，拿着斧头和大锯，见树就砍，见枝就锯，等到有村民因为狗不停地叫，觉得不对带着人过去时，所有人都跑光了，临走他们还放了一把火，村民们因为忙着灭火让这些歹徒都跑了，一个也没抓住，也不知道是谁干的。

"报警啊，你们为啥不报警啊？"范二怒睁着双眼，大吼起来。

"警察来过了，也登记了，现在正在查。"一个村民答应着，呜咽起来，"我的果子今年尤其长得好啊，再过两周就能收了，现在砍了，我可咋活啊？"

范二瘫软在地上，耳听着人们讲述这突然发生的一切，半天坐不起来，自己谋划了几年的有机苹果园，已经初见成效的心血，就这么突然没了，这打击范二根本接受不了。他突然想起了之前江风安在果园房子里的摄像头，抱着一丝希望赶紧起身去看了看，摄像头还在！范二顾不得拍掉一身泥，转身朝家里跑去，边跑边喊："走，跟我去家里看摄像头拍下的记录。"众邻居也反应过来，纷纷跟着范二往他家跑去。

摄像头记录得清清楚楚，带头来砸毁果园的，正是村长的头号跟班。范二一拳头砸在桌上："我要去找他，谁和我去？""我去！""我也去！"村民们组织起来，浩浩荡荡向着村委会进发。

村委会里，村长的跟班对村长竖起了大拇指："您这招啊，可真是高！等到范二那些人发现，说啥也晚了。"

村长眯着眼睛抽烟："砍了他们的树能多拿点地，还能让十里八乡就剩下我和我弟弟的果园了，经验也只能我去谈，奖励也只能我去拿，就范二，还想当劳模？哼！"

跟班附和："这省里市里的劳模，要选，也只能选村长您啊。"

村长："你去，找几个去年的果商来，我跟他们好好合计合计。"

跟班："好嘞。"

正在这时，门口"哗啦啦"涌进来一堆人，村长一看见范二，先是一愣，然后不紧不慢点上根烟："你们来找我是有啥事？"村民们喊起来："为啥要把我们的树砍了？"村长见瞒不住了，索性回答："你们又不是不同意拆迁，那拆迁砍果树，不是应该的吗？"

"还有两周果子就能卖了，要拆迁就着急在这几天吗？"之前那个高声质问村长的村民呜咽着问道。

村长眼睛一瞪，不耐烦地说："整个飞机场今年冬天要完工，不得争分夺秒修？耽误了咱们空港区发展的时间，你们赔得起吗？要是因为这上面怪罪下来，你们就是历史罪人！"

善良的农民还没有学会用农耕时代传下来的文明来应对后工业时代的逻辑，他们从来没有意识到自己没领悟的话会影响历史的车轮，人们哭闹的声音瞬间小了，质问的声音也淡了下去。范二可不管这些，他冲上来把村长推了个趔趄，村长周围的人赶忙拉住范二，范二怒喝："我们这些人的果园都不在拆迁范围内，为啥把我们的也砍了？"村长定睛一看是范二，居然笑了："你们的也砍了？估计是夜里他们看不见，不小心把你们的地也给捎带上了，有啥的，我回头重新报一份规划，把你们的地也列进去，一亩按三千赔给你，不让你吃亏。"

范二气得揪住村长挥起拳头就打，边打边喊："谁稀罕你的三千块钱，我要我的地，我花了多少心血啊，就被你们这么糟蹋了！"

周围的人拉的拉拽的拽，范二没有打着村长，反而吃了不少哑巴亏，村民们扑上来拉开两人，范二知道今天打不出个结果来，指着村长："我就不信没有天理了，你给我等着，我去告你！"

眼见范二的身影走远了，村长嘴角扯出一抹轻蔑的笑："你告去吧，看你能不能在我的区长表哥跟前告赢。"

范二刚走，范大就跨进了村委会，他还不知道果园里发生的那些事，给女儿的十万元嫁妆是他借的，四十万元投资的半年期限也到了，赶上第一批学生毕业时就得返还，他想把村长扣的钱要回来，把借的钱和学生的钱先还一部分。村长没听完他的话就打断了他，很客气地说："范校长,你也看见了,咱们这里的拆迁工作一直推进得不那么顺利,钱投进去了短期内周转不开,你先想想别的办法吧。"

范大还想说什么,村长已经坐着小汽车扬长而去,留下范大生着闷气,他只不过是一介书生,想不出能用什么方法来逼着村长还钱,又害怕得罪了村长导致彻底不还了,只能心里暗暗后悔当初不该投资,他神色黯然地转身离开,再到处想办法去筹钱。

江风从范娜娜那里知道了范大和范二的事,跟王主任汇报了范家村的拆迁状况,王主任越听眉头皱得越紧:"这个村长太不像话了!还有,他收的钱都去哪了?确定都投到基建上了吗?"

江风摇摇头。王主任起身快速地踱着步子:"拆迁虽然暴力,但是只能说他工作不到位,不能查他别的问题,现在当务之急是搞清楚他这样高息吸储,钱究竟去了哪里,要不然会出大事的。这样吧,你再去调查一下。"

江风答应一声,转身出了办公室,他边走边想了想,拨通了财政局的电话。

村长锁好保险柜正准备离开,江风和市财政局的工作人员走了进来,村长眼见他们的到来一愣,转而热情地招呼着:"什么风把你们吹来了,坐,坐。"

江风冷冷地说:"我们接到村民的反映,需要公开检查村里的账目,请你配合出示。"

村长:"今天会计不在,咱们改天,改天,走,吃饭去。"

江风甩开他的手:"就得现在来才行。我们刚刚看到,你把账本放进了保险柜,你考虑清楚,如果我们不查,就是纪委来查。"

村长瞪着江风,半天才说:"你们有什么资格查我的账?"

江风:"根据《村民委员会组织法》、财政部《关于开展村级会计委托代理服务工作的指导意见》,任何村民都有权利要求查看或向上级主管部门反映有异议的账目。我既代表村民,也是上级主管部门,你说我有没有资格查账?"

村长:"我要是坚持不让你查呢?"

江风:"那只有请纪委来了。到那时,估计就不是账目上的问题了。"

村长犹豫再三,还是打开了柜子,江风和市财政局的工作人员仔细对着账。村长坐在一边,冷冷地看着江风。

时针指向夜里十一点。江风站起身来,拍拍财政局同志的肩膀,"今天就到这里吧。这些文件我拿着,明天我到财政局去。"

财政局的同志答应一声离开了,江风抱着文件正准备骑电动车回家,村长忽然出来,站到江风面前。江风吓了一跳,问道:"范村长,还有什么事吗?"

村长皮笑肉不笑地说:"江风,范家女婿,好说歹说咱也是一个村的人,这么做,有点没意思吧?"

江风:"咳,范村长,我们也是接到村民的反映,履行手续而已,你不用太紧张啊。"

村长试探地问:"这账要查到什么时候?"

江风:"要是没问题,明天就查完了。"

村长嬉皮笑脸地说:"那要是有问题呢?"

江风一笑,没有回答。村长突然拿出一张卡,往江风怀里塞:"你岳父那事是个意外,回头我补偿给他,替我跟他道个歉啊,乡里乡亲的,这点钱你拿着花,以后啊有什么需要,尽管说。"

江风推让开:"村长,你真的不用紧张,身正不怕影子斜,要真没问题,你就不用给我,要真有问题,你给我也白给。"

江风说罢骑上电动车走了,村长盯着他的背影,恶狠狠地吐了口痰。

江风骑着电动车沿着僻静的村路正往家赶。路边忽然冒出个人,江风冷不防吓了一跳,他急忙踩了下刹车,就在这个空档,那人从背后给了江风一闷棍,江风倒在地上晕了过去。那人一哈腰拿走了江风的包。

范娜娜接到警察的电话,急匆匆打了个出租车直奔医院,警察见到范娜娜把一串钥匙交给了她,随后带着她来到江风病床前:"我们发现他时,他已经晕过去了。初步判断是抢劫案,现场就掉了这一串钥匙,没有东西,好在病人无大碍,你先看看他吧。"

范娜娜接过一看是江风家里的钥匙,她扑到江风床边,心焦地叫道:"江风,江风。"

江风迷迷糊糊中看到的是范雯雯俯下身子来看自己,情不自禁地想要伸手抱住:"雯雯,我没事。"

范娜娜一下子呆住了。江风还在喃喃自语:"你结婚了,过得挺好吧?我现在有了娜娜,把对你的所有记忆,都锁在了抽屉里。"

范娜娜一听这话如遭五雷轰顶,眼圈一下子红了。

江风逐渐清醒过来,他睁开眼睛看到范娜娜,顿觉一惊,忙道:"娜娜,你怎么来了?我没事。"

范娜娜努力控制住情绪,按住江风的肩膀:"别说话,好好养着,我去给你倒口水。"

范娜娜拿着水壶去开水间打水,她偷偷抹了抹眼睛,打电话给江风妈妈,让她来医院一趟,然后佯装平静地给江风端过去水,压抑着心里的惊涛骇浪,问他:"你怎么会被人抢劫,丢了什么东西了吗?"

江风看看四周:"我的包被抢走了。倒没什么值钱的,就是刚从村长那儿把账本拿出来,就出了这档子事,账是对不成了,只能另想别的办法。"

范娜娜心不在焉地点点头,也不知听到没有,只是盯着江风发呆。

江风没有察觉,继续说道:"我怀疑是村长干的,警察已经做了笔录了,他们会调查的,我现在是担心村长还会反咬一口。"

等到江风妈妈来了,范娜娜借口回家给江风拿点东西,偷偷跑回了江风家。江风有点奇怪,以他对范娜娜的了解,这种事她一定会瞒着妈妈的,不知怎么会告诉妈妈,但是他也没有多想,和妈妈聊了几句,很快就累得睡着了。

从打开江风的抽屉起,范娜娜的手和心就一直在控制不住地发抖,许多许多想不明白的事情,都在这里得到了答案,原来江风也会火热地爱一个人,只可惜那个人不是自己;原来江风也会说动听的情话,只可惜他从来不说给自己听。范娜娜一边看一边哭,眼泪都要流干了,她想不明白,自己只想要一个纯粹的爱人,为什么这么难,自己努力了这么久,原来竟然是一场笑话。姐姐知道这些事吗?是不是两人合起伙来骗她?范娜娜不愿意再想下去,她在心底长叹一声,别人的二十多年,都活出了恣意飞扬的青春,自己听话懂事,做乖乖女这么多年,全心全意爱一个人,只想着过安分传统的日子,做贤妻良母,可最后又得到了什么?到底自己是哪里错了啊……范娜娜就这么哭着,想着,离开了江风家。

午夜的街头已鲜有人迹,只有酒吧里还是一片灯红酒绿,范娜娜失魂落魄地经过,又折了回来,她突然很想去喝一杯"血腥玛丽",去疯狂地跳跳舞,体验一把不同的人生。范娜娜解开了一直扎着的长辫子,弄散了一头秀发,走进了灯火辉煌的酒吧。

第十六章

听范大说了村长不肯还钱的事,赵淑玲心烦得不行,跟范雯雯通电话时埋怨起来,范雯雯一听就蒙了,爸爸欠了人那么多钱还给自己陪嫁,她当即就决定,要把这十万块还给爸爸,被赵淑玲一口拒绝。范雯雯没听妈妈的话,她挂了电话就跟郝刚说:"郝刚,我爸办学校欠了些钱,我想把陪嫁的十万块还给他。"虽然之前两人已经商量好要用这十万块买个车,先付个首付,但范雯雯已经想清楚了,郝刚答应她要把这笔钱还给父母,不答应她也要偷偷还。

好在郝刚一口答应,在范雯雯的坚持下,范大只好收了,还说算是借他们小两口的,以后会还给她。范雯雯突然觉得身上有了压力,万一就像妈妈说的,村长一直赖账不还怎么办?国家一直在降息,万一收上来的钱维持不了学校运转怎么办?她不想让爸爸一把年纪了到处借钱,她决定自己想办法多赚点,替爸爸还债。于是,她开始疯狂地写稿,替人写材料，甚至跑到街上去发传单，每天忙得不可开交。

陈来见她每次来写报告都步履匆匆，面容也越来越憔悴，终于忍不住在一次做活动时拦住了问她。范雯雯没有隐瞒，直说自己着急赚钱。陈来要借给她，范雯雯不肯要，陈来回来后想了几天，邀请范雯雯来自己的培训学校讲课，一节课给她二百块钱。范雯雯想起家乡的那一帮孩子们，心里莫名地动了动，答应了。

一段时间过去，范雯雯讲课越来越得心应手，她也越来越喜欢给孩子们上课。这一天她正上课时，陈来刚好到了学校，在窗户边看着范雯雯的表现，他满意地笑了。

范雯雯下课回到办公室，陈来走进来问："感觉如何？"

范雯雯踌躇满志地一笑："你说的啊，我会是个好老师。"

陈来："公司下个月要去迪拜考察当地的教育情况，你准备准备。"

范雯雯惊喜地说："要出国啊，太好了！我还没出过国呢，可是，我没有钱。"

陈来笑了："公款出国，你只要拿点零花钱买东西就好。"

范雯雯高兴起来，回家边做饭边喃喃自语地算计着："房租交完了，房贷交了，菜钱五百，地铁费二百，给爸爸存两千，还能剩……"

郝刚推门进来，郁闷地喊："雯雯，雯雯。"

范雯雯心不在焉答应着："哎，回来了？"

郝刚坐在沙发上直叹气："雯雯，我们今年的课题评选结果出来了，居然没有我。我真失望啊，连所里的课题都申请不上。你说，我是不是不适合学术界？"

范雯雯仍然在算着："工资扣除五千，还有三千，不够叫外卖，这几天又得自己带饭吃了……"

郝刚说了半天没人响应，看看范雯雯痴痴呆呆的样子，生气道："雯雯！"

范雯雯这才回过神来，忙道："你说什么，郝刚？"

郝刚气闷："你想什么呢？"

范雯雯："郝刚，我下个月要出国了。去迪拜呢，我正算能省出多少钱给咱们带礼物。"

郝刚："你们报社还有这福利？不错啊。"

范雯雯："不是，是我采访过的一个老板组织大家去考察考察。这个老板啊，可年轻呢，但是非常能干。"

郝刚忽然觉得自己的受挫衬得范雯雯更加顺风顺水，他的心里顿时有点不舒服："不就是个出国吗，也没什么意思。"

范雯雯被浇了冷水，她反唇相讥："也不知道你觉得什么有意思，反正你没出去过。"

郝刚有点生气："你至于吗？我没本事行了吧！"

范雯雯不想吵架，便闭住嘴巴不再吭气，两人话不投机，互不理睬。

连漪喝得醉醺醺地回到家时，小凡已经睡了，她小心翼翼地把一个存折压在熟睡的儿子枕头底下，眼泪慢慢流下来："小凡，妈妈又分手了，妈妈的照片没有白拍，不但把他那凶老婆拿走的两万要了回来，还拿了他一笔分手费，也许他会看不起我，但有什么关系呢，反正你的医药费是越来越多了。很快，妈妈就给你做手术啊。"

连漪哭着，笑着，自己慢慢睡着了。小凡睁开眼睛，慢慢地抱住了连漪："妈妈，你一直都不懂，其实我好不好都无所谓，只要你开心就好。等我好起来，我会保护你……"

江风没待几天就出院了，范娜娜后来一直没有来过，江风忙着查范家村的事，每天忙到深夜，也没顾上联系范娜娜。可突然有一天，江风下班后，在拐角处碰到几辆摩托车呼啸而过，差点撞着他，摩托车手轻蔑地冲他"嘘"了一声，加大了油门，车后的女孩悠悠地转过头来，看了他一眼又迅速转过头去，电光石火之间，江风忽然发现，车后坐着的竟然是范娜娜，化了浓妆烫着大波浪在这么冷的天里竟然只穿着一条"热"裤，江风差点没认出她来！

江风迅速招手拦了个出租车就追，摩托车在拐弯处停下，几人下车，勾肩搭背进了一座迪厅。江风气得浑身哆嗦，他远远下了车，也扭身进了迪厅。迪厅里灯光昏暗，江风好一阵子才适应，巡视了一圈，他终于看到摩托车手和范娜娜坐在一个小桌子边，范娜娜一手拿着酒杯一手还叼着根烟，在烟雾袅袅中正和摩托车手说笑着，当摩托车手的手又一次抚上范娜娜的大腿时，江风再也忍不住，冲过去一拳打在了车手的脸上。范娜娜惊叫起来，车手的朋友们扑上来缠住江风，几人打成一团，迪厅里顿时一片混乱……

到底寡不敌众，江风被车手们拉住，带头的车手还要再打，范娜娜拦着他，回过头来，紧紧地盯着这个自己用整个青春去爱的男人，良久才温柔地伸出手来摸摸他受伤的脸，然而问出的话却和冰一样寒冷："江风，这就是背叛的滋味，好受吗？"江风浑身一震，不可置信地看着范娜娜，范娜娜从口袋里掏出钥匙，晃了晃，放进江风的口袋，和车手们搂搂抱抱地走了。江风在后面撕心裂肺地喊："娜娜，他们都不是好人，你可以报复我，但是不要伤害自己……"

夜风吹起范娜娜的长发，露出她流了一脸的眼泪，车手马彪捧起她美丽的脸蛋，在娇艳的红唇上轻轻一吻："你是我见过最正点的妞，那傻小子怎么配得上你，跟着我好好玩，才不浪费青春。放心，我会好好待你的！"范娜娜凄然一笑，管他坏人好人，有人爱的感觉真好，比爱人要舒服多了!就这么昏昏沉沉间,范娜娜任由马彪拉着她的手,走进了一家富丽堂皇的酒店。

出国的签证批下来了,范雯雯心情好极了,忙完了工作她就给妈妈打电话,范大正好也在,听到范雯雯说要出国,忙对她道:"爸先给你转点钱,好好买点东西打扮下自己啊。"范雯雯所有的话都堵在嘴边,眼泪渐渐弥漫上来,范大絮絮叨叨:"坐飞机一定要小心,把护照看好,先找到大使馆……"范雯雯"嗯嗯"几声赶紧挂了电话,忍不住泪流满面。范大听范雯雯挂了电话,觉得她不开心,不由得轻轻叹道:"爸爸不是个好爸爸啊!"赵淑玲听到范大的自言自语,转过身子来嗔怪道:"你还知道!非要投资什么破学校,害得我雯雯还得给你打工赚钱。"

这就是父母,给孩子永远是慷慨的,恨不得付出所有,可拿孩子一点点,就要赔着小心,觉得自己亏欠了他们,总要加倍偿还回去才安心。

范雯雯登机时才发现自己坐的居然是头等舱,她左看右看,直到飞机快要起飞了,陈来才一个人拎着包走进来,范雯雯心跳如打鼓:"同事们呢?不会就你和我去吧?"

陈来歪着头看她:"你说呢?"

范雯雯愣住了:"这不合适吧?"

陈来漫不经心地掏出拖鞋换上:"有什么不合适的?谁规定老板不能带员工出国考察了?"

范雯雯看着陈来,半晌才下定决心似的转过头去看窗外。陈来凑过来,在范雯雯耳边耳语:"我不会强迫你,你的一生那么长,就分我一周,好不好?我保证不会有人知道,好不好?"

范雯雯的脸瞬间全红了。陈来抛出的诱饵太甜蜜了,她几乎要陷进去，可理智又告诉她这样做太对不起郝刚了。该怎么办？范雯雯也不知道，挣扎摇摆了一路。

飞机就在范雯雯这一路的忐忑不安和挣扎中降落了，范雯雯在飞机上已经见识了这座城市的金碧辉煌，下了飞机更是好奇地东张西望。一个阿拉伯人来接机，用蹩脚的中文对范雯雯道："你好。"

范雯雯一下子就被逗乐了，陈来看着范雯雯，稳操胜券地一笑。汽车一路疾驰，到著名的迪拜帆船酒店前停下，陈来去酒店前台拿上房卡，范雯雯探头看了看，就一张。范雯雯不由自主停下了脚步。

陈来回头看看她，很自然地拉住了范雯雯的手往前走去："怎么了？走吧。"

范雯雯不由自主地跟着他往前走去，心里暗想："一会儿和陈来好好聊聊，陈来是正人君子，他绝不会强迫我，不会有事的。"

这是一间超豪华的套间，范雯雯放下行李，拉开窗帘，"哇"地喊出声来。窗外是一望无际的大海，一浪一浪的波涛不断地涌上来，拍出雪白的浪花，像要卷走这世间所有的遗憾，留下一个美丽的天堂给所有望向它的人。范雯雯还没顾得上好好欣赏，忽然觉得一股热浪从耳边袭来，陈来从背后环住她，轻轻地温柔地吻她，像要把她融化。

范雯雯觉得不自在，挣扎着："我，我们先吃饭，好吗？"

陈来一笑，望向她的目光极尽宠溺："好，我们雯雯说什么就是什么。"

鱼儿在美丽的水下餐厅里游弋。陈来深情地看着范雯雯，举起酒杯："为相逢。"

范雯雯拿起酒杯，一口干了，因为太紧张了，她都吃不下东西，只能一杯接一杯地喝酒，陈来也不说话，就一直看着她喝。范雯雯终于喝多了，眼前的陈来开始摇晃。

陈来扶起范雯雯，范雯雯傻笑起来："陈来，哥，你为什么对我这么好？"

陈来不答话，却忽然一把抱起范雯雯，在众人的艳羡和惊呼声中，范雯雯羞得把头埋进陈来怀里，陈来就这么抱着范雯雯进了电梯，进了房间，放到床上，温柔地吻她。

范雯雯热血上涌，双眼迷离，也忍不住回吻他。她何尝不是喜欢陈来的？但是这种爱和她多年的教育相背离，范雯雯始终没有办法去好好面对，现在陈来给了两人一个机会，索性就顺水推舟吧，范雯雯给自己做了一遍又一遍心理建设。陈来一件件褪去范雯雯的衣服。

范雯雯意乱情迷，搂住陈来的脖子，身子不自觉地抬起来，配合着陈来褪去衣衫，陈来在范雯雯耳边喘着气呢喃："雯雯，我喜欢你，我喜欢你。你好好陪我，以后你是我的，不用赚钱，就陪着我，我给你钱，替你还债。"

范雯雯满脑子摇摆的思绪一下子被拉了回来，她迷惘地张开眼，酒劲渐渐醒了，眼前似乎出现了郝刚和范大的身影，交替地看着她，范雯雯一下子反应过来，尖叫一声，推开陈来。

陈来一怔，旋而又伏上来，边吻着范雯雯的耳垂边企图褪去她最后的衣物。

范雯雯急得一直摇头："我们不能这样，不能这样。"

陈来不理她，自顾自深深地吻下去，范雯雯使劲推他，推不开，急得大哭起来。陈来顿时慌了，忙从范雯雯身上下来，自己穿上衣服，给范雯雯盖上小毛毯，安慰道："好了，好了，我不强迫你，你看，我穿上衣服了。"

范雯雯的哭声渐渐弱了，她看向陈来，陈来点起一根烟，试图熄灭满身的欲火。范雯雯歉疚地对陈来："我们不能这样。陈哥，说实话，你一直对我这么好，我也很喜欢你，但是，我当年留到北京是因为爱情，这么多年艰苦的路程都走下来了，我不想也不能辜负和郝刚的感情。你说得对，一周的爱情是很美，可是我更想要一生一世的感情。"

陈来一愣，凄然地笑了，他伸手摸摸范雯雯的脸："这才是好姑娘。"

陈来开了瓶酒，一饮而尽，在烟雾缭绕里，讲起了自己的故事："我出身贫困，家住在大山深处，都是那种土坯房，挑水还要走好几里山路。因为学习不错，我考到了北京，大学的时候，我谈了一个女朋友。我们感情很好，毕业后一起留到北京发展。那时候，我们很穷，很穷，穷到住地下室，只有一床被子一起盖，一碗方便面一起吃，但是非常快乐……"

陈来又猛地灌了一瓶酒："可是，北京太大了，人太多了，要混出头，太难了。那一年，我的父亲得了重病，我需要钱。然后，领导的女儿看上了我，她开出的条件太诱惑了，我没法拒绝……"

范雯雯静静地听着，陈来看着范雯雯笑了笑："特别俗套的一个故事，是不是？"

范雯雯摇摇头："我不知道你受过什么样的苦，也没资格嘲笑你。每个人作出违背自己意愿的选择，必然有不得已的苦衷，这个我懂。"

陈来呆了呆，范雯雯又问："你女朋友呢？"

陈来："回了，回了家乡。"

范雯雯："后来你们还联系过吗？"

陈来摇摇头："没有，我再也没脸去见她。你知道吗？我第一眼看到你就惊呆了，你的气质和她特别特别像，很清纯，很专注，也很痴情，就像当年她对我一样，我慢慢地就喜欢上了你。也许，我一直喜欢的就是这种女孩儿，我想在你身上，弥补我自己当年的遗憾。幸好你没有和我一样，忘了留到北京的初心。"

范雯雯："其实我没有你说得那么好，我也很迷惘。以前我一直想和爸爸一样，做一名老师。临报志愿时，因为觉得记者这个职业光鲜亮丽，我就报了这个专业，后来又遇到了郝刚。留到北京是我的梦想，可我慢慢发现，我似乎还是更喜欢做一名教师，和郝刚的感情也磕磕绊绊。我不知道自己会走多远，但至少我现在还在坚持着。以后，你把我当妹妹看待，好吗？北京太大了，这个陌生的城市，我非常非常想要一份亲情。"

陈来抱了抱她，郑重地点头："好，我听你的。"说完在范雯雯额头轻轻一吻，拿着钱包出了门："我再去开一间房，你好好睡。"

陈来拉开门出去，范雯雯看着陈来的背影，泪盈于眶。只有她自己知道，她已经喜欢上了这个一直照顾自己、帮自己解脱困境的男人，所以她刚才的意乱情迷，是发自内心的。但是范雯雯不想违背自己的爱情原则，也不想对不起一起留下来的郝刚，更担心真的有了实质关系，自己和陈来再也回不到从前，她只能作出这样的选择。

陈来躺在范雯雯隔壁房间的床上，久久地看着钱包夹层里初恋的照片，他把自己的脸贴上去，紧紧贴着照片，喃喃自语："是你把她送到我这里的，让我弥补你的对不对？你回来，好不好？你回来看看我，好不好？"没有回答，再也不可能有回答，只有陈来压抑的哭声，回荡在房间。

范雯雯早早就醒了，她不敢叫陈来，只能隔一阵就偷偷打开门看看隔壁房门。

隔壁房门忽然开了，陈来露出头，一脸顽皮地笑道："美女，能不能赏脸陪我出去玩一玩？"范雯雯放下心来，甜甜一笑。

两人这一天去了清真寺、水下酒店等地游玩，等坐到大海边的餐厅时，范雯雯已经累坏了,饭菜上来她便是一通狼吞虎咽。陈来乐了:"好好吃,好好吃,怎么这么饿?"

范雯雯:"嗯,我要好好地玩,好好地吃。等回去,才有力气赚钱,把这次来迪拜的钱还给你。"

陈来笑了:"既然叫我哥,就别和我客气。还什么还,我请个伴游比你贵多了!"

范雯雯认真地摇头:"不行,我不能让咱们的关系变质。再说,我现在有赚钱能力,你要好好压榨我才对,怎么能不要我的钱呢?"

陈来无奈地点点头:"我就知道你不肯占我便宜,你们这些'80后'女孩子啊,一个个敢作敢当,独立勇敢,都是好样的。干杯!"

范雯雯咽下嘴里一大块鱼,和陈来碰杯:"干杯!"

杯声清脆,像两人爽朗的笑声。

飞机在首都机场徐徐落下,范雯雯回到家,高高兴兴地给郝刚拿出包里的东西:"这是在免税店买的手表,这是'古驰'包包,这是香水。"

郝刚本来笑着的脸渐渐疑惑起来:"雯雯,你什么时候开始变得虚荣了,喜欢这些名牌货?"

范雯雯仍在欢快地拣着东西:"有时候有需要啊,装面子嘛。"

郝刚仍然很疑惑地说:"这些价格都不便宜吧?你哪来的钱?"

范雯雯随口:"哦,做兼职赚的。"

郝刚有点受伤:"你做兼职赚得挺厉害啊,比我本职工作还要多。"

范雯雯忙看看郝刚的神色,解释道:"也没有啦,这不是攒了好久才有这么些吗。"

郝刚沉默不语。范雯雯忙拿出件衬衫递给郝刚:"快去试试,给你买的哦。"

郝刚不情不愿地拿着衬衫去试，范雯雯意识到郝刚有点受伤，心里由不得想着，人们对现代女性的要求真高，又想让她共同负担家庭，又不想让她赚得太多伤害男人自尊心，又要她职场冲杀，还想她当小女人。做女人啊，真累！

郝刚穿着衬衫出来，范雯雯夸张地迎上去："啊呀，我老公好帅！"然后伸手帮郝刚整理衣服，郝刚也满意地看着镜中的自己，问道："雯雯，你是不是很羡慕那些有钱人？"

范雯雯忙敷衍道："哪有哪有，钱够花就行了。你得过胰腺炎，不用太辛苦，咱们就过咱们的小日子，精神满足比什么都重要。"

郝刚疑惑地看向范雯雯，实在觉得她这话说得有点不走心。

大家都在研究所里忙忙碌碌，郝刚同事跨进门来送请柬："大家都在啊，我要结婚了，给大家送请柬。"同事们纷纷站起身来："祝贺你啊！恭喜啊！"办公室另一位即将结婚的女同事伸出手来晒那闪着耀眼光芒的大钻戒，一众女同事们围上去啧啧称赞，茹雪："哇，你这个钻戒好大啊，你老公真疼你。"

女同事不好意思："要结婚了嘛，怎么也得奢侈一下，哪有结婚不买钻戒的，一辈子就一次啊。"

郝刚忍不住嘲笑她们："你们女人啊，总是看重这些形式。婚姻难道是靠这些外在的东西来证明的？"

茹雪这一次没有附和他，认真地反驳："郝刚，你说得不对，形式就是内容。如果形式都不给，又拿什么相信内容？如果连形式都没有，那就更证明不了婚姻了。"

郝刚有些触动："难道就必须买钻戒吗？"

女同事笑他："女人哪有不喜欢钻戒的？你结婚时没给老婆买吗？

你老婆没揍你?"

众人嘻嘻哈哈地笑起来,只是茹雪的笑容有点发僵,而郝刚想起范雯雯结婚时空荡荡的手,有点发怔。

自从那日在街上碰到范娜娜,江风就再也没办法联系上她,范娜娜把两人来往时江风送她的所有东西都退了回来,江风打电话不接,江风到学校去找她也不见,学校说范娜娜请了长假,校方还让江风通知她一个月后要续假,要不就按旷工处理,再不来就要开除。江风到村里也找过范娜娜,范二和王玛瑙看来什么也不知道,江风明白范娜娜这是躲着自己,就不停地给范娜娜发信息,解释着事情的原委。对江风的信息范娜娜是从来不回的,江风生怕因为自己范娜娜做出什么傻事来,因为范娜娜和马彪一起出现过,每天入夜,江风就到街上一个迪厅一个迪厅地找,直到一个多月以后,江风才又一次在酒吧见到了范娜娜。此时的范娜娜已经完全变了个模样,大冬天穿着皮裙长靴,嘴唇抹成暗红色,在马彪的怀里又跳又闹,两人还时不时喝一口酒,互相来一个热吻,引来周围一片叫好声。江风看着风尘女子一样的范娜娜,心里刺痛,失魂落魄地走到她跟前,问:"娜娜,你为什么躲着我?"

马彪揽住范娜娜的细腰,顺道在她脸上亲了一口:"因为她现在是我马子。"

江风不理他,拉住范娜娜:"之前你去哪里了?为什么连班也不上?"

马彪一把打开江风的手:"我们出去玩了,我家娜娜要过三毛的生活,我们就骑着摩托去了趟西藏,别碰我家娜娜。"

江风凄楚地说:"娜娜,是我不好,但是事情不是你想的那样,我没有骗过你,你不要因为我伤害你自己……你回去上班好吗?不要和他们在一起混了。"

一直没有说话的范娜娜突然抬起头来，嘻嘻笑着说："谁说我和他们混了？这就是我想要的生活，每天潇潇洒洒多好，我不打算回去上班了，就让他们开除我吧！"

马彪的小喽啰们起哄："大嫂带我们飞！大嫂威武！"

马彪示意手下把江风架出去，江风绝望地喊着："娜娜，想想你爸爸妈妈，他们知道了会受不了的！"

朝阳初升，照耀着忙碌的人们。范雯雯从单位卫生间出来，一脸的郁闷，这个月的"大姨妈"特别不正常，范雯雯实在有点担心，连漪正对着镜子化妆，见到范雯雯，吓了一跳："雯雯，你怎么脸色这么差？"

范雯雯疑惑地说："连姐，我今天早上发现自己来'大姨妈'了，这会儿又没有了，可明明还没到日子啊。这怎么回事？"

连漪："这种情况有两种可能，一、排卵期出血，二、怀孕出血。看你的脸色，后一个可能性更大，你买张试纸测一测吧，如果怀孕了，赶紧去医院检查，出血可不是什么好兆头。我怀小凡时就出血了。"

范雯雯目瞪口呆："怀孕？我还没做好准备啊。"

连漪一笑："怀孕还用做准备，结了婚自然会怀孕。"

郝刚紧张地坐在桌子边等着，过了一会儿，范雯雯垂头丧气地拿着验孕棒出来。

郝刚："怎么样？"

范雯雯不说话，把验孕棒给他看：鲜红的两道杠。

郝刚不可置信："我要当爸爸了？"

范雯雯犹豫了一下："郝刚，我不想要这个孩子。"

郝刚有点受伤："为什么？"

范雯雯说道："现在家里经济这么困难，我觉得各方面条件都还不成熟……"

郝刚打断她："我们不能因为经济困难就剥夺了孩子来到这个世界的权利。这样太不负责任了。再说，我们哪有你说的那么困难？你不是嫌我没钱吧？"

范雯雯摇摇头："不是，我爸那边……"

郝刚："爸那边怎么了？"

范雯雯把嘴边的话咽了下去："没什么，再说，我还出血了，也不知这孩子好不好。所以，我不想要。"

郝刚也犹豫起来："这么大的事情，我和我妈商量商量。你也问问你妈。"

郝刚妈妈和赵淑玲对范雯雯的想法全部否认，赵淑玲更是把范雯雯大骂了一通。心情郁闷的范雯雯早早睡了，郝刚却翻来覆去睡不着，范雯雯对待怀孕的态度让他很失望，他第一次明明白白地感觉到，范雯雯嫌他没钱。有孩子了是应该多赚点钱，这一点也能理解，郝刚自我安慰着，可是去哪里赚钱呢？郝刚翻来覆去想了一宿也没想明白。

第二天一早，范雯雯摇醒郝刚："我想好了，一会儿你陪我去医院看看，如果显示出血有问题，我就不要这个孩子了。"

郝刚："雯雯，是不是你就不想要孩子？"

范雯雯掩饰地："我哪有？"

这时敲门声响起。范雯雯惊讶起来："这么早，谁啊？"范雯雯要起身，郝刚按住她，起身开门，惊讶地说："妈妈？"

风尘仆仆的郝刚妈妈一脚跨了进来，郝刚忙接过妈妈身上的包：

"妈，你怎么来了？"郝刚妈妈："我来看看雯雯，雯雯呢？"

里屋的范雯雯听到动静，忙套上衣服走了出来："妈，你怎么来了？"

郝刚妈妈直截了当："雯雯啊，我不同意你打掉孩子。这是郝家的大孙子，怎么能说不要就不要呢？"

范雯雯紧张地说："我是担心孩子有问题，也没有说一定要打掉。"

郝刚妈妈："哪有那么多问题，你们现在这些年轻人，一方面是想得太多，一方面又太任性。我来照顾你，怀孕了要吃好，这样对孩子好，尤其是头三个月，绝对不能太劳累。"

范雯雯和郝刚听了妈妈的话不禁面面相觑。

第十七章

范雯雯风风火火惯了,她很不习惯怀孕的日子,常常是小跑着就忽然慢下来,摸摸肚子。给孩子们上课也越来越累了,下课了还得坐下来撑着头歇一会儿。今天休息时正好被路过教室的陈来看到,陈来进来问:"雯雯,怎么了?"

范雯雯抬起头,一脸疲惫:"没事,可能是昨天没睡好,有点累。"

不知怎么,她不愿意让陈来知道自己怀孕,陈来拍拍范雯雯:"注意休息,我送你回家。"

范雯雯摇摇头:"不用了,我还要到报社去赶个稿子。"

陈来爱怜地说:"雯雯,今天周六啊!你不用休息吗?要不你把报社的工作辞了吧,你看在我这儿补课的孩子们多喜欢你。你真的喜欢,也适合这一行。报社的工作你不用干了。"

范雯雯:"怎么能辞职,成为'战地玫瑰',是我一直的梦想啊,我还等着这个机会呢。"

陈来摇摇头："雯雯，第一，当今世界总体是个和平与交流的年代，尤其是我们国家，最讲究安定团结，发展经济，留给你一个女孩子上战场的机会本来就很少，除非你驻外；第二，我观察了你很久，你当记者时，别人都在找选题，你没有；别人都往人堆里扎，你也没有；别人都在积极跑口，你更没有；你从来没有像在我这儿这么开心地笑过，也从来没有像在我这儿没有备课听课寻找孩子们的兴趣点时这么积极努力过，你的性格可能更适合向内修心，而不是跟人打交道。你有没有想过，也许是你的梦想错了方向？你选择记者这行，只是出于虚荣心，并不是真喜欢？"

范雯雯似被陈来说中关键问题，她完完全全地愣住了。

陈来继续："你的'战地玫瑰'梦想，说白了是要对世界有益，这个有许多方式，不一定是要在战场拼杀。"

范雯雯迷惘起来："其实……我也不知道，我再这么干一阵子再说吧，至少可以多赚点钱。"

陈来："要不还是我给你一笔钱吧，就当借给你的，好吗？你打个借条，等有了还我，怎么样？我真的不想看你这么累。"

范雯雯坚决地摇摇头："真的不用，我自己能行。"

陈来叹口气，爱怜地说："犟丫头，那我送你去报社。"

孕妇真是特别容易累，回家吃了饭范雯雯就困得想睡觉，婆婆赶着范雯雯上了床，等郝刚进门时她都快睡着了，迷迷糊糊间记得自己的手机没充电，就喊郝刚给她拿一下充电器。郝刚打开包翻来翻去，找到了充电器，也翻到了范雯雯在培训学校的工资条，郝刚看着上面的八千块，脸色一下子变了。老婆赚的兼职工资都快赶上自己正式工作的工资了，郝刚从心里觉得接受不了。他闷闷地吃完饭出了门，靠着一棵树，边抽烟边拨通了茹雪的电话，茹雪前阵子问他愿不愿意接个帮人修改论文的活儿被他推掉了，现在想想他真得多赚点钱，好应对这越来越大的压力。

茹雪："行，我一会儿把资料传你，但是郝刚，上次我也是随口一说，以你的科研水平只要专心做研究，拿下国家课题也是指日可待，何必挣这些小钱？"

郝刚听了她的话有些感动，苦笑道："谢谢你如此高看我，可我没有什么挣钱的门道，养家糊口是一个男人应该做的事情，我就多做一些也没什么。"

茹雪："你现在已经有了房子，在北京就是把最困难的事情解决了，每个月所里工资差不多有一万，怎么能不够花呢？你要给你老婆买什么？你老婆是不是总追求名牌啊？怎么能这么物质呢？"

郝刚："不说这些了，反正你有这种活儿，记得介绍给我啊。"

茹雪爽快答应："没问题。"

这个女孩子对自己真好，郝刚真是又感动又内疚："茹雪，谢谢你，但是我……"

茹雪："你不用说了，我都知道。你记得，有什么困难，尽管向我开口。"

郝刚挂了电话，看着明明灭灭的烟头，叹了口气。郝刚素来认真，他把从茹雪手里接到的要修改的论文逐字逐句地修改润色，这一改就改到了十二点。郝刚妈妈拉开门，心疼地对儿子道："快去睡吧，这是什么？非要加班晚上写？"

郝刚："哦，写点小稿子挣点零花钱，妈你去睡吧，我一会儿就睡去。"

郝刚妈妈："钱够花就行了，把身子折腾坏了可怎么办？你一向是个淡泊名利的人，怎么现在这么爱钱，是雯雯要求的吗？"

郝刚忙道："没有啦，妈，你不要胡思乱想。我只是希望自己多赚点钱，为孩子的到来做好准备。"

郝刚妈妈不满地说："这一听就是雯雯说的话，你这个媳妇，我就一直觉得她不懂事，被她家里惯坏了。孩子，你需要钱，爸爸妈妈手里还有，我们给你，白天劳累一天晚上还要加班，你别把自己累着了。"

郝刚不敢吭气，只好点点头，郝刚妈妈嘴里边嘀咕着边一脸埋怨地回屋睡了。

范雯雯一早就起床收拾东西做饭。郝刚妈妈听到声音，忙开门出来，看到范雯雯在熬稀饭，一把夺过来："雯雯，你好好休息，怀孕了不比平时，可要当心，这些事情我来吧。"

范雯雯笑道："妈，我没事，我身体好着呢。"

郝刚妈妈："你别不当回事，孩子的事现在最大，别急着挣钱，看把郝刚急的。"

范雯雯莫名其妙："郝刚怎么了？"

郝刚妈妈："郝刚啊，昨晚十二点了还在写稿子呢，说是要挣点小钱，你们又不缺钱，你爸陪嫁那笔钱，我不是都给你们了？你们都不要这么辛苦啊，你也别逼他了。"

范雯雯不敢再吭气，只得赶忙点头答应。

江风一上班就接到了范娜娜学校打来的电话，对方说早已过了请假的日子，范娜娜一直没回来上班，打电话也永远不接，因为紧急联系人留的是江风，学校让他通知范娜娜，三天之内不回来报到就开除。江风一听着急得不得了，正琢磨着让公安局里的私人关系找找范娜娜，办公室电话又响了，江风强打起精神接起来："喂，你好。"

电话里："喂，是市委办公厅吧，我们要反映问题。"

江风打开记事簿，抽出笔："您说。"

电话那端："我们是范家村的村民。"

江风的笔停了下来："范家村？"

村民："是啊！我们响应政府拆迁的号召，早早把苹果树都砍了，今年都没有收成了，可是补偿款怎么还没到呢？"

江风眉头越皱越紧："是吗？好的，好的，我问一下，然后给您答复。"

不远处的工地上，挖掘机轰隆轰隆，几栋别墅刚刚有了雏形，和已经成了一片焦黑的苹果林形成鲜明对比。告状的村民放下电话。众人围上来，七嘴八舌地问："怎么样，办公厅怎么说？"

村民："办公厅说查查给回话。"

有人沮丧："这相当于没说啊。"有人郁闷："会不会又没结果？"

打电话的村民说："行了，行了，大家耐心等等。哎，村长还没回来？"

一村民答："出门耍了。"

村民们愤愤道："村长这是越来越耍得大了！"

众人摇头叹息，正要散开，一辆小汽车轰着油门开过来，"吱"一声在他们跟前停下，村长的跟班恭恭敬敬地打开门，村长下来，傲慢地看着村民们："你们都在这干啥？咋？还怕我跑了？招呼大家到庙前开会，发钱。"村民们炸开了锅，纷纷四散开相互联系，等他们都走远了，跟班露出一脸谄媚的笑："村长，你在赌场输了那么多钱，还能给大家发钱，真是有办法的……"

村长抽着烟向天喷了一口，冷笑道："你要是知道怎么办，就该你当村长了。"

跟班赔笑："是，是，村长实在是高。"

自从上次果园的果树被砍、村长说要把园子也划进拆迁范围，答应多给村民赔些钱以后，范二就开始到处物色地方，想要重新包个园子。王玛瑙心疼他，又寻思着拿到赔款手里就有钱了，到时就可以休息下来不用这么累，但范二怎么都不肯，对他来说，那一个个红彤彤的苹果就是他的命。这样一来就忽视了范娜娜，等范二接到学校电话，说范娜娜被开除让他来拿东西的时候，对他而言简直是五雷轰顶。

范二气急败坏地给范娜娜打电话，想要问清楚发生了什么事，但从早晨打到中午，急得范二都要报警了，范娜娜才接起了电话，她的声音懒洋洋的："喂，爸，咋啦？"

范二大喝一声，震得范娜娜耳膜直响："你咋回事，为啥不上班？学校把你开除了知道不？"

范娜娜沉默了一阵子，说了一声："我长大了，你别管我的事。"竟然就"哐当"一声挂了电话，范二再打就不接了，范二气得浑身发抖，又打给江风，劈头盖脸地骂："江风，娜娜呢？咋回事她被开除了？"

江风想要解释："叔，娜娜和我有了点误会，她生了气，不去上班……"

范二暴喝："你哄鬼呢，到底出了啥事，一般的事我娜娜怎么会有这么大反应？"

江风只得道："叔，具体的事得见了问她，现在我也找不到她，只知道她总和一帮摩托车手在一起，到处去玩。我正准备找到她，把她带回来呢。"

范二挂了电话，气得几乎要打人，在他心目中一向乖巧懂事的女儿，怎么会突然像变了个人。他满心里都是疑问，但江风说得对，现在最关键的是赶紧见到范娜娜。范二想了想，直接给范娜娜发了条短信："两天之内回家，要不我就报警说你被绑架了。"然后把手机扔到一边，呼哧呼哧直喘气。

范娜娜看到爸爸的短信，有点发怵，她太了解爸爸了，范二可真是说到能做到。范娜娜摇了摇身边的马彪，车手迷迷糊糊睁开了眼睛，范娜娜道："咱们回去吧，我想家了。"这段日子，范娜娜又跟着马彪流浪到了甘肃，车手们总是晚上泡吧白天睡觉，不知道为什么范娜娜一和他们泡吧就觉得晕晕乎乎的，范娜娜借口累，泡了几次就不去了，总是在他们睡觉时到处去看一看，游览游览当地的名胜古迹，只有在这种时候，范娜娜能忘掉一切烦恼。

马彪捏捏她的小脸蛋，范娜娜躲闪了一下，马彪忽然有点恼火。这几个月了，他实在是摸不透这位美人的心思，时而热情时而冷冰冰的，时而把自己化成女巫，时而又是白雪公主。她能和自己在一起主要还是因为自己那些手段，他本来想从心里征服她，现在都有点不耐烦了，没想到她竟然还敢躲闪，马彪一把拉住范娜娜，翻身压倒……

等到范娜娜再也没有力气哭喊，马彪才从她身上下来，换了一副面孔，轻轻地抱着范娜娜，嘟囔道："娜娜，娜娜，对不起。"范娜娜用尽浑身力气打了他一个耳光，马彪眼中凶光乍现，又很快地怒气熄灭下去，他跪在范娜娜身边，抓起范娜娜的手一拳一拳打向自己，喃喃道："娜娜，你觉得痛快就打死我吧，我就是太爱你了，我实在控制不住……"看着马彪琼瑶笔下男主人公一样的表白，范娜娜突然觉得真正的爱情可能就是这样的，山盟海誓惊心动魄，会做出自己也控制不了的傻事，她抽回手，起身一把抱住了马彪，泪如雨下。

要办准生证了，范雯雯忽然想起来自己的户口当时因为找不到大中专学生毕业表还没有落户，就去问社长，社长皱着眉头："当时我确实是想多给咱们争取几个留京名额，但这几年越来越难了，我也一直没有申请上，现在北京户口只有应届生才能办，就算是应届生，比例是七十比一，你的情况可能性太小了，只能等机会给你解决了。"

范雯雯一脸失望："那我也就办不成准生证了？"

社长："你那老公不是在研究所？让他给配偶申请一个留京指标也行啊。"

范雯雯脸色沉了一下，正好敲门声响起来，社长："请进。"

进来的是陈来，陈来看到范雯雯，很高兴地打招呼："雯雯，没想到在这里碰到你。"

社长："哎，陈来，你还不知道呢吧？雯雯要当妈妈了。"

范雯雯一下子红了脸。陈来深深看了她一眼："恭喜，恭喜。"

范雯雯慌乱起来，陈来对社长说："社长，你这员爱将，什么时候给我吧。我觉得啊，她真正适合的工作，根本不是记者，而是老师。"

社长："哈哈，我可管不了她，只要你能说动雯雯，随便你挖。反正，我这报社，现在也给雯雯解决不了户口，我正发愁呢。"

陈来："哦，闹了半天，雯雯的户口还没解决呢。"

社长："可不，当年她把毕业表不知放哪去了，那时没落，现在就不好弄了。"

不想让陈来看出自己的尴尬，范雯雯慌乱地跟两人告别。回到家里，范雯雯又把一天吃的饭吐得干干净净，累得躺在床上休息，她实在不想承认自己因为怀孕身体变差这件事。但是事实在一遍遍地告诉她，一切都和从前不一样了，思考问题要从多了个小人儿这个主要出发点出发，这让范雯雯很是受不了，已经为了爱情为了郝刚牺牲那么多了，再为孩子牺牲，还怎么做"战地玫瑰"？她还算不算是现代女性？

夜里郝刚刚进门，范雯雯就问："哎，郝刚，这个月工资发了吗？上次说的奖金这个月能兑现吗？"

郝刚妈妈不乐意起来："雯雯，你让郝刚坐下来慢慢说啊，着什么急！"

范雯雯不吭气了，正好她的手机响了，范雯雯接起来进了里屋。

郝刚妈妈问郝刚："你这个媳妇儿，怎么总关心你赚了多少钱，不说问问你多辛苦。她再这样我就要给她上上课了。"

郝刚无奈："没有，妈，我也没什么辛苦的，大家都是这样。"

里屋，范雯雯小声地对赵淑玲道："妈，你要有时间就来北京照顾我吧，我婆婆老给我上课，我受不了啦。"

听到电话那端的妈妈答应了，范雯雯高兴起来，她又回到饭桌边，瞅了个机会对婆婆说："妈，我妈说她来照顾我几天，替换替换您，您回去休息一阵子吧。"

郝刚妈妈听了媳妇这话一愣，脸色顿时有点难看，但她没说什么，看了范雯雯一眼，点点头。

郝刚一看范雯雯自以为高明来了这一出，又惹妈妈不高兴了，忙放下碗"和稀泥"："妈，就是，你也来了几个月了，我们也担心我爸，你回去照顾照顾他，到雯雯快生前再来吧。"

郝刚妈妈沉下脸来："郝刚，你不用说了，妈妈回去，只要雯雯高兴，只要对孩子好，我怎样都行。"

范雯雯察觉到婆婆的怒意，不敢说话，郝刚妈妈叹了口气，进屋里拿出个存折出来，放小两口面前说："妈这次来，没给你们带东西，这是五万块钱，你们收着，雯雯不用那么辛苦，郝刚也减少些工作量，多陪陪雯雯。"

范雯雯和郝刚惊呆了。家里所有的钱早都已经给他们买了房子。郝刚知道，这肯定是爸妈省吃俭用攒的，哪里忍心要，连忙拒绝："妈，我们不能再要你们钱了，你拿回去吧，你和我爸的工资就那么点，这得攒多久……"

郝刚妈妈推回去："你们留着吧，爸妈赚钱也就是为了你们，只要你们好，我们怎么都行。我进屋休息会儿，你们先吃，我一会儿出来洗碗。"

郝刚看着妈妈蹒跚着进屋的背影，心里大骂自己"小喜鹊尾巴长，娶了媳妇忘了娘！"范雯雯也有点不好意思，可也不好再说什么，便悄悄进屋睡了，郝刚吃完洗了碗，觉得家里气氛太沉闷了，就到楼下抽烟，郝刚现在已经学会了抽烟，而且烟瘾越来越大，恰巧茹雪就在这时来了电话，郝刚接起来："茹雪，对方给钱了？太好了。"

茹雪奇怪地问："你怎么这么大反应？"

郝刚长叹一声："你不知道，今天我妈给了我五万块钱，我就觉得，自己没出息极了，这么大人了，还要我妈的钱……"

茹雪："又是你老婆逼着要钱呢吧？"

郝刚："不是她，是我的问题。"

茹雪愤愤地说："你老婆是什么人啊，看把自己老公逼成啥了，假如你是我的老公，我绝对不会让你受这些罪。"

郝刚本来有些沮丧的心里瞬间涌上来一阵暖流，只觉得茹雪就是他的红颜知己。茹雪又道："郝刚，你记着，不管什么时候，你需要我的帮助就来找我，我永远都在。"郝刚感动和愧疚交织在一起令他不知道该说什么，只得匆匆挂了电话。

送走母亲后，郝刚到了商场，在柜台上认真地为范雯雯挑选了一款钻戒。自从女同事们说出"钻戒理论"之后，他就一直琢磨着给范雯雯也买一个，好弥补范雯雯心里的遗憾，也让妻子觉得自己是个称职的好老公。

范雯雯正躺在床上看书。忽然听到门一响，范雯雯问道："郝刚，你回来了？"

没人回答。

范雯雯忽然想起那一年差点被强奸的事情，心狂跳起来，继续喊："郝刚？"

郝刚忽然从门外进来一下子扑到范雯雯跟前，把范雯雯吓了一大跳，好半天才平息下来心情："郝刚，你干什么？"

郝刚："雯雯，你闭上眼睛。"

范雯雯："你这是玩什么？"

郝刚："你闭上。"

范雯雯有点惊讶，还是顺从地闭上了眼睛，郝刚给范雯雯的手上慢慢套上了钻戒，范雯雯睁开眼，亮闪闪的钻戒让她一愣。

郝刚兴高采烈："怎么样？雯雯，这是我用业余时间赚的钱给你买的，好看吗？"

范雯雯惊喜地看着钻戒，想了想又拿下来递给郝刚："好看，但是你还是拿去退了吧。"

郝刚一愣："为什么？"

范雯雯心里是想尽量把钱省下替爸爸还债，所以才不要这个钻戒的，可嘴上又想给郝刚一个完美的解释:"钻有点小,我们现在留着钱养孩子,等过几年,你再给我买个大的。"

看范雯雯嫌弃自己挑选的钻戒,郝刚愣了:"我还可以多赚的,你不用担心。"

范雯雯:"算啦,你赚钱太辛苦,万一累得急性胰腺炎发作起来那可是要命的,等我生完孩子,再好好给咱们挣。而且还有个事儿,估计也需要用钱呢。"

范雯雯自顾自说着,她没留意到郝刚的脸色渐渐阴沉下来。

郝刚:"什么?"

范雯雯:"我的户口在我们报社落不下来,你去找找领导,在研究所里给我要一个指标吧,这事估计得花点钱呢。"

郝刚立马摇头拒绝:"我们领导总是想办法针对我,让我给他送礼?不用了,我不想求他,孩子生下来随我就行,一样能上了北京户口。"

范雯雯愣了:"那我怎么办?"

郝刚随口道:"只要我和孩子有户口,你有没有,都没什么问题了。"

范雯雯不可置信地看着郝刚,尽管此前她有了心理准备,但也万万没有想到,郝刚会选择断然拒绝,他觉得自己的面子比范雯雯的前程还重要,在户口问题上只考虑孩子的,范雯雯之前准备好劝说郝刚的话一句也说不出来,她的整个心就在瞬间凉透了。

范雯雯一上班,连漪就兴高采烈地告诉她小凡要做手术的事情,这个多年夙愿终于实现,范雯雯真心替连漪高兴。连漪叫嚷着中午去饭店要好好庆祝一下……

范雯雯进了包间,就发现陈来也在。范雯雯呆住了,赶忙拉了拉衣服,尽量让遮肚子的衣服显得宽松点。

连漪对陈来道:"你这大老板,怎么总是不请自来?听见我们要吃饭就跟着来了?"

陈来笑着快速在范雯雯肚子上溜了一眼:"这就叫惊喜。"

连漪:"来来,赶紧坐下,雯雯怀孕了,你这当哥的,今天要多喝几杯酒庆祝庆祝。"

连漪:"我来点吧,今天我请啊,说好了,谁都不许和我抢。"

酒过三巡。连漪哈哈笑着:"为这一天干杯,我终于攒够了钱,儿子的手术也全安排好了。"

范雯雯和陈来举杯和连漪碰杯,想到自己的情况,范雯雯轻轻地叹了口气。

陈来察觉,问范雯雯:"雯雯怎么了,唉声叹气的?"

连漪:"哎,你这哥,也太暖男了吧,连雯雯这点小情绪都听得出来。"

陈来不好意思地笑笑。

连漪怎么会不知道范雯雯愁啥,问道:"对了雯雯,郝刚最后和他们领导说了没?"

范雯雯摇摇头:"不用了,我们商量好孩子户口办到他们单位了。"

连漪火了:"哎我就不明白,这明明可以做到的事情怎么在郝刚那里就这么难,你准备到底什么时候让郝刚长大,现在你有孩子了,以后碰到事情,有你受苦的时候。"

陈来闷声吃饭,听着他们对话。范雯雯尴尬地笑道:"没啥没啥,是我打算在这里待得不高兴了就随时回盐湖,所以不用他找领导。别说我的事了,你俩今天一定要喝好!"

夜已经深了,结束了三个人的聚会,陈来又约了几个老板在一起打扑克。陈来:"咱们这笔买卖进行得不易,兄弟几个可得好好放松下。"

一个老板说:"托陈总的福,今年可以好好过个年了。"

陈来抽一口烟:"对了,你再拿百分之十。"

对方惶恐起来:"那怎么好意思啊陈哥,你不是吓我吗?这事本来是你出了大力啊。"

陈来:"没关系,我还有条件,你给我一个北京户口的名额,我那儿的今年用完了。"

对方老板:"陈哥太见外了,你要就拿去,谈什么让利啊,我给你找一个就是。"

陈来:"哎,一码归一码,啥是啥,拿去吧,说定了啊。"

另一老板打趣:"哎陈哥你这是给谁弄呢这么上心?是不是有二嫂了?"

众人哄笑,陈来笑道:"狗嘴里吐不出象牙!"

一上班,社长就告诉范雯雯:"你的户口有了个名额,去办手续吧。"

范雯雯惊喜万分:"真的吗?社长,太感谢你了。"

社长神情复杂:"不用感谢我,这是陈来给你要的,说是不忍心看到人才外流。你啊,要感谢,就谢谢陈来吧。"

范雯雯呆住了。郝刚,一个一直声称最爱她的人,几乎什么也没为她做过;陈来,一个什么也图不上她的人,竟然事事替她着想,她只是个普通的女孩子,要怎么回报陈来呢?身体吗?感情吗?钱吗?好像都不行……

夕阳西下,照耀着滚滚流逝的河流,范雯雯站在桥边,风吹起她的长发。陈来朝范雯雯跑来:"雯雯,怎么了?这么着急约我来,还约到这个地方？"

范雯雯凝视着陈来："陈哥，你记不记得，我第一次碰到困难的时候，就是在这个桥边，你开着车来，接上我，带我去酒吧，那一天可真高兴……"

陈来陷入回忆，微笑着。

范雯雯："后来，几乎每次我有困难的时候，你都会出现，我被人欺负、我妈妈生病、我家里欠钱，甚至我要留京……想想我们认识到现在，我几乎没有付出过什么，而你，一直在帮我，我多么有幸，才碰上你这样的朋友。"

陈来："雯雯，一切都是我愿意的，我并没有要求你回报……"

范雯雯："我知道，我知道。你要求我回报一下，好不好？只要我能做得到。"

陈来："好，我真的有一个要求，你不要后悔。"

范雯雯深吸一口气："你说吧。我都答应你。"

陈来："雯雯，让我来做你孩子的干爸爸，好不好？以后等他长大有困难了，还可以来找干爸爸，好不好？"

范雯雯瞬间就哽咽了，拼命点头："好，好，哥，我……"

陈来看着她，握紧拳头，眼圈也红了。

第十八章

　　范娜娜和马彪在家门口腻歪了半天才分开，上次的事件之后，两人的关系更近了一步。每次吵架马彪都要抓着范娜娜的手打自己耳光，范娜娜甚至有些变态地喜欢这种感觉，这才是真正的爱情啊！甜中带着疼，疼里含着甜。临别时马彪又给了她一个长长的热吻，吻得范娜娜差点喘不过气来，马彪看她面红耳赤的样子，满意地道："你就跟你爸说要跟着我浪迹天涯，要是你爸敢为难你，你给我打电话，我马上冲进来救你。"范娜娜甜蜜地亲了他一口，目送他离开后，才转身进了家。

　　范娜娜进门就看到范二、王玛瑙、江风妈妈、江风都在家里等她，江风看着她浓妆艳抹的样子，心都在滴血，范娜娜躲开江风的目光，想要回自己房间去，范二喝住她，忍住满腔的怒气，问："你这几个月跑哪去了？为什么不好好上班？为啥把自己画得鬼一样？"

　　范娜娜低下头不说话。

江风忙道:"叔叔,娜娜刚回来,肯定累了,让她休息吧,明天咱们再说。"

范娜娜从鼻孔里"哼"了一声:"江风,我们都分手了,你在这里装什么好人,我就是交代也给我爸妈交代,和你没有关系,你走吧。"

话一出口,所有人都惊呆了。

江风妈妈忽然哭起来,跳起来随手拿起把扫帚追打江风:"江风,你怎么惹了娜娜了?娜娜这么好的姑娘,肯定是你不对,快点给娜娜道歉!"

江风无奈地躲闪着:"妈,不是你想的那样。"

江风妈妈手里的扫帚雨点似的打到江风身上,江风到处躲。王玛瑙忙对范娜娜说:"行了,你说句话吧,这么打下去江风哪受得了?"

范娜娜慢慢站起来,拉开江风妈妈,江风妈妈忙道:"你原谅江风了?江风不会疼人,以后妈妈会好好教他,你别再说胡话了啊。"

江风走到范娜娜跟前,拉起她的手:"娜娜,对不起。"

王玛瑙忙拉拉江风妈:"咱们走吧,让他俩说。"

范娜娜甩开江风的手,大声道:"我们没什么可说的,我已经有了新男朋友,是一个摩托车手叫马彪,我这几个月就是跟着他出去了,等过几天我办完离职手续,就和他去浪迹天涯!"

范二再也控制不住自己,起身"啪"地给了范娜娜一记耳光,范娜娜捂住脸:"爸,我不想再当乖乖女了,我听了二十年的话,最后得到了什么?不管你们说什么,这班我是不上了!跟江风我是分定手了!"

范娜娜一摔门进了房间,锁住门,范二气得浑身发抖,扑上来就要踹门,被江风和王玛瑙拉住。范娜娜一个人在黑暗的房间里,看着所有的物是人非,眼泪流了满脸。

范雯雯给郝刚端上饭菜。郝刚问:"雯雯,你妈妈什么时候来?每天你挺着大肚子还给我做饭,我真的是太不好意思了。"

范雯雯:"快了,也就这几天。"

范雯雯回身端饭,郝刚依然坐在桌边等现成的:"那好,等你妈来了,你就能歇歇了。"

范雯雯想说你其实至少可以端端饭,想想又忍住了,淡淡地和郝刚说了一句:"郝刚,我户口的事情解决了。"

郝刚不可置信地瞪大眼:"真的?怎么弄的?我就知道,雯雯最能干了。"

范雯雯摇摇头:"我没有你想得那么能干,这是一个朋友帮了我,为了帮我,他做生意时还损失了一些利益,世界上的事情,只要肯用心,没有办不成的。我觉得,其实之前你要找找你们领导,这事情也很容易解决。只是你不愿意,给自己设置了许多障碍。"

郝刚简直不敢相信自己的耳朵:"雯雯,你是在教训我吗?"

范雯雯:"我不是,我只是发发自己的感想。"

郝刚:"这世上怎么会有无缘无故帮你的人?他是不是图你什么?"

范雯雯:"郝刚,我的重点不在这里。再说,他也没图我什么,我怀着孕,脸上还长着斑,他能图上我什么?"

郝刚:"雯雯,你认识的有钱人越来越多,是不是看不起我了?"

范雯雯叹口气:"郝刚,我认识的有钱人再多,他们的钱也不给我,你是我未来的孩子爸爸,也是我和孩子未来能依靠的对象,日子得我和你过,我希望看到的是你的成长,你自己想想吧。还有,今天的碗,你去刷吧,我累了。心疼我的话不要只嘴上说,拿出行动。"

范雯雯进屋,郝刚看着她的背影,目瞪口呆。

范大直到把赵淑玲送上车还在唠唠叨叨:"你把雯雯照顾好,看雯雯想吃点啥,我从咱这给她买了寄过去,需要钱,下个月工资我能攒下来,也给你……"

赵淑玲不耐烦:"行了老范,你怎么现在比我还唠叨呢。知道啦知道啦,那也是我的宝贝女儿,我能不操心吗?回吧回吧。"

范大目送赵淑玲进入车厢。

火车呜呜开走,范大愣神地看着,半晌才打开手机,翻看着手机里范雯雯的照片,月光温柔地洒在他身上,照着他已经开始发白的头发,范大一动不动,良久才抬起头来,叹了口气。

郝刚出差了,赵淑玲自己提着大包小包到了范雯雯家,刚进门就觉得憋气,范雯雯无奈地跟妈妈解释当时装修时赵健偷工减料,窗户都不合规格,冬天更是不敢开,所以家里就很闷。

赵淑玲叨叨着:"邻居那个小区可能不是大暖,我那窗户正对着隔壁自己安的小锅炉,呛得很,别说开窗户了,连关着窗户都受不了。我怕哪天一氧化碳中毒了,赶紧去买块塑料布,把窗户封住。"

范雯雯:"好,我这边还闻不到。哎,这房子买的,真是不省心。"

赵淑玲:"怨我和你爸没本事,不能给你多贴补点。"

范雯雯:"关你们什么事啊,是我们太安于现状了。我已经开始看书了,准备继续考研,多挣点钱,让你们过上好日子。"

赵淑玲:"雯雯,妈的日子就挺好,有房,有你爸有你,每个月还有退休工资。妈要那么多钱干什么呢?对爸爸妈妈来说,你幸福,过着你想过的生活,就是好日子。如果你有很多钱,天天愁眉苦脸,那才是真的痛苦!妈见过为了钱兄弟反目夫妻成了仇人的,你说,你挣了很多钱很快乐,都没人来分享你的快乐,活着还有什么意思?"

范雯雯没想到妈妈说出这么一番话，愣住了。

三天后，郝刚拎着包出差回来，进了门发现家里灯还关着，郝刚在家里找了一圈，忽然看到了次卧窗户上的塑料布。

郝刚想起丈母娘说过家里闷，也没多想，三下两下撕下了塑料布。等到第二天一早范雯雯打着哈欠刚打开门，就呛得打了个喷嚏。

范雯雯奇怪地问："什么味儿这么呛？"见没动静她又喊道："妈，九点了，我饿了，起床吧。"

见赵淑玲不答应。范雯雯猛地反应过来，往妈妈的卧室冲过去。打开门，范雯雯瞬间吓得腿脚发软，屋里烟气弥漫，赵淑玲躺在床上，没有反应！

范雯雯尖叫一声："妈！"

郝刚听到，揉着眼睛跑出来："雯雯出什么事了？"

范雯雯号啕大哭："我妈煤气中毒了！"

郝刚一听也急了，围着范雯雯连连转圈："那怎么办怎么办？"

范雯雯迅速冷静下来："我，打120，你把妈妈抱出来，把所有窗户都打开了透透气，快点！"

郝刚忙答应着抱起赵淑玲。

范雯雯拨电话："喂，120吗？我妈妈煤气中毒……"

郝刚打开门，把赵淑玲放在门口，冻得范雯雯打了个哆嗦。

赵淑玲慢慢地艰难开口："雯雯，别着急，我，没事，别告诉你爸……"

范雯雯一下子扑过来，拉住妈妈的手："妈，你吓死我了。好，我不告诉，不告诉。"

赵淑玲："你，你把门关住，别冻感冒了。"

这时，范雯雯的手机响了，她忙擦干眼泪接通："你好，对，我这有个煤气中毒病人。什么？大雪封了门口的路？路两边的下水道……不敢进来？好好，那你们现在在哪，我们把病人抱出去。郝刚，快，他们在大门口那条路上停着，你背着我妈，赶紧出门，我穿衣服。"

范雯雯家大门口，大雪铺了厚厚一层，郝刚背着赵淑玲往外跑，范雯雯挺着大肚子追出去，出门就重重摔倒在地，趴郝刚背上的赵淑玲瞥了一眼，又晕过去了。

范雯雯顾不上许多，爬起来就追着他们往救护车那儿跑。

医院里，医生对郝刚和范雯雯说："病人吸入量不多，应该没有大碍，再观察观察吧。倒是你，听说你摔了一跤，去做个检查吧。"

范雯雯和郝刚面面相觑，B超做完了，医生拿着单子向二人解释："从片子上看，应该是没有什么问题，但毕竟也八个月了，孩子已经成形了，但是也不好说，因为摔了一跤而导致孩子畸形的案例很多，你们要有心理准备。"

范雯雯脸色顿时惨白，靠在急诊室外墙上休息。郝刚问："雯雯，怎么办？"范雯雯看他一眼，一点说话的力气都没有。郝刚懊悔道："都怪我，卸了那块塑料布，但是家里也不能住了，你听我的，咱们不在家里住了，重新再租房子，搬家，怎么样？"

范雯雯慢慢抬起头来："郝刚，塑料布是你揭的？"

郝刚："是啊，妈不是总觉得憋气，我就想着窗户上贴块塑料布不是更憋气，就把它揭了，有什么问题吗？"

范雯雯一听这个简直恨得咬牙切齿："郝刚，你差点杀了我妈！那是我妈嫌外面呛自己贴的。"

郝刚："啊，那是妈贴上去的，我不知道……"

范雯雯打断他:"你就不知道小卧室的窗户密封不好往进漏煤气吗?我之前一直拿东西堵着,我妈来了才又加了一层塑料布,家里这些你都不知道吗?"

郝刚:"雯雯,雯雯,你别生气,对孩子不好,我真不知道,知道了我还会撕下来吗?"

范雯雯发飙:"郝刚,你在这个家里生活了一年了,什么都不知道,这是家,不是旅店!我再郑重跟你说一次,你快点长大!拿出男人应有的样子,我已经快消耗完对你的耐心了。"

郝刚还想说话,看范雯雯大睁着眼睛看着天花板,默默流着眼泪,他只好把所有的话都咽了回去,默默地拿着缴费条去排队缴费,正好碰到连漪拿着条也从楼上下来。连漪惊讶:"你怎么在这里?雯雯怎么了?"

郝刚:"我丈母娘煤气中毒,需要住院观察几天,雯雯在楼上陪着呢。你怎么在这里?"

连漪:"我儿子在这儿做手术。"

郝刚忙关切道:"手术做得怎样?"

连漪不好意思:"现在还不知道呢,孩子正在手术中。"

郝刚:"行,我让雯雯一会儿上去看你。"

范雯雯、连漪和连漪父母在手术室门口焦急地等待着,不久,护士把孩子推了出来。一众人连忙上去问医生:"医生怎么样?手术怎么样?孩子醒了吗?"

医生欣慰道:"手术很成功,以后只要小心别让他骨折,就和正常孩子一样了,孩子已经醒了,你快看看吧。"

小凡躺在病床上,给连漪做了个胜利的手势。

连漪在长长的走廊里痛哭失声，范雯雯抱住她："连姐别担心了，孩子手术成功，以后你就可以轻松一些，这是好事啊！"

连漪哽咽着："我知道我知道，我就是太激动了。这么多年，小凡太不容易了……小凡是个懂事的乖孩子……"

连漪父母过来拉着连漪的手劝慰着，看得出来，这是一对老实巴交的农村夫妻。

范雯雯看着他们，心中感慨万千。

郝刚拿着假条进了人事处，对处长道："处长，我想请两周假。"

同事们都知道大领导不喜欢郝刚，人事处处长自然不会对他客气："请假可以，但根据考核标准，今年你的奖金一概全无啊，你考虑清楚。"

郝刚惊讶："怎么要扣这么多？以前不知道啊。"

人事处处长："一直都是这样的，之前肖勇他们也是请了假，奖金全扣了。我劝你啊，还是别请了，让你家里人克服一下吧。"

郝刚耷拉着脑袋进了研究所办公室，看到座位上放的这个月的工资条，拿起来看。他突然想到人事处处长的话，就拿起肖勇的工资条来看，结果他的工资条上全勤奖一栏并未扣一分！

郝刚怒了："这不是欺负人吗？我每天那么辛苦，凭什么我请假就要扣工资，别人就不用？我不干了！"

郝刚颤抖着手开始写辞职信："所长：我是郝刚，我不干了。"

郝刚拿起辞职信正准备出门，电话响起来，郝刚接起来没好声调："喂！"

范雯雯的声音传来："你这是怎么了？能不能态度好点！"

郝刚只好调整情绪："好好，雯雯什么事？"

范雯雯："住院押金用完了，你再取点钱带过来。"

郝刚一愣，范雯雯催促："干吗呢，听到了没？"

郝刚答应着，万般无奈地撕了辞职信。

郝刚忽然仰天大笑。令狐冲？哈哈，我连林平之都不如！

郝刚回到医院，打了壶水上楼，赵淑玲看到他，忙道："快放下快放下，歇着。"

郝刚放下壶，给赵淑玲倒水。

赵淑玲愧疚地说："郝刚，这几天真是辛苦你了，你说妈来了也没顶上什么用，你爸欠了人家的五十万元，还要你和雯雯来帮着还，我们真是不中用。等妈好了，不行回去把家里的房子换成个小房子，抵一些债，再留出来一点给你和雯雯，你们两个换个房子吧，现在这个环境太差了，真是不好住。"

郝刚手里的杯子应声落地摔成碎片："我爸欠了五十万？"

赵淑玲惊讶："你不知道？雯雯每个月都往家里寄钱啊。"

郝刚支支吾吾："哦，雯雯，雯雯没告我总数，我没想到这么多。"

赵淑玲更愧疚："孩子，没关系啊，别当成负担，我们来想办法。"

范雯雯进来问："哎呀？杯子怎么碎了？"

范雯雯拿笤帚扫地，没注意郝刚的神色，对郝刚说："你走吧，今天晚上我陪妈，明天你早点过来办出院手续。出了院还得休息一阵呢，你赶紧回去把家里收拾收拾。"

郝刚答应了一声，走出门。他不知道范雯雯还有多少秘密瞒着自己，忽然对自己和范雯雯的感情充满了不确定，到底从什么时候开始，范雯雯对自己的不信任到了这种程度？郝刚茫然地走着，不知不觉间，就走到了茹雪家门外，他正要敲门，门却已经打开了，开门的正是茹雪，茹雪见是郝刚，她嫣然一笑，仿佛等这一天等了很久似的，她一把拉进了郝刚，关住门。

郝刚心情很差，摇摇晃晃地向茹雪倾诉："茹雪，从小我父母教我做人的准则，要为了建设祖国而奋斗，要勤奋、努力、孝顺、淡泊名利。我一直很听话，一直就是这样做的，可为什么，我和现实格格不入？为什么我总是处处碰壁？我究竟错在哪里？人际关系真的这么重要？重要到超过学术成绩，超过真实能力？"

茹雪心疼地拉着他坐下，安慰他："这世上总有各种各样的人，你看，我就是善于利用各种关系的人，也许我能得到一时的利益，可我很累，我仰慕的，反而是你这样的人。郝刚，你振作一点，我相信，一切都是暂时的。总有一天，你的成绩会让所有人看到，到时候，就是人人抢着认识你了。我请求你，只要你开心，只管做自己，不要丢了自己最重要的东西，好吗？"

郝刚听了茹雪发自肺腑的劝慰感动极了，问茹雪："我这样没本事，又穷又书生气，你为什么还要对我这么好？"

茹雪轻轻摇头，慢慢抚着郝刚的脸："不，他们都不懂得你的好，比起那些号称既能赚钱又油腔滑调的人，你就是一棵干干净净的树，永远站在那里。只要被你爱上，你永远会在……"

郝刚看着茹雪娇艳的红唇，终于忍不住，轻轻吻了上去。茹雪热烈地回吻，她紧紧抱住了郝刚，两人一起倒在了沙发上……

范雯雯在门口东张西望，郝刚匆匆地跑来。范雯雯埋怨："你怎么才来啊，赶紧，一会儿就不能办出院手续了。"

郝刚的内心十分紧张，不敢看范雯雯的眼睛："好，好，你待着，我赶快去办。家里都收拾好了。"

范雯雯欣慰地说："郝刚，这次终于不用我操心，你就把所有的事情都办好了，真好，以后也要这样哦。"

郝刚答应着拿着单子出门，直到走在楼道里才放松下来，他暗暗长出了口气。

三人打了个出租回到家中后，范雯雯自己进屋，郝刚搀着赵淑玲走在后面。

范雯雯环顾四周，满意地说："嗯，郝刚，你进步真大。家里收拾得不错啊。"

赵淑玲忙着进厨房："雯雯好几天没好好吃饭了，我赶紧给咱们做点好吃的。"

郝刚看着铺得整整齐齐的床，眼前闪过昨晚和茹雪在一起的场景，有点恍惚。

第二天一早，范二还来不及管范娜娜，就被村民们叫了出来，村长又一个月没给大家结利息了，还有人想要回自家的补偿款，村长也不给，而且又找不到他人在哪里，大家聚到一起商量该怎么办，听到大家的反映，范二决定带着所有人去找村长的合作伙伴——另一个开发商。

看着一堆人涌进办公室，开发商忙站起来："大家别急，有话好说，好说。"

范二："有什么好说的，先把我们的钱给了！"

开发商莫名其妙道："什么你们的钱？"

范二一把揪住开发商的脖领子："怎么，拿着我们的钱盖房子，现在不认了是吧，给我砸！"

众人一哄而上。

开发商急了："我没有拿你们的钱，我是和村长联合开发，但我用的是村长借来的钱。"

范二："村长的钱就是从我们手中借的征地补偿款。"

开发商："老乡，这里面肯定有什么误会，村长说是他自己的钱，而且关键是这笔钱我上了月就全还了，不信我给你们看。"

范二将信将疑地放开开发商。

开发商拿出条子："上个月村长说他急着用钱，我就基本上全和他结清了，这是他打的条。他表哥是区长，谁敢惹他？"

范二看了看，还真是村长打的条子，上面显示着数额一千七百万元，他瞬间蒙了。

范二对着人群吼："村长呢，谁知道村长跑哪去了？"

村长的跟班在人群中探头探脑。

范二发现他，逼问："村长哪儿去了？"

跟班："澳……澳门……"

人群中有人说："又赌博去了？拿着我们的钱耍去了？肯定是跑了。"

无数拳头朝跟班打来。

跟班挣扎着哭了："我的钱也在里面啊……"

众人说："给村长打电话，现在就打，看他咋说。"

跟班拿出手机，战战兢兢地拨通。

村长懒洋洋的声音传来："这么早，咋了？"

跟班："村长，大家发现钱……钱被拿走了，找你要呢。"

村长吼一声："急啥急，回去就发！"然后就挂断了电话。

跟班再打过去，对方已经关机了。大家都慌了，村长要是携款逃跑，大家一点办法也没有。有人提议报警，范二想了想，先给江风打通了电话。

江风马上向王主任进行了汇报。王主任严肃地对江风道："我们已经接到数次村民对范家村补偿款问题的反映,现在他们那村长还在澳门,也没说不回来,但是村民是自愿把钱借给他的,合同上签的根本就是霸王条款,也没法立案。我最担心的就是村长拿着钱不回来了,那村民的血汗钱可就打了水漂了。所以你去调查调查这件事,看看漏洞在哪,争取早点立案,让警方带村长回来。"

江风的手都在发抖,接过一摞材料,郑重地冲王主任点了点头。

范二回到家后忍住满心的怒气,给范娜娜反复做思想工作,要带上她去学校找找校长求求情,范娜娜咋都不肯。她已经不想回到从前那么刻板的生活中去,在和车手每天玩乐之余,她还在网上注册了个博客账号,把自己的一路游玩经历发出来,没想到点击量慢慢开始增加,看到有人这么关注自己,范娜娜很开心,写作渐渐成了她释放自己痛苦的一种方式。范二根本不认同她这种生活方式,气得吹胡子瞪眼,但是面对这自己从小娇惯的女儿,也真是想不出什么好办法来。

马彪的一个小弟最近找了个女朋友,漂亮又文静,范娜娜总觉得马彪看这个女朋友的眼神不对,便特别吃醋,她开始对马彪加倍地好。本来下午她都和马彪说好不去酒吧了,但为了让马彪高兴,夜里她又打扮得漂漂亮亮地到了酒吧。一进门,范娜娜就看到马彪小弟的漂亮女友正在舞池里疯狂摇摆,衣衫近乎半裸。范娜娜正不知这个女孩子发生了什么事,怎么会突然这么疯狂,忽然看到马彪就在大庭广众之下一把扯开了女孩子的衣衫声,周围一片尖叫和淫笑,女孩子对此却仿佛茫然不知,晕晕忽忽被他摆弄着。范娜娜瞬间出了一身冷汗,她突然明白自己为什么每次来到酒吧就晕晕乎乎,为什么每次都不记得在酒吧里做过什么,第二天醒来一定是和马彪在宾馆,她一直以为是自己酒量不行,现在想来,恐怕是马彪在酒里做了手脚!范娜娜浑身的血都往上涌,尖叫一声扑上去,马彪正在兴头上,见她要坏自己的好事,不耐烦地推开她,示意小弟们拉她走,范娜娜大喊:"你是个骗子,给我们下药,你说的话都是假的!"马彪听到,慢慢抬起头来,凶狠地看了范娜娜一眼,马彪小弟们慢慢围上来,范娜娜转身就往外跑,但被一堆人扑上来拉住,那个把女朋友献给老大的小弟笑着端过来一杯酒,一把捏住范雯雯下巴灌进了酒,一会儿工夫,范娜娜就什么都不知道了……

范娜娜从迷糊中醒来,听到马彪的小弟们在议论着她的胸到底是什么罩杯,瞬间就完全清醒了。她环顾四周,发现自己躺在宾馆的一张大床上,浑身近乎赤裸,车手的小弟们正在背对着她讨论谁先上,没人看她,范娜娜惊出了一身冷汗,大喊一声:"你们干什么?我是你们的嫂子!"小弟们看她醒了,哈哈笑着围上来:"以前是,现在不是了。"献女友的小弟拦住他们:"我先来吧,这次我有功劳!"众人悻悻退出去,范娜娜恐惧地喊着:"不可能,不可能,他最爱的就是我。"小弟哈哈笑起来:"也就你们这些傻女人信,老大玩腻了个女人,就给我们小弟玩玩,以前的女人都是这样的,你别紧张,我会很温柔的。"看着这一张逼近的脸,范娜娜真想跳下床逃跑,又觉得浑身没有力气,忽然,她看到床头不知谁留下的一把水果刀,在小弟扑上来的瞬间她拿起刀来对着自己。小弟看到这阵势吓了一跳,嘲笑道:"你以为你现在有劲对付我吗?"范娜娜披头散发地狂喊:"我是杀不了你,但你要敢过来,我就自杀!"小弟往前走了一步,范娜娜拿起水果刀就在手腕上划了一刀,鲜血"哗"地涌出来,小弟被她的疯狂吓着了,忙边退后边道:"你,你,你可别做傻事啊,别连累我啊,好,好,我现在走,我走。"

眼看那小弟走了,范娜娜用尽全身力气爬到门边,颤抖着伸出手来上了锁,门外的声音叽里咕噜响了一阵远去了,范娜娜紧紧依偎着门,一动也不敢动,直到完全听不到声音了,才拨通了江风的电话。等到江风赶来房间时,看着范娜娜浑身上下狼狈的模样,江风的心都要碎了,他一把抱住两眼发呆的范娜娜,为她包住手腕,穿上衣服,喊道:"娜娜,你怎么这么傻啊……"

范娜娜惨笑:"本来你就不喜欢我,这下子更不喜欢我了。"

江风着急地摇摇头:"娜娜,人不是只有爱情才能幸福的,我和你在一起很幸福。再说谁说我不喜欢你了,我很喜欢你啊。"

范娜娜:"那你爱我吗?"

江风说不出话来,范娜娜又说:"也许你会笑我傻,但我和你在一起,是因为爱情。最早我知道你不爱我,但我以为日子久了,你会懂我的心思,和马彪在一起只是想尝尝被人爱的滋味,可谁知道……"

江风痛苦地摇着头:"娜娜,娜娜,你别说了,我们重新开始,好不好?"

范娜娜一字一句道:"我有我的骄傲,我们之间,再也不可能了。江风,你一直都不明白,我要的是爱情,不是所谓的责任。你既然不能给我,那么我就去找愿意给我的。我也应该谢谢你,一直鼓励我写作,让我终于找到了自己的梦想。对了,我的《追梦人》已经唱得很好了,你听听?"

范娜娜说完,也不管江风是否在听,自顾自唱起来:"让青春吹动了你的长发/让它牵引你的梦/不知不觉这青春的历史已记取了你的笑容,红红心中蓝蓝的天是个生命的开始……"

歌声飘扬,范娜娜和江风在一起的一幕幕在江风面前开始闪现,江风痛苦地闭上了眼睛。

两人一出来就被轰鸣着的摩托车包围住,车手们围着范娜娜和江风飞速旋转着,摩托车像一只只巨大的怪兽,时刻准备着扑上来,刺眼的灯光照得人睁不开眼，马彪嚣张地喊："你们要敢报警，我们就废了你们！"

凌晨冬天的街头早已空无一人，只有凛冽的北风刮过几人的脸。范娜娜忽然看到了和王玛瑙搀扶着站在一边的范二，风吹乱了范二一头灰白而稀疏的头发，"我爸怎么来了？"范娜娜哑着声音问。

江风："我们正在村里商量村长的事情，你来电话时，他们全听到了，怕我上去万一有事，我就让他们留在外面等。"

江风拉着范娜娜正在想办法寻找出口，范二焦急地想要靠近，又一次次地被这些混混逼退回去，忽然间，他就拉着王玛瑙给车手们跪下了："求求你们放过娜娜好不好？娜娜是个单纯的姑娘，你们高抬贵手，放过她。"

所有人都惊呆了，范娜娜大喊一声，想要扑过来："爸，你干什么？快起来。"

范二不停地磕着头，头上的血很快洇湿了脚下的砖头，范娜娜绝望地喊了一声，像一头失去庇佑的小兽一样，闭上了眼睛。

警车的鸣笛声终于在这一刻响起，范二此刻觉得这是世界上最动听的音乐。原来是那个漂亮女生醒来后，发现自己被强奸了，还被录了像，她立刻选择了报警，警察很快就找到了这里。

从警局做完笔录出来，范娜娜用尽全身力气抱住了范二和王玛瑙，颤抖着说："爸，我错了。"范二不停地抚摸着女儿的头发，喃喃道："回来就好，回来就好。"

父母是从什么时候开始衰老的？大概就是从我们伤了他们心的那一刻吧。

第十九章

一大早,范大的学校就被家长们团团围住,不知从哪里来的谣言,说村长不回来了,范大也犯了法,政府要把学校拍卖了抵债,家长们怕范大跑了,纷纷上门来要提自己的钱,给自己孩子转学,范大急得满头大汗,无奈只得让财务先把钱给了家长们安抚住,学校的账上很快就空了,还留下一大笔亏空。范大好说歹说劝退了家长们,给范二打电话对方却死活不接,他就想给赵淑玲打电话,问问自家还有多少存款,能办多少贷款,先让学校正常运转起来。

郝刚正在办出院手续,他的手机忽然响了,郝刚看到屏幕上的"爸"心不在焉接起来,他还以为是自己的爸爸的来电,随口应道:"爸,怎么了?哦,好吵,听不清,我和雯雯妈在医院,她煤气中毒了,我一会儿给你回过去。"

范大听着手机里传来的消息,着急坏了,他的胃部忽然剧烈地疼起来,范大捂着腹部,拉开抽屉找药找不到,豆大的汗珠一颗颗冒出来,范大哇地一声"吐"了一地,捂着胸口想要坐起来,可他惊讶地发现自己竟坐不起来,只有一阵一阵涌上来的从来没有过的难受,实在有些顶不住了,范大拨通了120。

120 客服人员的声音从电话里传来:"请问你的地址?有没有出汗呕吐后背疼等其他症状?"

范大:"我住在花园小区 3 号楼一单元一层,有,这次还挺严重,不,不知道,怎么回事。"

120 的声音严肃起来:"你这不是胃疼,初步判断是心肌梗死,家里有没有硝酸甘油?马上在舌头下压一片……"

范大的意识渐渐模糊,手机掉到了地上。

120:"喂,喂……"

等范二听说了学校的事骑着小电动车匆忙赶到范大家里时,救护车正好"呜哇呜哇"地开进来,范二看着救护车,车上下来的人向范大家奔去,范二忽然反应过来,边跑边哆哆嗦嗦地掏钥匙。范大早前给了范二一把自家的钥匙,此时正好派上用场。

范二颤抖着手开门,问救护人员:"我哥没事吧?"

救护人员:"不知道,电话打不通。"

范二和救护人员冲进屋中。

范大倒在床下。

范二神色慌乱地惊呼:"哥!"

救护人员动作娴熟地按压心脏、绑心电图,翻看瞳孔,把范大抬上担架。

范二不知所措。

救护人员:"你是家属?"

范二忙点头:"我是他弟弟。"

救护人员:"上车,和我们去医院,病人突发心梗,已经丧失意识,需要急救时可能需要你配合签字。"

范二头脑发晕,茫然地跟上了车,一路上他都不清楚是怎么赶到医院的。病人医生推着范大进了手术室。范二茫然地跟着。医生:"谁是家属?"

范二:"我是。"

医生刷刷地写着:"病人心肌梗死,现在正在抢救,这是病危通知书,还有其他的家属吗?赶紧通知他们。"

范二接过单子,看着上面的字,忽然大哭起来。

医院的大钟,指向凌晨三点。

范雯雯睡梦中忽然觉得一阵心悸醒了过来,赵淑玲的手机就在这时响起来,吓了所有人一跳,电话里的范二呼吸沉重:"嫂子,我哥突发心梗住院,现在正在抢救,医院已经下了三次病危通知书,你赶快回来!"

赵淑玲蒙了:"啊?心梗?现在就回?"

听见电话一响就进屋的范雯雯已经猜出了大概,她挺着大肚子冲进来:"现在就回!"

郝刚刚刚醒来,他六神无主地站在门口直愣神儿。范雯雯忍住眼泪对郝刚说:"我妈收拾东西,我拿上病例,万一回不来就在盐湖生孩子。郝刚,你现在找辆车马上送我们回盐湖吧。"

郝刚为难地说:"我去哪儿找车啊?"

范雯雯:"你没有关系好的朋友什么的吗?"

郝刚:"万一咱们回去你爸没事了,那我的朋友不是白跑一趟,多不合适啊!"

范雯雯像从来都不认识他一样地看着郝刚:"你说什么?意思是我爸必须死了才对得起你朋友送我们回去,是吧?"

郝刚自知失言:"我不是这个意思,我是觉得麻烦朋友们怪不好意思的。这样吧,我现在就去火车站买票,你们明天赶最早的火车回,怎么样?"

范雯雯只觉得整个脑袋都在嗡嗡作响,她拿起电话就拨给陈来。

郝刚急了:"你打给谁?"

陈来刚一接起来,范雯雯就哽咽着道:"陈哥,我是雯雯,我爸突发心梗进了手术室,你给我找个车,我和我妈要马上回盐湖。好,我们半小时后下楼。"

郝刚追着问:"你找的谁?是不是那个培训学校的陈来?你和陈来到底什么关系?"

范雯雯不理他,焦急地收拾东西。郝刚不知所措地看着,看赵淑玲也冷着脸,只得也开始收拾自己的东西。

陈来披衣下床,悄悄出了卧室门,拨通司机的电话:"你现在马上去某某小区接个人,和她去趟盐湖,我一会儿把她的电话发给你。一定要小心,她是个孕妇。"

妻子冷冷的声音从另一间卧室传来:"谁这么晚了给你打电话?"

陈来:"一个朋友,有急事。"

妻子:"我怎么听见是个女的?"

陈来:"是在学校兼职的一个老师,我也应该管。"

妻子:"别让我提醒你,今天的一切是怎么来的,小心玩出火。"

陈来沉默不语,拉开阳台门出去抽烟。城市的夜晚灯光璀璨,烟雾缭绕中,陈来的脸,看不清楚。

车子很快就到了，范雯雯和赵淑玲拎着包上车。郝刚也跟着上来。范雯雯一把推开他，冷冷地说："你不用去，等我忙完我爸的事回来，咱们就离婚。你那么爱面子，就和面子过吧。"

赵淑玲一听这些马上制止范雯雯："你这孩子，说什么呢？"

范雯雯大喊："妈，我说什么？郝刚刚才的话你没听见是吧！这样没用的人，永远把自己脸看得比天还大，说好听了是爱面子，说不好听是自私！"

郝刚想要解释："雯雯，我不是……"

范雯雯的情绪已经快失控了："你自己想想，哪一次我需要你的时候，你在？你不是让我自己想办法就是说自己没办法，那郝刚，这样的婚姻有什么意思？我要你干什么？我缺大爷吗？"

郝刚争辩："但是结婚也不光是为了图对方有用啊，为了有用结婚，你不觉得俗吗？"

范雯雯："那就是为了爱情啦？请你告诉我一件事，一件你为我做过的小小的事，来证明你爱我。"

郝刚一时竟然想不出来。

范雯雯惨笑："想不出来是吧？郝刚，这么多年一直是我在撑着，我不想撑了，再见。"

范雯雯关上车门。赵淑玲赶紧下车，从另一边把郝刚拉了上来。司机一踩油门，车子箭一般驶向盐湖。

范雯雯平息心情，拨通电话："二叔，我爸现在怎么样？转重症监护室了？好，我已经出发了。"

范雯雯闭着眼睛，眼前闪现出父亲疼爱自己的一幕幕场景，不知不觉泪流满面。

司机开得飞快，天色刚亮，车子就从盐湖高速上驶出，一到医院，范雯雯、赵淑玲、郝刚就跑到重症监护室走廊里。范二远远看见三人，赶忙喊："雯雯别跑，小心肚子里的孩子。"

范雯雯气喘吁吁："二叔，我爸现在怎么样？"

范二："意识恢复了，刚才还骂我，嫌我多嘴，说让你马上回北京准备生孩子去！我和院长说了，你回来了，就让你进去看看。"

赵淑玲听了范二的话这才舒了口气。

护士出来，对赵淑玲说："家属来了？去交费吧。"

赵淑玲拉着郝刚："你和我取钱去吧，这么早，路上还没人呢。"

郝刚忙答应着和赵淑玲出门。

护士对范雯雯："可以进去了，你少说两句，你父亲还在危险期，不能激动。"范雯雯忙点头。

范大身上插满了管子，躺在病床上。

范雯雯轻声喊："爸！"眼泪就下来了。"

范大看到范雯雯，马上急了："谁让你回来的？我没事，你走，你走。"

范大的心电监护仪尖厉地叫起来。护士忙拉着范雯雯往外走："病人太激动了，你赶紧出去吧。"

范雯雯哭着喊："爸，我等你，孩子还要你起名呢，你可不能有事！"

监护室的大门关上，范大也流下了泪水。范雯雯靠在墙上，号啕大哭。这个最爱你的人，给了你生命，滋养了你的生命，愿意用他的生命换你的幸福，可他的生命遇到威胁时，你却只能眼睁睁等待这生命的流逝，这大概是人世间最大的无能为力吧。范雯雯从来没有想过，这么强大的爸爸也会倒下，这么多年，只有爸爸在为她付出，他永远是范雯雯最坚强的后盾，范雯雯甚至都没有给爸爸洗过一件衣服，他病成这样子范雯雯都不知道，她算什么女儿啊！范雯雯忽然后悔极了，自己为了郝刚，为了所谓的理想，留到北京，不管不顾父母的感受，可现在，就是自己可以拿到一个中国新闻奖，爸爸或者妈妈生病时不在跟前，这一切，值得吗？

范娜娜急匆匆地从外面进来。她本来以为自己是恨姐姐的，可是看到姐姐的模样，范娜娜根本没有任何犹豫，情不自禁地走上去，揽住范雯雯肩膀，把她抱到怀里："姐，别哭，有我们呢。钱和人，我爸都安排好了。"范雯雯抱住范娜娜，"哇"地哭出声来，直到这一刻，她的心才稍稍放下来。

血，永远是浓于水的。

连漪正在家中给小凡念书讲故事，手机忽然响了。连漪披衣下楼，就看到陈来喝得醉醺醺的，在路边"哇哇"地吐。

连漪忙扶住陈来："这是怎么了，喝成这个样子？"

陈来拉住连漪："你开车，和我去个地方。"

连漪犹豫："现在？"

陈来："我求求你了，你和我去，好不好？我心里难受……"

连漪："好好，我和你走，你说，去哪？"

陈来的脸色比夜色还阴沉："龙泉山。"

连漪惊讶地看了陈来一眼："去公墓？"

连漪这才看到陈来的眼睛整个都是红的。连漪不再犹豫，打开车门发动了车子，车子像箭一样驶出。

到了公墓天已麻麻亮，连漪停好车，摇下车窗，看着灰蒙蒙的天地。副驾上昏昏沉沉的陈来一下子醒了，他睁开眼坐起来，下车打开后备箱，拿出一个大黑塑料袋走到一座坟前，在坟前长跪不起。

连漪也走过来，看到墓碑上镶嵌着一张照片，那照片是一个有着清秀面容的女孩子。

连漪："这是谁？"

陈来打开大黑塑料袋，开始点纸钱。黑色的纸钱在空中飞舞。

陈来："你记不记得我说过的初恋女友？这就是她。"

连漪惊讶："不是说她回了你们家乡？"

陈来痛苦地摇头："我没有告诉你和雯雯实话，我和她分手以后，就认识了现在的老婆。她就在我们第一次见面的地方……跳楼自杀了。"

连漪怜惜地看着陈来，这种滋味，她也知道。

陈来泪流满面："我们很相爱，可是，我终究没有禁得住钱的诱惑。我知道，你和我是一样的人，你能理解我，但我不能原谅自己。多少年了，我始终没有办法原谅自己。所以，我一直没有孩子，我再没有办法和妻子过夫妻生活……这是老天对我最大的惩罚！我以为这辈子再也没有赎罪的机会。直到后来，我认识了雯雯，和她一样善良可爱的雯雯，她们两个人，很像，很像……这是上天怜悯我，给我一个弥补自己错误的机会，我本来只想把雯雯当妹妹，但雯雯过得这样不幸福，我想和雯雯在一起，可我不知道她会不会答应，所以我请你来，连漪，请你做个见证，如果这枚硬币朝上，我就和雯雯在一起；如果朝下，就让我这辈子都在负罪感里生活吧。"

陈来说完，拿出一枚硬币想要抛。连漪气不打一处来，伸手打掉了硬币。

陈来惊愕地看着连漪。

连漪："陈来，你是不是男人！要追就追，想给谁幸福就去给，错了一次，难道还要再错第二次？这件事和雯雯有什么关系？第一，雯雯未必愿意和你在一起；第二，你的婚姻幸不幸福，关雯雯什么事？干吗要扯上雯雯，是男人，就拿出点勇气来，搞清楚自己要什么，开拓出一片新天地来！"

陈来直视连漪半晌，才仿佛醍醐灌顶，喃喃道："你说得对，你说得对，我早该结束这段罪恶的关系，为了我，为了她，也为了我那守活寡的老婆……"

陈来转身又对着坟头深深拜了下去。迷雾渐渐散去，连漪看着青翠的山峦，沉默不语。

也许是老天可怜范雯雯，几天后，范大终于度过了危险期，从重症监护室转入普通病房。没过一会儿房门就被敲响了，何玉探进头来，刚看到范大就哇地哭起来。范雯雯赶忙拉着她坐下："这是怎么了？快坐下说。"

何玉坐到范大跟前的凳子上，哭得上气不接下气："我才知道您病了，范，范校长，问，问了好多人，才找过来，我，我来照顾您，我不怕累。"

范大感动极了："小玉，范校长有人照顾呢，你放心啊，来这里看看范校长就回去好好上课吧。"

范雯雯听了何玉的话心里暖暖的，忍不住摸摸何玉的头："你真是个好孩子。"

何玉停止哭泣问范大："还有好多同学想来看您，他们不敢进来，让我先看看情况，我可以让他们进来吗？"

范大笑了："没事的，范校长好多了，让他们进来吧。"

何玉冲门外招招手，一群孩子冲进来，围着范大七嘴八舌："范校长，我给您带了点苹果""范校长，您不在我们可自觉了""范校长，您要早点康复……"

范大点头笑着答应。

范雯雯忍不住把孩子们都揽到自己怀里："你们真是好孩子……"

范大调侃："当老师好吗？桃李满天下，哪像你们记者，没听过人们开玩笑都说防火防盗防记者啊。"

范雯雯苦笑。

范雯雯送何玉出门，对她道："何玉，你成绩这样好，一定要好好学习，争取考上重点大学啊。"

何玉犹豫着："姐姐，我打算上完高中就回村里的小学教书去。"

范雯雯闻言大惊："为什么？是没钱了吗？姐姐会管你的。"

何玉："最重要的原因不是没钱。我现在已经是我们那儿学历最高的人，高中读完回去教村里的小孩子就不是问题了，学校的老师留不住，没有老师他们都没人管，不好好上学，早早就出去打工，和城里孩子差得越来越多，我想改变这一切……"

范雯雯："就没个其他的解决办法？"

何玉神色黯然："我们那里的环境，实在没办法。除非真的热爱教学，热爱我们那儿，不然去的人不可能留下来的。读大学的确是我最想做的事情，但是比起那些需要老师的孩子们，也许留下来教书才是我最该做的事情。"

范雯雯看着何玉，眼前浮现她离开时孩子们拿着野花送她时的场景，她一脸怔忪问何玉："我能做些什么？"

何玉摇摇头："如果你真想帮我们，只有长期留下来，一时半会儿的教学解决不了实际问题。"

范雯雯怔住了。

江风一早赶到医院，帮助住四人间的范大换了个病房，看着自己从小到大的好朋友这么照顾爸爸，范雯雯只觉得心里暖暖的，换完了房间范大就催着江风去上班。江风："没关系大伯，别把我当外人，我给你安排好再走。"

恰在此时，郝刚的手机忽然响起来。

郝刚接起来，不自然地看了眼范雯雯："哦，茹雪，怎么了？领导的父亲去世，麻烦你先替我上礼好了，大家都去？我？我这儿走不开啊。好，好。再见。"

赵淑玲已经收拾好床铺，扶着范大躺了上去。

范大喊郝刚："刚才是谁的电话？"

郝刚："哦，是我们同事打电话，说我们所长的父亲去世了。"

范大沉吟："你们所里的人都去是吧？"

郝刚："应该是吧。"

范大果断地："那你也去吧，这里不用你。"

范雯雯大吃一惊："爸你说什么呢，郝刚已经够不懂事了，你现在都躺倒病床上了，还要再惯他。"

郝刚听了范雯雯的话满脸涨得通红。

范大训斥范雯雯："你懂什么，我这里有你的叔叔哥哥们，郝刚用处不大。但他领导那边，如果不去，问题就大了。我记得你领导老家离盐湖不远？"

郝刚："嗯，比去北京近一些。"

范大："那你还是去。我这已经过了危险期了，不要紧了，听雯雯说过你领导不大喜欢你，这是个在领导面前改变印象的好机会，别错过。"

郝刚为难："雯雯……"

范雯雯："你别问我，自己看着办。这种事不是违反你的原则吗？

你的原则要紧。"

赵淑玲一听范雯雯的话马上制止："你这孩子，郝刚的前途就是你和孩子的前途，让他去吧。"

范雯雯不再吭声。

郝刚深深叹了口气。

江风办完了范大的出院手续，来跟大家道别，他依依不舍地看着范雯雯："那我就先走了，你照顾好大伯，也注意自己身体，过几天我再来看你们。"

范雯雯："走走，我送你。"

两人走在楼道里，迎面碰上范娜娜，范娜娜一低头避开了两人，径直走了。范雯雯奇怪地看着两人，问江风："我上次就一直想问，你和娜娜不对啊，到底怎么了？你可是答应过我不欺负她的。"

江风苦笑："是我对不起娜娜，我正在努力弥补。"

范雯雯："这就对了。娜娜那么喜欢你，这是你的福气，你可要惜福。"

江风鼓足勇气，冲口而出："可是，娜娜觉得我不够爱她。"

范雯雯吃惊，在江风头上敲了一下："什么？我们娜娜那么可爱，还是大才女，我不信你不喜欢她。爱要懂得表现，你是不是太书呆子气了不会表现？"

江风痛苦地摇摇头："咱们别说这个话题了。"

范雯雯对江风道："本来就没什么可说的。你好好对娜娜就行。我跟你说啊，这次回来看我爸我妈那样子，我是真想一直留在他们身边，可想到郝刚，想到这么多年的奋斗如果回来的话就终成一场空，心里还是下不了狠心。再说，我回来了干什么？"

范雯雯眼前忽然浮现何玉和一群孩子们的身影,仿佛他们在对她微笑。

范雯雯愣住了。

江风:"雯雯,你怎么了?"

范雯雯恍惚地摇摇头:"哦,没什么。"

江风像是说她,其实是在说自己:"我告诉你,你要不知道,就再等等,你的心会给你答案。"

范雯雯呆呆地看着江风。

大雪覆盖大地,列车"哐里哐当"地向前飞奔,火车上,郝刚看着自己从前写下的脱俗诗句,黯然神伤。

到了所领导的家乡,郝刚出了火车站,车站的大门外站着一堆拉活的人。拉活的人们一见他便涌过来:"去哪去哪?我们带你去……"

郝刚:"去某某村。"

拉活的人们一听他说的地址又散开:"那儿不能去,下雪了山里路滑啊,没路……"

郝刚急了:"我加钱,加两百。"

一个司机凑上来:"我劝你也别去了,真的很危险啊,命要紧,平时上去还好说,今天雪下得这么大……"

郝刚咬咬牙:"我加一千。再说这雪就快停了。"

司机抬头看看天,雪花确实小了。司机犹豫着:"要不我试试?先说好啊,如果不能上去我就停在山下,你自己走上去。"

郝刚忙道:"好,好。"

正在这时茹雪来电,让郝刚买十条烟带上,郝刚便又抱着烟从店里出来,顶着满头大雪跑回车内。

山坡道上，小车在艰难爬行，山路的一边就是悬崖，十分危险，要是放在一个月前，郝刚打死也绝不相信自己会为了赶赴一个陌生人的葬礼，居然冒着生命危险上山，但现在，郝刚确确实实体会到了什么是生活，什么又是活着。

车子开到半路，雪越下越大，司机不敢走了，郝刚只得跳下车，给了司机钱。自己把烟包好背到身上，然后手脚并用地往山上爬去。风像刀子一样划得脸生疼，手挨住雪地已近麻木，郝刚已经顾不上这些，他的脑海里只剩下一个信念：使劲往上爬。两个小时后，浑身都湿透了的郝刚，终于走到了挂着白布幔的领导家门口，他两腿一软，歪在了雪地里。

屋里的人看到，连忙把他架到了炉火旁，正在守灵的领导看到他很惊讶："郝刚？外面下这么大雪，你怎么来了？"

郝刚局促地答道："我正好在丈人家，离这儿近，就先到了，想看看有什么事可以先帮着做做，同事们估计明后天就到了。"

领导难得地对他和颜悦色："哦，一路过来辛苦了，来，快坐下歇歇。"

郝刚忙放下烟："估摸着您办事需要烟，我给您带来了些。"

领导微微一笑："不错啊郝刚，谢谢你啊！"

郝刚尴尬得一脑门子汗："不，不用，应该的，应该的。我能干点什么，您告诉我吧？"

领导："大家都说你是才子，这样，你帮着写写挽联吧。"

郝刚闻言如释重负，跟着张罗丧事的主管走出门去，想起自己的表现，苦笑一声，自我解嘲地笑了笑，喃喃道："原来你也干得挺好。"

清冷的月色照着小山村，郝刚正在外间洗脸，听见有人惊讶地喊：郝刚？郝刚抬起头，看到了肖勇。肖勇现在已经是办公室主任了，是所长的大红人，看见郝刚的到来他意味深长地一笑："真是你啊，我以为我是最早的，没想到……"

郝刚边用毛巾擦脸边分辩："我离得近……"

肖勇："好好，应该的，领导呢？"

郝刚朝堂里努努嘴便继续提起毛笔写挽联，肖勇扭头进了堂屋，郝刚无意中看到肖勇手里似拿着厚厚的一摞钱，郝刚忙假装自己没有看到的样子，埋头写着挽联。

雪慢慢地化了，郝刚正和肖勇一起帮忙抬东西，茹雪和一众同事从车上跳下来。茹雪看到郝刚，忙喊："郝刚。"郝刚听到急忙转头，和茹雪相视一笑。

肖勇打趣："茹雪，明明我和郝刚在一起，你就只看到了他，看来还是郝刚帅啊！"

茹雪："哪里，是您的光芒需要仰视，太亮了我一时没看到。"

肖勇哈哈大笑："你这鬼丫头，太贼了。"

看着二人娴熟地在人家葬礼上开玩笑，郝刚浑身不自在。

到了夜里，茹雪来找郝刚，说是想让郝刚陪她到村子里转转，和茹雪并肩肩走着，郝刚想起近几日自己的行为感慨万千，对茹雪道："茹雪，这两天，我觉得自己就像《小公务员之死》的小公务员，卑躬屈膝，赔着笑脸。早知如此，我还不如当时回了家乡，靠父母的关系，一定比现在过得好啊。"

茹雪安慰郝刚："你不要这么想，人只能适应社会，不能让社会适应自己，现代社会发展速度这么快，你要想从人群中脱颖而出，只能把自己打造成各方面都拔尖的复合型人才。再说，和领导搞好关系只不过是你达到目标的手段而已，并不意味着人格上有什么不平等，没什么可难过的，想通就好了。"

郝刚心有触动，问茹雪："那你这样付出又是为了什么？"

茹雪羞涩地一笑："也许这个世界，只有爱情不一样，为了你，我心甘情愿地付出，即便没有收获，我也认了。"

郝刚大为感动，他忽然紧紧搂住了茹雪，茹雪惊喜地回抱紧郝刚。

病房里，医生给范大做完检查，对几人道："患者的检查结果出来了，心脏堵塞百分之八十，需要放支架，准备手术吧。"

范大："手术过程有没有危险？"

医生："做手术肯定是有风险的。"

范大犹豫："那我还是再等等吧。"

医生："你还要等什么？心脏堵了这么多，拖一天就有一天的危险，你知不知道？"

赵淑玲急了："老头子，咱们等什么？做手术的钱可以报销，你不用担心这个。"

范大："我不是担心钱，还是等等吧。"

赵淑玲："那你等什么啊，再犯了病我们谁受得了啊？"

范大眼睛快速地看了一眼范雯雯："没事的，老婆子，你放心。"

范雯雯："我知道我爸等什么。我爸想等孩子出生，是不是？"

范大欣慰地笑了。

范雯雯有点哽咽："爸，我会好好的，你放心。我不走了，就在盐湖生孩子，这样孩子一生下来，你就能看得到。"

范大:"不行,我过几天就出院了没事了,你这两天就走,回北京生去。你妈也一起走,让她去照顾你。"

范雯雯:"那怎么行?你要是一个人在这儿再病了,怎么办?"

范大:"我不会有危险的。"

范雯雯哭笑不得:"这是你能说了算的?"

医生刷刷写完病历:"那好吧,不手术就准备出院,回家还要静养。"

得知大伯出院休养,不再需要自己帮忙了,范娜娜决定继续出去走走,看着江风对姐姐的样子,她心里明白,江风还是爱着姐姐,再说,有了摩托车手那档子事,范娜娜也不愿意再和江风在一起了。这么多年,她其实一直活在江风的影子里。现在,她想实现自己的梦想,像三毛一样,踏遍世界,看看别人眼中的自己,自己眼中的别人。她去了新疆的湖、桂林的山、四川的街,每到一地,她都把自己的感受和情绪写成文字,写成博客,有编辑要来转载,她便由他们去。

等到了宁夏,看完《大话西游》拍摄地,范娜娜心中更是诸多伤感,这一次写出的文章博得了几万的阅读量和数百条评论,范娜娜很快乐,她正坐在长途车上摇摇晃晃地看着窗外风景,电话响了起来。

范娜娜接电话:"你好。"

对方激动的声音传来:"你好,是范娜娜吗?我是某某杂志的编辑,你把'治愈失恋'和'不断旅行'结合起来的写法,真的是太好了,这个月,我们杂志都脱销了。"

第一次有刊物主动联系自己并告知读者反馈,范娜娜也很开心:"真的?"

编辑:"你愿意做我们杂志的签约作家吗?可能会很辛苦,每个月要至少提供五篇文章,但报酬也很可观……"

范娜娜惊喜："真的？太好了。我答应你。"

编辑："好，我通过邮件传细则给你，你看看。"

范娜娜挂了电话，微微笑起来，夕阳挂在沙漠边上，也像是在微笑。没有什么比实现梦想和赚钱完美结合更快乐的事了，不是吗？

愁容满面的王玛瑙在家心不在焉地看着电视，范二喜滋滋回来了。

王玛瑙看到他，气不打一处来："你高兴什么？你姑娘都跑到沙漠去了，一个女孩子家家的，也不怕危险。我正在电视里找她去的那个地方呢，看她离咱们有多远。"

范二挥挥手："唉，娜娜要出去逛就让她出去，咱们以前可能也是把娜娜管得太死了。其实，娃心里高兴最重要。而且现在明显是江风太优秀了看不上咱们娜娜了，所以就同意她出去转转，见见世面，也许回来就能镇住江风了。"

王玛瑙："我说呢你那天怎么一下子就同意了，原来打的是这个主意。"

范二："不说娜娜了，我给你看样好东西。"

王玛瑙凑过来："什么？"

范二神秘地掏出一摞图纸，又从口袋里掏出一摞钱。

王玛瑙接过来："循环农业规划图？你都安排好了？"

范二喜滋滋地说："江风这是给咱们开拓出了一条新路子，之前没想到城里人对咱这鸡啊猪啊还挺稀罕，他们居然不嫌臭。嘿嘿，之前我那是试点，现在我要大干了！真是想不到。我啊，以后说不定还成了个农民企业家呢！"

王玛瑙撇撇嘴："你就吹吧。"

第二十章

范雯雯向单位请了一个月假,还没等回去,孩子就出生了,出生过程颇费了一番周折,但最后总算是母子平安。范雯雯续了假,安心在盐湖待着陪父母亲,看着孩子一天天长大,范雯雯只觉得从毕业到现在,从来没有这样幸福过。范大病了以后,在赵淑玲和范雯雯的坚决要求下,慢慢地不再以工作为重,调理身体,加上学校的资金一直没有回笼,原来范大学校的办学模式也出了问题,人们对这种模式失去了信任,范大只想着等把这一届初三学生送走,便不再招生了。

已经夜里十一点了,社长从连漪办公室门口过,看到里面还亮着灯,忍不住从门缝往里看,连漪正在埋头看书。社长悄悄推开门,站到连漪面前。因为看得太专心,连漪居然没有发现。社长敲敲桌子,咳嗽一声。

连漪吓了一跳,忙合上书站起来:"社长,这么晚了还不回?"

社长："你看什么书呢，这么专心，都忘了我每天的本职工作了，我哪天不用等签版？"

连漪不好意思地笑笑："我这看新闻学著作呢，想再学习学习。"

社长敏感地问："不是要考研究生吧？"

连漪索性挑明："有这个想法。"

社长郁闷起来："自媒体发展起来，把咱们社人才都分流了，去年就走了两个，现在你也有这想法了，我好容易把你们培养起来，你们都要走了，报社怎么办？"

连漪被逗笑了："社长，您还用担心这个？您用人如点将，没问题的，就是只剩下您一个人，报社也只会比现在更好。"

社长："你少贫嘴。说一说，年轻人里谁比较突出？我得培养新的梯队。"

连漪："要说人机灵稿子也写得好，就数范雯雯不错，但据我观察，她更多的是完成任务就满足了。真正喜欢这一行的也能待住的，是和她一批进来的那几个。"

社长："这小姑娘刚进来时挺好的，我还打算重点培养她呢，都是被你带坏了。"

连漪赶忙叫屈："社长，怎么能怪我呢，你没见过范雯雯在学校当老师上课时的神采，其实她真正爱的是那一行，但鉴于她现在自己都不知道这一点，您就一直培养她呗，也许日子久了，她就干一行爱一行，完全爱上记者的工作了。"

社长点点头："有道理。我得想办法留住这个人才。"

连漪："社长，我还没走呢，您就开始想着培养新人了，万一我考不上研究生了，还得在报社干一辈子呢。"

社长："你赶快落榜吧，我好让你去扫楼道。"

连漪吐吐舌头。社长忽然动了感情："连漪啊，你们也是建报时就从日报集团跟过来的元老了。从私心来讲，我当然希望你能留下来，但你要是能有更好的出路，为了你的未来，也为了你孩子，我支持你。而且现在网络这么发达，其实我也有点担心，不知道报社的未来会怎样……"

连漪慢慢垂下头去，不让社长看到她红了的眼圈。

社长起身："早点回吧，小凡还在家等着你呢。"

连漪"嗯"了一声，开始缓缓地收拾东西。

这大半年的时光，茹雪和郝刚的感情有了突飞猛进的发展，郝刚从茹雪那里得到了从来没有过的激情，渐渐把心里的愧疚感冲刷得越来越淡。趁着周末，两人来到了市郊山里的一家酒店。

清晨，太阳照耀着竹林，一片薄雾缭绕着山间。郝刚和茹雪正在酒店门外吃早饭，茹雪惬意地说："真想和你每天都这样……"郝刚的神情却忽然紧张起来，他拉着茹雪冲进酒店，把她塞进酒店房间里，速度太快，茹雪胳膊都划伤了。

茹雪委屈地说："郝刚。"

郝刚做了个"嘘"的手势，关上门。

门里的茹雪透过房间纱帘，看到郝刚在和人打招呼："这么巧？是啊，我也来转转，一个人，一个人。"

茹雪脸色阴沉下来。郝刚开门进来，对茹雪："刚才好险啊，幸亏我坐得比你高，可以看到他们过来了。"

一滴滴血沿着茹雪的胳膊慢慢流下来。

郝刚："啊呀，对不起茹雪，我去给你拿创可贴。"

茹雪冷冷地说："郝刚，你不能一直这么对我，我也有自尊的，又不是没人要，这样跟着你，无非是因为爱你。那么你呢？你到底爱不爱我？如果不爱，我现在就走。"

郝刚痛苦地说："茹雪，你不要逼我，我当然是爱你的，但是，咱们这样其实是不道德了，我也不知道该怎么办，你给我一点时间，她马上就回来了……"

茹雪看着他，心里到底还是舍不得，凄然一笑："你别这样，我们能在一起一天算一天吧，如果有一天你要走了，提前告我一声，让我有个心理准备，好吗？"

郝刚沉默，走上前来，紧紧抱住茹雪。

三个月后，范雯雯回到北京，范娜娜也跟着她一同来北京送书稿。一上班，连漪就跑过来找范雯雯，然后告诉她，自己考上了新加坡一所学校的新闻学专业的研究生，很快就要出国去了。范雯雯惊讶而羡慕："连姐，你这才是要做'战地玫瑰'去了啊。"

连漪："你忘了，连姐本来就是好学生啊。通知书还没下来，我第一个告诉你，让你替姐高兴一下。"

范雯雯忽然有些自卑："唉，我几乎成了一个家庭妇女，而你快要成传奇了。"

连漪笑着骂："你是没看到连姐窝囊的那几年还是怎么的，联合国教科文组织这几天要来人，你去采访吧。"

范雯雯笑了："嗯，我也要快速调整状态，回到工作中去。"

连漪："雯雯，姐还要和你说呢，你好好考虑考虑，到底对这份工作的感情是什么？真的喜欢，还是只为了名利？连姐是真喜欢这个职业，所以才有后劲继续发展，可你是不是这样想的呢？连姐现在在你脸上看到的，可是在单位从来没有的好气色啊。"

范雯雯听了连漪的话满心里都是茫然。

陈来新开了家公司，正和手下一起跑前跑后地搬东西。一个身影缓缓向他靠近，陈来抬起头来，范雯雯正翩翩然在他对面冲他笑着。陈来手一抖，放下了箱子。

范雯雯看着陈来，陈来看着范雯雯。

似乎过了很久，两人才相视一笑。

陈来忽然有点不好意思："我这平时就和民工一样，说吧，是不是有什么事找我？"

范雯雯："联合国教科文卫组织的负责人要来，报社安排我去采访，有几个专业的问题要请教你。"

陈来："好啊，问吧。我肯定知无不言。"

范雯雯一笑，拿出笔记本……

范雯雯满意地合上笔记本："就知道你不会让我失望。"

陈来："那你会不会让我失望？雯雯，我不喜欢拐弯抹角，我喜欢你，你什么时候离婚跟我在一起？"

范雯雯目瞪口呆："你，这，也，太，太直接了吧。"

陈来："直接什么？这已经不是我的行事风格了。我已经等了好久了，之前没离婚也没办法和你明说。只是雯雯，我现在还在创业阶段，跟着我，可能会受一点苦，但我保证，一定不会很久。"

范雯雯："可是，我有孩子了，郝刚也在一直变好……"

陈来："没关系，孩子可以跟我，正好我还没孩子，至于你那郝刚，江山易改本性难移，未必能像你想的一样。"

范雯雯感动极了："陈哥，感谢你这么多年对我的照顾，但是，婚姻真的不是个说散就能散的东西，郝刚尽管对我不够好，但我们也有感情啊。我不能答应你，陈哥，你值得有更好的女孩子，如果我早点认识你，事情可能会不一样，但是我不能……"

陈来听着，摸摸范雯雯的头："好姑娘，有情有义。不过你别着急，我又没让你现在答应，我只是想让你明白，假如有一天你想重新开始一段生活，这世上，还有一个人在等你。"

范雯雯想起回来了这么久郝刚都没有碰过自己，再看看陈来，满心里都是怅然。

采访完联合国教科文组织负责人约翰先生已经不早了，范雯雯背着包走到家门口，迎面一辆出租车驶来，雪亮的大灯照得范雯雯眯起眼。郝刚从出租车上下来，向车内人摆摆手。茹雪已经关上了门，忽然又跑下车来，在郝刚脸上狠狠亲了一口，然后重新上车。郝刚苦笑着摸摸脸。

范雯雯愣在当场。茹雪从后视镜里看着范雯雯，露出微笑。

茹雪轻声说："郝刚，你不是一直下不了决心吗，我来帮你一下。"

郝刚走到门口，猛地发现了范雯雯，惊讶道："雯雯？"

范雯雯："郝刚，我都看到了，你怎么解释？"

郝刚硬着头皮："那是，我，我们朋友之间开玩笑。"

范雯雯："你和女性朋友开玩笑，会在她脸上亲吗？"

郝刚沉默半晌："雯雯，我错了，一时鬼迷心窍，你相信我，我会改。"

范雯雯不再说话，慢慢往家走。郝刚紧紧跟着："我们没什么，你相信我，雯雯。"

范雯雯在床上辗转反侧，不时地看一眼熟睡的孩子。郝刚在沙发上长吁短叹。直到天色大亮了，范雯雯才红肿着眼睛出来，桌子上留着纸条，是婆婆留的："雯雯，看你还睡着就没叫你，我带孩子去公园，郝刚上班去了,饭在锅里,你起来自己垫垫吃。"范雯雯拿出影集翻看着一张张和郝刚在一起的合影,眼泪止也止不住。

门忽然被敲响。范雯雯擦着眼泪开门。门口居然站着江风,江风扛着水果箱子笑着:"雯雯,没想到是我吧?"范雯雯根本来不及擦干脸上的泪水。江风看她的神色,大惊:"雯雯,你怎么了?"范雯雯"哇"地哭出声来,抽抽噎噎道:"郝刚,郝刚,我不在,他出轨……我对他那么好。江风,是不是我不够好,我做错了什么,才让他这样?"

江风看她这么难过,不顾一切地抱住他:"雯雯,没关系,你还有我,你还有我,你很好,真的很好。这么多年,我一直爱着你,一直等着你,只要你愿意,我愿意一辈子守着你。"

范雯雯完全没想到江风会说出这样一番话,愣住了:"你说什么?"

江风痛苦地:"雯雯,我对不起娜娜。我对娜娜,只有感恩,没有爱情,我一直努力想让自己爱上娜娜,但我不行,我对娜娜,只有责任心。我和娜娜已经分手了,让我照顾你,尽我所能地爱你,满足从少年时代就一直有的梦想,好吗?"

从杂志社回来的范娜娜本来是准备看望范雯雯的,却不料在拐角处听到了江风和范雯雯的对话。她手里拎着一包菜,保持着一条腿上楼的姿势,愣愣地听着。范雯雯抬起满是泪痕的脸:"你们男人,在爱情上总给自己找这么多借口,我们范家姐妹,不缺人来爱,更不需要怜悯和同情,你不爱范娜娜,完全可以不答应她,与爱的是不是我没有关系。江风,这么多年来,你口口声声说爱我,却根本不知道我要什么,你一遍遍说感恩娜娜,你也不知道娜娜要什么。江风,你太对不起娜娜了,你走吧,今天这些话我就当你没说过。"

江风着急地说:"雯雯,谁没有做错事的时候?难道不能给我一个改正的机会吗?"

范雯雯听不下去了,使劲把江风推了出去,江风抬起头来,正好看到了拐角处的范娜娜,只见她满脸泪痕,目光一片哀伤,从这一刻开始,范娜娜知道,自己对江风是彻底死了心。

大雨滂沱,天际一片白茫茫,范雯雯茫然地站在报社门口看着大雨。范雯雯口袋里手机铃不停在响,她低头看看屏幕上的"郝刚"两个字,又放回了口袋,一咬牙,冲进了雨中。范雯雯使劲招手打车。过去数十辆车后,终于有一辆停下来。

范雯雯上车:"师傅,去机场。"

师傅:"下这么大雨,衣服都湿了,姑娘要飞哪儿呀?和男朋友吵架了?"

范雯雯忽然想倾诉:"我?我想逃离北上广……"

师傅:"我拉过好多客人,他们都曾这么说,最后还不都留下来啦。北京这城市,不知道有啥好的,你们这些外地人啊,来了都不愿走……"

大雨冲刷着车窗,范雯雯出神地望着窗外。

连漪在安检口东张西望。范雯雯跳下出租车冲进候机大厅。连漪看到范雯雯,笑着伸出手:"姐正打算给你打电话呢,这么大雨,不用专门来送我了。"

范雯雯一把抱住连漪,有点哽咽:"连姐,你走了,我连个能说知心话的人也没了,你说,我留在北京还有什么意义?"

连漪摸着她的头发:"姑娘,又犯傻了,你还有郝刚,还有孩子啊,不用考虑孩子的教育问题了?北京资源多丰富啊。"

范雯雯嗫嚅着:"郝刚……"却终于还是没说出来。

连漪没察觉："你啊，和郝刚好好过日子，给他点时间成长，想连姐了，就来新加坡看看我，姐带你去玩。"

范雯雯眼泪哗哗直流："这么些年，谢谢连姐……"

连漪眼圈也红了："好妹子，姐该进去了，你自己多保重。"

连漪没敢回头，拉着行李进了安检口。范雯雯眼泪汪汪地看着她的背影，直到彻底看不到连漪。

从机场出来，范雯雯茫然地在路上走着，雨水落在她身上，衣服全湿透了。无数车辆从她身边呼啸而过。

郝刚一遍遍拨打着范雯雯电话，一直没人接。

郝刚沮丧地抱着头。茹雪从他身边经过，关心地问："郝刚，怎么了？"

郝刚忙掩饰："哦，没什么，没什么。"

茹雪媚笑："那咱们晚上一起吃饭？"

郝刚苦涩地一笑，终于下定决心："好，你定地方。"

饭店里，郝刚和茹雪相对而坐。茹雪端起酒杯："亲爱的，干杯！"

郝刚心神不定地和茹雪碰杯。

茹雪一口喝了，醉眼迷离地看着郝刚："郝刚，你知道吗，今天是……"

郝刚打断她："茹雪，我不能再过这种日子了，雯雯已经知道咱们的事情了，我承认，我喜欢你，可是我已经有孩子了，我必须对他们娘儿俩负责任。我们分手吧！以后你需要我做什么，我都会全力配合你，但是我们在感情上不要再纠缠了。"

郝刚一口气说完，手机正好响了，郝刚看着屏幕上的范雯雯，赶忙从桌上拿起来，起身到门口去接。茹雪呆愣愣地举着红酒杯看着他的背影继续喃喃道:"今天是……我的生日。"

婆婆搂着孩子已经睡了,范雯雯看着窗外的夜色,给郝刚打电话,声音中没有一丝波澜:"你在哪?回不回来?"郝刚在电话里答应:"回来回来。马上马上。"范雯雯则挂了电话,手机又响起来。

范雯雯忙接起来:"二叔?这么晚了打电话,怎么了?"

范雯雯眉头越皱越紧:"好好,村长彻底联系不上了?我和领导反映一下这事,下去调查。你们先报警。是,是,现在的目的主要是想要回钱来。我明白。"

范雯雯挂了电话,思索片刻,拿出张纸写了假条。

郝刚开门进来,站到范雯雯床边。范雯雯静静地看着他。郝刚急切地说:"雯雯,之前是我一时糊涂,我不会再犯同样的错了,请你原谅我。我……我还是爱着你的,我们还有孩子,我们……我们……"

范雯雯:"好,看在孩子面子上,我再给你一次机会,看你怎么表现。"

郝刚讨好地挤到范雯雯旁边想要坐下来,范雯雯有点厌恶地别过头,指指外面:"你睡客厅。"

郝刚一愣,只好走了出去。范雯雯神情落寞地看着他的背影,心里清楚地知道,自己根本没有原谅郝刚,对他靠近自己,还是觉得恶心,一切都需要时间来调整,她也不知道彼此接下来该怎么相处,内心深处还是觉得只要郝刚改正错误就原谅他算了,人生那么长,谁不会犯点错呢?就连她自己,不也精神出轨陈来吗?

范雯雯没有发现,不知不觉间,她的爱情观已经变了。

范雯雯、赵淑玲、郝刚妈妈和郝刚抱着孩子在公园草地上玩。正抱着孩子的郝刚手机响了,郝刚接起来,脸色大变:"好的,我马上过去。"郝刚一把把孩子塞到范雯雯手里,往门口处跑去。

范雯雯狐疑:"郝刚,你去哪儿?"

郝刚来不及回答,跑远了。

医院病房里,茹雪面色苍白,正在输血,郝刚匆匆跑进病房,一把抱住茹雪:"茹雪,你怎么这么傻?"茹雪凄惨地一笑:"郝刚,你给我一点时间,不要那么残忍,说走就走……"

郝刚:"好好,我答应你,你不要再做傻事了。"

茹雪的眼泪慢慢流了下来,郝刚痛苦地闭上了眼睛。

郝刚的手机此时响起来,郝刚看看屏幕上的"范雯雯",他小心翼翼地放下茹雪,走到门口接电话,茹雪凄然地看着他的背影。

郝刚撒谎:"雯雯,有个同事忽然、忽然出车祸进了医院,人家给我打电话,我就着急得过来了。"

范雯雯的声音:"郝刚,你记得你昨天晚上说过的话,如果再有下一次,我们就真的完了。"

郝刚头上的汗都出来了:"雯雯,我知道,我……"范雯雯已经挂了电话。

郝刚站在病房和大门之间,进退两难。

让婆婆把孩子带回了老家,范雯雯走出盐湖火车站,江风微笑地看着她。范雯雯有点尴尬,江风迎上前来:"大记者,市里一直让我在调查补偿款的问题,二叔告诉我你也回来采访报道,记不记得,高中时,你对我说,总有一天,'80后'要改变世界。来,一屋不扫何以扫天下,我们就从改变身边人的命运开始。"

范雯雯受到感染，也笑起来："跟着我们大班长，走起。"

江风："听团支书的话，出发。"

两人相视一笑。

澳门，霓虹灯闪烁，人群熙熙攘攘。酒店里窗帘紧闭，灯光幽暗。神情憔悴的村长正在和"蛇头"说话。

"蛇头"："你要出国啊，得花钱的啦。"

村长："你说吧，要多少。"

"蛇头"伸出五个指头。

村长："五万？"

"蛇头"轻蔑地一笑："老大，你要跑路哎，五万？你还是回去蹲号子吧。"

村长："五十万？"

"蛇头"："就是这个价，你考虑吧。这是我的电话，我先走了。""蛇头"扭着身子出门。

村长狠狠地啐了一口："虎落平阳被犬欺，等我脱了身再收拾你。"

此时的范二正愁眉不展，他不断地叹着气，对范雯雯和江风道："照你说的这情况，村长本来是准备借了我们的钱，和开发商盖了别墅出售之后再补偿村民的。但村长现在去了澳门，我估计是他赌博输了不少钱，窟窿越来越大补不上了，只好在那里待一阵子避避风头。"

范雯雯："是的，调查结果只知道村长借了大家的钱，村长也没说不还，况且合同上的还款日期还没到，定不了罪。"

江风："我们再分析分析，村长那么贪心，他还会在什么地方有漏洞呢？"

范雯雯："一千三百万补偿款，他会都带走赌博吗？会不会还在什么地方投资？先追回来点也行。"

范二："雯雯，你说多少补偿款？"

范雯雯："一千三百万，怎么了二叔？"

范二："他拿走的是一千七百万。"

江风一震："真的？确定是这个数？那就说是村长可能隐瞒贪污补偿款的问题。"

范二不确定起来："应该是吧……我当时也只看了一下。"

范雯雯："我们明天去找开发商，再看看条子。"

江风："行，你先去，明天我有个会，开完就过来。"

月亮落下太阳升起。范二在院里踱来踱去，内心焦躁不安，半晌终于下定决心，朝外走去。

鼻青脸肿的村长跟班正在办公，范二进来对他说："你，快给我开了喇叭，我广播个事儿。"跟班想说什么，但看看范二的神色，赶紧开了喇叭。

范二吹吹喇叭："喂，喂，在家的男人，在家的男人，往大场上走，往大场上走。"

别墅办公区外，保安不耐烦地拦住范雯雯："你要干什么？我们领导不在，不在。"

范雯雯出示记者证："我是某某晚报的记者，要采访一下咱们这片别墅的开发商。"

保安推着她往外走："我管你他妈的是哪里的记者，你们别他妈的都来搞事,我告诉你,我们领导这两天不在,走走。"

广场上,人群从四面八方聚集过来。范二拿着个大喇叭:"乡亲们啊,我这几天反复地想来想去,咱们啊,因为村长有钱有势,因为贪图拿点小便宜就把他选上,现在可被害惨了,现在的情况是钱要不要得回来,证据很重要。我那侄女去给咱们找证据去了,她一个小女孩,啥也不懂,我害怕她要不回来,开发商还可能欺负她,咱们爷们儿的事不能让一个小女孩担着,大伙一起看看去!"

众人:"好!"

范二下台,众人跟着往前走。

人群议论:"以后再不能选村长那样的人了。我看范二就挺好,关键时候能出头,还得找能带着咱们解决问题的人。范二虽然脾气冲了点,归根结底还是好人啊。"

范二威风凛凛地走在队伍最前面。

范雯雯生气了:"哎,你怎么骂人啊,我就不信领导不在,他的车明明在那儿停着。"

保安瞪起眼睛:"骂人怎么了,你信不信我还打你?"

范雯雯拿起摄像机拍摄保安:"好,我拍下你说的话,到时候……"

保安一拳把摄像机打落在地上,又一拳打在范雯雯身上。

范雯雯摔倒在地,保安追上去又踢了两脚。

江风正好此时赶到,他大喊一声:"住手!"

保安看到江风,愣了一下,连忙点头哈腰:"你是市委领导吧?我在电视上见过,见过。她是个假记者……"

江风气得额上青筋全部暴起,一拳打在保安脸上,保安捂着脸倒下。

江风扶起范雯雯，心疼得眼泪都要流下来："雯雯，雯雯，你没事吧。"

范雯雯脸都被打肿了，还强撑着冲江风摇摇头："没事，没事。"

保安在地上大喊："打人啦！市里领导打人啦！"别墅办公室里的人哗啦啦往外跑。江风还想再打保安，范雯雯连忙拉住他。

恰在此时，范二带着一帮人赶到，看到范雯雯的样子，气得脸都红了，他指挥大家："给我打！"又一指不远处停放的车，"把那车，给我烧了！"村民一拥而上噼里啪啦地打起来。混乱中有人点着一把火，将火把扔到开发商的车顶，顿时火光冲天。

开发商跑出来，声嘶力竭地喊着："别打啦，都别打啦，有话好说。"

范雯雯大喊："别打了，别打了，让我跟他们谈谈。"

人群的嘈杂淹没了她的声音。范雯雯推推江风："你快走，拿我的电话去打119，别影响你发展，也别把事情闹大。"

江风犹豫着："那你呢？"

范雯雯指指门口："开发商也出来了，我正好去和他谈，谈不成就把大家的借据抢出来，别让他毁了证据。"

江风拿着范雯雯的手机往空旷的地方走去，他边走边拨通119："喂，你好，119吗？范家村着火了，是的，请你们赶紧来。好。"

江风挂了电话，一脸心疼地看着范雯雯，范雯雯走上前去，开发商办公室的火光忽然冲天而起，范雯雯迎着火光冲了进去，大火很快吞噬了范雯雯的身影。

在不远处，消防车的声音远远传来。

第二十一章

海港外,"蛇头"指着一艘船对村长道:"后天晚上九点,你就坐那艘船走。"

村长神色焦急:"没问题吧?不能早点?"

"蛇头"摊摊手:"没办法啦,你给钱的时间太晚啦。"

村长忙点头:"好好,后天,后天。"

看着范雯雯冲进了开发商那火势熊熊的办公室,江风不顾一切地往里冲,但火势太大根本冲不进去,只能焦急地等着,不久又在范雯雯的呼喊声中抬起头来,火光中,范雯雯举着一摞借据,肿着脸朝着江风微笑着。江风心疼地冲过去,抱住了范雯雯。

江风拿着借据跟警察讲述整件事的过程,警察在做着笔录。范雯雯回到家顾不得脸肿身上疼,赶紧写记者调查,赵淑玲拿着冰块过来,心疼地说:"雯雯,来,敷敷脸,看成啥样了。"

范雯雯接过冰块:"没事啦妈,我这是小菜一碟,很快就好了。"

赵淑玲恨恨地说:"看来你二叔还打得他们不够狠,敢打我宝贝女儿,活该他们都进去。"

范雯雯撒娇地摇晃着妈妈:"好啦妈,让我赶紧写啊。"

赵淑玲心疼得边往外走,嘴里边嘟囔着:"早知道就不让你回来采访了。"

月亮照耀着盐湖,已经半夜两点了,范雯雯还在键盘上敲打着,终于写完了,她合上电脑,心满意足打了个哈欠:"这个稿子一定能发头版,总算能为大家做点事了。"范雯雯发走了邮件,顾不上洗脸,就爬上床沉沉睡去。

太阳慢慢升起,熟睡的范雯雯被电话吵醒,范雯雯迷迷糊糊地接起电话:"喂……"

江风的声音传来:"雯雯,村长的问题证据充分,公安局已立案,考虑到村长有潜逃的可能,我要配合警方去澳门抓捕村长。我们现在在机场,一会儿就起飞了。"

范雯雯激动地说:"太好了,把村长抓回来,至少能减少大家的损失。"

江风:"你的稿子什么时候见报?"

范雯雯:"应该今天就能见报了,我一会儿打个电话问问。"

范雯雯边穿衣边打电话:"你好,今天我的文章见报了吗?"

范雯雯这篇文章已经在报上发表了,社长告诉她,许多名人的博客和微博都转载了,点击量已经超过十万,微博的访问量差点导致了服务器瘫痪,比发行量几万份的报纸影响力还要更大,网络上群情汹涌,都在要求严惩村长，彻查到底。

这真是一个每个人都可以发声的时代，范雯雯第一次觉得自己成了玛丽·科尔文，在没有硝烟的战场上自由地拼杀。一个想法倏忽在范雯雯脑子里而过，范雯雯想抓住，它却似小泥鳅，狡猾地和范雯雯捉着迷藏，范雯雯想了想觉得头疼，干脆不想了，她已经想好了下一个选题，一定要反映乡村小学的校舍问题。

郝刚穿着浴袍，手里拿着一杯酒，站在阳台上看着远处马路上的车来车往。茹雪慵懒地从屋内走出来，从背后抱住他。郝刚叹口气："茹雪，这是我们最后一次在一起，我真的……不能再对不起家里了。"茹雪踮起脚尖吻他，仿佛没听到他的话，郝刚不由自主回吻。茹雪喃喃："再陪我几天，等她回来，回来再说……"

大雨哗啦啦下着，何玉正在给孩子们上课。屋顶有几处滴着水，拿盆接着，一根木梁顶着墙，承受着外面的倾盆大雨。十来个孩子撑着破旧的雨伞，认真听着课。一个调皮的小孩坐在椅子上东扭西扭，忽然瞪大了眼，看向外面站起身来向外冲去。

孩子们都站起来往外看，嘴里"啦啦啦"喊着向外跑去。何玉也奇怪地看向外面，孩子们已经把范雯雯围得水泄不通，有的小孩甚至调皮地爬到了范雯雯身上，何玉也惊喜地尖叫一声，冲了出去。

大雨中，范雯雯高兴地抱抱这个，摸摸那个，何玉羞涩地看着范雯雯笑，范雯雯看到何玉向她伸开双臂，何玉扑过来，紧紧抱住范雯雯。忽然间，轰隆一声巨响，大家惊讶地扭过头去。刚才上课的教室，终于没有顶住这场暴风雨，就在一瞬间塌了，所有人都在被这一景象惊呆了。

浑身湿透的范雯雯、何玉和孩子们全部挤在校长办公室里烤火。校长正满头大汗地打电话："……对，校舍突然塌了。孩子们没有事，没有事。"校长挂了电话，回过头来紧紧握住范雯雯的手："雯雯，谢谢你，谢谢你，你这是等于救了孩子们的命啊！"

范雯雯不好意思地笑笑："先不说这个，教室塌了，孩子们上学的事怎么办？"

校长："我刚才和上面沟通了，上面会逐级汇报，雨停了过几天就会派人帮助维修，应该很快会重建，但也有可能会并校，要是那样孩子们可就得跑远路了。这几天先在外面上上课，委屈你了，委屈你了。"

雨停了才来人？范雯雯皱起眉头，忽然灵机一动，想起了微博和微信，于是她举起手机拍了几张照片，配上文字发到网上。

校长好奇地凑过来："你在忙什么？"

范雯雯低头鼓捣着手机："这是现在比较先进的通信工具，可以很快地把消息传达出去，让有需要的人和相关部门在第一时间了解到发生了什么事情。"

校长："这个比报纸还快传播范围还广吗？"

范雯雯点点头，刹那间她突然意识到了自己几天前想到的点子是什么，有了这些现代传媒手段，自己完全可以同时兼顾乡村教师的梦想和"战地玫瑰"的使命，在讲课的间隙发新闻，用自媒体讲述讲课的故事和孩子们面临的问题，联系各方机构，为孩子们，为乡村做一些实事。想到这里范雯雯呵呵笑起来，校长不知道她笑什么，也跟着笑起来。

接下来的日子，何玉每天带着孩子们在山里采花，在操场上给孩子们讲课，满天星光里她带着孩子们唱歌，或者在熊熊篝火里与孩子们一起跳着舞，开心得不得了。

很晚了，范雯雯和何玉把孩子们分别送回家后，她们打着手电慢慢往回走。

何玉："雯雯姐，这两天你一直在笑哦，以前你很少这样啊。"

范雯雯："跟孩子们在一起真的特别放松，特别高兴。"

何玉："姐姐，你说是报社记者的工作好，还是老师这个工作好？"

范雯雯摸摸还有点红肿的脸颊，苦笑道："你喜欢哪个工作，哪个就好，就会高兴。"

何玉天真地问："那做记者也让你开心地笑吗？"

范雯雯一愣，沉默了。

月亮照着两个小小的声影，也照耀着繁华的海港。村长戴着鸭舌帽东张西望地朝船走来。村长登上船舷，左顾右盼，松了口气。

尖厉的哨声就在此刻响起，警察们从港口集装箱后蜂拥而出，一把将村长按在了地上，给他铐上了手铐。村长挣扎着想要掏包，包被警察踢到了一边，包里赫然掉出一把枪。警察："好啊，你还敢持枪！"站在集装箱后的江风，冷冷地看着村长。

盐湖火车站外，范二和一群村民在出站口前虎视眈眈，村长从火车上被押解下来。范二和村民们一拥而上，连骂带打："村长，你也姓范，你怎么就能干出来那些没人性的事！"

警察阻拦着众人："不要打了，不要打了。"村长头上挂满了砸碎的鸡蛋烂菜叶，在众乡亲的声讨中他始终耷拉着头，不吭气。

孩子们在操场上升旗，范雯雯仰头看着高高升起的红旗心潮澎湃。这时她的手机响了，一接通便听到江风的声音："江风？你把村长带回来了？恭喜你，真的做了实事！下一步，也许我也会做点实事……"范雯雯挂了电话，看着夏山破破烂烂的校舍思索着。这几天已经有很多人联系过她了，都想通过她给学校提供帮助，尤其是教科文组织，在雯雯联络了他们以后，第一时间申请到了救援资金。之后她该怎么办，范雯雯仿佛站在了命运的交叉口。但是，有一件事，是需要立即去办的。

范雯雯慢慢进了自家的单元楼，当她轻轻推开家门时，发现沙发上放着女式大衣和包包，范雯雯颤抖着走进卧室，床上的郝刚和茹雪正在熟睡，范雯雯看着他们，难过得闭上了眼睛。

郝刚忽然惊醒，抬头看到范雯雯，一下子坐起来："雯雯，你，你怎么回来了……"

这时，茹雪也醒了，看到范雯雯，她反而笑了笑："范雯雯，我是茹雪。"

范雯雯拿起手里的东西就砸了过去："你们给我滚，郝刚，你还把女人带到家里来，你真恶心！"

茹雪慢悠悠地坐起来："范雯雯，你也别发脾气，郝刚这么好的男人，你每天把他当驴子使唤，说实话，郝刚找我是迟早的事情。这世上，真心爱他的人是我。要不然，你退出吧。"

范雯雯愣住了，郝刚也愣住了。

范雯雯怒极反笑："郝刚，原来在你心里我是这样的，哈哈，哈哈，我把你当驴子使唤？那我呢？我这么多年的付出算什么？我不累吗？我不累吗？我从小深受父母的宠爱，为了爱情，我跟着你住在廉价出租屋里；因为你要自己奋斗，我就陪着你清贫；因为你要做科研，我就牺牲我的事业；你呢，你为我付出过什么？养家糊口不是你应该负起的责任吗？这就是我辛苦多年换来的结果吗？"

范雯雯说不下去了,她一转身冲出门,郝刚看范雯雯跑出去,急得一边大喊"雯雯,雯雯",一边赶忙穿衣服也想要跟着冲出去。茹雪点了支烟,拉住郝刚:"郝刚,事情迟早都要解决,不如正好趁着这时候解决了。"

郝刚一把打落了茹雪嘴里的烟,脸上青筋暴起:"茹雪,谁让你插手我家里的事情?你以为你是谁?"郝刚匆匆冲了出去。一股鲜血从茹雪嘴里流出来,她愣愣地看着被打掉的烟,不可置信地瞪大了眼睛。烟蒂掉落到地上,燃起小小的火苗。火光中,茹雪凄惨地笑起来,笑得停不住。

陈来的会议室里黑压压一屋子人,他正在听下属汇报。这时,陈来的电话响起来,他不耐烦地接起来,看到屏幕上的范雯雯三个字,又变成了笑脸:"雯雯?"

电话里传来范雯雯的哭声。

陈来一下子站起身来:"雯雯?你怎么了?你在哪儿?"

说罢挂了电话冲出去,随即又折返回来:"散会。"

下属们不禁面面相觑。

范雯雯在路边抱着一瓶酒喝着,泪流满面,陈来在她身边急刹车。陈来跳下车,着急地问:"雯雯,雯雯,你怎么了?"范雯雯歪倒在他怀里……陈来搂着范雯雯走进屋,陈来深吸一口气,把范雯雯打横抱起来放到床上,盖上被子,安顿好雯雯,他才坐在床边默默地陪伴着她。

范雯雯挣扎着坐起身来,搂着陈来:"哥哥,你不是一直想跟我在一起吗?现在,我满足你,好不好?"

陈来:"雯雯,你喝多了,你告诉我,到底怎么了?"

范雯雯抱住陈来,号啕大哭。陈来抱着她,任她泪雨滂沱地哭着,一动不动。

范雯雯的酒劲上了头,难过地摇头:"我不想说,我不想说,我好难过,难过……"

身心俱疲的范雯雯渐渐睡着了。陈来小心翼翼地放倒范雯雯,给她盖好被子,然后慢慢躺在一边,就这么痴痴地看着她。范雯雯梦中还在抽泣,陈来无限温柔地替她擦干眼泪。

太阳落下,马路上人潮依旧汹涌,郝刚满世界地寻找着范雯雯。天麻麻黑了,街道上已是华灯初上。郝刚抬起头,发现自己又到了自家楼下,郝刚试探着打开门,家里已经没有茹雪的踪迹,他刚舒了口气,就看到了门口的鞋柜上,放着一张离婚协议书。

郝刚拿起来,瘫倒在地上,眼前不断浮现范雯雯曾经对自己的好,他痛苦地揪住自己头发,喃喃道:"雯雯,我对不起你……"

茹雪登上飞机,看着灯光璀璨的机场发呆。空姐走过来,问茹雪:"小姐,你要喝点什么?"茹雪抬起头,满脸是泪:"醉生梦死。"

空姐一愣:"什么?"

茹雪忽然大喊起来:"醉生梦死酒!"

飞机腾空而起,抛下一切烦恼与忧愁。

陈来迷迷糊糊地醒来四处张望一番,发现自己身上盖着被子,身旁却空着。他的心里顿时一惊,条件反射般地跳起来四处寻找,看到房间里干干净净,早已没有范雯雯的影子。这时他的手机响了,他赶忙拿起来看,是范雯雯的信息:"陈哥,这段时间发生了很多事,我突然发现父母已经老了,郝刚……有了别的女人,我也找到了新的职业方向,我决定离开北京,去实现自己一直以来的梦想。也许你会觉得我很失败,但人生这么短,我不想再为别的什么活着,只想忠实自己的内心。谢谢你这段时间对我的照顾,如果有下一辈子,请记得,早一点遇到我。"

陈来失魂落魄地放下手机,半响才回过神来,他赶忙给范雯雯打电话。电话里传来"您好,您拨打的用户已关机……"

两年后的一天,陈来放下手中的文案,掏出钱包看看雯雯照片,拨通了连漪的电话。连漪和"老外"男朋友正在新加坡明媚的阳光下拥吻,草坪另一端,茹雪笑着自拍了一张照片,发到朋友圈里,上面写着:"新的旅途,开始了。"

连漪听到手机响,一边吻着,一边掏包,看到手机上陈来的名字,忙推开了男朋友。

"老外"男朋友耸耸肩膀,用蹩脚的中文说道:"又来了。"

连漪安慰地拍拍"老外":"这是好朋友,OK?体谅一下?你跟我念。"

"老外"乖乖念:"体谅一下。"

连漪:"好,好,真棒。"

连漪接起电话:"陈来?有没有雯雯消息?"

陈来皱着眉头:"没有,我去过雯雯的家乡,还找到了她家,他们家没人,邻居们都不肯给我她的电话。一年多了,始终没有任何消息。"

连漪:"唉,报社也没有任何她的消息,雯雯被郝刚伤透了心,估计还没缓过劲吧。她之前一直想做教育,你没从这方面看看?"

陈来:"去年公司一直比较忙,我不想两手空空去见雯雯,现在公司终于步入正轨，我打算从现在开始好好找雯雯。"

连漪："好，我也四处打听打听，希望能早点有她的消息。"

连漪"老外"男朋友拿着手机说："连漪，连漪，雯雯……"连漪不耐烦挥着手。老外男朋友急了："你手机里的，雯雯……"

连漪一愣，拿过男朋友手机，男朋友的"脸书"里，有一张范雯雯在一群孩子中微笑的照片，连漪的手机一滑掉到了地上。茹雪正好路过一哈腰捡起来，随手递给了连漪。

连漪忙道："谢谢，谢谢。"

茹雪笑着摇摇头，拿起自己手机发送语音："下一站，悉尼。"说罢飘然而去。

电话里，陈来着急地喊："连漪，连漪，是不是有雯雯的消息了？"

范娜娜正坐在花园的凉亭里写作，大概过了十几分钟的样子，她伸了个懒腰。这时，她的经纪人走进小花园对她说："'公众号女王'，你现在已经月入几十万了，事业可以放一放了吧？什么时候能正式包养我啊？"

范娜娜哈哈大笑："大经纪人，等我的文章阅读量超过了十万，我们就结婚！"

经纪人掏出手机让她看，范娜娜公众号下面的第一篇文章，点击量赫然已经上了十万。

范娜娜开心地笑了起来，自己终于实现了靠写作吃饭的梦想。

盐湖法院内，范家村别墅拍卖会正在进行，江风和村民们在坐席上旁听。

法官敲下法槌："三百万一次，三百万两次，三百万三次！好，村长参股的最后一套别墅拍卖完成。"

人群散去。江风上前，紧紧握住法官的手："谢谢您，这些拍卖完成后，村民的损失已经基本补上了。"

法官："唉，也亏了咱们政府一直在跟进这件事，这村长真是胆大包天，借着征地大肆敛财、报复，最后窟窿补不上了就滥赌，村民们损失补上就好，村长和他那表哥区长的判决也快下来了。天网恢恢，疏而不漏，敢以身试法的，终究会得到惩罚。以后咱们盐湖要发展，还得靠你们这些年轻人！"

两人的手，紧紧相握。

范二拿着汇款单大呼小叫："娜娜妈，娜娜妈，娜娜麻烦了！"

王玛瑙忙从厨房出来："怎么了怎么了，吓死人了。"

范二愁眉不展："娜娜又给咱们寄回来十万块钱，她一个女孩子，靠什么挣这么多钱，一定是干了什么坏事。老婆子，我说不动她，你赶紧把她弄回来吧。"

王玛瑙长出一口气："你啊，别每天就想着弄你那苹果园，能不能接受接受新事物？看！"

王玛瑙掏出手机，划弄着："这个啊，是你姑娘写文章的公众号，你看看，最近这一篇，点击量已经在十万以上了呢。你姑娘说了，写得好，就有人给她钱。"

范二皱着眉头看着："真的假的？你从哪儿学的？"

王玛瑙："就买苹果那小伙给我弄的，他还给我弄了个微信号。"

范二这才放下心来："哎，你别说，咱娜娜还挺有本事的，不比雯雯差啊。"

王玛瑙："你们范家这两个姑娘啊，整个打了个颠倒。"

夏山集市外，范大、赵淑玲抱着孩子正在集市上采购。小贩："二十块。"范大忙从口袋里掏钱，突然有一双手从后面伸过来，替范大给了钱。

范大回头一看，气哼哼地对赵淑玲说："又来了？我们走。"

孩子看着范大身后的郝刚，声音清脆地喊道："爸爸！"

赵淑玲有些于心不忍，悄悄拉拉范大衣角："你先走，我和孩子陪陪他爸爸。"

郝刚站在几人身后，胡子拉碴面容憔悴。

赵淑玲把孩子交给郝刚："你抱会儿孩子吧，陪我走走。"范大气哼哼地扭头走了。

郝刚抱着孩子，讨好地对赵淑玲说："妈，雯雯还是不肯见我？"赵淑玲叹口气："你这一年都来了几十趟了，还用问我？不过现在她肯让孩子来见你，已经算是好多了。"

郝刚踌躇着："妈，你帮帮我，我知道以前是我做错了，雯雯走以后，我才知道纸巾用完不会自动生出来，牙膏也不能自己挤出来，得了病得排队……唉，以前我太清高太不现实，还……你告诉雯雯，我靠自己的努力拿到了国家课题，也想清楚了雯雯离开我的原因，我们确实得用双手拼出自己的路，您也不忍心看雯雯总是一个人吧？是吧？"

赵淑玲犹豫着："这样吧，下周一升旗时，我悄悄把门打开，雯雯那会儿就在操场，当着孩子们，她肯定不会把你赶出去。正好后两节没课，你和雯雯好好谈谈。"

郝刚听到这个消息欣喜若狂："好好，谢谢妈，谢谢妈。"

陈来驾着车在高速公路上狂奔。那天和连漪通话时，她的"老外"男朋友居然在"脸书"上看到范雯雯的照片，陈来后来了解到那是他的一名就职于联合国教科文组织的朋友转发的。连漪通过这位朋友找到了雯雯的微博……几天以来陈来已经看完了范雯雯这两年做的所有事情，看着她如何指挥工人们建新校舍、如何购买图书、如何带着孩子们粉刷墙壁……原来范雯雯这两年，一直在夏山经营乡村小学，她把学校办得有声有色，孩子们有了美丽的校舍、大量图书，联合国教科文组织和省里、市里还以各种方式来支援范雯雯，而她终于想清楚了自己的梦想，成长为她想成为的人。陈来已经下定决心，这一次，绝对不会再让她走掉……

  市委办公室内，大家都在忙着工作。王主任走了进来，他神情严肃地说："现在我宣布一件事情。"

  所有人都停下来，看着王主任。

  王主任："鉴于江风同志在这几年的突出表现，经党组研究决定，提拔江风同志为市委办公室副主任。"

  江风愣了，大家纷纷鼓掌。王主任笑着伸出手："江风同志，祝贺你！一屋不扫何以扫天下。现在，你可以试着扫扫天下了！"

  江风妈妈把饭菜摆上桌子，老人家基本上走路已经没有什么问题了。江风一进家门，就笑着对妈妈说："妈，有个好消息要告诉你。"

  江风妈妈："什么好消息？娜娜回来了？"

  江风："妈，我提成副主任了。以后啊，我可以更好地为咱们盐湖建设出力了。"

  江风妈妈一听这个喜讯开心地说："真的？好事啊！"

  江风正在笑，妈妈又沮丧起来："哎，光提拔了有什么用，连个媳妇也没有，我怎么和你爸交代？"

  江风："妈，我一直没告诉你，我喜欢的是范雯雯，现在，我正在追她呢。"

江风妈妈听了儿子的话一愣:"雯雯?娜娜的姐姐?哎,你这孩子……雯雯也挺好,你赶紧,不管是雯雯还是娜娜,给妈弄个媳妇回来。"

江风有些哭笑不得:"好好,正好市里派我星期一去夏山,办完事我就上山去,还要给雯雯送个材料,到时我再和她说,争取早点把她追到手!"

尾声

三个男人丝毫没有要走的意思,只将范雯雯围在中心,等着她的回答,几人瞬间就淋得透湿。在教室窗户上趴着看热闹的孩子们纷纷跑出来拉住范雯雯,七嘴八舌喊着:"你们不许带范校长走,范校长赶紧进屋,你们别围着范老师。"

范雯雯看着孩子们,问三个男人:"我再也不是当年的小公主了,我要在这里为乡村教育事业奉献一生,虽然穷、累,但这是我的梦想,你们谁能陪我实现?"

郝刚急忙说:"我不忙,平时在北京领了科研项目就回来陪你,而且,我有教育经验,可以帮你。"

江风一笑:"你们谁有我近?近水楼台先得月,知不知道?"

陈来直接把花束送到了范雯雯眼前:"过两天我就买架直升机,雯雯,保证你随叫随到,而且,我们不用等到下辈子,现在就开始!"

范雯雯看着他们,慢慢绽开了笑容。不远处,一簇簇的花朵正在盛开。温暖的阳光照耀着范雯雯、江风、郝刚、陈来,像一幅美丽的油画。